크리스마스 캐럴

세계문학전집 457

크리스마스 캐럴

A Christmas Carol

찰스 디킨스

김희용 옮김

민음사

일러두기

1 본문의 주석은 모두 옮긴이 주다.

2 원서에서 이탤릭체와 대문자로 강조한 부분은 고딕체로 구분했다.

차례

크리스마스 캐럴
크리스마스 유령 이야기

머리말

　나는 으스스한 유령이 등장하는 이 짧은 책에서 상상 속 유령을 불러내려 했다. 하지만 그로 인해 독자 여러분이 자기 스스로에 대해, 서로에 대해, 크리스마스 철에 대해, 또는 나에 대해 언짢아하는 일은 없었으면 한다. 부디 그 유령이 여러분의 집에 유쾌하게 나타나기를, 그리고 쫓아내려 하는 사람이 아무도 없기를 바란다.

여러분의 충실한 친구이자 하인
찰스 디킨스
1843년 12월

1절[1]
말리의 유령

말리는 죽었다. 우선 이 이야기부터 해 두어야겠다. 그 사실에 관해서는 전혀 의심할 여지가 없었다. 그의 매장 기록부에는 사제와 서기, 장의사, 유족 대표가 서명했다. 스크루지도 거기에 서명했다. 게다가 스크루지의 이름은 왕립 거래소에서도 그가 손대기로 결정하는 것이면 무엇이든 믿을 만한 것으로 만드는 효과가 있었다. 말리 영감은 문짝에 박힌 대갈못처럼 의심의 여지 없이 죽었다.

잘 들으시길! 지금 나는 내가 아는 걸 떠벌리려는 게, 그러니까 대갈못이 죽음과 딱히 밀접한 물건이라고 주장하려는

---

1) 디킨스는 '크리스마스 캐럴'이라는 제목에 보조를 맞추기 위해, 일반적으로 사용하는 '장(chapter)'으로 구분하는 대신 노래 가사에 쓰는 '절(stave)'이라는 표현을 사용했다.

게 아니다. 솔직히 관짝에 박히는 못이야말로 철물점에서 거래되는 것 중 죽음과 가장 밀접한 물건이라고 하고 싶은지 모른다. 그러나 이런 비유에는 선조들의 지혜가 담겨 있기 마련이니 내 부정한 두 손으로 감히 어지럽히지는 않겠다. 그러지 않으면 나라 꼴이 엉망이 될 테니 말이다. 그러므로 여러분에게 양해를 구하며 한 번 더 잘라 말하는데 말리는 문짝에 박힌 대갈못처럼 의심의 여지 없이 죽었다.

　스크루지는 그가 죽었다는 사실을 알았느냐고? 물론 그랬다. 어떻게 모를 수가 있었겠는가? 얼마나 오랫동안인지는 몰라도 스크루지와 그는 동업자였다. 스크루지는 그의 유일한 유언 집행인이자 유일한 법정 유산 관리인, 유일한 양수인, 유일한 잔여 재산 상속인, 유일한 친구이자 조문객이었다. 게다가 스크루지는 그 슬픈 사건에 별로 크게 상심하지 않았기 때문에 장례식 당일에도 여전히 탁월한 사업가답게 칼 같은 흥정으로 엄숙하지만 비용은 저렴하게 장례를 치러 냈다.

　말리의 장례식을 언급하다 보니 내가 처음 이야기를 시작한 지점으로 다시 돌아가게 된다. 말리가 죽었다는 데는 의심의 여지가 없다. 여러분은 이 사실을 똑똑히 알아 두어야 한다. 안 그러면 내가 앞으로 들려주려는 이야기가 전혀 놀랍지 않을 테니 말이다. 햄릿의 아버지가 연극이 시작되기 전에 이미 죽었다는 사실을 완전히 믿지 못한다면 그가 밤중에 동풍이 부는 자신의 성벽 위를 어슬렁거린다고 해서 여느 중년 신사가 문자 그대로 제 심약한 아들을 깜짝 놀라게 해 주려고 어스름에 바람이 불어 대는 장소, 예를 들어 세인트폴 대성당

부속 묘지 같은 곳에서 불쑥 튀어나오는 것보다 딱히 더 놀랄 일도 없을 것이다.

스크루지는 말리 영감의 이름을 페인트칠로 지워 버리지 않았다. 여러 해가 지난 후에도 상회 문 위에는 '스크루지와 말리'라는 상호가 남아 있었다. 그 회사는 '스크루지와 말리 상회'로 알려져 있었다. 그 업계에 처음 몸담은 사람들은 스크루지를 어떤 때는 스크루지라고, 또 어떤 때는 말리라고 불렀는데 그는 어느 이름에나 다 대답했다. 그에게 이름 따위는 아무래도 상관없었다.

오! 그러나 그는 맷돌 손잡이를 바싹 움켜쥔 손아귀 같은 인간이었다. 스크루지! 쥐어짜고, 비틀고, 움켜잡고, 박박 긁어모으고, 붙잡고 늘어지는 탐욕스럽고 죄 많은 늙은이! 어떤 부시가 부딪쳐도 넉넉한 불길 한번 피워 낸 적 없는 부싯돌처럼 냉혹하고 날카로운 데다 비밀 많고 입을 꾹 다문 굴처럼 고독한 사람. 내면의 냉기 때문에 그의 늙어 빠진 얼굴은 냉담했고 뾰족코는 얼어붙었으며 뺨은 쭈글쭈글했고 걸음걸이는 뻣뻣했다. 또 두 눈은 벌겋고 얇은 입술은 시퍼렇게 질린 채 거슬리는 목소리로 약삭빠르게 말했다. 머리와 눈썹, 빳빳한 턱수염에는 차가운 흰 서리가 내렸다. 그는 늘 제 몸의 냉기를 주변 어디든 몰고 다니면서 한여름 더위에도 자기 사무실을 꽁꽁 얼려 버렸고 크리스마스라 해서 1도만큼도 녹여 주는 법이 없었다.

바깥의 더위와 추위는 스크루지에게 별 영향을 미치지 못했다. 어떤 온기도 그를 덥혀 줄 수 없었고 어떤 한겨울 날씨도 그를 더 차게 식힐 수 없었다. 어떤 바람도 그보다 더 매섭게 불지 못했고, 어떤 눈도 그보다 더 집요하게 목표 지점에 내리지 못했고, 어떤 비도 그보다 더 매몰차게 간청을 거부하며 쏟아지지는 못했다. 사나운 날씨도 어디를 때려야 그를 해치울 수 있을지 모를 터였다. 더없이 심한 비나 눈, 우박, 진눈깨비도 그보다 우위에 있다고 뽐낼 점은 딱 한 가지뿐이었다. 그것들은 종종 후하게 '내린다는' 점이었다. 스크루지는 절대 그러는 법이 없었다.

거리에서 그를 불러 세우고 반가운 얼굴로 "여보게, 스크루지, 어떻게 지내나? 우리 집에는 언제쯤 들를 텐가?"라고 말하는 사람은 아무도 없었다. 스크루지에게는 어떤 거지도 한 푼 달라며 애원하지 않았고, 어떤 아이도 몇 시냐고 묻지 않았고, 일평생 남자건 여자건 누군가가 그에게 이러저러한 장소로 가는 길을 물어본 적이 단 한 번도 없었다. 심지어 맹인 안내견들도 그를 알아보는 듯했다. 안내견들은 그가 다가오는 것이 보이면 제 주인을 출입구 안쪽이나 안마당으로 깊숙이 이끌어 간 다음, 마치 "악마의 눈을 갖느니 아예 눈이 없는 게 낫다니까. 이 사악한 영감!" 하며 경계하듯 꼬리를 흔들곤 했다.

하지만 스크루지가 신경이나 썼을까? 그것이야말로 바로 그가 바라는 것이었다. 일체의 인간적인 연민 따위는 털끝만큼도 가까이 못 오게 경고하면서 사람들로 붐비는 인생길을 따라 비집고 헤쳐 나아가는 것이야말로 스크루지에게는 뭘 좀 안다는 사람들 말마따나 '안성맞춤'이었다.

어느 날 한 해의 모든 좋은 날 중에서도 크리스마스이브에 스크루지 영감이 자기 회계실에 앉아 바쁘게 일하고 있었다. 춥고 음산하고 바람이 살을 에는 것 같은 데다 안개까지 자욱한 날씨였다. 건물 밖 골목길에서 사람들이 숨을 씩씩거리며 오가고 몸을 녹이기 위해 손으로 가슴을 두드리고 포석에서 발을 동동 구르는 소리가 그에게 들려왔다. 도시의 시계들은 이제 막 3시를 넘겼을 뿐이었으나 날은 벌써 꽤 어두웠다. 하루 종일 햇빛이 환했던 적도 없는 날이었지만 말이다. 이웃한 사무실 창문들마다 촛불이 손에 잡힐 듯 선명한 갈색 공기에 번진 불그스름한 얼룩처럼 너울거리고 있었다. 안개가 온갖 틈새며 열쇠 구멍으로 마구 흘러 들어왔고 바깥에는 안개가 어찌나 자욱하게 깔렸는지 골목길이 그렇게 좁은데도 맞은편 집들이 꼭 환영처럼 보였다. 거무스름한 구름이 낮게 드리우며 모든 것을 흐릿해 보이게 만드는 모습을 보고 있으면 조물주가 바로 옆에서 어마어마한 양의 구름을 끓여 내고 있을 것만 같았다.

스크루지의 회계실은 문이 열려 있었는데 어쩌면 문 너머로 무슨 물탱크처럼 음침하고 좁아터진 골방에서 서류를 옮겨 적고 있는 직원을 감시하기 위해서인지도 몰랐다. 스크루지가 쬐는 난롯불도 아주 작았지만 직원의 난롯불은 훨씬 더 작아서 석탄을 딱 한 조각만 때는 것처럼 보였다. 스크루지가 석탄 통을 자기 방에 두는 바람에 어차피 더 집어넣을 수도 없었다. 더구나 직원이 부삽을 가지고 들어서는 순간 고용주가 불가피한 이별을 예언할 것은 불을 보듯 뻔했다. 그런 까닭에 직원은 하얀 털목도리로 꽁꽁 싸매고 촛불에라도 몸을 녹여 보려 했으나 상상력이 풍부한 사람은 아닌 탓에 그 시도조차 실패로 끝나고 말았다.

"메리 크리스마스, 삼촌! 하느님이 구원의 은총을 베풀어 주시기를!" 쾌활한 목소리가 외쳤다. 목소리 주인은 스크루지의 조카였는데 워낙 잽싸게 들이닥치는 바람에 스크루지는 말을 듣고서야 그가 지척에 온 것을 알아차렸다.

"흥! 헛소리!" 스크루지가 말했다.

그는, 그러니까 이 스크루지의 조카는 안개와 서리를 헤치며 빠르게 걸어온 탓에 열기로 달아올라 잔뜩 상기되어 있었다. 혈색 좋고 잘생긴 얼굴에 두 눈은 반짝거렸고 입에서는 입김이 연달아 새어 나왔다.

"크리스마스가 헛소리라니요, 삼촌!" 스크루지의 조카가 말했다. "설마 진심은 아니시죠?"

"진심이다." 스크루지가 말했다. "메리 크리스마스라! 네가 무슨 권리로 즐겁다는 거냐? 어떤 이유로 즐겁지? 그렇게 가난뱅이면서."

"자, 그러면……." 조카는 명랑하게 대꾸했다. "삼촌은 무슨 권리로 우울해하세요? 어떤 이유로 언짢으신 거예요? 그렇게 부자신데요."

스크루지는 당장 받아칠 마땅한 답이 떠오르지 않자 얼떨결에 한 번 더 "흥!" 하고 내뱉고 "헛소리."라고 덧붙였다.

"화내지 마세요, 삼촌." 조카가 말했다.

"화내는 것 말고 내가 뭘 할 수 있겠니?" 삼촌이 대꾸했다. "이렇게 바보들이 득실대는 세상에 살면서. 메리 크리스마스라! 염병할 메리 크리스마스! 크리스마스가 너한테 도대체 뭐냐? 기껏해야 돈은 없는데 온갖 청구서 대금을 지불해야 하는 때, 재산은 한 시간 벌이만큼도 늘지 않았는데 나이는 한 살 더 먹어 버린 자신을 깨닫게 되는 때, 수입과 지출을 맞춰 보면 일 년 열두 달 내내 장부상의 모든 항목이 적자인 게 네 눈앞에 드러나는 때에 불과하잖아? 만약 내 마음만 같다면 말이다." 스크루지가 성난 어조로 말을 이었다. "'메리 크리스마스'라는 소리를 입에 달고 돌아다니는 얼간이들은 모조리 자기가 만드는 푸딩[2]에 넣고 팔팔 끓여서, 심장에 호랑가시나무[3] 말뚝을 푹 박아 묻어 버려야 해. 그래야 하고말고!"

"삼촌!" 조카가 애원했다.

"조카야!" 삼촌이 가차 없이 대꾸했다. "너는 네 방식대로 크리스마스를 축하하렴. 나는 내 방식대로 축하하게 두고."

"크리스마스를 축하하라!" 스크루지의 조카가 그의 말을 따라 했다. "그렇지만 삼촌은 크리스마스를 축하하지 않으시잖아요."

"그럼, 그냥 지나쳐 버리게 내버려둬." 스크루지가 말했다. "크리스마스가 너한테는 퍽도 도움 되겠구나! 지금껏 그 덕을 엄청 봤으니!"

"굳이 말씀드리자면 금전적인 이익은 아니라도 제가 덕을

---

2) 영국에서 전통적으로 크리스마스에 만들어 먹는 크리스마스 푸딩. 일반적으로 알려진 커스터드푸딩보다 더 딱딱한 질감의 진과자이다.
3) 진한 녹색 잎과 빨간 열매가 조화를 이루어 크리스마스 장식으로 활용되는 경우가 흔하다.

봤을 법한 일들은 많아요." 조카가 대꾸했다. "크리스마스도 그중 하나고요. 하지만 저는 매번 크리스마스 때, 거기 속한 무엇 하나라도 따로 떼서 생각할 수 있다면 말이지만 성스러운 이름과 유래에 대한 존경은 별개로, 항상 참 좋은 때구나 생각해 왔어요. 친절하고 너그럽고 자비롭고 유쾌한 때라고요. 한 해의 많고 많은 날 중에 모두들 닫힌 마음을 솔직하게 터놓고, 자기보다 못한 사람들일지라도 다른 여행길을 가고 있는 다른 부류가 아니라 정말로 무덤을 향해 함께 가는 길동무로 쳐 주는 듯한 유일한 때가 크리스마스라고 말이지요. 그러니까 삼촌, 크리스마스가 제 주머니에 금화든 은화든 한 닢도 넣어 준 적은 없지만 그래도 제게는 지금껏 도움을 주었고 앞으로도 도움을 줄 거라고 믿어요. 그래서 저는 이렇게 말해요. 하느님이 크리스마스를 축복해 주시기를!"

물탱크 같은 사무실에 있던 직원이 저도 모르게 박수를 쳤다. 하지만 즉시 부적절한 행동이었음을 깨닫고 난롯불을 쑤석대다 희미한 마지막 불꽃마저 영원히 꺼뜨리고 말았다.

"자네가 내는 소리가 한 번만 더 내 귀에 들리게 해 보시지." 스크루지가 말했다. "그러면 자네 일자리를 잃는 걸로 크리스마스를 축하하게 될 테니까. 정말 대단한 달변가시군요, 선생." 스크루지가 조카를 돌아보며 덧붙였다. "의회에 진출하지 않은 이유가 궁금할 정도군요."

"그렇게 화내지 마세요, 삼촌. 진정하시라고요! 내일은 저희랑 함께 식사하세요."

스크루지는 조카가 '……되는' 것부터 보겠다고 했다. 그렇다, 확실히 그렇게 말했다. 그는 점잖은 사람은 입에 올리지 않는 '그 표현'을 그대로 옮기며 조카가 '궁지에 몰리는' 꼴부터 봐야겠다고 말했다.[4]

"하지만 왜요?" 스크루지의 조카가 소리 높여 말했다. "왜 그러시는 건데요?"

"넌 결혼은 왜 한 거냐?" 스크루지가 말했다.

"사랑에 빠졌으니까요."

"사랑에 빠졌으니까라고!" 스크루지는 그거야말로 이 세상에서 메리 크리스마스보다 더 터무니없는 단 한 가지라는 듯 으르렁거리며 말했다. "그만 가 보거라!"

"아니, 삼촌, 삼촌은 결혼 전에도 저를 보러 오신 적이 없으셨잖아요. 왜 이제 와서 그걸 핑계로 못 오신다는 거예요?"

"가라." 스크루지가 말했다.

"저는 삼촌께 아무것도 바라지 않아요. 부탁드릴 것 역시 아무것도 없고요. 왜 우리는 좀 더 친하게 지낼 수 없죠?"

"가라." 스크루지가 말했다.

"이 정도로 확고하신 걸 보니까 진심으로 섭섭하네요. 저희는 지금껏 한 번도 싸운 적이 없었지요. 제가 상대편에 선 싸움은 말이에요. 하지만 크리스마스를 존중하는 마음에서 한 번 시도해 봤고, 저는 끝까지 크리스마스 기분을 간직할 거예

---

4) '그 표현'이란 '저주받은, 지옥에 떨어진'이라는 의미를 지닌 단어인 'damned'로 당시에는 직접적인 표현을 피해 'd—d'로 쓰는 경우가 많았다. 소설 속에서 스크루지는 이 단어를 온전히 다 내뱉었지만 본문에서 작가는 '궁지에 몰리는'이라고 점잖게 에둘러 표현했다.

요. 그러니 크리스마스 즐겁게 보내세요, 삼촌!"

"가라." 스크루지가 말했다.

"그리고 새해 복 많이 받으시고요!"

"가라고 했다!" 스크루지가 말했다.

그럼에도 불구하고 조카는 홧김에 내뱉는 말 한마디 없이 사무실을 떠났다. 그는 바깥쪽 문에 멈춰 서서 직원에게 크리스마스 인사를 건넸는데, 그 직원은 비록 몸은 차게 식었지만 스크루지보다 따뜻한 사람이었다. 인사에 다정하게 화답한 것을 보면 말이다.

그 말을 엿듣고 스크루지가 투덜거렸다. "여기 한 놈이 더 있네. 고작 주급 15실링에 마누라며 자식까지 달고 있는 내 직원 녀석이 즐거운 크리스마스니 뭐니 지껄이다니. 이러다가는 내가 은퇴하고 베들럼 정신 병원에 들어갈 판이군."

이 미치광이 녀석이 스크루지의 조카를 내보내면서 다른 두 사람을 맞아들였다. 그들은 풍채 좋고 쾌활해 보이는 신사들로 어느새 모자를 벗고 스크루지의 사무실 안에 서 있었다. 그들은 저마다 손에 장부와 서류를 들고 머리를 숙여 인사했다.

"여기가 '스크루지와 말리 상회'인 것 같은데……." 신사들 중 한 사람이 명부를 들여다보면서 말했다. "제가 스크루지 씨나 말리 씨와 말씀 좀 나눌 수 있을까요?"

"말리 씨는 죽은 지 이미 칠 년이나 됐어요." 스크루지가 대답했다. "칠 년 전 바로 오늘 밤에 죽었지."

"저희는 살아 계신 동업자께서 그분의 후한 마음을 대신 잘 표현해 주시리라 믿어 의심치 않습니다." 신사는 자기 신원 보증서를 내밀며 말했다.

분명히 그렇기는 했다. 그들은 서로 죽이 잘 맞는 두 영혼이었으니 말이다. '후한 마음'이라는 불길한 말에 스크루지가 눈살을 찌푸리고 고개를 내저으며 신원 보증서들을 되돌려주었다.

"스크루지 씨, 한 해 중 이런 연말연시에는 말입니다." 신사가 펜을 쳐들며 말했다. "가난하고 궁핍한 사람들을 위해서 우리가 약간의 대비를 해 두는 게 평소보다도 더 가치가 있습니다. 요즘 같은 때일수록 엄청나게 고통받는 사람들이니까요. 수천 명이 생필품이 부족해서, 수십만 명이 아주 기본적인 편의 시설조차 없어 시달리고 있습니다, 선생님."

"감옥은 죄다 없어진 건가요?" 스크루지가 물어보았다.

"감옥이야 많지요." 신사가 펜을 다시 내리며 말했다.

"그럼 구빈원은?" 스크루지가 따지듯 물었다. "여전히 운영 중이고?"

"그렇습니다. 아직도요." 신사가 대답했다. "저야 그렇지 않다고 말씀드릴 수 있다면 참 좋겠지만요."[5]

"그러니까 죄수 노역용 수레바퀴와 구빈법이 활기차게 돌아가고 있다는 겁니까?" 스크루지가 말했다.

"둘 다 아주 바쁘게 돌아가고 있습니다, 선생님."

"그렇군! 댁이 처음에 한 말을 듣고 난 무슨 일이라도 생겨

---

5) 빈민 구제법이라고도 하는 구빈법에 근거하여 설립된 당대의 구빈원들은 수용소나 감옥보다 더욱 열악한 환경으로 악명이 높았다.

서 그 시설들이 더 이상 제대로 돌아가지 않는 건가 걱정했지 뭡니까." 스크루지가 말했다. "그 말을 들으니 참 기쁘군요."

"그런 시설들은 사람들의 정신과 육체에 그리스도의 가르침에 따른 위로를 전해 주지 못합니다." 신사가 대꾸했다. "그래서 저희 몇몇이 가난한 사람들에게 고기 조금과 술, 땔감을 사 주기 위해 기금을 모금하려 노력하고 있습니다. 이 시기를 고른 것은 지금이 다른 어느 때보다도 궁핍이 뼈저리게 느껴지고 풍요가 더욱 기쁘게 느껴지는 시기이기 때문이지요. 뭐라고 적으면 될까요?"

"적을 것 없어요!" 스크루지가 대답했다.

"익명으로 남기를 원하시나요?"

"날 좀 내버려두기를 원한다고." 스크루지가 말했다. "댁이 나한테 뭘 원하느냐고 물으니 말인데, 그게 내 대답이야. 나 자신이 크리스마스라고 떠들썩하게 즐기지 않을뿐더러 게으름뱅이들이 즐기도록 해 줄 여유도 없단 말이지. 나는 내가 아까 언급한 시설들을 유지하는 데 일조하고 있고 거기에만도 만만치 않은 비용이 들어요. 그러니 사정이 넉넉지 못한 사람들은 그런 곳에 가면 되는 겁니다."

"그런 데 못 들어가는 사람도 많습니다. 그러느니 차라리 죽겠다는 사람도 많고요."

"차라리 죽겠다고 한다면 스스로 그렇게 해서 잉여 인구라도 좀 줄이는 편이 나을 텐데요. 게다가 미안하지만 난 그런 일은 잘 모릅니다." 스크루지가 말했다.

"아니, 아실 것 같은데요." 신사가 의견을 말했다.

"그건 내 알 바가 아닙니다." 스크루지가 대꾸했다. "사람은 자기가 뭘 하는지 잘 알고, 딴 사람들 일에는 참견하지 않으면 그걸로 족한 법이거든. 내 일만으로도 바빠 죽겠는데. 어서 가시지, 신사 양반들!"

계속 입씨름을 해 봤자 소용없을 것이 뻔했기에 신사들은 물러갔다. 스크루지는 자신이 더 나은 인간이라도 된 것처럼 으쓱하며 평소보다 활기찬 기분으로 다시 일을 시작했다.

그러는 사이 안개와 어둠이 짙어지고 활활 타는 횃불을 든 사람들이 마차 끄는 말들을 잡아 주겠다면서 이리저리 뛰어다녔다. 예스러운 교회 종탑도 이제는 보이지 않았다. 벽에 난 고딕풍 창문 너머로 항상 스크루지를 엿보던 퉁명스럽고 낡은 교회 종이 마치 저 위쪽의 꽁꽁 언 머리 부분에서 이가 딱딱 맞부딪치듯 부르르 떨리는 진동을 남기며 매시 정각과 십오 분마다 하늘 높이 소리를 울렸다. 추위는 더욱 심해졌다. 골목길 모퉁이와 맞닿은 큰길에서 몇몇 일꾼들이 가스관을 수리했고, 그들이 지펴 놓은 커다란 화롯불 둘레에는 남루한 차림의 사내들과 소년들이 떼로 모여들어 저마다 손을 녹이면서 황홀경에 빠진 듯 불꽃을 보며 눈을 깜박이고 있었다. 소화전은 외롭게 내팽개쳐진 채 넘쳐흐른 물은 시무룩하게 얼어붙어 사람이 다가오는 것을 꺼리는 듯 얼음판으로 바뀌었다. 창가마다 램프 열기에 바지직 소리를 내는 호랑가시나무 가지와 열매들이 매달린 상점들의 환한 불빛은 지나가는 사람들의 창백한 얼굴을 발갛게 물들였다. 가금류 장수와 식료품 장수들이 벌이는 흥정은 입이 딱 벌어질 농담거리가 되었고,

매매니 판매니 하는 따분한 원칙하고는 하등 상관이 없어 보일 만큼 대단히 즐거운 볼거리였다. 시장은 막강한 성채 같은 시장 관저에서 오십여 명에 이르는 요리사와 집사 들에게 이번 크리스마스를 응당 시장 집안에서 할 법한 방식으로 축하해야 한다는 명을 내렸다. 심지어 지난 월요일에 시장이 길거리에서 만취해 난동을 부린 죄로 벌금 5실링을 먹인 별 볼 일 없는 재단사마저 초라한 다락방에서 내일 먹을 푸딩을 젓고 있었고, 그사이 그의 비쩍 마른 아내는 쇠고기를 사러 아기를 데리고 기운차게 집을 나선 참이었다.

안개는 더욱 짙어지고 추위도 더욱 심해졌다. 살을 에고 뼛속까지 스며들 듯 얼얼한 추위. 저 인자한 성 던스턴[6]이 손에 익은 무기 대신 이런 날씨를 가지고 악마의 코를 살짝 꼬집었다 해도 제대로 한 방 먹이고 한바탕 웃어 젖혔을 법했다. 개들에게 물어뜯긴 뼈다귀처럼 허기진 추위에 씹혀 물어뜯긴 빈약한 코를 단 어린아이가 크리스마스 캐럴로 스크루지를 즐겁게 해 주겠다며 스크루지네 열쇠 구멍 쪽으로 허리를 숙였다.

"유쾌한 신사 양반, 하느님께서 당신을 축복하시기를!
무엇도 당신을 낙심시키지 못하기를!"

---

6) 10세기 무렵 캔터베리 대주교를 지낸 영국의 사제이자 정치가. 수도원에서 수학하며 그곳 대장간에서 일하던 젊은 시절에 악마가 게으름을 피워 보는 것이 어떻겠느냐며 유혹하자 불집게로 악마의 코를 꽉 잡아서 비명을 지르며 도망치게 만들었다는 일화가 있다.

그러나 첫 소절이 들리자마자 스크루지가 무지막지한 기세로 자를 움켜쥐는 바람에 노래하던 아이는 겁에 질려 달아나 버렸다. 차라리 서리라고 하는 편이 나을 법한 안개만 열쇠 구멍 앞에 남기고 말이다.

　마침내 회계실에도 퇴근 시간이 왔다. 스크루지가 못마땅한 기분으로 등받이 없는 의자에서 내려서며 물탱크 같은 사무실에서 이때만 기다리던 직원에게 그 사실을 말없이 인정하자 직원은 당장에 촛불을 끄고 모자를 썼다.

　"아마 내일은 하루 종일 쉬고 싶겠지?" 스크루지가 말했다.

　"사장님만 괜찮으시면요."

　"괜찮을 리가." 스크루지가 말했다. "게다가 그건 공평하지도 않단 말이지. 만약 내가 그 대가로 반 크라운을 깎는다면 자네는 가혹한 처사라고 생각할 거야, 틀림없이 그럴 테지?"

　직원이 애매한 미소를 지었다.

　"그렇지만 말이야." 스크루지가 말했다. "일도 하지 않는데 하루치 임금을 지불해야 한다면 그때는 내게 가혹한 처사라고 생각하지 않나?"

　직원은 일 년에 딱 한 번일 뿐이라고 의견을 말해 보았다.

　"매해 12월 25일마다 남의 주머니를 털려는 구차한 변명이야!" 스크루지가 두툼한 방한용 코트의 단추를 턱밑까지 채우며 말했다. "그럼에도 불구하고 자넨 꼭 하루 종일 쉬고 싶다는 거겠지. 그럼 모레 아침에는 그만큼 더 일찍 나오라고!"

　직원이 그러겠다고 약속하자 스크루지는 투덜거리며 걸어 나갔다. 직원은 눈 깜빡할 사이에 사무실 문을 닫은 다음 (두

툼한 방한용 코트가 없음을 자랑스러워하듯) 길고 하얀 털목도리의 양쪽 끝을 허리 아래까지 늘어뜨린 채 크리스마스이브를 기념하여 콘힐 거리에서 미끄럼을 타려고 잔뜩 늘어서 있는 사내아이들 꽁무니에 붙어 스무 번이나 얼음을 지치며 미끄럼을 탔다. 그러고 나서 장님놀이[7]를 하려고 캠든 타운의 집까지 있는 힘껏 달려갔다.

스크루지는 늘 가는 우울한 선술집에서 우울하게 식사를 하고, 온갖 신문을 모조리 읽은 다음 나머지 저녁 시간은 은행 출납부를 들여다보는 것으로 보내다 잠들기 위해 집으로 돌아갔다. 그는 고인이 된 동업자의 소유였던 독신자용 셋집에 살았다. 어둑어둑한 방들이 줄지어 선 그 집은 안마당을 둘러싸고 내려앉을 것처럼 서 있는 커다란 건물에 속해 있었는데 도대체 거기 있을 것 같지 않은 건물이었다. 그 집이 아직 어렸던 시절에 다른 집들하고 숨바꼭질을 하다가 거기 뛰어든 다음 나가는 길을 잃어버린 게 틀림없다는 상상을 할 수밖에 없는 건물이었다. 스크루지 말고는 아무도 안 사는 데다 다른 방들은 모두 사무실로 임대되는 바람에 건물은 완전히 낡고 황량해져 버렸다. 안마당은 너무 어두워서 그 집의 돌멩이 하나까지 아는 스크루지조차 어쩔 수 없이 손으로 더듬으며 가야 했다. 건물의 낡고 캄캄한 입구 주변에는 안개와 서리가 잔뜩 매달려 날씨의 수호신이 음울한 명상에 빠져 문지방

_____

7) 수건으로 눈을 가린 술래가 주위에 있는 다른 사람들 중 한 명을 붙잡아 누구인지 알아맞히는 놀이.

에 앉아 있는 것처럼 보였다.

아무튼 현관문에 달린 문손잡이는 아주 크다는 것만 빼면 그다지 특별할 게 없었다. 스크루지는 거기 사는 내내 아침저녁으로 그것을 보아 왔다. 게다가 좀 지나친 말일지 몰라도 도시 자치 운영 위원단, 시의원, 동업 조합원을 포함한 런던 도심 사람들이 다 그렇듯 스크루지에게도 이른바 상상력이라고 할 만한 게 거의 없었다. 스크루지가 그날 오후에 마지막으로 칠 년 전 죽은 동업자의 이름을 언급한 이후 지금까지 단 한 번도 말리를 생각한 적이 없다는 것도 명심하자. 그러면 스크루지가 현관문 자물쇠에 열쇠를 꽂는 순간 그 문손잡이가 어떤 중간 변화 과정도 없이 문손잡이 대신 말리의 얼굴로 보이게 되었는지 아는 사람이 있으면 설명을 좀 해 주기 바란다.

말리의 얼굴. 그것은 안마당에 있는 다른 물체들처럼 칠흑같이 어두운 그림자에 잠겨 있지 않고 캄캄한 지하 저장실의 상한 바닷가재처럼 음산한 빛을 띠었다. 화나거나 사나운 표정이 아니라 살아생전에도 유령 같았던 이마 위에 역시 유령 같은 안경을 걸친 채 스크루지를 바라보며 짓곤 하던 표정으로 그를 바라보았다. 입김이나 뜨거운 바람 때문인 양 머리카락이 기묘하게 나풀거렸고, 두 눈은 활짝 뜨고 있으면서도 미동조차 없었다. 바로 그 점이 검푸른 빛과 더불어 말리의 얼굴을 소름 끼치게 만들었다. 하지만 그 얼굴에 서린 공포는 그가 짓는 표정의 일부라기보다 그와 무관하며 불가항력적인 것처럼 보였다.

스크루지가 이 불가사의한 현상을 뚫어져라 바라보는 동안 그것은 다시 문손잡이로 변했다.

깜짝 놀라지도, 그의 피가 어린 시절부터 지금까지 모르고 지낸 오싹함이라는 감각을 느끼지도 못했다고 한다면 아마 거짓말일 것이다. 하지만 그는 손에서 놓쳤던 열쇠를 다시 잡아 힘차게 돌린 다음 안으로 걸어 들어가 촛불을 켰다.

그는 문을 닫기 전 잠시 머뭇거리며 멈춰 섰다. 그러더니 먼저 문 뒤쪽을 조심스럽게 살펴보았다. 복도 쪽에서 불쑥 내민 말리의 땋은 머리를 보고 놀라게 되기를 반쯤은 기대라도 하는 듯 말이다. 하지만 문 뒤에는 문손잡이를 고정한 조임쇠와 나사 말고는 아무것도 없었다. 그래서 그는 "쳇, 쳇!" 하며 문을 쾅 닫았다.

그 소리가 천둥처럼 집 전체에 울려 퍼졌다. 위층에 있는 모든 방과 아래층 포도주 상인의 지하 저장실에 있는 모든 통이 저마다 메아리를 치는 것 같았다. 스크루지는 메아리 따위에 겁을 먹는 사람이 아니었다. 그는 문을 단단히 잠그고 복도를 가로지른 다음 계단을 올라갔다. 그것도 느릿한 걸음으로, 촛불의 심지를 다듬으면서 말이다.

세상 사람들은 새로 제정된 어이없는 의회 법령이 어찌나 허술한지 그 빈틈으로 육두마차가 지나갈 수 있겠다고 비꼬거나 해묵었지만 튼튼한 그 집 계단을 보면서도 역시 육두마차라도 지나가겠다며 두루뭉술하게 말할지 모르겠다.[8] 하지

---

8) 아일랜드의 독립운동 지도자였던 하원의원 대니얼 오코너가 의회의 아일랜드 자치법에 반대하면서 이 법이 얼마나 허점투성이인지를 지적하기 위해 허술한 행간 사이로 육두마차를 몰고 지나갈 수도 있겠다고 비웃은 것

만 나라면 그 계단은 장의용 마차도 지나가겠다고, 그것도 마차의 가로대는 벽으로, 문은 난간으로 향하게 한 채 가로 방향으로도 너끈하게 지나갈 수 있다고 표현하겠다. 그만큼 널찍하고 공간이 충분했다. 그러니까 어쩌면 스크루지가 어둠 속에서 장의용 마차가 앞을 지나가는 걸 본 듯하다고 생각한 이유도 그 때문이었을 것이다. 길거리에서 가스등 여섯 개를 가져다 놓는다고 해도 입구를 환히 밝히지 못할 정도였으니 스크루지가 든 양초만으로는 상당히 어두웠다고 추측해도 좋을 것이다.

스크루지는 그런 것은 조금도 개의치 않고 위층으로 올라갔다. 어둡다는 것은 돈이 적게 든다는 뜻이었기에 오히려 만족스러워했다. 하지만 자기 방의 육중한 문을 닫기 전에 다른 방들을 일일이 돌아다니며 별 이상이 없는지 확인했다. 아까 얼굴에 대한 기억이 그럴 만큼은 머릿속에 남아 있었다.

거실, 침실, 창고 방. 모두 그대로였다. 탁자 밑에 아무도 없었고, 소파 밑에도 아무도 없었다. 작게 불이 지펴진 벽난로와 숟가락과 손 씻을 대야(스크루지는 코감기에 걸렸다.)가 준비되어 있었고, 벽난로 안쪽 시렁에는 귀리죽이 담긴 작은 냄비가 얹혀 있었다. 침대 밑에 아무도 없었고 벽장에도 아무도 없었으며, 수상쩍은 모양으로 벽에 걸린 그의 실내복 속에도 아무도 없었다. 창고 방도 평소대로였다. 낡은 난로 울타리, 낡은 구두, 생선 바구니 둘, 삼발이 세숫대야 받침대, 부지깽이 하나.

을 가리킨다.

그는 흡족한 마음으로 문을 닫고 걸어 잠갔는데 평소 습관과는 달리 이중으로 잠갔다. 이렇게 기습적인 공격에 대비해 안전을 확보한 다음, 스카프를 풀고 실내복과 슬리퍼, 취침용 모자 차림으로 갈아입었다. 그리고 귀리죽을 먹기 위해 난롯불 앞에 앉았다.

정말이지 그 불은 너무나 약해서 그처럼 혹독한 밤에는 아무 소용이 없었다. 한 줌밖에 안 되는 땔감에서 최소한의 온기라도 얻기까지 그는 어쩔 수 없이 난롯불에 다가앉아 몸을 구부리고 있어야 했다. 벽난로는 아주 오래전 어느 네덜란드 상인이 만든 무척 낡은 것으로 사방이 성서 속 장면을 그린 색다른 네덜란드 타일들로 뒤덮여 있었다. 카인과 아벨, 파라오의 딸들, 시바의 여왕, 하느님의 사자로 깃털 이불 같은 구름을 타고 하늘에서 내려오는 천사들, 아브라함, 벨사살,[9] 소스 그릇 모양의 배를 타고 바다로 나가는 사도들, 그의 생각을 사로잡을 수백 가지 형상들. 그러나 칠 년 전에 죽은 말리의 얼굴이 먼 옛날 예언자의 지팡이[10]처럼 나타나 모든 것을 삼켜버렸다. 만일 애초에 각각의 매끈한 타일 조각들이 모두 백지 상태이며 종잡을 수 없는 생각의 파편들을 모아 타일 표면에

---

9) 구약 성서에서 느브갓네살 혹은 네브카드네자르라고 하는 왕의 아들이자 고대 바빌로니아 제국 최후의 왕. 주연을 베풀고 있을 때 벽에 그의 운명을 가리키는 문자가 나타났다고 한다.
10) 「출애굽기」에 등장하는 장면을 암시한다. 아론이 던진 지팡이가 뱀으로 변하자 파라오의 마술사들도 저마다 똑같이 지팡이를 뱀으로 만들었으나 결국 아론의 뱀이 마술사들의 뱀을 모조리 삼켜 버린다.

어떤 그림을 그려 낼 힘이 그에게 있었다면 타일마다 말리 영감의 얼굴만 그려졌을 것이다.

"헛소리!" 스크루지는 이렇게 말한 다음 방을 가로질러 걸어갔다.

몇 차례 왔다 갔다 하다 다시 자리에 앉았다. 그가 의자에 앉아 고개를 젖힌 순간 우연히 어떤 종, 그러니까 더 이상 사용하지 않는 종에 시선이 가 닿았다. 방 안에 매달아 두고 이제는 잊어버린 어떤 목적 때문에 건물 꼭대기 층에 있는 방과 연락을 주고받는 데 쓰던 종이었다. 그런데 놀랍게도 괴이하고 형용할 수 없이 두려운 일이 일어났다. 그가 쳐다보고 있자니 종이 흔들리기 시작한 것이다. 처음에는 너무 살며시 흔들려서 거의 아무 소리도 나지 않았지만 이내 소리는 커졌고, 집 안의 다른 모든 종들도 울려 댔다.

삼십 초에서 일 분 정도 일어난 일이었으나 꼭 한 시간처럼 느껴졌다. 종소리는 시작할 때 그랬듯이 일제히 그쳤다. 저 아래 깊은 곳에서 철커덕거리는 소리가 그 뒤를 이어 들려왔다. 누군가가 포도주 상인의 지하 저장실에서 술통 위로 무거운 쇠사슬을 질질 끌고 가는 것 같았다. 그때 스크루지는 집들에 출몰하는 유령들이 쇠사슬을 끌고 다니는 것으로 묘사되곤 한다는 풍설을 들은 기억이 났다.

지하 저장실 문이 쾅 하는 소리와 함께 별안간 벌컥 열리더니 이윽고 그 소리가 바로 아래층 바닥에서 훨씬 크게 들렸다. 그러더니, 소리는 계단을 올라와 순식간에 그의 방문을 향해 곧장 다가왔다.

"그래 봤자, 헛소리야!" 스크루지가 말했다. "그럴 리 없어."

그렇지만 그것이 잠시도 지체하지 않고 육중한 문을 뚫고 들어와, 방을 가로질러 바로 눈앞에 이르렀을 때 그의 얼굴색은 달라졌다. 그것이 들어오자 꺼져 가던 불길이 마치 "나는 그를 알아! 말리의 유령이야!"라고 외치기라도 하듯 확 타올랐다가 다시 잦아들었다.

똑같은 얼굴. 바로 그 얼굴이었다. 땋은 머리에 늘 입던 조끼와 꼭 끼는 남성용 반바지, 목이 긴 구두 차림의 말리였다. 목이 긴 구두에 달린 장식 술들까지 그의 땋은 머리와 코트 자락과 머리카락처럼 뻣뻣하게 곤두서 있었다. 그가 질질 끌고 다니는 쇠사슬이 허리를 꽉 죄고 있었다. 긴 꼬리처럼 그를 칭칭 휘감은 사슬에는 (스크루지가 자세히 보니) 금고, 열쇠, 맹꽁이자물쇠, 금전 출납부, 각종 날인 증서, 강철로 만든 무거운 돈 주머니 따위가 잔뜩 매달려 있었다. 그의 몸은 투명해서 그를 관찰하던 스크루지는 조끼를 뚫고 코트 뒤쪽에 달린 단추 두 개까지 볼 수 있었다.

스크루지는 말리를 두고 오장육부 하나 없는 인간이라고 험담하는 소리를 자주 들었지만 지금까지 그 말을 절대 믿지 않았다.

그랬다. 사실 지금 이 순간에도 그는 그 말을 믿지 않았다. 유령을 속속들이 살펴보고 바로 앞에 서 있는 모습을 눈에 담았음에도, 또 몸서리 치게 차가운 유령의 두 눈이 뿜어내는 냉기를 직접 느낀 데다가 전에는 본 적이 없었지만 지금 유령의 머리와 턱을 동여매고 있는 붕대의 질감까지 눈여겨보았으면서도 여전히 못 믿겠다는 듯 자신의 감각에 맞서 싸웠다.

"이게 어찌 된 노릇인가!" 스크루지가 변함없이 신랄하고 냉정하게 말했다. "나한테 대체 뭘 원하는 거지?"

"많아!" 말리의 목소리였다. 그건 확실했다.

"넌 누구냐?"

"내가 누구였느냐고 물어봐."

"자, 그럼 넌 누구였지?" 스크루지가 목청을 돋우며 말했다. "거참 까다롭군, 환영치고는." 그는 '환영답게'라고 말하려다 어쩐지 틀린 말 같아 얼른 말을 바꾸었다.

"생전에는 자네의 동업자 제이콥 말리였지."

"자네, 자네, 앉을 수 있나?" 스크루지가 미심쩍다는 듯 그를 쳐다보다 물었다.

"앉을 수 있어."

"그럼 그렇게 해 봐."

스크루지가 이 질문을 한 것은 그렇게 투명한 유령이 의자에 앉을 수 있는지를 알 수가 없었던 데 더해 만약 불가능할 경우 아마도 불가피하게 쩔쩔매면서 설명할 수밖에 없을 것이라는 생각이 들었기 때문이었다. 하지만 유령은 마치 그 자리가 익숙하다는 듯 벽난로 맞은편 자리에 앉았다.

"자네는 내 존재를 믿지 않는군." 유령이 제 생각을 말했다.

"믿지 않아." 스크루지가 말했다.

"내가 실재한다는 증거로 자네의 감각보다 더 나은 증거가 뭐가 있겠나?"

"모르겠는데." 스크루지가 말했다.

"왜 자기 감각을 의심하지?"

"왜냐하면 말이야." 스크루지가 말했다. "아주 사소한 것도 감각에 영향을 미치기 때문이지. 가벼운 속병에도 감각은 속아 넘어가는 법이거든. 자넨 소화가 덜 된 쇠고기 한 점이나 겨자 한 방울, 치즈 한 조각, 설익은 감자 부스러기 하나일지도 몰라. 자네가 무엇이든 간에 무덤보다는 그레이비소스랑 더 관련이 있을 거란 말이지!"

스크루지는 평소에 농담을 즐기지 않았을뿐더러 그 순간에도 꼭 익살을 떨어야겠다는 마음은 없었다. 사실 그는 주의를 딴 데로 돌려 두려움을 가라앉히기 위해 재치를 부려 본 것이었다. 그 허깨비의 목소리가 그를 뼛속까지 불안하게 만들었기 때문이었다.

스크루지는 자신에게 못 박혀 있는 흐리멍덩한 눈을 가만히 쳐다보며 잠시라도 아무 말 없이 앉아 있으면 자신에게 그야말로 무시무시한 재앙이 미칠 거라는 생각이 들었다. 또한 그 허깨비가 지옥의 공기를 받아 마시고 있는 듯한 모습에는 몹시 끔찍한 무언가가 있었다. 스크루지가 그 공기를 직접 느껴 볼 수는 없었지만 분명한 사실이었다. 유령은 꼼짝도 않고 가만히 앉아 있었지만 머리카락과 코트 자락, 장식 술이 마치 오븐에서 나오는 뜨거운 김이라도 쏘이는 것처럼 계속 흔들리고 있었기 때문이었다.

"이 이쑤시개 보이나?" 스크루지는 그런 이유에서 얼른 말을 이었다. 빤히 바라보는 환영의 섬뜩한 시선을 한순간이라도 자신에게서 돌리고 싶었다.

"보여." 유령이 대답했다.

"이걸 쳐다보고 있지도 않잖아." 스크루지가 말했다.

"그래도 난 그게 보여." 유령이 말했다.

"좋아." 스크루지가 대꾸했다. "그렇다면 내가 이걸 삼켰다 간 남은 평생 동안 내 스스로 만들어 낸 악귀 떼한테 시달리는 수밖에 없겠군. 헛소리야, 분명히 말하는데 모두 다 헛소리라고!"

이 말을 들은 유령이 끔찍한 비명을 지르면서 쇠사슬을 흔들어 엄청나게 무시무시하고 소름 끼치는 소리를 내는 바람에 스크루지는 정신을 잃고 쓰러지지 않기 위해 의자를 꼭 붙잡았다. 하지만 혼령이 방 안에서 친친 감고 있기에는 너무 덥다는 듯 머리를 동여맨 붕대를 풀어 버린 순간 가슴에 툭 떨어진 아래턱을 보고 그는 잔뜩 겁에 질리고 말았다!

스크루지는 무릎을 꿇고 얼굴 앞에 두 손을 모았다.

"신의 자비를!" 그가 말했다. "무시무시한 망령아, 왜 나를 못 살게 구는 거냐?"

"속된 마음을 가진 자여!" 유령이 대답했다. "내 존재를 믿느냐, 안 믿느냐?"

"믿는다고." 스크루지가 말했다. "그래야만 하겠군. 좌우지간 유령이 왜 땅 위를 돌아다니고, 왜 나를 찾아온 거지?"

"사람은 누구나 자기 안의 영혼이 동료 인간들 사이에서 돌아다니며 널리 여행을 다니게 해야 하는 법이지. 그런데 만약 그 영혼이 생전에 그런 여행을 다니지 못했다면 사후에 그러도록 저주받는 거야. 세상을 헤매고 돌아다닐 운명인 거지.

아, 슬프기 그지없는 일이야! 더 이상 함께 나눌 수는 없지만 지상에서 진작 함께 나눴다면 행복해질 수 있었을 일들을 지켜봐야만 할 운명이란 말이야!"

유령은 한 번 더 비명을 지르며 쇠사슬을 흔들고 어렴풋이 보이는 두 손을 비틀었다.

"족쇄를 차고 있군." 스크루지가 덜덜 떨며 말했다. "이유를 말해 주겠나?"

"생전에 내가 만든 쇠사슬을 차고 있는 거야." 유령이 대답했다. "고리 하나하나, 1미터, 1미터씩 내가 만들었지. 내 자유 의지로 그걸 내 몸에 묶었고 내 자유 의지로 계속 차고 있는 거야. 자네한텐 이 모양이 생소한가?"

스크루지는 점점 더 덜덜 떨었다.

"아니면 자네도 알고 싶은가?" 유령이 말을 이어 갔다. "자네가 휘감고 다니는 단단한 사슬의 무게며 길이가 어떤지 말이야. 그건 칠 년 전 크리스마스이브에도 벌써 이만큼이나 무겁고 길었지. 자네는 그 후로 지금껏 부지런히 일했고. 이제 그건 다루기 힘들 만큼 무거운 쇠사슬이 되어 있는 거야!"

스크루지는 100여 미터 되는 쇠사슬이 자신을 에워싸고 있는지 보게 될까 싶어 주변 바닥을 힐끗 쳐다보았다. 하지만 아무것도 보이지 않았다.

"제이콥." 그가 애원했다. "내 오랜 친구 제이콥 말리, 좀 더 자세히 얘기해 주게. 위로가 될 만한 말을 좀 해 줘, 제이콥."

"해 줄 말이 없네." 유령이 대답했다. "위로는 다른 세상에서 오는 거라네, 에버니저 스크루지. 그러니까 다른 세상의 대리인들이 자네와는 다른 종류의 사람들에게 전달하는 거란 말이지. 더구나 난 내가 하려던 말도 할 수가 없어. 나한테 허락된 시간은 이제 아주 조금 남았을 뿐이거든. 난 어디에서 쉴수도 없고, 머물 수도 없고, 어슬렁거리며 오랜 시간을 보낼 수도 없지. 내 영혼은 우리 회계실 너머로 걸어 나가 본 적이 없었네, 내 말 잘 듣게! 생전에 내 영혼은 우리 환전 소굴의 좁은 구역을 넘어 돌아다녀 본 적이 없었어. 그러는 바람에 지금 내 앞에 이런 고달픈 여행길만 잔뜩 놓여 있는 거라네!"

생각에 잠길 때면 무릎에서 여미는 반바지의 주머니마다 한 손씩 찔러 넣는 것이 스크루지의 버릇이었다. 유령이 해 준 말들을 곰곰이 생각해 보면서, 지금도 그렇게 하고 있었지만, 눈을 들어 위를 보거나 꿇은 무릎을 펴지는 않았다.

"그동안 틀림없이 아주 느릿느릿 돌아다녔나 보군, 제이콥." 스크루지는 겸손하고 공손하기는 하지만 사무적인 태도로 자기 생각을 말했다.

"느릿느릿하다고!" 유령이 되풀이해 말했다.

"죽은 지 칠 년째잖아." 스크루지가 생각에 잠긴 채 말했다. "그런데 줄곧 떠돌아다녔다고?"

"내내." 유령이 말했다. "휴식도, 평화도 없었지. 끊임없이 후회에 시달렸고."

"빠른 속도로 이동하나?" 스크루지가 말했다.

"바람을 타고 날듯이." 유령이 대답했다.

"칠 년 동안 엄청나게 많은 곳을 다녔겠는데." 스크루지가 말했다.

이 말을 듣자마자 유령은 또 한 번 비명을 지르며 쇠사슬을 철커덕거렸는데 한밤의 죽은 듯한 고요 속에 그 소리가 얼마나 소름 끼쳤던지 야경꾼이 소란죄로 고발한다고 해도 어쩔 수 없을 정도였다.

"아! 사로잡히고, 묶이고, 족쇄를 두 겹이나 차다니." 혼령이 외쳤다. "불멸의 존재들이 쉴 새 없이 일해야 하는 그 긴 시간을 미리 알 길이 없었지. 이 세상에서 영원한 세상으로 넘어가고 나서야 비로소 영원이 허락하는 선함이 전부 드러나니 말이야. 어떤 일이든 자신의 좁은 울타리 안에서 기쁜 마음으로 일하는 기독교 신자의 영혼이라 해도 자신의 유한한 삶이 그렇게 방대하고 유용한 수단으로 쓰이기에는 너무도 짧다는 사실을 알 길이 없었어. 아무리 후회한다고 해도 한 번뿐인 삶의 기회를 잘못 써 버린 걸 보상할 여지는 없다는 걸 알 길이 없었던 거야! 그런데 그게 바로 나였네! 아! 그 사람이 바로 나였어!"

"하지만 자네는 언제나 훌륭한 사업가였어, 제이콥." 이제 막 이 말이 자신에게도 해당된다고 생각하기 시작한 탓인지 스크루지가 머뭇거리며 말했다.

"사업이라!" 유령이 한 번 더 두 손을 비틀며 외쳤다. "인류가 내 사업이었어. 사회 전체의 복지가 내 사업이었지. 자선, 자비, 관용, 박애, 이 모든 게 내 사업이었던 거야. 내가 했던 통상 거래들은 내 사업이라는 드넓은 대양에서 고작 물 한 방울에 불과했단 말이네!"

유령은 쇠사슬이 자신의 부질없는 슬픔의 원인이기라도 한 듯 팔을 쭉 뻗어 그것을 들어 올렸다가 다시 바닥으로 힘껏 내동댕이쳤다.

"해마다 이맘때가 돌아오면 가장 고통스럽다네." 허깨비가 말했다. "어째서 나는 다른 사람들 틈에서 두 눈을 내리깐 채 걸어 다니고, 눈을 들어 동방 박사 세 사람을 초라한 거처로 인도한 저 거룩한 별을 바라보지 않았을까? 그 빛이 나를 인도해 갈 가난한 집들이 없었단 말인가!"

스크루지는 허깨비가 계속 이런 식으로 불평하는 소리를 듣자 몹시 당황하여 몸을 와들와들 떨기 시작했다.

"내 말 잘 듣게!" 유령이 소리쳤다. "내게 주어진 시간이 거의 다 됐군."

"그러지." 스크루지가 말했다. "하지만 날 너무 심하게 나무라지는 말아 줘! 미사여구로 치장하지도 말고, 제이콥! 부탁이야!"

"내가 어째서 자네 앞에 자네가 볼 수 있는 모습으로 나타났는지 알려 줄 수 없어. 나는 지금껏 셀 수 없이 많은 날을 보이지 않는 모습으로 자네 옆에 앉아 있었어."

그것은 별로 기분 좋은 생각이 아니었다. 스크루지는 벌벌 떨며 이마에서 땀을 훔쳤다.

"그건 내가 행하는 속죄 중에서도 절대 쉬운 부분이 아니야." 유령이 말을 이었다. "나는 오늘 밤 자네에게 아직까지는 나와 같은 운명을 피할 기회와 희망이 남아 있음을 알려 주려고 이곳에 온 거야. 내가 마련해 주는 한 번의 기회와 희망일세, 에버니저."

"자넨 내게 언제나 좋은 친구였어." 스크루지가 말했다. "고마워!"

"자네에게 정령 셋이 찾아올 거야." 유령이 다시 말을 이어 갔다.

스크루지의 안색이 거의 그 유령만큼이나 침울해졌다.

"그게 자네가 말한 기회와 희망인가, 제이콥?" 그가 머뭇거리는 목소리로 캐물었다.

"그래."

"저기, 난 차라리 그런 건 없으면 좋겠는데." 스크루지가 말했다.

"그들과 만나지 않으면 말이야." 유령이 말했다. "자네는 내가 걷는 이 길을 피하길 바랄 수 없을거야. 첫 번째 정령은 내일 종이 1시를 칠 때 찾아올 거야."

"차라리 한꺼번에 모두 다 만나고 일을 끝내 버리면 안 될까, 제이콥?" 스크루지가 넌지시 말해 보았다.

"두 번째는 다음 날 밤 같은 시각에 찾아올 거고. 세 번째는 그다음 날 밤 12시를 알리는 마지막 종소리가 떨림을 멈출 때 올 거야. 더 이상 날 보려고 하지 마. 그리고 자네 자신을 위해 우리 사이에 오고간 말들을 명심하도록 해!"

허깨비는 이 말을 마친 뒤 탁자에서 붕대를 집어 들어 아까처럼 머리를 동여맸다. 스크루지는 유령의 두 턱이 붕대로 다시 맞물리면서 이가 맞부딪치는 날카로운 소리를 듣고 그 사실을 알았다. 위험을 무릅쓰고 다시 한번 눈을 들어 보니 그의 초자연적인 방문객은 쇠사슬을 팔에 칭칭 감은 채 꼿꼿이

선 자세로 그를 마주 보고 있었다.

망령은 뒷걸음질을 치며 그에게서 멀어졌는데 한 걸음씩 옮길 때마다 창문이 조금씩 올라가 망령이 창가에 이르렀을 때는 활짝 열려 있었다. 망령은 스크루지에게 다가오라고 손짓했고 그는 그렇게 했다. 둘 사이의 거리가 두 걸음 이내로 좁혀지자 말리의 유령은 한 손을 들어 더 이상 다가오지 말라고 경고했다. 스크루지는 멈춰 섰다.

시키는 대로 순종하려던 게 아니라 다만 놀라고 두려워서였다. 말리의 유령이 손을 올리는 순간 허공에서 혼란스러운 소음이 들린 것이다. 한탄과 후회가 두서없이 섞인 소리, 이루 말할 수 없이 슬프게 자책하는 울부짖음이었다. 허깨비는 잠시 그 소리에 귀를 기울이다가 구슬픈 애가에 동참하며 황량하고 캄캄한 밤의 어둠 속으로 둥둥 떠올라 날아가 버렸다.

스크루지는 창문까지 뒤따라가 호기심을 누르지 못하고 밖을 내다보았다.

허공에는 쉴 새 없이 바쁘게 여기저기 떠돌아다니며 줄곧 애통해하는 혼령들이 가득했다. 하나같이 말리의 유령처럼 쇠사슬을 두르고 있었다. 몇몇은(어쩌면 죄를 지은 정부 관리들일지도 모를 일이었다.) 쇠사슬로 함께 연결되어 있었고, 아무도 자유롭지 못했다. 생전에 스크루지와 개인적으로 알고 지내던 혼령들도 꽤 있었다. 스크루지는 하얀 조끼를 입고 발목에 무시무시하게 큰 철제 금고를 매단 늙은 유령과 상당히 잘 알고 지내던 사이였는데, 그 유령은 아래쪽 현관 계단에 보이는 젖먹이를 데리고 있는 가련한 여인을 도울 수 없어서 애처롭게 흐느끼고 있었다. 유령들 모두 선한 마음을 품고 인간사에 개입하려 해도 이미 그럴 힘을 영원히 잃어버렸다는 이유로 고통스러워하는 것임에 분명했다.

이 존재들이 엷은 안개 속으로 서서히 사라져 갔는지 아니면 안개가 수의처럼 그들을 덮어 가렸는지 그는 알 수 없었다. 하지만 유령들과 그들의 목소리는 서서히 함께 사라졌고, 밤은 그가 집으로 걸어서 돌아오던 때와 똑같아졌다.

스크루지는 창문을 닫고 유령이 들어왔던 방문을 살펴보았다. 그가 자기 손으로 잠근 그대로 이중으로 잠겨 있었고 빗장도 아무도 손대지 않은 채였다. 그는 "헛소리!"라고 말하려다가 첫 음절에서 중단해 버렸다. 그러고는 방금 겪은 감정 탓인지, 아니면 그날 있었던 피곤한 일들이며 보이지 않는 세계를 슬쩍 들여다본 일, 유령과의 따분한 대화 탓인지, 그도 아니면 단순히 시간이 너무 늦은 탓인지 어떻든 휴식이 간절히 필요했기 때문에 옷도 벗지 않고 곧장 잠자리에 들자마자 순식간에 곯아떨어졌다.

2절
첫 번째 정령

스크루지가 깨어났을 때 날이 어찌나 어두웠던지 침대 휘장 너머를 내다보니 투명한 창문과 불투명한 침실 벽을 분간할 수 없을 지경이었다. 그가 족제비 같은 눈으로 어둠을 꿰뚫어 보려 애쓰고 있을 때 십오 분마다 치는 근처 교회의 종소리가 울렸다. 그래서 그는 몇 시인지 알리는 종소리에 귀를 기울였다.

너무 놀랍게도 그 묵직한 종소리는 여섯 번에서 일곱 번으로, 다시 일곱 번에서 여덟 번으로, 그러다가 규칙적으로 열두 번까지 계속 울리고 나서야 멈추었다. 12시라니! 그가 잠자리에 들었을 때는 새벽 2시가 넘은 시간이었는데. 시계가 고장난 게 분명했다. 아마도 부품에 고드름이라도 낀 모양이었다. 12시라니!

그는 이 터무니없는 시계의 잘못을 지적하겠다는 생각으로 제 리피터 시계의 스프링이 눌리도록 단추를 가볍게 눌렀다. 리피터 시계의 짧고 빠른 맥박이 열두 번 울리더니 멎었다.

"아니, 이건 있을 수 없는 일이야." 스크루지가 말했다. "내가 하루 종일 깨지 않고 다음 날 밤까지 잔다는 건. 태양에 무슨 일이 생겼을 리도 없을 테고, 그럼 지금 혹시 정오인가!"

무서운 생각이 들어 그는 허둥지둥 침대 밖으로 기어 나와 더듬거리며 창문까지 갔다. 뭐가 되었건 보려면 먼저 실내복 소매로 성에를 문질러 닦아 낼 수밖에 없었는데 그런 뒤에도 거의 아무것도 볼 수 없었다. 그가 파악할 수 있는 것이라고는 여전히 안개가 무척 짙고 몹시 추운 데다 낮이 밤을 물리치고 세상을 손아귀에 넣었더라면 마땅히 존재했을, 사람들이 이리저리 뛰어다니거나 야단법석을 떠는 소리가 전혀 들리지 않는다는 사실뿐이었다. 그건 꽤 안심되는 일이었다. 왜냐하면 만일 낮이 사라져 계산의 기준이 되는 날이 없어지면 '첫 번째 어음을 일람한 사흘 후 에버니저 스크루지 씨나 그가 지정한 사람에게 대금을 지불하시오.'라는 식으로 기재된 증서들은 한낱 미국 각 주의 지방채나 다름없어질 것이기 때문이었다.[11]

스크루지는 다시 침대로 가서 이 상황을 생각하고 또 생각하고 거듭 생각해 보았지만 도무지 이해할 수가 없었다. 생각하면 할수록 더 골치 아프기만 했다. 그는 말리의 유령 때문

---

11) 1830년대 미국의 몇몇 주들이 공공재 건설을 위해 마구잡이로 주 정부 단위의 지방채를 발행하여 영국을 비롯한 외국에서 자본을 빌렸으나 이후 금융 위기가 겹쳐 지불 이행을 거부하는 사태가 발생한 것을 빗댄 표현이다.

에 너무너무 신경이 쓰였다. 그가 마음속으로 분별 있게 따져 본 후 모든 것이 그저 꿈이었다는 결론을 내릴 때마다 그의 생각은 당겨졌다 풀려난 강력한 스프링처럼 맨 처음 자리로 다시 튀어 돌아가 똑같은 문제를 처음부터 다시 풀도록 들이 밀었다. "그건 꿈이었을까, 아닐까?"

스크루지는 이런 상태로 누워 있다가 십오 분마다 울리는 종소리가 세 번째 울리자 불현듯 종이 1시를 알리면 방문객이 찾아올 거라고 경고했던 유령의 말이 떠올랐다. 그는 그 시간 이 지날 때까지 깨어 있기로 결심했다. 어차피 그가 잠들기는 천국에 가는 것만큼이나 불가능했다는 점을 고려하면 아마도 그게 그가 내릴 수 있는 가장 현명한 결정일 터였다.

그 십오 분이 어찌나 길었던지 그는 무심결에 깜박 잠에 빠 졌다가 시계 소리를 놓친 것이 틀림없다고 확신했던 적이 한 두 번이 아니었다. 마침내 종소리가 쫑긋 세운 그의 귀를 찢을 듯 갑작스레 울렸다.

"땡땡, 뎅!"

"십오 분이 지났잖아!" 스크루지가 헤아려 보며 말했다.

"땡땡, 뎅!"

"삼십 분이야!" 스크루지가 말했다.

"땡땡, 뎅!"

"십오 분 전이군!" 스크루지가 말했다.

"땡땡, 뎅!"

"1시 정각이구나." 스크루지가 의기양양하게 말했다. "하지 만 아무 일도 안 일어났지!"

그가 1시를 알리는 종소리가 울리기 직전 이 말을 하자마자 곧바로 깊고, 둔탁하고, 공허하고, 음울한 종소리가 한 번 울렸다. 그 순간 방 안에 빛이 번쩍 비치더니 침대 휘장이 젖혀졌다.

　그의 침대 휘장을 한쪽으로 열어젖힌 것은 분명히 어떤 손이었다. 발치에 있는 휘장도 등 뒤에 있는 휘장도 아닌 바로 얼굴 맞은편에 있는 휘장이었다. 침대 휘장이 한쪽으로 젖혀지자 스크루지는 누워 있던 몸을 반쯤 일으키다가 자신이 휘장을 젖힌, 이 세상에 속한 것 같지 않은 방문객과 마주 보고 있음을 깨닫게 되었다. 지금 내가 여러분 아주 가까이에 있는 것만큼, 그러니까 마음으로는 여러분 바로 팔꿈치 옆에 서 있는 것만큼 가까운 거리였다.

　그것의 모습은 기묘했다. 꼭 어린아이처럼 보였다. 아니 어린아이 같다기보다는 시야에서 멀어져 어린아이만 한 크기로 작게 보이는, 뭔가 초자연적인 물체를 거쳐서 모습이 보이는 노인 같기도 했다. 목 주변을 지나 등까지 늘어진 머리카락은 나이 탓인 듯 하얬지만 얼굴에는 주름 하나 없었고 피부는 부드러운 홍조를 띠었다. 팔은 매우 길고 근육질이었으며 손도 마찬가지여서 악력이 범상치 않게 셀 것 같았다. 아주 섬세한 모양의 다리와 발도 팔과 손처럼 맨살이었다. 그것은 순백색 튜닉을 입고 허리둘레에 아름다운 광채가 번쩍거리는 벨트를 매고 있었다. 한 손에는 싱싱한 초록색 호랑가시나무 가지를 들었지만 옷단은 그 겨울의 상징과 묘하게 모순되는 여름 꽃들로 장식하고 있었다. 하지만 가장 괴상한 것은 정수리께에서 밝고 선명한 빛이 용솟음친다는 점이었는데, 그 덕에 이 모든 모습을 볼 수 있었다. 그래서인지 지금보다 좀 더 단조롭고 지루한 순간에는 지금 옆구리에 낀 거대한 촛불 끄개를 모자 삼아 머리에 덮을 필요가 있어 보였다.

하지만 스크루지가 더욱 인내심을 가지고 들여다보자니 그조차도 가장 괴상한 특징은 아니었다. 벨트가 이쪽에서 번쩍, 저쪽에서 번쩍 하고 빛나면서 환한 빛과 어둠을 오가는 것처럼 정령의 형상 자체도 다른 모습으로 거듭 바뀌어 가며 뚜렷했다가 흐릿해지기를 반복했다. 팔이 하나인가 싶더니 다음 순간은 다리가 하나이고, 그다음에는 다리가 스물, 또 그다음에는 다리는 둘인데 머리가 없다가 이내 몸통은 없이 머리만 있기도 했다. 사라지는 신체 부위들은 짙은 어둠 속으로 녹아들어가 도무지 윤곽조차 알아볼 수 없었다. 이런 모습에 경악하고 있으면 그것은 다시 변함없이 뚜렷하고 분명한 원래의 모습대로 돌아와 있곤 했다.

"예고대로 나한테 찾아온다던 그 정령입니까?" 스크루지가 물었다.

"그게 바로 나야!"

그 목소리는 부드럽고 차분했다. 유별날 정도로 낮아서 그의 바로 옆이 아니라 멀리 떨어져 있는 것 같았다.

"누구, 아니 어떤 정령인가요?" 스크루지가 따져 물었다.

"과거 크리스마스의 정령이다."

"오래전 과거 말입니까?" 난쟁이처럼 키가 작은 그를 주시하며 스크루지가 물었다.

"아니, 너의 과거."

누가 물어보았다 해도 설명하기 힘들었겠지만 스크루지는 그 순간 정령이 모자를 쓴 모습이 굉장히 보고 싶어져서 정령에게 모자를 써 달라고 부탁했다.

"뭐라고!" 정령이 소리쳤다. "그 세속적인 손으로 내가 비추어 주는 이 빛을 그렇게 빨리 꺼 버릴 셈이란 말이야? 네가 자기 욕심에 사로잡혀 만든 이 모자를 기나긴 세월 내내 억지로 이마에 푹 눌러씌워 놓은 녀석 중 하나인 걸로는 충분하지 않은 모양이군!"

스크루지는 기분을 상하게 할 의도가 전혀 없었으며 그의 평생 어느 때고 정령에게 고의로 '모자를 푹 눌러씌운' 적이 있었는지에 대해서도 전혀 아는 바가 없다고 공손하게 말했다. 그런 다음 대담하게도 그는 무슨 용무로 여기 왔는지를 물었다.

"네 행복을 위해서야!" 정령이 말했다.

스크루지는 대단히 감사하다는 뜻을 표하기는 했지만 밤에 방해받지 않고 푹 쉬는 게 그 목적에는 훨씬 더 도움이 되었을 거라는 생각이 드는 건 어쩔 수 없었다. 정령은 그의 생각을 들었음이 분명했다. 당장 이렇게 말했으니 말이다.

"그렇다면 네 교화를 위해서라고 해 두자. 새겨들으라고!"

그는 그렇게 말하면서 힘 있는 손을 내밀어 팔을 가볍게 움켜잡았다.

"일어나! 나와 함께 가자!"

스크루지가 날씨나 시간이 도보 여행을 하기에 적합하지

않으며, 침대는 따뜻하지만 온도계는 영하를 한참 밑돌고, 옷을 입기는 했어도 실내화와 실내복, 취침용 모자뿐인 가벼운 차림새인 데다가 하필이면 감기까지 걸린 상태라고 항변해 봤자 말짱 헛일이었을 터였다. 그 움켜쥔 손은 여자의 손처럼 부드럽기는 해도 뿌리칠 수는 없었다. 그는 일단 자리에서 일어났지만 정령이 창문으로 향하는 것을 알아차리고서 옷자락을 움켜잡고 애원했다.

"나는 인간입니다." 스크루지가 이의를 제기했다. "그러면 떨어질 게 뻔해요."

"거기에 내 손이 닿는 것만 견뎌라." 정령이 그의 가슴에 손을 얹으며 말했다. "그러면 넌 여기보다 더 높은 곳에도 올라갈 수 있으니."

이 말을 하는 순간 그들은 이미 벽을 통과해 양쪽으로 들판이 펼쳐진 탁 트인 시골길에 서 있었다. 도시는 완전히 사라져 버렸다. 흔적조차 전혀 보이지 않았다. 어둠과 엷은 안개도 도시와 함께 이미 사라졌는지 어느새 땅에 눈이 쌓여 있는 맑고 추운 겨울날이었다.

"하느님 맙소사!" 스크루지가 두 손을 꼭 맞잡고 주위를 두리번거리며 말했다. "여긴 내가 자란 곳이잖아. 여기서 소년 시절을 보냈다고요!"

정령은 온화한 눈길로 그를 가만히 바라보았다. 정령의 부드러운 손길은 비록 약하고 순간적이었지만 노인에게는 아직도 그 감촉이 남아 있는 것 같았다. 그는 공기 중에 수천 가지 향기가 감돌고, 그 향기는 제각각 아주 오래전에 잊어버린 수

천 가지 생각과 희망, 기쁨, 근심과 관계가 있다는 사실을 알아차렸다.

"입술이 떨리는군." 정령이 말했다. "게다가 네 뺨에 흐른 건 뭐지?"

스크루지는 보기 드물게 목이 멘 소리로 그냥 뭐가 좀 난 거라고 중얼거린 뒤 정령에게 자기가 예전에 자주 가던 곳으로 데려가 달라고 부탁했다.

"그 길을 기억해 냈나?" 정령이 물었다.

"기억하다마다요!" 스크루지가 열띤 목소리로 외쳤다. "눈 가리고도 갈 수 있을 겁니다."

"그러면서 그렇게 오랫동안 그 길을 잊고 지냈다니 참 이상하기도 하지!" 정령이 비꼬듯 말했다. "그럼 계속 가 볼까."

함께 길을 따라 걸어가면서 스크루지는 대문이며 말뚝, 나무 하나하나를 모조리 알아보았다. 마침내 저 멀리 다리와 교회, 굽이쳐 흐르는 강이 있는, 장이 서는 작은 마을이 보이기 시작했다. 그때 털이 텁수룩한 조랑말 몇 마리가 등에 소년들을 태우고 그들을 향해 빠르게 걸어오는 모습이 보였는데 그 소년들은 농부들이 모는 시골 이륜마차와 짐수레에 탄 다른 아이들을 소리쳐 부르는 중이었다. 아이들은 하나같이 들떠 서로 큰 소리로 말을 주고받았고, 어느덧 너른 들판에 즐거운 음악이 흘러넘쳐 상쾌한 공기마저 그 소리에 웃음을 터뜨릴 지경이었다.

"이것들은 과거에 존재했던 것들의 그림자일 뿐이야." 정령이 말했다. "그들은 우리를 알아차리지 못해."

이윽고 쾌활한 여행자들이 다가왔다. 그들이 다가오자 스크루지는 모두를 하나하나 알아보고 이름을 불렀다. 그는 왜 그들을 보고 한없이 기뻐했던가! 그들이 스쳐 지나갈 때 왜 그의 차가운 눈은 젖은 듯 반짝거리고 가슴이 두근거렸던가! 갈림길과 샛길에서 저마다 집을 향해 헤어지면서 서로에게 메리 크리스마스라며 건네는 인사를 들었을 때 왜 그는 기쁨으로 벅차올랐던가! 도대체 스크루지에게 메리 크리스마스가 무엇이었기에? 염병할 메리 크리스마스! 지금껏 크리스마스가 그에게 도대체 무슨 득이 되었단 말인가?

"학교가 텅 빈 것은 아니군." 정령이 말했다. "친구들한테 무시당한 외로운 아이 하나가 아직 그곳에 남아 있어."

스크루지는 자기도 안다며 흐느꼈다.

그들은 큰길을 벗어나 여전히 기억에 생생한 골목길로 접어들었고, 이내 지붕 위로 풍향계가 달린 작고 둥근 탑이 솟아 있고 그 안에 종이 매달린 칙칙한 붉은색 벽돌 저택에 다다랐다. 큰 저택이었으나 집안이 파산이라도 한 듯 널찍한 가사실은 사용한 흔적이 없었고, 벽마다 축축하게 뒤덮인 이끼에 창문들은 깨지고 대문은 곳곳이 썩어 있었다. 마구간에서는 닭이며 오리들이 빽빽대며 돌아다니고 마차 차고와 헛간에는 풀만 무성했다. 실내라고 해서 예전 상태를 더 잘 유지하고 있는 것은 아니었다. 황량한 현관으로 들어가 수많은 열린 문틈으로 쭉 훑어보니 놓여 있는 가구도 거의 없이 춥고 넓기만 한 방들이 보였다. 공기에는 흙냄새가 배어 있었으며 으스스하고 휑한 느낌이 감돌아 어쩐지 불이라곤 거의 촛불에만 의지한 채 먹을 것은 별로 없는 상황이 연상되었다.

정령과 스크루지는 복도를 가로질러 집 안쪽 깊숙이 있는 문으로 다가갔다. 그들 앞에서 문이 열리자 줄지어 늘어선 수수한 소나무 널빤지 걸상과 책상들 때문에 더욱 썰렁해 보이는 길고 휑하고 음울한 방이 나타났다. 이 중 희미한 난롯불 근처의 한 책걸상에서 외로운 소년이 책을 읽고 있었다. 스크루지는 걸상에 걸터앉더니 잊고 지냈던 과거의 가엾은 자신을 보며 눈물을 흘렸다.

집 안에 숨어 있는 메아리도, 벽의 판자 뒤에서 생쥐들이 찍찍대며 허둥지둥 달아나는 소리도, 을씨년스러운 뒷마당의 반쯤 녹은 홈통에서 똑똑 떨어지는 물방울 소리도, 생기를 잃고 잎이 다 떨어진 포플러나무 가지들 사이로 들리는 한숨 같은 바람 소리도, 텅 빈 창고 문이 쓸데없이 흔들리는 소리도, 정말이지 난롯불이 타닥거리는 소리까지 어느 하나 스크루지의 마음을 건드려 한결 풀어지게 하고 눈물을 흘리도록 하지 않는 것이 없었다.

정령은 그의 팔을 건드리더니 책 읽기에 몰두한 어린 그를 가리켰다. 그때 별안간 이국적인 옷을 입은 남자가 놀랍도록 생생하고 뚜렷한 모습으로 허리춤에 도끼를 찔러 넣고 창 밖에 서 있다가 장작을 실은 나귀의 고삐를 잡아끌고 갔다.

"아니, 저건 알리바바가 아닌가!" 스크루지가 기뻐서 어쩔 줄 모르고 소리쳤다. "정직한 알리바바 아저씨! 그래, 맞아, 생각이 나는데! 언젠가 크리스마스에 저기 보이는 외톨이 녀석이 혼자 여기 남겨졌을 때 처음으로 그가 찾아왔지요. 꼭 저렇

게 말이에요. 가엾은 녀석! 아, 참, 밸런타인도." 스크루지가 말
했다. "야생에서 자란 동생 오손과 함께였죠.[12] 저기 그들이
가네요! 그리고 저 남자 이름이 뭐죠? 다마스쿠스 성문 앞에
속바지 차림으로 잠이 든 채 내버려진 사람 말이에요. 저기 보
이는군! 지니가 거꾸로 처박은 술탄의 마부도 있군. 저기 머리
부터 처박혀 있잖아! 그래도 싸지. 거참 고소하다. 제깟 녀석이
공주님이랑 결혼할 주제가 된다고!"[13]

　런던에 있는 스크루지의 사업상 동료들이 스크루지가 웃는
것도 우는 것도 아닌 아주 이상한 목소리로 그런 주제에 관해
자신의 천성적인 진지함을 모조리 쏟아부으며 떠드는 것을
들으며 들떠서 상기된 그의 얼굴을 보았다면 정말로 깜짝 놀
랐을 것이다.

　"앵무새다!" 스크루지가 외쳤다. "초록 몸통에 노란 꼬리, 머
리 꼭대기에서는 상추처럼 보이는 게 자라는 녀석. 저기 그 녀
석이 있어요! 가엾은 로빈슨 크루소. 섬 주위를 배로 둘러보

---

12) 프랑스 카롤링거 왕조 시대를 배경으로 어릴 때 숲에 버려진 쌍둥이 형
제의 이야기를 다룬 모험담. 형인 밸런타인은 피펀 왕의 궁정에서 자라 기사
가 되고 동생인 오손은 숲속 곰의 굴에서 야생으로 자라다가 후에 형을 만
나 문명사회에 편입하게 된다.
13) 『아라비안나이트』 중 「누르 알 딘 알리와 그 아들 바드르 알 딘 하산 이
야기」. 술탄인 아버지가 공주를 마부인 꼽추와 결혼시키려 했으나 지니 덕
분에 꼽추가 변기에 거꾸로 처박혀 있는 사이 공주는 사촌이기도 한 하산
과 첫날밤을 치르게 된다. 한편 첫날밤이 지나고 아침이 되자 속바지 차림
의 하산을 데리고 하늘을 날아 이동하던 지니는 어느새 날이 환히 밝고 기
도 시간을 알리는 소리가 들리는 순간 어찌할 바를 모르다가 그를 땅바닥
에 내려놓은 채 줄행랑을 치고 만다.

고 집으로 돌아오자 녀석이 그를 그렇게 불렀지요. '가엾은 로빈슨 크루소, 어디 갔다 온 거니, 로빈슨 크루소?' 사내는 자기가 꿈을 꾸고 있다고 생각했지만 아니었죠. 아시다시피 그건 앵무새였어요. 저기 프라이데이가 가네요. 목숨을 구하려고 작은 만으로 달려가고 있군! 이봐! 어이! 이것 보라고!"

그러고 나서 평소와는 사뭇 달리 기분이 급변했는지 과거의 자신을 불쌍해하며 "가엾은 녀석!" 하고는 다시금 울음을 터뜨렸다.

"그랬으면 좋았을 텐데." 스크루지가 소맷부리로 눈가를 훔친 후 주머니에 한 손을 집어넣고 주위를 두리번거리며 중얼거렸다. "하지만 이제는 너무 늦어 버렸어."

"무슨 문제라도 있나?" 정령이 물었다.

"아무것도 아닙니다." 스크루지가 말했다. "별일 아니에요. 지난밤에 제 사무실 문 앞에서 크리스마스 캐럴을 부르던 사내아이가 있었어요. 녀석에게 뭐라도 쥐여 줄걸 그랬다 싶어서요. 그게 답니다."

그러자 정령은 의미심장한 미소를 짓고는 손을 흔들며 이렇게 말했다. "크리스마스를 하나 더 보러 가지!"

그 말에 과거의 스크루지가 훌쩍 자랐고, 방은 좀 더 어둡고 지저분해졌다. 벽면의 판자들이 오그라들고 창문들은 금이 가고 천장에서 회반죽 파편들이 떨어지는 바람에 욋가지[14]

---

14) 흙벽이나 회벽을 바르기 전에 벽 속에 넣어 가로세로로 얽는 데 사용되는 나뭇가지나 수숫대 따위를 말한다.

들이 적나라하게 보였다. 하지만 이 모든 일이 어떻게 벌어졌는지에 대해서는 스크루지도 여러분이나 다름없이 알지 못했다. 단지 그는 그 모습이 더없이 정확하고, 모든 일이 일어났던 그대로이며, 다른 소년들이 모두 즐거운 연말연시를 보내러 집으로 돌아가 버리자 그가 또다시 홀로 남겨졌다는 사실만을 알 수 있을 뿐이었다.

이제 그는 책을 읽는 대신 절망적인 심정으로 서성거리고 있었다. 스크루지는 정령을 쳐다보더니 애처롭게 고개를 저으며 불안한 표정으로 방문을 힐끗 보았다.

문이 열리자 소년보다 훨씬 어린 작은 소녀가 쏜살같이 달려 들어와 그의 목을 끌어안고 입맞춤을 퍼부으며 "오빠, 사랑하는 우리 오빠." 하고 그를 불렀다.

"집으로 데려가려고 왔어, 오빠!" 아이가 조그마한 손으로 손뼉을 치고 허리를 구부리며 깔깔 웃어 대다가 말했다. "오빠를 집으로 데려가려고. 집으로 말이야. 집!"

"집이라고, 귀염둥이 팬?" 소년이 되물었다.

"그래!" 아이가 기쁨에 벅차 말했다. "영원히 집으로 가는 거야. 언제까지나 집에 있을 거야. 아버지가 예전보다 훨씬 상냥해지셔서 집이 꼭 천국 같아! 어느 날 밤 내가 자러 가려고 하는데 아버지가 나한테 몹시 다정하게 말씀하셔서 용감하게 오빠가 집에 돌아와도 될지 한 번 더 물어봤어. 그랬더니 아버지가 '그래, 그렇게 해야지.' 하시고는 오빠를 데려오라고 나를 마차에 태워 보내셨어. 그리고 오빠는 이제 어른이 된 거래!" 아이가 두 눈을 휘둥그렇게 뜨며 말했다. "그러니까 다시는 이

곳으로 돌아오지 않아도 돼. 하지만 우선 우리는 크리스마스 내내 함께 지내야 해. 그리고 온 세상에서 가장 즐거운 시간을 보내는 거야."

"너 제법 숙녀 같구나, 귀염둥이 팬." 소년이 감탄한 듯 소리쳤다.

아이는 손뼉을 치며 깔깔 웃다가 그의 머리를 쓰다듬으려 했지만 키가 너무 작아 닿지 않자 또다시 깔깔 웃더니 까치발을 하고 그를 껴안았다. 그런 다음 어린아이답게 열심히 그를 문 쪽으로 질질 끌고 가기 시작했고 그도 전혀 거리낌 없이 아이를 따라갔다.

기분 나쁜 목소리가 복도에서 쩌렁쩌렁 울렸다. "스크루지 군의 짐 상자를 가지고 내려와. 그래, 거기로!" 이윽고 복도에 교장이 직접 모습을 드러내더니 인정머리 없고 생색내는 태도로 스크루지 군을 노려보며 악수를 해서 그를 두려움에 떨게 만들었다. 그러고 나서 교장은 스크루지 군과 여동생을 거기서는 제일 좋은 곳이지만 지금껏 본 중에는 가장 낡은 우물처럼 벌벌 떨리게 추운 응접실로 데려갔다. 벽에 걸린 지도들이며 창턱에 놓인 천구의와 지구의마저 추위로 밀랍처럼 창백한 곳이었다. 이곳에서 그는 이상할 만큼 묽은 포도주가 담긴 유리병 하나와 이상할 만큼 설익은 케이크 한 덩이를 꺼내더니 그 산해진미를 아이들에게 조금씩 대접했다. 그와 동시에 말라빠진 하인을 보내 우편 마차 마부에게 '마실 것'을 한 잔 권했다. 그렇지만 마부는 신사분께 감사하기는 하지만 지난번에 맛본 것과 같은 술이라면 차라리 마시지 않겠다고 대답했다.

스크루지 군의 트렁크는 이때쯤 이미 마차 꼭대기에 묶여 있었기에 아이들은 지체 없이 흔쾌하게 작별을 고한 다음 마차에 올라타고 정원 사이로 펼쳐진 길을 신나게 내달렸다. 마차 바퀴들이 잽싸게 구르며 거무스름해진 상록수 잎에 쌓인 흰 서리와 눈을 단숨에 튀겨 물보라처럼 흩날리게 했다.

"늘 몸이 약한 아이였지. 가벼운 바람결에도 시들시들 말라 죽었을지 모를 만큼 말이야." 정령이 말했다. "하지만 마음은 참 너그러운 아이였어!"

"그랬지요." 스크루지가 흐느끼며 말했다. "그 말이 맞아요. 어떻게 반박하겠어요, 정령님. 천벌 받을 소리죠!"

"결혼하고 나서 죽어 버렸지." 정령이 말했다. "그리고 내가 기억하기로는 아이들이 있었던 것 같은데."

"애는 하나였어요." 스크루지가 대꾸했다.

"맞아." 정령이 말했다. "자네 조카!"

스크루지는 마음이 불편한 듯 짧게 "네."라고 대답했다.

그들은 이제 막 학교를 뒤로하고 떠났을 뿐이지만 어느 틈에 도시의 번화한 큰길에 와 있었다. 환영 같은 행인들이 지나갔다가 다시 되돌아오며 환영 같은 짐마차들이 앞다투어 길을 가고 진짜 도시의 온갖 다툼과 갈등과 소란이 존재하는 곳이었다. 가게 장식들을 보니 이곳에도 또 한 번 크리스마스가 찾아왔음이 분명했다. 하지만 저녁나절이어서 거리마다 불이 밝혀져 있었다. 정령은 큰 상점 문 앞에 멈춰 서더니 스크루지에게 여기가 어딘지 아느냐고 물었다.

"알다마다요!" 스크루지가 말했다. "여기서 수습생 시절을 보냈던가요?"

그들은 안으로 들어갔다. 얼마나 높은 책상 앞에 앉아 있던 지 5센티미터만 더 컸더라면 천장에 머리를 부딪쳤을 것이 틀림없는, 웨일스 모자를 쓴 노신사를 본 스크루지는 몹시 흥분하여 소리쳤다.

"아니, 페지위그 영감님이잖아! 그분께 하느님의 은총이 함께하기를. 페지위그 영감님이 다시 살아나다니!"

페지위그 영감이 펜을 내려놓고 시계를 올려다보았다. 그때 시계는 7시 정각을 가리키고 있었다. 그는 두 손을 비비고 품이 넉넉한 조끼를 단정하게 매만진 다음 발끝부터 자비심이 담긴 기관[15]인 이마에 이르기까지 온몸 곳곳을 울리며 껄껄 웃더니 편안하고 사근사근하며 낭랑하고 풍부하고 쾌활한 목소리로 크게 외쳤다.

"어이, 거기! 에버니저! 딕!"

이제는 청년이 된 과거의 스크루지가 동료 수습생과 함께 힘차게 달려 들어왔다.

"딕 윌킨스야. 틀림없어!" 스크루지가 정령에게 말했다. "이럴 수가! 맞아. 딕이 저기 있네요. 저를 무척 좋아했어요. 가엾은 딕! 이런, 세상에!"

"이거 봐, 이 친구들아!" 페지위그가 말했다. "오늘 밤 업무는 이걸로 끝일세. 크리스마스이브야, 딕. 크리스마스라고, 에

───────────

15) 유사 과학의 성격이 짙었던 빅토리아 시대 골상학에서는 인간의 자비심이 담긴 기관이 이마라고 주장했다.

버니저! 문을 닫아야지." 페지위그 영감이 손뼉을 짝 치면서 큰 소리로 말했다. "누구든 잭 로빈슨[16]이라고 말하기 전에 말일세!"

두 친구가 얼마나 부리나케 그 일을 해치웠는지 믿기지 않을 것이다! 그들은 하나, 둘, 셋에 덧문을 들고 거리로 냅다 달려 나가더니 넷, 다섯, 여섯에 들어 올려 제자리에 끼우고 일곱, 여덟, 아홉에 빗장을 질러 고정한 다음 열둘까지 세기도 전에 경주마처럼 헐떡거리며 돌아왔다.

"참, 이것 봐!" 페지위그 영감이 높다란 책상에서 놀랍도록 날렵하게 훌쩍 뛰어내리며 말했다. "자네들, 여기를 싹 다 치워 버리게. 공간을 많이 만들자고! 어이, 딕! 쯧쯧, 에버니저!"

다 치워 버려! 페지위그 영감이 지켜보기만 한다면 그들이 치우지 않을, 아니 치우지 못할 것은 아무것도 없었다. 삽시간에 일이 끝났다. 움직일 수 있는 것들은 모조리 해고된 공직자처럼 쫓겨났다. 바닥은 쓸고 물을 뿌렸고, 램프마다 심지를 다듬었고, 난로에는 땔감을 쌓아 올렸다. 그러고 나자 상점은 겨울밤에 사람들이 찾아가고 싶어 할 만큼 아늑하고, 따뜻하고, 축축한 데라고는 없는 환한 무도회장이 되었다.

악보를 든 바이올린 연주자가 들어와 높다란 책상에 다가

---

16) 오늘날에는 '눈 깜짝할 사이에, 아주 빨리'라는 의미로 굳어진 관용적 표현으로 일찍이 18세기에 사용되기 시작했다. 어원으로는 여러 가지가 제시되는데 그중 하나가 잭 로빈슨이라는 사람이 매번 남의 집을 방문하고는 하인이 그의 방문을 주인에게 알리기도 전에 가 버리곤 한 데서 비롯되었다는 설이다.

가더니 책상을 오케스트라 삼아 쉰 가지 복통을 앓는 듯한 소리를 내며 조율을 했다. 진심이 담긴 함박웃음을 지으며 페지위그 부인이 들어왔고, 명랑하고 사랑스러운 페지위그의 세 딸도 들어왔다. 딸들이 애태우는 젊은 추종자 여섯 명도 들어왔다. 근처 상점들에서 일하는 젊은이와 아가씨들도 모조리 들어왔다. 하녀가 제빵사인 사촌과 함께 들어왔다. 요리사는 오빠의 각별한 친구인 우유 배달부와 함께 들어왔다. 주인이 식사를 충분히 주지 않는 듯한 낌새가 있는 건너편 사환 소년은 여주인이 툭하면 귀를 잡아당겼다는 사실이 이미 드러난 한 집 건너 옆집 어린 하녀 뒤에 몸을 숨기려 애쓰며 들어왔다. 그들 모두 차례차례 들어왔다. 어떤 사람은 수줍어하며, 어떤 사람은 대담하게, 어떤 사람은 우아하게, 어떤 사람은 어색하게, 어떤 사람은 떠밀면서, 어떤 사람은 잡아끌면서, 어떻게 해서든, 그 어떤 방법으로든 그들 모두가 안으로 들어왔다. 그들 모두, 한꺼번에 스무 쌍이 출발했다. 손을 잡고 반만큼 돌았다가 반대쪽으로 다시 돌고, 가운데로 모였다가 다시 뒤로 물러나고, 다정한 쌍쌍이 여러 단계를 거치며 여러 번 빙글빙글 돌다가 보면 선두에 선 한 쌍이 늘 엉뚱한 자리로 가는 바람에 새로 선두에 서게 된 또 한 쌍이 그 자리에 가자마자 춤이 처음부터 다시 시작되고, 마침내 모두가 선두에 서게 되면서 그들을 도와 후미에 설 쌍은 하나도 남지 않았다. 결과가 이렇게 나오자 페지위그 영감이 손뼉을 쳐 춤을 중단시키며 "잘했어요!" 하고 외쳤다. 그리고 얼굴이 시뻘겋게 달아오른 바이올린 연주자는 이런 경우를 위해 특별히 준비해 둔 흑

맥주 통에 얼굴을 처박았다. 하지만 얼굴을 다시 드러내자마자 휴식 따위는 수치스럽다는 듯 춤추는 사람들이 아직 아무도 없는데 곧장 다시 연주하기 시작했다. 꼭 연주자는 방금 기진맥진하여 덧문에 실려 이미 집으로 돌아갔고, 자기는 그를 이겨 쫓아내지 못하면 차라리 죽어 버리기로 굳게 결심한 완전히 새로운 연주자라도 되는 것처럼 말이다.

춤을 좀 더 추다가 벌금놀이를 하고, 또다시 춤을 추었다. 케이크가 나오고, 니거스 술이 나오고, 차갑게 식힌 큼직한 고기구이 한 덩이가 나오고, 큼직한 수육 한 덩이도 나오고, 민스파이에 맥주까지 잔뜩 나왔다. 하지만 그날 저녁 가장 굉장한 광경이 펼쳐진 것은 고기구이와 수육이 나온 다음, 그러니까 바이올린 연주자가 「로저 드 커벌리 경」을 연주하기 시작했을 때였다.(약삭빠른 녀석 같으니, 조심하시길! 여러분이나 나보다 그의 일에 대해 더 잘 아는 사람이었다면 그렇게 하라고 먼저 귀띔할 수도 있었을 텐데!) 바로 그때 페지위그 영감이 페지위그 부인과 춤을 추기 위해 나섰다. 역시나 선두였다. 두 사람에게 딱 어울리는 상당히 힘든 춤곡에 스물서너 쌍, 그것도 그냥 시시덕거리려는 것이 아니라 제대로 춤을 추고 싶어 하는, 걸어 다닐 생각이라고는 전혀 없는 사람들과 함께였다.

하지만 사람들이 그 수의 두 배, 아니 네 배였어도 페지위그 영감은 맞수가 될 수 있었을 것이고, 페지위그 부인도 마찬가지였을 것이다. 부인으로 말할 것 같으면 짝이라는 단어의 모든 의미에서 페지위그 영감의 짝이 될 만한 자격이 있는 사람이었다. 그것이 그리 대단한 칭찬이 아니라면 더 큰 칭찬의 말을 내게 알려 주기 바란다. 그러면 그 말을 그대로 쓰겠다. 페지위그의 종아리에서는 뚜렷한 빛이 솟아나오는 것처럼 보였다. 춤추는 동작 하나하나마다 두 종아리는 마치 두 개의 달덩이처럼 반짝반짝 빛났다. 그것들이 어떤 순간에 어떤 동작을 취할지는 여러분도 예측할 수 없었을 것이다. 페지위그 영감과 페지위그 부인이 춤을 모두 끝냈을 때, 그러니까 앞으로 나갔다가 뒤로 물러나고, 짝과 손을 맞잡고, 공손하게 허리를 굽혀 인사하고, 나선형으로 누비듯 나아가고, 바늘에 실 꿰기 동작[17]까지 한 다음 다시 제자리로 돌아갔을 때 페지위그가 '껑충 뛰어 가위질하기'[18]를 했는데, 어찌나 날렵하게 해냈던지 마치 두 다리로 한 눈을 찡긋하는 것 같았고 두 발로 착지할 때도 전혀 비틀거리지 않았다.

시계가 11시를 치자 페지위그 집안의 무도회는 끝이 났다. 페지위그 씨 부부는 각자 문 양옆에 자리를 잡고 밖으로 나가는 모든 사람과 일일이 악수를 나누며 즐거운 크리스마스를 보내기를 바란다고 인사했다. 모든 사람이 물러가고 두 수습생만 남자 부부는 그들에게도 똑같이 인사를 했다. 그리하여 쾌활한 목소리들은 잦아들고 두 청년은 가게 뒤쪽의 판매대 아래 있는 자신들의 잠자리로 돌아갔다.

이러는 동안 내내 스크루지는 넋 나간 사람처럼 행동했다.

---

17) 2열로 늘어선 쌍들이 맞잡은 손을 들고, 바늘에 실을 꿰듯 한쪽 끝에서 다른 쪽 끝까지 모든 쌍이 차례대로 허리를 굽혀 그 아래를 빠져 나가는 춤 동작.
18) 허공으로 뛰어올라 빠른 속도로 두 발을 번갈아 교차시키는 춤 동작.

그의 마음과 영혼은 그 광경에 동참하면서 과거의 자신과 함께 있었다. 그는 모든 것이 그때 그대로임을 확인했고, 모든 것을 기억해 냈고, 모든 것을 즐겼으며, 굉장히 익숙하지 않은 흥분을 경험했다. 그는 과거의 자신과 딕의 밝은 얼굴이 그들을 등지고 나서야 정령을 기억해 냈고 정령이 머리 위의 빛을 환히 비추며 자신을 똑바로 쳐다보고 있었음을 깨닫게 되었다.

"시시한 일이지." 정령이 말했다. "이런 어리석은 사람들의 마음이 감사로 벅차오르게 하는 것쯤이야."

"시시한 일이라고!" 스크루지가 그 말을 그대로 따라 했다.

정령이 그에게 두 수습생의 말에 귀를 기울여 보라고 손짓했다. 그들은 페지위그를 칭찬하며 속마음을 털어놓는 중이었다. 스크루지가 그들에게 귀를 기울이고 있을 때 정령이 말했다.

"이런! 안 그런가? 그는 너희가 목숨 걸고 매달리는 돈을 고작 몇 파운드 더 썼을 뿐이야. 아마 3~4파운드 정도겠지. 그게 이런 칭찬을 받을 만큼 그렇게 대단한 금액인가?"

"그런 게 아니지요." 그 말에 열이 오른 스크루지가 저도 모르게 마치 현재의 자신이 아닌 과거의 자신이 이야기하듯 말했다. "그런 게 아니라고요, 정령님. 그분에게는 우리를 행복하거나 불행하게 만드는 힘이 있어요. 또 우리 일을 쉽거나 힘들게, 즐겁거나 고역스럽게 만드는 힘도 있지요. 그분의 힘이 말과 표정에 있다고 쳐 봅시다. 너무 시시하고 보잘것없어서 더하거나 셈할 수도 없는 그런 것들에 있다고 치자고요, 그게 뭐 어떻다는 겁니까? 그분이 안겨 주는 행복은 마치 한 재산 들여 산 것만큼 굉장한 건데요."

그는 정령의 흘끔거리는 시선을 느끼고 말을 멈추었다.

"무슨 문제라도 있나?" 정령이 물었다.

"별일 아닙니다." 스크루지가 말했다.

"뭔가 있는 것 같은데?" 정령이 조르듯 다시 물었다.

"아니라고요." 스크루지가 말했다. "아니에요. 지금 당장 내 직원에게 한두 마디 해 줄 수 있으면 좋겠다 싶어서 그럽니다! 그뿐이에요."

그가 이런 소망을 입 밖에 내는 순간 과거의 스크루지가 램프의 불꽃을 줄였다. 그러자 스크루지와 정령은 다시 한번 바깥에 나란히 서 있었다.

"내게 주어진 시간이 줄어들고 있다." 정령이 말했다. "서둘러!"

이것은 스크루지나 그에게 보이는 누군가에게 한 말은 아니었지만 당장 효과가 있었다. 스크루지가 다시 한번 자기 자신을 보고 있었으니 말이다. 그는 이제 나이를 더 먹어 장년기에 접어들어 있었다. 얼굴에는 아직 늘그막의 가혹하고 완고한 주름살이 없었지만 근심과 탐욕의 흔적은 이미 나타나기 시작했다. 갈망과 욕심으로 쉴 새 없이 흔들리는 눈동자에는 이미 뿌리내린 열망이 드러나 있었고 언젠가는 지금 자라나는 나무의 그늘도 드리우게 될 터였다.

그는 혼자가 아니라 상복을 입은 아름다운 젊은 여자 옆에 앉아 있었다. 그녀의 눈에는 눈물이 고였고, 그 눈물은 과거 크리스마스의 정령이 내뿜는 환한 빛이 반사되면서 반짝거리고 있었다.

"당신한테는 하나도 중요한 문제가 아니겠지……." 그녀가 나지막한 목소리로 말했다. "다른 우상이 내 자리를 차지했잖아. 그리고 만약 그것이 지금까지 내가 그러려고 애쓴 것처럼 앞으로 당신을 격려하고 위로해 줄 수 있다면 내가 마음 아파할 이유도 전혀 없고."

"도대체 어떤 우상이 당신 자리를 차지했다는 거지?" 그가 항변했다.

"황금빛 우상."

"이게 세상이 말하는 공평한 거래라는 거군!" 그가 말했다. "세상 사람들이 가난만큼 매정하게 대하는 것은 없어. 그러면서도 부를 추구하는 것만큼 그렇게 가혹하게 비난받아 마땅하다고 대놓고 떠들어 대는 일도 없으니!"

"당신은 세상을 너무 지나치게 두려워해." 그녀가 상냥하게 대답했다. "당신의 다른 모든 희망은 세상의 추악한 비난을 받을 가능성에서 벗어나겠다는 희망에 묻혀 없어졌어. 난 지금까지 당신의 보다 고결한 포부들이 차례차례 무너져 내리는 걸 봤어. 그러다가 마침내 당신을 온통 지배하는 열망, 그러니까 돈벌이가 당신을 독점하게 된 거지. 안 그래?"

"그게 뭐 어떻다는 거지?" 그가 되받아쳤다. "설령 내가 훨씬 영리해졌다고 쳐. 그게 뭐가 어때서? 당신을 대할 때는 변한 게 없는데."

그녀가 고개를 가로저었다.

"내가 변했다고?"

"우리 약혼은 오래된 거야. 그건 우리 둘 다 가난했고, 우리가 부지런히 노력해 때마침 이 세상에서 재산을 늘릴 수 있을 때까지는 그런 처지에 만족했던 시절에 이루어진 거야. 당신은 변했어. 약혼하던 그때 당신은 전혀 다른 사람이었어."

"그때는 너무 어렸지." 그가 조바심을 내면서 말했다.

"당신도 마음속으로는 현재의 당신이 과거 그 사람이 아니라는 걸 알고 있어." 그녀가 대꾸했다. "난 예전 그대로야. 우리가 한마음이었을 때는 행복을 약속해 주던 우리 약혼이 두 마음이 된 지금은 그저 고통스러울 뿐이야. 지금까지 내가 얼마나 자주 또 얼마나 열심히 우리 약혼에 대해 생각해 봤는지는 말하지 않겠어. 내가 지금껏 생각해 봤다는 것, 그리고 당신을 놓아줄 수 있다는 것으로 충분하니까."

"내가 언제 놓아 달라고 요구했던 적이라도 있었나?"

"말로 한 적은 없었지. 한 번도."

"그럼 대체 뭘로?"

"많이 변한 성격, 달라진 정신, 전혀 다른 삶의 분위기, 그 대단한 목표처럼 전혀 다른 희망으로. 당신 눈에 내 사랑을 조금이라도 가치 있거나 중요하게 만들어 주었던 모든 것으로. 만약 우리 사이에 이 약혼이 없었다면……." 젊은 여자가 온화한 눈길로 끈기 있게 그를 지켜보며 말했다. "말해 봐, 그래도 지금 나를 찾아내고 내 마음을 얻으려 애쓰겠어? 아, 아닐걸!"

그는 자기도 모르게 이런 추측의 정당성에 굴복하는 듯 보였다. 하지만 자기와의 싸움 끝에 간신히 "당신이 그렇게 생각하는 거겠지." 하고 말했다.

"나도 할 수만 있다면 기꺼이 달리 생각할 거야." 그녀가 대답했다. "하느님은 아시겠지! 이런 진실을 깨달은 후로 줄곧 난 그 생각이 얼마나 강력하고 저항할 수 없는 것인지를 알고 있었어. 그런데 당신이 오늘, 내일, 어제 자유로운 몸이라면 지참금 한 푼 없는 여자를 선택할 거라고 내가 믿을 수 있을까? 바로 그 여자에게 속마음을 터놓고 모든 것을 돈벌이로 저울질했던 당신이? 아니면 그녀를 선택한다 해도, 그러니까 그렇게 해서 잠시 당신이 지표로 삼는 단 하나의 원칙을 배반한다고 해도 분명히 곧이어 후회와 낙담이 뒤따르리라는 걸 내가 모를까? 난 알아. 그래서 당신을 놓아주는 거라고. 가슴이 미어지지만 한때 당신이었던 그 남자를 사랑하는 마음에서 말이야."

그가 막 입을 떼려던 찰나 그녀가 그를 외면한 채 다시 말하기 시작했다.

"어쩌면 당신이 이 일로 괴로울지도 모르지. 지난 일에 대한 추억이 내게 반쯤은 당신이 그럴 거라고 바라게 만들기도 해. 하지만 그건 아주, 아주 잠깐일 거야. 그러고 나면 당신은 이 일에 대한 기억을 깨어나길 참 잘한 쓸데없는 꿈이라고 여기고 기꺼이 떨쳐 버리겠지. 당신이 선택한 인생을 살면서 부디 행복하길 빌어!"

그녀가 그를 떠났고 그래서 그들은 헤어졌다.

"정령님!" 스크루지가 말했다. "더 이상 보여 주지 마십시오! 절 집에 데려다줘요. 왜 날 고문하면서 즐거워하는 거죠?"

"환영 하나만 더!" 정령이 소리쳤다.

"이제 그만!" 스크루지가 흐느끼듯 말했다. "제발 그만! 보고 싶지 않단 말입니다. 더 이상 보여 주지 마세요!"

하지만 정령은 가차 없이 그의 두 팔을 꽉 잡고 다음에 일어나는 일을 억지로 지켜보게 했다.

그들은 또 다른 장면과 장소에 와 있었다. 그다지 넓거나 근사하지 않았지만 무척 안락한 방이었다. 겨울용 벽난로 가까이에 아름다운 젊은 여자가 앉아 있었고, 조금 전 그녀와 어찌나 비슷하던지 스크루지는 이제 매력적인 중년 부인이 되어 딸 맞은편에 앉아 있는 그녀를 보기 전까지는 같은 사람이라고 믿었다. 그 방에서 나는 소리는 몹시 시끄러웠는데 그곳에 스크루지가 자신의 어지러운 마음 상태로는 셀 수 없을 만큼 많은 아이들이 있어서였다. 유명한 시에 등장하는 잘 알려진 소 떼와는 달리 아이들은 마흔 명이 하나처럼 행동하는 것이 아니라 하나하나가 마흔 명인 것처럼 행동하고 있었다.[19] 그 결과 믿을 수 없을 만큼 떠들썩했지만 누구 한 사람 신경 쓰지 않는 것 같았다. 도리어 어머니와 딸은 실컷 깔깔거리며 그 상황을 무척 즐겼다. 게다가 딸은 곧 아이들과 어울려 장난을 치기 시작했는데 그 어린 강도들에게 아주 무자비하게 약탈당하고 말았다. 내가 그들 가운데 하나가 될 수만 있다면 무엇인들 내주지 못했을까! 내가 저렇게 버릇없이 굴 수는 없었을 테지만. 절대, 절대 그랬을 리 없지! 나라면 세상 부

19) 영국 시인 윌리엄 워즈워스의 「3월에 쓴 시(Written in March)」에 나오는 구절을 빗댄 표현이다. "소 떼는 풀을 뜯고 있네./절대 고개를 들지 않고/마흔 마리가 한 마리인 양 풀을 먹고 있네!"

를 다 얻기 위해서라고 해도 저 많은 머리를 뭉개거나 헝클어 뜨리지 않았을 텐데. 또 저 소중한 작은 신발을 가지려고 저렇게 마구 잡아당기지도 않았을 텐데. 이런 세상에! 그게 내 목숨을 구하기 위해서라고 해도 말이다. 그들이, 그러니까 저 뻔뻔한 어린놈들이 그랬듯이 그녀의 허리를 장난삼아 재어 보는 일로 말하자면 나는 절대 할 수 없는 일이었을 것이다. 오히려 그런 일을 하면 벌을 받아 내 한쪽 팔이 그 허리 주위에서 둥그렇게 구부러진 다음 다시는 곧게 펴지지 않을 거라고 생각했을 것이다. 하지만 인정하건대 어떤 대가를 치르더라도 그 입술을 만지고, 그 입술이 열리게 만들 수만 있다면 그녀에게 질문을 던지고, 절대 무안함에 얼굴을 붉히게 만들지는 않으면서 내리뜬 두 눈의 속눈썹을 지켜보고, 값을 따질 수 없는 기념품이 될 머리카락을 몇 센티미터라도 얻을 수 있게 물결치는 머리카락을 풀어 헤치고 싶었다. 간단히 말해 진심으로 고백하자면 어린아이의 아무 부담 없는 자유를 누리면서도 그 가치만큼은 충분히 아는 사내이고 싶었다.

그런데 그때 문을 두드리는 소리가 들리고 아이들이 즉시 우르르 몰려가는 바람에 그녀는 약탈당하던 옷차림 그대로 얼굴에 웃음을 띤 채 발갛게 상기되어 잠시도 가만히 있지 못하는 아이들 무리 한가운데에 끼어 문까지 떠밀려 갔고, 마침 그 순간 크리스마스 장난감과 선물을 잔뜩 짊어진 남자를 데리고 집으로 들어오던 아버지에게 인사를 했다. 그 뒤에 곧바로 이어진 환호와 버둥거림, 무방비한 짐꾼에게 가해진 맹공이라니! 각자 의자를 사다리 삼아 그에게 기어오른 다음 주머니마다 손을 쑥 집어넣고, 갈색 종이로 싼 꾸러미들을 빼앗고, 스카프를 꽉 잡아당기고, 목을 꼭 껴안아 매달리고, 등을 두들기고, 좋아서 못 참겠다는 듯 다리를 걷어차기까지 하다니! 선물 포장이 하나씩 풀릴 때마다 터져 나오는 감탄과 기쁨의 외침! 아기가 입에 집어넣으려던 인형놀이용 프라이팬을 그러기 전에 간신히 빼앗기는 했지만 나무 접시에 풀로 붙여 놓은 가짜 칠면조 고기를 삼켜 버린 건 거의 확실하다는 끔찍한 소식! 그게 잘못된 정보였음을 확인한 후의 엄청난 안도감! 그 기쁨과 감사, 환희! 그런 감정들은 모두 한결같이 말로 표현하기는 힘든 법이다. 서서히 아이들과 그들의 온갖 감정이 거실을 떠나 한 번에 한 계단씩 그 집 맨 위층까지 올라가 잠자리에 들고 나서야 비로소 진정되었다는 정도면 충분하리라.

그리고 이제 스크루지는 지금까지 어느 때보다도 더욱 주의 깊게 지켜보았다. 그때 그 집의 주인은 다정하게 몸을 기댄 딸과 그 어머니와 함께 난롯가에 앉아 있었다. 그러다가 옛 여자의 분신 같은 저렇게나 기품 있고 장래가 촉망되는 피조물이 스크루지 자신을 아버지라고 불렀을지도 모르고, 그랬으면 황량한 겨울 같은 자기 인생의 늘그막에도 봄날이 있었을지 모른다는 생각이 들자 그야말로 눈물이 앞을 가려 시야가 점점 흐릿해졌다.

"벨." 남편이 미소를 띤 얼굴로 아내를 돌아보며 말했다. "오늘 오후에 당신 옛날 친구를 한 사람 봤어요."

"누군데요?"

"알아맞혀 봐요!"

"내가 어떻게요? 칫, 내가 모를까 봐요?" 그녀는 남편이 웃음을 터뜨리자 함께 웃음을 터뜨리면서 단숨에 덧붙였다. "스크루지 씨군요."

"스크루지 씨 맞아요. 아까 그 사람 사무실 창문 앞을 지나가는데 창문을 닫아 두지 않은 데다 안에 촛불을 켜 두는 바람에 보지 않을 수가 없었어요. 그 사람 동업자가 사경을 헤매며 누워 있다던데. 그래서 그런지 거기 혼자 앉아 있더군. 정말이지 혈혈단신 외톨이인 것 같더라고요."

"정령님!" 스크루지가 목이 메어 더듬더듬 말했다. "여기서 나가게 해 줘요."

"말했다시피 이런 것들은 다 과거에 있던 일들의 환영이야." 정령이 말했다. "모두 있는 그대로의 모습일 뿐이니 나를 탓하지는 마!"

"떠나게 해 달라고!" 스크루지가 큰 소리로 항의했다. "더는 못 견디겠으니까!"

스크루지는 정령을 돌아보았다가 기묘하게도 그 얼굴이 지금껏 그에게 보여 주었던 모든 얼굴이 파편처럼 담긴 모습으로 그를 지켜보고 있었다는 것을 알고 달려들어 몸싸움을 벌였다.

"날 좀 내버려 둬! 날 원래대로 데려다 놓으란 말이야! 더 이상 달라붙지 말라고!"

정령 쪽은 눈에 띄게 저항하는 기색 없이, 어떤 노력에도 아무런 영향을 받지 않았는데도, 그것을 싸움이라고 부를 수 있다면 말이지만 아무튼 싸우는 도중에 스크루지는 정령의 불빛이 더 높이 더 밝게 빛나고 있음을 알아차렸다. 그리고 그 빛이 정령이 자신에게 미치는 영향력과 관계가 있을지 모른다는 생각이 어렴풋하게나마 들자 즉시 촛불 끄개 겸 모자를 와락 붙잡아 갑자기 정령의 머리에 푹 눌러 씌웠다.

정령이 그 밑에서 털썩 쓰러지며 촛불 끄개가 그 몸을 다 덮어 버렸다. 하지만 비록 스크루지가 온 힘을 다해 내리 눌렀어도 그 빛을 다 가릴 수는 없었고, 빛이 아래로 쉼 없이 줄줄 새어 나와 바닥 위에 홍수라도 난 듯 흥건하게 고였다.

그는 진이 다 빠져 압도적으로 쏟아지는 졸음에 저항하기 힘들어하며 어느새 자신이 침실에 돌아와 있음을 깨달았다. 그는 작별 인사인 양 마지막으로 모자를 꽉 쥐었다가 손에 힘을 풀고 비틀대며 침대로 가자마자 곧 깊은 잠에 빠져들었다.

3절
두 번째 정령

유별날 만큼 심하게 코를 골다가 잠에서 깨어 생각을 정리해 보려고 침대에서 일어나 앉아 있던 스크루지는 누가 따로 말해 줄 필요도 없이 종이 다시 한번 1시를 치기 직전이라는 사실을 알았다. 그는 자신이 마침 딱 알맞은 시간에 정신을 차렸다는 생각이 들었다. 제이콥 말리의 중재를 통해 그에게 긴급 파견될 두 번째 전령과의 공식적인 만남이라는 특별한 목적에 맞추어 말이다. 하지만 이 새 환영이 어느 쪽 휘장을 젖힐지 궁금해지기 시작하자 오싹한 한기가 느껴져 휘장을 모조리 자기 손으로 한쪽으로 제쳐 놓았다. 그러고는 다시자리에 누워 침대를 둘러싼 사방을 날카롭게 감시할 태세를 갖추었다. 정령이 나타나는 순간 불의의 일격에 두려워하는대신 의연하고 도전적인 태도로 맞이하기 위해서였다.

세상 물정에 밝고 시류에 뒤처지는 법도 없다고 뽐내는, 태평한 신사 양반들은 동전 따먹기 놀이부터 살인에 이르기까지 무엇에든 능숙하다고 떠벌이며 자기들이 얼마나 다양한 능력을 가진 모험가인지 자랑한다. 보나마나 그 양쪽 끝 사이에는 갖가지 다양하고 포괄적인 주제들이 웬만큼은 다 들어가 있다. 스크루지를 위해 이 정도로 대담하게 말하는 위험을 무릅쓰지는 않겠으나 그는 상당히 다양한 분야의 낯선 존재들이 나타나는 데 준비가 되어 있었고, 아기와 코뿔소 사이에 존재하는 것이라면 어떤 것도 그를 깜짝 놀라게 할 수 없었을 것이라는 점만은 믿어 주시기를 바란다.

지금 그는 무엇이든 대부분 볼 준비가 되어 있었지만 정작 아무것도 보이지 않는 것에는 전혀 준비가 되어 있지 않았다. 그 결과 종이 1시를 치고 아무 형체도 나타나지 않자 그는 발작적으로 와들와들 떨기 시작했다. 오 분, 십 분, 십오 분이 지나갔지만 아무것도 나타나지 않았다. 그동안 내내 그는 침대 위에, 그러니까 시계가 정각을 선포한 순간 침대 위로 흘러든 눈부신 붉은 빛 바로 한가운데에 누워 있었다. 고작 불빛일 뿐인데도 유령 열둘보다 더 두려웠던 것은 그게 무엇을 의미하는지 혹은 노리는 게 무엇인지 전혀 이해할 수 없었기 때문이었다. 어쩌면 자신이 자연 발화[20]의 흥미로운 사례 중 하나

---

20) 19세기에 퍼져 있던 생각 중 한 가지. 당시에는 어떤 외부적인 발화 원인 없이도 인간의 몸에 갑자기 불이 붙어 연소될 수 있다고 믿는 사람들이 많았고, 디킨스도 그중 하나였다. 더욱이 그는 또 다른 소설 『황폐한 집』에 당시에 자연 발화되는 경우가 많다고 여겨지던 알코올중독자인 등장인물이

로, 설상가상으로 그 순간을 알아차리는 위안도 누리지 못한 채 그런 사례로 남을지 모른다는 생각에 불안해지기도 했기 때문이었다. 그렇지만 마침내 그는 상식적으로 생각하기 시작했다.(이제 와서야 여러분이나 나라면 처음부터 생각했을 법한 방식으로 생각하게 된 것은 곤경에 처했을 때 무엇을 해야만 하는지 알고 또한 의심의 여지 없이 그대로 실행하는 사람은 언제나 곤경에 처한 당사자가 아니기 때문이었다.) 잘 들어 보시기를, 마침내 그는 이 무시무시한 빛의 근원과 비밀이 옆방에 있을지 모른다고 생각하기 시작했고, 그 빛을 눈으로 좀 더 따라가 보니 바로 그곳에서 빛이 흘러나오는 것처럼 보였다. 이런 생각에 마음을 완전히 사로잡힌 그는 조용히 일어나 실내화를 신은 발을 질질 끌며 그 문으로 다가갔다.

스크루지의 손이 자물쇠에 닿는 순간 낯선 목소리가 그의 이름을 부르며 들어오라고 명령했다. 그는 시키는 대로 했다.

스크루지 자신의 방이었다. 그 사실에 대해서는 의심할 여지가 없었다. 하지만 놀라울 만큼 모습이 변해 있었다. 온 벽과 천장에 살아 있는 식물들이 주렁주렁 매달려 있어서 영락없이 작은 숲처럼 보였고, 그 숲 곳곳에서는 눈부시게 빛나는 베리류 열매들이 반짝거렸다. 호랑가시나무, 겨우살이, 담쟁이 덩굴의 싱싱한 잎사귀들이 그 빛을 반사하여 마치 수많은 작은 거울들이 그곳에 흩뿌려져 있는 것 같았다. 스크루지가 사

자연 발화되는 장면을 삽입하여 자연발화설이 퍼지는 데 큰 영향을 미치기도 했다.

는 지금이나 말리가 살던 예전이나 아니면 셀 수 없이 많은 지나간 겨울 동안 줄곧 아무 감각 없는 화석처럼 굳어 있던 벽난로에서는 지금껏 결코 보지 못했던 세찬 불길이 요란한 소리를 내면서 굴뚝 위로 활활 타올랐다. 바닥에 쌓여 왕좌 같은 모양으로 더미를 이룬 것은 칠면조 고기와 거위 고기, 집 오리 고기, 닭고기, 돼지고기 편육, 큼직하게 구운 살코기, 새 끼 돼지 통구이, 화환처럼 돌돌 말린 기다란 소시지 더미, 민스파이, 건포도가 들어간 크리스마스 푸딩, 여러 통의 생굴, 아주 뜨거운 군밤, 새빨갛게 잘 익은 사과, 과즙이 넘치는 오렌지, 달콤한 배, 거대한 주현절 케이크, 향기로운 김을 모락모락 피우며 방 안을 뿌옇게 만드는 펀치가 담긴 잔 들이었다. 이 소파에 편하게 앉아 있는 것은 척 보기에도 기분 좋게 취한 쾌활한 거인이었다. 그는 풍요의 뿔과 모양이 다르지 않은 시뻘겋게 타오르는 횃불을 아주 높이 쳐들어 문으로 다가와 기웃기웃 훔쳐보는 스크루지를 비추었다.

"들어와!" 정령이 소리쳤다. "어서 들어와서 나랑 잘해 보자고, 이 사람아!"

스크루지는 쭈뼛거리며 안으로 들어가 이 정령 앞에 머리를 조아렸다. 그는 더 이상 얼마 전 그 고집 센 스크루지가 아니었다. 그래서인지 정령의 두 눈은 맑고 다정했으나 그는 그 정령과 눈을 마주치고 싶지 않았다.

"나는 현재 크리스마스의 정령이야." 정령이 말했다. "나를 좀 쳐다보지그래!"

스크루지는 공손한 태도로 그렇게 했다. 그것은 하얀색 털로 테를 두른 짙은 초록색의 단순한 가운, 어쩌면 망토 비슷한 것을 입고 있었다. 옷을 어찌나 헐렁하게 걸쳤는지 교묘한 방법으로 감싸거나 가리기 싫다는 듯 널따란 가슴을 훤히 드러내고 있었다. 풍성하게 주름 잡힌 옷자락 아래로 보이는 두 발 또한 맨발이었고, 머리에는 군데군데 반짝거리는 고드름이 박힌 호랑가시나무 화관 말고는 아무것도 쓰지 않았다. 짙은 갈색 고수머리는 길고 자유롭게 뻗쳐 있었다. 그 상냥한 얼굴과 반짝거리는 눈, 활짝 펼친 손, 쾌활한 목소리, 거리낌 없는 태도, 유쾌해 보이는 분위기처럼 자유로웠다. 허리에는 고풍스러운 칼집을 차고 있었다. 하지만 칼은 들어 있지 않고 칼집은 녹이 잔뜩 슬었다.

"전에는 나 같은 자를 본 적이 한 번도 없었나 보군!" 정령이 소리쳤다.

"한 번도요." 스크루지가 그 말에 대답했다.

"우리 가족 중에 좀 어린 축인 식구들과 함께 돌아다닌 적이 없었나? 그러니까 요 몇 해 사이 태어난(나는 아주 어린 편이니까.) 내 형들하고는?" 정령이 끈질기게 물었다.

"그런 적 없는 것 같은데요." 스크루지가 말했다. "유감이지만 없는 것 같습니다. 형제분이 많으신가요, 정령님?"

"1800도 넘지." 정령이 말했다.

"웬 부양가족이 그리 많담!" 스크루지가 중얼거렸다.

현재 크리스마스의 정령이 자리에서 일어났다.

"정령님." 스크루지가 고분고분한 태도로 말했다. "어디든 원하시는 곳으로 저를 인도해 주십시오. 지난밤에 억지로 끌려다니기는 했지만 꽤 교훈을 얻었고, 그게 지금 좀 효과를 보는 것 같은데요. 오늘 밤 제게 가르칠 것이 있다면 도움이 되는 방향으로 부탁합니다."

"내 로브에 손을 대!"

스크루지는 시키는 대로 하는 것을 뛰어넘어 로브를 단단히 붙들었다.

호랑가시나무, 겨우살이, 붉은 베리류 열매들, 담쟁이덩굴, 칠면조 고기, 거위 고기, 집오리 고기, 닭고기, 돼지고기 편육, 살코기, 돼지 통구이, 소시지, 굴, 파이, 푸딩, 과일, 펀치를 비롯해 모든 것이 즉시 사라져 버렸다. 방도, 난롯불도, 붉은 빛도, 밤이라는 시간마저도 마찬가지로 사라졌고 이제 그들은 크리스마스 아침 시내 거리에 서 있었다. 사람들은 저마다 집 앞 보도와 제집 지붕에서(추위가 너무 혹독한 탓에) 눈을 긁어내며 거칠지만 활기차면서 불쾌하지는 않은 음악을 연주했고, 남자아이들은 지붕에서 아래 도로로 눈이 털썩 떨어져 쪼개질 때 생기는 조그만 눈보라를 보며 몹시 즐거워했다.

지붕에 쌓인 매끈한 하얀 이불 같은 눈과 땅바닥에 쌓인 조금 더 지저분한 눈 때문에 대조적으로 집 정면은 상당히 어두워 보였고, 창문들은 더욱 더 어두워 보였다. 맨 나중에 땅에 쌓인 눈에는 무거운 수레와 짐마차 바퀴들이 길을 내며 지나가 깊은 고랑들이 파였지만, 그 고랑들은 큰길이 갈라지는 곳에서 바퀴들이 수백 번 가로지르고 다시 가로지르면서 잔뜩 얽히고설킨 수로로 변해 두툼한 누런 진창과 얼음처럼 차가운 물속으로 그 흔적마저 사라졌다. 하늘은 어두컴컴했고,

아무리 짧은 도로도 얼어붙은 거무죽죽한 엷은 안개로 질식할 듯 꽉 막혀 있었다. 반쯤은 녹고 반쯤은 얼어붙은 좀 더 무거운 안개 입자들은 마치 영국의 모든 굴뚝이 서로 동의하에 불을 붙여 실컷 내뿜고 있기라도 한 것처럼 거무스름한 소나기가 되어 내렸다. 날씨나 도시나 유쾌한 요소는 아무것도 없었지만 제아무리 맑은 여름 공기와 눈부신 여름 햇살이라도 헛되이 노력만 하고 결국 퍼뜨리지는 못했을지 모르는 유쾌한 분위기가 떠돌았다.

지붕 위에서 삽으로 눈을 치우는 사람들이 명랑하고 잔뜩 신이 나 있었기 때문이었다. 난간에서 서로에게 큰 소리로 말을 건네고, 가끔 (흔한 농담보다 훨씬 더 부드러운 무기인) 눈덩이를 서로 장난삼아 주고받다가 명중이라도 하면 마음껏 껄껄 웃어 대고 빗맞더라도 그에 못지않게 실컷 웃었다. 가금류 가게들은 여전히 반쯤 문이 열려 있었고, 과일 가게들은 대목을 맞아 환하게 빛났다. 쾌활한 노신사의 조끼처럼 생긴 크고 둥글고 배가 불룩한 밤 바구니들이 문 앞에 축 늘어져 기대고 있다가 배가 너무 불러 졸도라도 하듯 길거리로 굴러 떨어졌다. 스페인 수사들처럼 뚱뚱하게 잘 자라 윤이 나는, 혈색 좋은 갈색 얼굴에 굵은 허리를 가진 스페인 양파들은 자유분방한 장난기가 발동해 선반 위에서 지나가는 아가씨들에게 한 눈을 찡긋하거나 점잔빼며 천장에 매달려 있는 겨우살이를 흘끔거렸다. 배와 사과가 황금기의 피라미드처럼 높이 쌓여 있었고, 포도송이들은 가게 주인의 자비심 덕분에 눈에 잘 띄는 고리에 주렁주렁 매달려 지나가는 사람들의 입에 공짜로 침이 고이게 해 주었다. 이끼 낀 갈색 개암 더미는 향기를 풍겨 아주 오래전 숲속에서 산책하며 발목까지 잠기는 마른 나뭇잎들 사이로 발을 끌면서 느릿느릿 걷던 즐거운 기억을 떠올리게 했다. 땅딸막하고 거무스름한 노픽산 요리용 사과는 보다 돋보이는 오렌지와 레몬의 노란색 사이에서 과즙이 꽉 찬 몸통을 들이밀며 종이 봉지에 넣어 집으로 가져가 만찬이 끝난 후에 먹어 달라고 끈질기게 사정사정했다. 이런 최상품 과일들 틈에 그릇에 담겨 진열된 금색과 은색의 잉어들은 비록 둔하고 활기 없는 종족의 일원이기는 하지만 무언가 중요한 일이 일어나고 있는 것은 안다는 듯 느리고 침착하지만 그래도 들뜬 기분으로 자기네 작은 세상을 빙빙 돌며 숨이 찬 듯 뻐끔거렸다.

식료품 가게! 아, 참, 식료품 가게들이 있었지! 식료품 가게들은 덧문을 두어 개 정도 내려 거의 문을 닫은 셈이었지만 그 틈새로 언뜻 보이는 광경은 엄청났다! 계산대로 몰려드는 저울들이 왁자지껄 유쾌한 소리를 내거나, 노끈이 감개와 헤어지며 힘차게 풀리거나, 깡통들이 저글링 묘기를 부리듯 덜거덕거리며 오르내리거나 했다. 그뿐이 아니었다. 차와 커피 향이 뒤섞여 감사하게도 코끝에 맴돌거나 심지어 진귀한 건포도가 넘쳐흐르고, 아몬드는 더없이 새하얀 데다가 계피는 기다랗게 쭉 뻗었고, 그 밖의 향신료들도 더없이 향기로웠으며, 설탕 조림 과일들은 녹은 설탕이 얼룩덜룩 잔뜩 입혀져 있어 아무리 냉정한 구경꾼도 정신이 아찔해지다가 결국에는 화가 날 지경이었다. 그게 다가 아니었다. 무화과가 촉촉하다 못해 과즙이 넘치거나, 딱 알맞게 새콤한 프랑스 자두가 고급스럽게 장식된 상자에 담겨 볼을 붉히고 있다거나, 가게 안 모든 것이 먹음직스럽게 크리스마스 장식으로 꾸며진 것도 다가 아니었다. 왜냐하면 손님들도 모두 희망찬 날에 대한 기대 때문에 열의에 차 어쩌나 허둥대던지 문 앞에서 서로 부딪쳐 넘어지거나, 버들가지 바구니를 거칠게 부딪치거나, 구입한 물건들을 계산대에 두고 갔다가 찾아가려고 되돌아 뛰어오기도 하면서 더없이 유쾌한 기분으로 이와 비슷한 실수들을 수백 번 저질렀기 때문이었다. 또 그러는 사이에 식료품 가게 주인과 직원들까지 어쩌나 솔직하고 활기차던지 앞치마의 여밈 장식인 반짝거리는 하트형 버클이 누구나 알아볼 수 있을 법한, 나아가 크리스마스의 갈까마귀들이 원한다면 쪼아 먹을 수 있도록 밖으로 꺼내어 단 그들 자신의 심장일 수도 있을 것 같았기 때문이기도 했다.[21]

하지만 이윽고 교회 첨탑들이 선량한 사람들을 모두 교회와 예배당으로 불러내자 다들 가장 좋은 옷을 입고 가장 들뜬 얼굴을 한 채 곳곳의 거리로 몰려나왔다. 동시에 수많은 샛길과 골목길, 이름 모를 갈림길에서 헤아릴 수 없이 많은 사람들이 쏟아져 나오더니 만찬용 식재료를 들고 저마다 빵집들로 향했다.[22] 한껏 흥이 오른 이 가난한 사람들의 모습이 관

---

21) 셰익스피어의 「오셀로」 1막 1장에 등장하는 이아고의 대사에서 비롯한 표현으로 자기 말이 사실임을 강조하기 위한 것이다.
22) 일요일에 노동을 금지하는 안식일 준수법에 따라 모든 일요일과 크리스마스에는 제빵사가 빵을 굽는 것이 불가능했다. 하지만 화덕이 식게 내버려

심을 단단히 끌었는지 정령은 스크루지를 옆에 둔 채 빵집 문 앞에 서서 재료를 들고 온 사람들이 지나갈 때마다 덮개를 벗기고 자기 횃불로 그 재료 위에 향료를 뿌려 주었다. 횃불은 굉장히 특별해 보였는데 식사 재료를 들고 온 몇몇 사람들이 서로 거칠게 밀치다가 한두 번 말다툼을 벌이자 그는 횃불에서 물을 몇 방울 그들에게 떨어뜨렸고, 그러자마자 그들의 유쾌한 기분이 되살아났다. 크리스마스 날 싸움이라니 이 얼마나 부끄러운 노릇인지라고 그들은 말했다. 맞는 말이었다! 신께서도 그래야 기뻐할 것이다, 정말로!

때마침 종소리가 그치자 빵집들도 문을 닫았다. 하지만 빵집들 화덕 위 잔설이 녹은 축축한 얼룩에는 식재료며 요리할 때 생긴 정다운 느낌이 어렴풋이 남아 있었고, 화덕 바닥에 깔린 돌들은 마치 함께 익었던 것처럼 모락모락 김을 피워 올렸다.

"정령님이 횃불로 뿌린 것에는 특별한 맛이라도 있나요?" 스크루지가 물었다.

"있지. 나만의 맛이야."

"오늘 같은 날 어떤 종류의 만찬에나 다 어울립니까?" 스크루지가 물었다.

"정성껏 차린 것이라면 어느 것에나 다. 특히 초라한 만찬에 가장 잘 어울리지."

둘 수는 없었고 또 당시 가난한 사람들은 집에 화덕이 없었기 때문에 그런 날은 사람들이 각자 고기며 각종 반죽 따위를 빵집으로 가져가 조리할 수 있었다.

"왜 초라한 만찬에 가장 잘 어울리죠?" 스크루지가 물었다.

"거기에 가장 많이 필요하니까."

"정령님." 잠시 생각에 잠겼던 스크루지가 말했다. "우리를 에워싼 수많은 세상의 그 모든 존재 가운데 왜 하필 당신이 이 사람들이 순수한 즐거움을 누릴 기회를 방해하시는지 모르겠군요."

"내가?" 정령이 외쳤다.

"일요일마다 저들이 만찬을 즐길 수 있는 수단을 빼앗으려고 하시잖아요. 어쨌든 대개는 그날이 제대로 잘 차려 먹었다고 말할 수 있는 유일한 날일 텐데 말입니다." 스크루지가 말했다. "제 말이 틀렸나요?"

"내가!" 정령이 외쳤다.

"일요일에는 이런 곳들이 문을 닫게 하려고 하시잖아요?" 스크루지가 말했다. "결과는 마찬가지란 말입니다."

"내가 그러려고 한다고?" 정령이 항의하듯 소리쳤다.

"제가 잘못 아는 거라면 용서해 주세요. 하지만 지금껏 그 일은 당신의 이름으로, 아니 적어도 정령님 가족 중 한 분의 이름으로 행해졌단 말입니다." 스크루지가 말했다.

"너희가 사는 이 세상에는 그런 인간들이 있지." 정령이 대꾸했다. "우리를 안다고 주장하면서 자기들의 욕망과 자만, 악의, 증오, 시기, 맹신, 이기심에서 비롯된 행동을 우리의 이름으로 행하는 자들 말이야. 하지만 그들은 마치 한 번도 존재한 적조차 없었던 것처럼 우리와 우리 친지와 친척 모두에게 생소한 자들이지. 그 점을 명심하고, 그들의 행동은 그들 자신에게 책임을 물어야 해. 우리가 아니라."

스크루지는 그렇게 하겠다고 약속했다. 그런 다음 그들은 지금까지 그랬던 것처럼 모습을 드러내지 않은 채 도시 근교로 갔다. 그 정령이 가진 놀라운 능력 한 가지는(스크루지는 이미 빵집에서 목격했다.) 거인 같은 덩치에도 불구하고 어떤 장소에든 수월하게 자기 몸을 맞출 수 있다는 것이었다. 그는 낮은 지붕 밑에서도 천장이 무척 높은 홀에서처럼 자연을 초월한 존재답게 더없이 기품 있게 우뚝 서 있었다.

아마 이런 능력을 뽐내는 데서 얻는 즐거움, 아니면 그 자신의 친절하고 너그럽고 따뜻한 본성과 모든 가난한 사람에 대한 연민이 선량한 정령을 곧장 스크루지의 직원 집으로 이끌었을 것이다. 자신의 겉옷을 붙들고 있는 스크루지를 데리고 그곳으로 가더니 문지방에서 걸음을 멈추고 미소를 지으며 횃불을 흩뿌려 밥 크래칫의 집을 축복한 것을 보면 말이다. 생각해 보시기를! 밥은 죽도록 일해야 일주일에 고작 15'밥'[23]을 벌었다. 그는 토요일마다 기껏해야 자기 세례명과 이름이 같은 푼돈 열다섯 개를 주머니에 넣을 뿐이었다. 그럼에도 현재 크리스마스의 정령이 고작 방 네 개짜리 그의 집을 축복해 주었다니!

그때 크래칫 부인, 즉 크래칫의 아내가 일어났는데 두 번이나 뒤집어 꿰맨 드레스를 입은 초라한 차림새였지만 6펜스짜

---

23) 1971년까지 사용된 영국의 예전 화폐 단위인 실링을 의미하는 속어. 오늘날의 5펜스에 해당한다.

리 싸구려치고는 제법 근사한 리본들로 멋을 내고 있었다. 그녀는 똑같이 리본으로 멋을 낸 둘째 딸 벨린다 크래칫의 도움을 받아 식탁을 차렸다. 그러는 사이 피터 크래칫 군은 냄비 속에 포크를 넣고 감자가 삶아졌는지 찔러 보았다. 그는(원래 밥의 개인적인 소유물이었지만 그날을 기념하여 그 아들이자 상속자에게 주어진) 터무니없이 높은 셔츠 깃의 끝부분이 계속 입 안에 들어가는데도 당당하게 차려입었다는 생각에 기뻐하며 최신 유행을 따르는 사람들이 모이는 공원에서 자신의 리넨 셔츠를 선보일 수 있기를 간절히 바랐다. 그리고 이번에는 두 어린 크래칫, 그러니까 남자아이와 여자아이가 눈물을 글썽거리며 들어오더니 아까 빵집 밖에서 거위 고기 냄새를 맡았는데 그것이 자기네 것이라는 사실을 그때 이미 알고 있었다며 환호성을 질렀다. 피터가(셔츠 깃에 거의 목이 졸릴 지경이었지만 잘난 체하지는 않으며) 더디 익는 감자가 보글보글 거품을 내서 냄비 뚜껑을 시끄럽게 두드리며 꺼내 껍질을 벗겨 달라고 할 때까지 후후 불어 불길을 일으키는 동안 어린 크래칫 남매는 샐비어와 양파를 먹을 사치를 누릴 생각에 식탁 주위를 빙빙 돌며 춤을 추었고, 피터 크래칫 군을 한껏 치켜세웠다.

"대체 사랑하는 네 아버지는 왜 늦으시는 걸까?" 크래칫 부인이 말했다. "네 남동생, 꼬마 팀도 그렇고. 마사도 작년 크리스마스에는 삼십 분 이상 늦지는 않았어!"

"마사 여기 있어요, 어머니!" 한 소녀가 모습을 드러내며 동시에 이렇게 말했다.

"마사 여기 있어요, 어머니!" 어린 크래칫 남매가 외쳤다.

"이야! 이거 진짜 굉장한 거위야, 마사 누나!"

"아니, 어머나 저런, 사랑하는 우리 딸, 이렇게 늦다니!" 크래칫 부인이 딸에게 열두 번쯤 입을 맞추고 적극적으로 나서서 딸 대신 숄과 모자를 벗겨 주며 말했다.

"어젯밤 늦게까지 끝내야 할 일이 많았어요." 소녀가 대답했다. "그래서 오늘 아침에 다 치워야 했거든요, 어머니!"

"그래! 네가 왔으니 그걸로 됐다." 크래칫 부인이 말했다. "얘야, 난롯불 앞에 앉아서 몸을 좀 녹이렴. 몸조심해야지!"

"아니, 안 돼요! 아버지가 오세요." 동에 번쩍 서에 번쩍 하는 어린 크래칫 남매가 외쳤다. "숨어, 마사 누나! 숨으라고!"

마사가 몸을 숨기자 아버지인 몸집이 작은 밥이 술 장식을 제외하고도 적어도 1미터는 되어 보이는 털실 목도리를 앞쪽으로 늘어뜨린 채 들어왔다. 닳아서 올이 다 드러난 옷은 꿰매고 솔질을 해 제철 옷인 것처럼 보였고, 한쪽 어깨에는 꼬마 팀을 태우고 있었다. 아아, 가엾은 꼬마 팀, 아이는 작은 목발을 들고 두 다리에 철제 보행 보조기를 달고 있었다!

"아니, 우리 마사는 어디 있지?" 밥 크래칫이 주위를 두리번거리며 외쳤다.

"못 온대요." 크래칫 부인이 말했다.

"못 온다고!" 교회에서부터 집까지 내내 꼬마 팀의 혈통 좋은 경주마가 되어 마구 내달리느라 기분이 한껏 들떴던 밥이 갑작스럽게 풀이 죽은 채 말했다. "크리스마스에 못 오다니!"

마사는 그저 장난일지라도 아버지가 실망하는 모습을 보고 싶지 않았다. 그래서 때가 되기도 전에 벽장 문 뒤에서 나와 아버지의 품으로 뛰어들었다. 그사이 어린 크래칫 남매는 꼬마 팀을 재촉해 세탁실로 데리고 가 구리 솥 안에서 푸딩이 노래하는 소리를 들려주었다.

"그래 우리 꼬마 팀은 어땠나요?" 딸을 마음껏 끌어안고 있는 밥에게 너무 잘 속는다며 놀리던 크래칫 부인이 물었다.

"아주 착했지." 밥이 말했다. "아니 착한 것 이상이었어. 아무래도 혼자 앉아서 생각에 잠기는 시간이 많다 보니 지금껏 우리는 상상도 못 해 본 일들에 대해서 생각해 내는 거야. 집으로 오면서 나한테 이러더라고. 자기는 절름발이니까 교회에서 사람들이 자기를 봤으면 한대. 크리스마스에 사람들한테 절름발이 거지를 걷게 하고 장님을 눈뜨게 한 그분을 떠올리게 하면 좋을 것 같다면서 말이야."

식구들에게 이 말을 하면서 밥의 목소리가 약간 떨렸는데 꼬마 팀이 점점 지금보다 더 강하고 마음이 따뜻한 사람으로 자랄 거라는 말을 하면서는 더욱 떨렸다.

작은 목발이 바닥에서 활기차게 쿵쿵 울리는 소리가 들리더니 미처 다른 말을 잇기도 전에 꼬마 팀이 돌아와 남동생과 여동생의 부축을 받으며 난롯불 앞 자기 의자에 앉았다. 그사이 밥은(가엾은 사람, 마치 옷소매가 지금보다 더 해질 수 있다는 듯) 소맷부리를 말아 올리고 뜨거운 물이 든 주전자에 진과 레몬을 섞어 혼합 음료를 조금 만들고는 휘휘 저은 다음 부글부글 끓도록 벽난로 안 시렁에 올려놓았다. 피터 군과 약방의 감초처럼 안 끼는 데가 없는 어린 크래칫 남매는 거위를 가지러 갔다가 이내 그것을 가지고 열을 지어 의기양양한 모습으로 돌아왔다.

거위가 모든 새 가운데 가장 진귀한 새이자 거기에 비하면 검은 백조마저 너무 당연한 것으로 느껴질 만큼 일종의 깃털 달린 경이적인 생명체라고 생각하게 될지도 모를 정도로 굉장한 야단법석이 뒤따랐다. 그리고 사실 그 집에서는 방금 한 말처럼 정말 귀중한 것이기도 했다. 크래칫 부인은(작은 냄비에 미리 준비해 둔) 그레이비소스를 쉿쉿 소리가 나도록 뜨겁게 데웠고, 피터 군은 감자를 믿기 힘들 만큼 힘차게 으깼다. 벨린다 양은 사과소스에 설탕을 넣어 더 달콤하게 만들었고, 마사는 데워 놓은 접시의 먼지를 닦았다. 밥은 꼬마 팀을 데려다 자기 옆, 식탁 모서리에 앉혔다. 어린 크래칫 남매는 모두를 위해 의자를 가져다 놓았고, 자기들 의자도 잊지 않았다. 그리고 나서는 자신들 몫을 나눠 받을 차례가 오기도 전에 거위 고기를 달라고 소리를 지르는 일이 없도록 담당 구역에서 보초를 서며 각자 숟가락을 입속에 쑤셔 넣어 물고 있었다. 마침내 음식이 다 차려지고, 감사 기도도 끝났다. 크래칫 부인이 고기 써는 칼을 느릿느릿 훑어보며 가슴살을 푹 찌를 준비를 하는 동안 숨 막힐 듯한 침묵이 이어졌다. 하지만 마침내 그녀가 가슴살을 찌르고 오랫동안 기다렸던 고기소가 쏟아져 나오자 식탁을 둘러싸고 환희에 찬 속삭임이 터져 나왔다. 심지어 꼬마 팀조차 어린 크래칫 남매 때문에 덩달아 들떠 나이프 손잡이로 식탁을 두드리며 가냘픈 목소리로 야호, 하고 소리를 쳤다!

그런 거위 요리는 처음이었다. 밥은 이런 거위 요리가 있을 거라고는 상상도 못 했다고 말했다. 부드러운 육질과 맛, 크기, 저렴한 가격까지 모두가 감탄하며 떠드는 대상이었다. 사과 소스와 으깬 감자를 곁들여 야금야금 아껴 먹으니 온 가족이 먹기에 넉넉한 만찬이었다. 크래칫 부인이(거위 요리 접시에 남은 아주 작은 뼈 한 개를 살펴보면서) 몹시 기뻐하며 말한 대로 다 먹지도 못할 만큼 많았다! 그렇지만 모두 실컷 먹었고 특히 가장 어린 크래칫 남매는 샐비어와 양파에 눈썹까지 흠뻑 젖을 지경이었다! 이제 벨린다 양이 접시를 바꾸는 동안 크래칫 부인은 푸딩을 가지러 가기 위해(누군가 지켜보는 것을 견디기에는 너무 조마조마했는지) 혼자 방을 나섰다.

혹시 제대로 안 익었으면 어쩌나! 꺼내다가 부서지면 어쩌지! 다들 거위 요리를 즐기는 동안 누군가 뒤뜰 담장을 넘어와 훔쳐 가 버렸으면 어쩌지! 어린 크래칫 남매는 그런 상상만으로도 사색이 될 텐데. 온갖 끔찍한 생각이 다 들었다.

짜잔! 엄청난 양의 김이 피어올랐다! 푸딩이 구리 솥 밖으로 나왔다. 빨래하는 날 나는 것 같은 냄새! 그래 바로 빨래 냄새였다! 나란히 붙은 간이식당과 파이 전문점 바로 옆에 세탁소가 있는 것 같은 냄새! 그게 바로 푸딩이었다! 삼십 초 후 크래칫 부인이 벌겋게 상기되었지만 자랑스러운 미소를 띤 얼굴로 충분히 단단하게 굳어 작은 반점에 뒤덮인 대포알처럼 보이는 푸딩을 가지고 들어왔다. 푸딩은 약간의 브랜디에 잠겨 활활 불타오르고 있었고 맨 위에는 호랑가시나무 가지가 장식으로 꽂혀 있었다.

이야, 굉장한 푸딩이구나! 밥 크래칫은 이렇게 말한 다음 역시 차분한 목소리로 이번 푸딩이 자신들이 결혼한 이후 크래칫 부인이 만든 최고의 성공작이라고 평가했다. 크래칫 부인은 이제야 비로소 마음의 짐을 덜었다며 밀가루 양에 자신이 없었다고 고백했다. 모두들 푸딩에 대해 한마디씩 거들었지만 많은 식구가 먹기에 조금 작은 푸딩이라고 말하거나 그렇게 생각하는 사람은 아무도 없었다. 그랬다면 명백한 이단아가 되어 버렸을 것이다. 크래칫 집안사람이라면 누구나 그런 뜻을 넌지시 내비치는 것만으로도 얼굴이 빨개졌을 것이다.

마침내 만찬이 모두 끝났고 식탁을 치우고 벽난로를 청소하고 불길을 북돋았다. 주전자에 담긴 혼합 음료를 맛보고 완벽하다고 판단하자 사과며 오렌지를 식탁에 차리고 부삽 한 가득 밤을 담아 난롯불에 얹었다. 그런 다음 크래칫 가족 전원이 난로 주위에 모여 앉았는데, 밥 크래칫은 그 모양을 원형이라고 불렀지만 사실은 반원형이라는 뜻이었다. 밥 크래칫 바로 옆에는 온 집안의 유리잔을 벌여 놓았다. 굽 없는 큰 잔 두 개와 손잡이가 떨어진 커스터드 컵 하나였다.

그렇지만 이것들은 주전자에서 따른 뜨거운 음료를 황금 술잔만큼이나 잘 담아 냈다. 불에 얹어 둔 밤들이 요란스럽게 탁탁 터지며 익어 가는 동안 밥은 싱글벙글 웃는 낯으로 음료를 나누어 주었다. 그런 다음 밥은 축배를 제안했다.

"사랑하는 우리 가족 모두, 메리 크리스마스. 하느님의 축복이 함께하기를!"

모든 가족이 따라 외쳤다.

"우리 모두에게 하느님의 축복이 함께하기를!" 맨 마지막으로 꼬마 팀이 말했다.

그는 자신의 작은 의자에 앉아 바로 옆 아버지에게 바싹 붙어 있었다. 밥은 이 아이를 사랑하고 자기 옆에 계속 두고 싶은데 누군가 빼앗아 갈까 두렵다는 듯 아이의 작고 여윈 손을 꼭 붙잡았다.

"정령님." 전에 한 번도 느껴 본 적 없던 관심을 가지며 스크루지가 말했다. "꼬마 팀이 살 수 있을지 가르쳐 주십시오."

"빈 의자 하나가 보이는군." 정령이 대답했다. "저 초라한 난로 한구석에 말이야. 조심스럽게 보관해 둔 주인 없는 목발도 보이고. 이 환영들이 미래에 의해 바뀌지 않는다면 저 아이는 죽게 될 거야."

"안 돼, 안 됩니다." 스크루지가 말했다. "아, 안 돼요, 자비로우신 정령님! 살려 주실 거라고 말해 주세요."

"이 환영들이 미래에 의해 바뀌지 않는다면 내 동족 중 누구라도 저 아이를 이곳에서 볼 수 없을 거야." 정령이 대꾸했다. "그게 뭐 어떻다는 건가? 어차피 죽을 목숨이라면 스스로 그렇게 해서 잉여 인구라도 좀 줄이는 편이 나을 텐데."

스크루지는 자기가 한 말을 정령이 그대로 인용하는 것을 듣고 고개를 푹 숙이고는 후회와 슬픔으로 꼼짝도 할 수 없었다.

"이것 봐." 정령이 말했다. "만일 자네 가슴속에 단단한 돌덩이가 아니라 진짜 인간이 자리하고 있다면 잉여라는 게 무엇이고 어디에 있는 것인지 알 때까지 그런 사악한 유행어는 삼가도록 해. 어떤 사람이 살고 어떤 사람이 죽을지를 자네가 결정하겠다는 건가? 어쩌면 하느님이 보시기에는 이 가난한 남자의 아이 같은 수백만 명의 사람보다 자네가 더 쓸모없고 살 자격이 없을지도 모른단 말이야. 하느님 맙소사! 저 잎사귀에 붙은 벌레처럼 하찮은 인간이 먼지 속에 뒹구는 배고픈 형제들이 너무 지나치게 많이 살아 있다고 지껄이는 걸 듣게 되다니!"

스크루지는 정령의 비난에 고개를 숙인 채 덜덜 떨면서 시선을 바닥으로 떨어뜨렸다. 하지만 제 이름을 듣자마자 잽싸게 시선을 들었다.

"스크루지 씨를 위하여!" 밥이 말했다. "이렇게 멋진 잔치를 열게 해 주신 스크루지 씨를 위하여 건배!"

"설마, 멋진 잔치를 열게 해 주신 스크루지 씨라니요!" 크래칫 부인이 얼굴을 붉히며 외쳤다. "그분이 이 자리에 있으면 좋겠네요. 내 진심에서 나온 한마디나 실컷 먹으라고 주고 싶은데. 그걸 다 먹을 만큼 식욕이 왕성하면 좋겠네요."

"여보." 밥이 말했다. "아이들이 있잖아요. 게다가 크리스마스야."

"당연히 크리스마스겠지요." 그녀가 말했다. "스크루지 씨처럼 그렇게 밉살스럽고, 쩨쩨하고, 쌀쌀맞고, 모진 양반의 건강을 위해 축배를 들자는 사람이 다 있는 걸 보니. 그 양반이 어떤 사람인지 알잖아요, 로버트! 당신보다 더 잘 아는 사람은 아무도 없어요, 가엾은 사람 같으니!"

"여보." 밥이 부드럽게 대답했다. "크리스마스야."

"당신과 크리스마스를 위해 그 양반의 건강에 축배를 들겠어요." 크래칫 부인이 말했다. "그 양반을 위해서가 아니라요. 오래오래 사시길! 즐거운 크리스마스와 행복한 새해를 맞이하시길! 아주 즐겁고 아주 행복하실 거예요. 암 그렇다마다요!"

아이들도 그녀를 따라 축배를 들었다. 그들이 그날 한 모든 일 가운데 진심이 담기지 않은 것은 그게 처음이었다. 꼬마 팀도 맨 마지막으로 축배를 들기는 했지만 그 축배에 관심은 조금도 없었다. 스크루지는 그 가정에서 무섭고 잔인한 괴물이었다. 그의 이름을 거론한 것만으로도 파티에 어두운 그림자가 드리워져 꼬박 오 분 동안 걷히지 않았다.

그 그림자가 사라지자 사악한 스크루지를 처리했다는 단순한 안도감에 그들은 전보다 열 배는 더 즐거워졌다. 밥 크래칫은 피터 군을 위한 좋은 일자리가 있고, 얻기만 하면 일주일에 넉넉잡아 5실링 6펜스는 벌게 될 일자리가 어떻게 해서 그의 눈에 들게 되었는지 식구들에게 말해 주었다. 어린 크래칫 남매는 피터가 직장인이 된다는 생각에 심하게 깔깔거리며 웃었다. 피터는 그 당황스러울 만큼의 급료를 받게 되면 어떤 특별한 곳에 투자할지 곰곰이 생각하기라도 하는 듯 셔츠 깃 사이로 난롯불을 바라보며 사색에 잠겼다. 그다음에는 여성용 모자 가게의 가엾은 수습생인 마사가 자신이 어떤 종류의 일을 해야 하는지, 휴식 시간 한 번 없이 몇 시간 동안이나 일하는지, 내일은 집에서 보내는 휴일이니 아침에 얼마나 오랫동안 침대에 누워 있으면서 푹 쉴 셈인지 식구들에게 말했다. 또한 며칠 전 백작 부인과 어떤 귀족을 보았는데 그 귀족의 "키가 거의 피터만 하더라."라고도 했다. 그 말에 피터가 셔츠 깃을 어쩌나 높이 치켜세우던지 여러분이 그 자리에 있었더라도 그의 머리를 볼 수 없을 지경이었다. 그러는 동안 내내 군밤과 주전자는 식구들 사이를 돌고 또 돌았다. 얼마 지나지 않아 그들은 꼬마 팀이 부르는 눈 속을 헤매는 길 잃은 아이에 관한 노래를 들었다. 그는 그 노래를 애처롭고 가는 목소리로 정말이지 아주 잘 불렀다.

이러한 모습에 특별히 눈에 띄는 점이라고는 아무것도 없었다. 그 일가는 인물이 좋은 집안이 아니었고, 옷을 잘 차려입은 것도 아니었고, 방수 신발 한 켤레도 없었으며, 옷도 간신히 몸만 가린 수준이라고 할 만했다. 나아가 피터는 어쩌면, 아니 거의 틀림없이 전당포 내부가 어떻게 생겼는지 잘 알고 있을 터였다. 하지만 그들은 행복했고, 감사했고, 서로를 좋아했으며, 그 시간에 만족했다. 그들의 모습이 점점 희미해져 가면서도 그들과 이별할 즈음 정령이 횃불로 뿌린 반짝이는 빛 속에서 더욱 행복해 보이자 스크루지는 그들에게, 특히 꼬마 팀에게 시선을 고정한 채 끝까지 쳐다보았다.

어느덧 날이 어두워진 데다가 눈까지 펑펑 내리고 있었다. 스크루지와 정령이 거리를 따라 걸어가는 동안 부엌과 응접실, 그리고 온갖 방들에서 활활 타오르는 불길의 광채가 아주 멋졌다. 이쪽에서는 너울거리며 활활 타오르는 불길이 난롯불 앞에서 속속들이 데워지고 있는 뜨거운 접시들과 추위와 어둠을 차단하기 위해 닫힐 준비가 된 짙은 붉은색 커튼들과 더불어 기분 좋은 만찬을 준비하는 모습을 보여 주었다. 저쪽에서는 온 집안 어린아이들이 결혼한 누나, 형, 사촌, 삼촌과 숙모 들에게 처음 인사하는 사람이 되겠다며 눈 내리는 바깥으로 모조리 튀어나왔다. 또 이쪽에서는 가리개로 가린 창문 앞에 모여 있는 손님들의 그림자가 어른거렸고, 또 저쪽에서는 하나같이 모자를 눌러쓰고 털을 댄 부츠를 신은 한 무리의 매력적인 아가씨들이 모두 한꺼번에 재잘거리면서 가까운 이웃집으로 경쾌하게 걸어갔다. 아가씨들이 들어오는 모습을 보고 얼굴이 빨갛게 달아오른 그 집 총각에게는 고통이 시작되었으니(머리 좋은 마녀들 같으니. 그 여자들은 이미 계산했을 터였다.) 이를 어쩌면 좋을까!

하지만 여러분이 친구들과의 모임으로 향하는 중인 사람들의 수로만 판단했다면 모든 집이 손님을 기다리며 굴뚝 절반 높이까지 땔감을 쌓아 두기는커녕 그들이 도착했을 때 반겨 줄 사람이 집에 아무도 남아 있지 않을 것이라고 생각했을지도 모른다. 그런 집에 축복을 빌어 주며 그 정령이 얼마나 기뻐 날뛰던지! 넓은 가슴을 드러내고 큼지막한 손바닥을 쫙 편 채 둥둥 떠다니면서, 그 후한 손으로 손길이 닿는 곳에 있는 모든 것에 쾌활하고 악의 없는 웃음소리를 어찌나 많이 흘려보내던지! 어딘가에서 그날 저녁 시간을 보내기 위해 옷을 차려입고 어스름한 거리에 점점이 불을 밝히며 달려가던 가로등 점등원이 정령이 지나가는 순간 껄껄 하고 웃음을 터뜨렸다. 가로등 점등원은 크리스마스가 돌아온 것 말고는 자신에게 어떤 방문객이 찾아왔는지 조금도 알지 못했지만 말이다!

그리고 이번에는 정령에게서 한마디 경고도 듣지 못한 채 스크루지는 그와 함께 음산하고 적막한 황무지에 서 있었다.

거인들의 매장지인 것처럼 엄청나게 크고 거친 돌덩어리들이 여기저기 널려 있었고, 물은 제멋대로 어디로든 흘러갔다. 아니, 그러려고 했을 것이다. 물길을 죄인처럼 가두는 영하의 추운 날씨만 아니었다면 말이다. 이끼와 가시금작화와 볼품없이 무성한 풀 말고는 아무것도 자라지 않는 땅이었다. 저무는 태양은 서쪽 하늘에 불타는 듯 붉은색을 한 줄기 남겨 놓더니 한순간 실쭉한 눈처럼 그 황량한 곳을 노려보다가 점점 더 아래, 더 아래, 더 아래쪽으로 눈살을 찌푸리며 칠흑처럼 캄캄한 밤의 짙은 어둠 속으로 사라져 버렸다.

"여긴 어디지요?" 스크루지가 물었다.

"땅속 가장 깊은 곳에서 일하는 광부들이 사는 곳이지." 정령이 대꾸했다. "하지만 그들은 나를 알아. 잘 보게!"

어느 오두막 창문에서 불빛이 비치자 그들은 재빨리 그쪽을 향해 나아갔다. 진흙과 돌로 만든 벽을 통과하니 이글거리는 난롯불을 둘러싸고 모여 있는 쾌활한 사람들이 보였다. 나이가 지긋한 노인과 노부인이 자녀들과 또 그 자녀의 자녀들과 그들보다도 더 아래인 또 다른 세대와 다 함께 크리스마스용 옷으로 화사하게 꾸미고 있었다. 노인은 이 척박한 불모지에 휘몰아치는 사나운 바람 소리보다 높아지는 법이 드문 목소리로 자손들에게 크리스마스 노래를 불러 주고 있었다. 그가 소년이었을 때도 이미 아주 오래된 노래였다. 때때로 모두 후렴을 함께 불렀다. 자녀들이 목소리를 높이면 반드시 노인도 즐거워하며 큰 소리로 불렀고, 자녀들이 노래를 멈추면 또 반드시 노인의 활기도 다시 한번 잦아들었다.

정령은 이곳에서 늑장 부리지 않고 스크루지에게 자기 로
브를 잡게 하더니 황무지 위를 죽 지나갔다. 서둘러 어디로
가는 겁니까? 바다 쪽으로 가는 건 아니겠지요? 바다로 가는
거야. 스크루지가 공포에 질려 뒤돌아보니 그들 뒤로 육지 끝
에 있는 섬뜩한 바위투성이 산맥이 보였다. 파도가 넘실거리
고 으르렁거리듯 포효하고 직접 파낸 무시무시한 동굴들 사이
에서 사납게 휘몰아치며 맹렬하게 육지를 집어삼키려 할 때마
다 천둥 치듯 울리는 파도 소리에 귀가 먹먹했다.

해안에서 10여 킬로미터 정도 떨어진 곳, 사납게 일 년 내
내 바닷물에 부딪쳐 물보라를 맞으며 깎여 나가는, 물에 잠긴
음울한 암초 위에 외로운 등대가 하나 서 있었다. 등대 맨 아
래쪽에는 엄청난 양의 해초가 들러붙어 있고 바다제비들은
(해초가 바닷속에서 태어나듯 바람 속에서 태어나는 것처럼 보이
는) 스치듯 날아가는 파도와 마찬가지로 등대 주위를 오르락
내리락했다.

하지만 심지어 이곳에서도 등대를 지키는 두 남자가 불을
지펴 두꺼운 돌 벽에 뚫린 구멍을 통해 한 줄기 환한 빛이 무
시무시한 바다 위로 쏟아져 내렸다. 그들은 거친 탁자에 마주
앉아 그 위로 굳은살이 박인 손을 맞잡으며 독한 그로그 술
로 서로에게 즐거운 크리스마스를 빌어 주었다. 그들 중 한 사
람, 그것도 낡은 배의 뱃머리 조각상처럼 험악한 날씨에 다쳐
얼굴이 온통 흉터투성이인 연장자가 그 자체가 사나운 바람
같은 힘찬 노래를 부르기 시작했다.

다시 한번 정령은 검게 출렁이는 바다 위를 계속해서 쉬지

않고 빠르게 이동했다. 마침내 정령이 스크루지에게 말한 대로 그들은 해안에서 한참 떨어진 어느 배 위에 내려섰다. 그들은 타륜을 잡은 키잡이와 뱃머리에서 망보는 선원, 당직 중인 고급 선원들 옆에 서 있었다. 각자 자기 위치에서 음울한 유령 같은 모습으로 서 있었지만 모두 크리스마스 노랫가락을 흥얼거리거나, 크리스마스를 생각하거나, 집으로 돌아갈 희망을 담아 지나간 크리스마스에 대해 동료에게 낮은 목소리로 이야기했다. 깨어 있거나 잠들었거나, 선하거나 악하거나 배에 타고 있는 모든 사람이 그날만큼은 다른 사람에게 한 해의 그 어느 날보다 더 친절한 말을 건넸고, 어느 정도까지는 그날의 축제 분위기에 참여했고, 멀리 떨어진 곳에서 사랑하는 사람들을 떠올렸고, 또 그들도 자신을 떠올리며 기뻐한다는 사실을 알았다.

바람의 신음 소리에 귀 기울이며 그 깊이가 죽음만큼이나 심오한 비밀인 알 수 없는 심연 위로 쓸쓸한 어둠을 헤치고 계속 나아가는 것이 얼마나 엄숙한 일인지를 생각하고 있던, 그러니까 이렇듯 한창 생각에 빠져 있던 스크루지는 떠들썩한 웃음소리를 듣고 깜짝 놀랐다. 그런 다음 그것이 조카의 웃음소리라는 것과 자신이 축축한 데라고는 없이 밝고 반짝반짝 빛나는 방에서 자기 옆에 서서 미소 지으며 바로 그 조카를 만족스러운 듯 상냥하게 쳐다보고 있는 정령과 함께 있다는 것을 알아차리고 훨씬 깜짝 놀랐다.

"하하, 하하하!" 스크루지의 조카가 웃음을 터뜨렸다. "하하, 하하하, 하하하하!"

그럴 것 같지는 않지만 혹시라도 여러분이 웃음에 관해 스크루지의 조카보다 더 축복받은 사람을 알게 된다면 내게도 꼭 알려 주기 바란다. 나한테 소개해 준다면 나는 그 사람과 친구가 될 생각이다.

질병과 슬픔이 전염된다고 하지만 이 세상에서 웃음과 즐거운 기분만큼 전염성이 압도적인 것도 없다는 사실은 만물의 조화를 추구하는 타당하고 공명정대하며 숭고한 이치다. 스크루지의 조카가 이런 식으로, 그러니까 양 옆구리를 움켜잡고, 고개를 마구 흔들고, 얼굴을 과장되게 일그러뜨리며 웃음을 터뜨리자 스크루지의 조카며느리도 남편만큼이나 활기차게 웃었다. 함께 모여 있던 친구들도 조금이라도 그에 뒤질세라 힘차게 웃었다.

"하하, 하하하! 하하, 하하하, 하하하하!"

"크리스마스가 헛소리라고 하셨어, 확실하다니까!" 스크루지의 조카가 외쳤다. "게다가 정말 그렇게 믿고 계시더라니까!"

"그렇다면 그분은 더더욱 창피한 줄 아셔야 해, 프레드!" 스크루지의 조카며느리가 분개한 어조로 말했다. 저런 여자들에게 축복이 함께하기를! 그들은 뭐든 어중간하게 하는 법이 없는 부류다. 늘 진지하다.

그녀는 아주 예뻤다. 엄청나게 예뻤다. 살포시 파이는 보조개와 깜짝 놀란 듯한 표정을 지닌 뛰어나게 예쁜 얼굴, 입맞춤을 받기 위해 만들어진 듯(이건 의심의 여지가 없었다.) 붉고 탐스러운 작은 입, 웃음을 터뜨릴 때면 서로 녹아드는 턱 주위의 온갖 아주 작은 점들, 어떤 귀여운 생명체의 머리에서도 본 적 없을 눈부시게 빛나는 두 눈. 한마디로, 여러분이라면, 흔한 얘기로, 그녀가 애를 태운다고 했겠지만 동시에 흡족한 여인이라고 할 만도 했다. 아, 더없이 흡족했다.

"참 재미있는 영감님이셔." 스크루지의 조카가 말했다. "그건 사실이야. 필요 이상으로 불쾌하게 구시기는 하지만 말이야. 그렇지만 그런 불쾌한 행동 때문에 그 나름의 벌을 받으시니까 나까지 그분을 비난할 생각은 전혀 없어."

"확실히 그분은 아주 부자이시지, 프레드." 스크루지의 조카며느리가 넌지시 말했다. "적어도 당신이 나한테 늘 그렇게 말하잖아."

"그러면 뭐 하겠어, 여보!" 스크루지의 조카가 말했다. "그분의 재산은 자신에게 아무 쓸모가 없어. 그걸로 뭐가 됐든 좋은 일을 하시는 법도 없어. 그걸로 편하게 지내시는 것도 아니야. 그걸로 우리한테 한 번이라도 도움을 주려는 생각을 해 본 적은, 하하, 하하하, 하하하하! 꿈에서라도 그런 만족감을 누려 본 적 없으실걸!"

"난 그분을 참을 수가 없어." 스크루지의 조카며느리가 의견을 말했다. 조카며느리의 자매들과 다른 숙녀들이 모두 같은 의견을 표명했다.

"저런, 난 참을 수 있어!" 스크루지의 조카가 말했다. "난 그분이 안됐어. 화를 내려고 애써 봐도 그분께 화를 낼 수가 없어. 그분의 심술궂은 변덕 때문에 괴로운 게 누구겠어! 바로 본인이라고, 항상. 이것 봐, 우리를 싫어한다는 생각을 머리에 박아 넣고, 여기 와서 우리랑 함께 식사도 안 하시려 하잖아.

그 결과가 뭐지? 뭐, 그렇게 대단한 만찬을 놓치신 건 아니지만 말이야."

"아니, 난 그분이 아주 훌륭한 만찬을 놓치신 거라고 생각해." 스크루지의 조카며느리가 끼어들었다. 다른 사람들도 모두 똑같이 말했다. 방금 만찬을 들고 나서 식탁에 후식을 차려 놓은 채 난롯불을 둘러싸고 램프 불빛 아래 모여 있었으니 그들이 충분히 자격이 있는 심사위원들이라는 것은 인정해야만 할 것이다.

"이런! 그런 말을 들으니 참으로 기쁘군." 스크루지의 조카가 말했다. "난 지금껏 젊은 주부들을 크게 신뢰하지 않았거든. 자네는 어떻게 생각하지, 토퍼?"

총각은 가련한 방랑자라 그런 주제에 대해 의견을 표명할 권리가 없다고 대답한 것을 보니 토퍼는 지금껏 내내 조카며느리의 자매들 중 한 사람에게 눈독을 들였던 것이 분명했다. 그러자 조카며느리의 여동생, 그러니까 장미꽃을 단 쪽 말고, 레이스 깃 장식을 단 포동포동한 여동생이 얼굴을 붉혔다.

"계속해, 프레드." 스크루지의 조카며느리가 박수를 치며 말했다. "이이는 시작했던 얘기를 제대로 끝마치는 법이 없다니까! 참 웃기는 사람이야!"

스크루지의 조카는 다시 한번 한바탕 웃음을 터뜨렸는데, 웃음은 전염을 막을 수 없는 것이어서 비록 포동포동한 처제가 향초(香醋) 냄새를 맡으면서 전염을 막아 보려 안간힘을 써 봤지만 결국 누구 하나 빠짐없이 조카의 선례를 따라 웃음을 터뜨렸다.

"내가 하려던 말은 이거야." 스크루지의 조카가 말했다. "삼촌이 우리를 싫어하고 우리와 함께 즐거운 시간을 보내지 않으면 그 결과, 내 생각에는 그분께 전혀 해가 되지 않을 유쾌한 순간들을 놓치게 된다는 거지. 곰팡내 나는 낡은 사무실이나 칙칙한 방에서 자신만의 생각에 잠겨 있을 때 찾을 수 있는 것보다는 훨씬 유쾌한 말동무들을 놓치는 거나 다름없어. 난 그분께 해마다 똑같은 기회를 드릴 생각이야. 좋아하시든 아니든 간에 말이지. 딱한 일이잖아. 어쩌면 그분은 돌아가실 때까지 크리스마스를 조롱하실지도 모르지. 하지만 내가 해마다 기분 좋게 그곳에 찾아가서 스크루지 삼촌, 안녕하세요 하고 인사하는 걸 보신다면, 내가 장담하는데, 생각을 바꾸지 않으실 수 없을 거야. 그렇게 해서 그분이 가엾은 직원에게 50파운드를 남기고 싶은 마음이 들기만 한다면 그거야말로 대단한 일이지. 실은 어제 내가 삼촌을 조금 흔들어 놓은 것 같거든."

이번에는 스크루지를 흔들어 놓았다는 그의 생각을 나머지 사람들이 놀릴 차례였다. 하지만 그는 워낙 사람이 좋은데다 사람들이 무엇을 놀리는지 별로 상관하지 않았기 때문에 도리어 웃고 떠들도록 부추기며 기꺼이 술병을 돌렸다.

차를 마신 후 그들은 음악을 즐겼다. 음악적으로 재능이 있는 가족이어서 무반주 합창곡이나 돌림노래를 부를 때면 각자 무엇을 해야 할지 잘 알고 있었다. 이건 내가 보증한다. 특히 토퍼는 베이스를 맡아 훌륭한 베이스 가수처럼 쩌렁쩌렁 울리게 노래하면서도 이마에 굵은 핏줄이 부풀어 오르거나 얼굴에 벌게지는 일이 없었다. 스크루지의 조카며느리는 하프를 잘 켰다. 몇몇 연주곡 사이에(별것 아닌 곡이어서 여러분이 이 분이면 배워서 휘파람으로 불 수도 있을) 짧고 간단한 곡이 하나 있었는데 과거 크리스마스의 정령이 스크루지에게 떠올리게 했던, 기숙 학교에 그를 데리러 왔던 아이가 잘 알고 있던 곡이었다. 이 곡의 선율이 울리자 정령이 보여 주었던 모든 것이 마음에 떠오르면서 그는 점점 더 온화해졌고, 여러 해 전에 그 곡을 자주 들을 수 있었더라면 제이콥 말리를 묻은 교회지기의 삽에 의지하지 않고 자기 손으로 직접 자신의 행복을 위해 인정 넘치는 삶을 일굴 수 있었을지 모른다고 생각하기에 이르렀다.

하지만 그들이 저녁 시간을 모조리 음악에만 쏟은 것은 아니었다. 잠시 후에 그들은 벌금놀이를 했다. 때로는 어린아이가 되는 것도 즐거운 일인데 그러기에 크리스마스보다 더 좋은 때는 없는 법이다. 그날은 크리스마스를 만드신 전지전능한 그분도 어린아이였으니 말이다. 잠깐! 먼저 장님놀이부터 했어야 하는데. 물론 장님놀이도 했다. 나는 토퍼가 진짜로 눈을 가렸다고 믿느니 차라리 그의 부츠에 눈이 달렸다고 믿겠다. 내 생각으로는 그것은 토퍼와 스크루지의 조카 사이에 미리 결정된 일이었고 현재 크리스마스의 정령도 그 사실을 알고 있었다. 그가 레이스 깃 장식을 단 포동포동한 처제를 쫓아다닌 방식은 남을 잘 믿는 인간 본성을 짓밟는 행위였다. 부젓가락이며 부지깽이 같은 난로용 철물에 부딪치고, 의자에 걸려 넘어지고, 피아노를 쾅 하고 들이받고, 커튼에 휘감겨 질식할 뻔하면서 그녀가 어디에 가든 그곳에 그도 갔다. 그는 포동포동한 처제가 어디 있는지 항상 알았다. 그는 다른 사람은 아예 잡으려 하지도 않았다. 당신이 몇몇 사람들이 실제로 그랬던 것처럼 그와 부딪쳐 쓰러진 다음 그 자리에 가만히 있었더라도 그는 당신을 와락 붙잡으려 애쓰는 시늉을 해서 당신의 이해력에 모욕을 가하고는 곧장 포동포동한 처제가 있는 쪽으로 옆걸음질 쳤을 것이다. 그녀는 종종 공정하지 않다고 소리를 질렀는데 실제로도 공정하지 않았다. 하지만 마침내 그가 그녀를 붙잡았을 때, 그러니까 그녀가 비단 옷자락을 사각거리며 번번이 그를 팔랑팔랑 스쳐 지나갔는데도 결국 도망갈 길이 전혀 없는 한구석으로 그녀를 몰아넣었을 때 그가 한 행동은 지극히 형편없었다. 그녀가 누구인지 알지 못하는 척하고, 그럴 필요가 있는 척하며 그녀의 머리 장식을 만지고, 더 나아가 그녀의 정체를 확인할 필요가 있다는 듯 그녀가 손가락에 낀 반지와 목에 건 목걸이를 만지작거린 행동은 비열하고 어처구니없었다! 당연히 그녀는 그에게 그 행동에 대한 의견을 밝혔다. 다른 사람이 장님 역할을 맡은 다음 그들이 아주 몹시 은밀하게 커튼 뒤에 함께 있었을 때 말이다.

스크루지의 조카며느리는 장님놀이를 하는 무리에 끼지 않고 아늑한 구석에서 커다란 의자에 앉아 발 받침대에 발을 올리고 편히 쉬고 있었다. 그 바로 뒤 구석에 정령과 스크루지가 있었다. 하지만 그녀는 벌금놀이에 참가했고, 알파벳 철자 맞히기를 하면서 바라던 대로 자신이 칭찬의 대상이 되는 것을 즐겼다. 마찬가지로 '어떻게, 언제, 어디에' 놀이에도 무척 뛰어났다. 토퍼가 여러분에게 확언해 줄 수도 있었다시피 여동생들 역시 영리한 아가씨들이었는데도 그녀가 그들의 코를 납작하게 만들자 스크루지의 조카는 내심 몹시 기뻐했다. 아마 그 자리에는 젊었든 늙었든 스무 명가량의 사람들이 있었을 텐데 모두 놀이에 참여했고, 스크루지도 마찬가지였다. 그는 당장 일어나고 있는 일에 대한 관심 때문에 자기 목소리가 그들의 귀에 전혀 들리지 않는다는 사실을 까맣게 잊어버리고 이따금 쩌렁쩌렁한 목소리로 추측을 말했고 또 그 추측이 정답인 경우도 아주 잦았다. 왜냐하면 가장 예리한 바늘, 그러니까 바늘귀가 부러지지 않는다고 보증해 주는 화이트채플의 최상품도 스크루지보다 더 예리하지는 못했고, 그가 머릿속으로 그 바늘이 무디다고 생각하는 만큼이나 무뎠기 때문이었다.

그가 이런 기분이 된 것을 알고 몹시 기뻐하며 정령은 손님들이 떠날 때까지 계속 머무르게 해 달라고 어린 남자아이처럼 조르는 그를 호의적인 눈길로 지켜보았다. 하지만 정령은 그럴 수는 없다고 말했다.

"새로운 놀이네요." 스크루지가 말했다. "삼십 분만요, 정령님. 딱 삼십 분만!"

그것은 스무고개 놀이였다. 스크루지의 조카가 무엇인가를 떠올리면 나머지 사람들이 그게 무엇인지 알아내야만 했다. 그는 그들의 질문에 오로지 네 혹은 아니오로만 대답했다. 그에게 쏟아부은 속사포 같은 질문 공세 끝에 그가 떠올리고 있는 것은 어떤 동물인데 살아 있는 동물이고, 꽤 불쾌하고, 몹시 사납고, 이따금 으르렁거리고 꿀꿀거리며, 또 가끔은 말도 하고, 런던에 살고, 거리를 걸어 다니고, 전시용이 아니고, 누군가에게 끌려다니지도 않고, 순회 동물원에 살지 않고, 시장에서 도살되는 법도 없고, 말이나 나귀나 암소나 황소나 호랑이나 개나 돼지나 고양이나 곰이 아닌 동물이라는 대답들을 이끌어 냈다. 새로운 질문을 받을 때마다 이 조카는 새삼스레 폭소를 터뜨렸고, 말로 표현하기 어려울 만큼 재미있던 나머지 소파에서 벌떡 일어나 발을 동동 구를 수밖에 없을 지경이었다. 마침내 포동포동한 처제가 그와 비슷한 상태가 되더니 이렇게 소리쳤다.

"알아냈어요! 뭔지 알아요, 프레드 형부. 뭔지 안다고요!"

"뭔데?" 프레드가 외쳤다.

"형부네 스크루우우우지 삼촌요!"

정답은 분명 스크루지였다. 전반적인 분위기는 감탄 그 자체였다. 비록 몇몇이 자신들이 스크루지 씨가 답이라는 식으로 짐작해 보는 중이었더라면 그의 부정적인 대답이 자신들의 생각을 스크루지 씨가 아닌 다른 쪽으로 돌리기에 충분했으므로 "곰인가요?"라는 질문에 대한 답이 "네."였어야 한다고 항의하기는 했지만 말이다.

"분명한 건, 삼촌 덕분에 우리가 실컷 웃고 떠들었다는 거야." 프레드가 말했다. "그러니 그분의 건강을 위해 축배를 들지 않는다면 배은망덕한 일이겠지. 여기 마침 데운 와인 잔이 우리 손에 들려 있군. 선창할게. 스크루지 삼촌을 위하여!"

"그래, 좋아요! 스크루지 삼촌을 위하여!" 나머지 사람들도 외쳤다.

"그 어른도 즐거운 크리스마스와 행복한 새해를 맞이하시길, 그분이 어떤 분이시든 간에!" 스크루지의 조카가 말했다. "그분은 나한테 이런 인사를 받지 않으려고 하시겠지만 그렇다고 해도 이 인사대로 다 누리시길 빌어요. 스크루지 삼촌을 위하여!"

스크루지는 어느새 어찌나 쾌활해지고 마음이 가벼워졌던지, 정령이 그에게 시간만 줬더라면, 그가 함께 있는지도 모르는 그 사람들을 위해 답례로 축배를 들며 그들에게 들리지도 않을 감사의 말을 할 뻔했다. 하지만 조카가 마지막 말을 입 밖에 내는 순간 이 모든 장면은 사라졌고, 스크루지와 정령은 다시 한번 여행길에 올라 있었다.

그들은 많은 것을 보았고, 멀리까지 가 봤으며, 많은 집을 방문했는데, 언제나 그 끝은 행복했다. 정령이 환자들의 침대 옆에 서면 그들은 기운을 차렸고, 이국땅에 찾아가면 사람들은 고향이 가까이에 있는 듯 느꼈고, 고생하는 사람들 옆에 서면 그들이 보다 큰 희망을 품고 참을성을 발휘했으며, 가난한 사람들 옆에 서면 가난해도 마음만은 부자였다. 사설 구빈원과 병원과 교도소 같은 불행한 사람들의 온갖 피난처에서, 그러니까 자신의 보잘것없는 권위를 내세워 문을 단단히 닫아걸고 정령을 문전박대하는 거만한 인간이 없는 곳에서 정령은 자신의 축복을 남겼고 스크루지에게는 교훈을 가르쳤다.

고작 하룻밤이라기에는 정말 긴 하룻밤이었다. 하지만 스크루지는 이 점에 대해 의심을 품고 있었다. 크리스마스 연휴 기간이 모두 그들이 함께 보낸 시간으로 압축된 것처럼 보였기 때문이었다. 스크루지는 외형이 변하지 않고 그대로인 데 반해 정령은 점점 더 나이를 먹고 뚜렷하게 늙어 가는 것 역시 이상한 일이었다. 스크루지는 이런 변화를 눈치챘지만 그들이 어린아이들의 주현절 파티장을 떠날 때까지는 그에 관해 한마디도 하지 않았다. 스크루지는 정령과 함께 공터에 나와서는 순간 정령을 바라보다가 그 머리가 반백인 것을 알아차렸다.

"정령들은 수명이 그렇게 짧습니까?" 스크루지가 물었다.

"지상에서의 내 수명은 아주 짧지." 정령이 대답했다. "오늘 밤에 끝날 거야."

"오늘 밤!" 스크루지가 외쳤다.

"오늘 밤 자정이야. 잘 들어 봐! 그 시간이 점점 다가오고 있어."

그 순간 11시 45분을 알리는 교회 종소리가 울리고 있었다.

"지금 제가 하는 질문이 온당한 것이 아니라면 용서하십시오." 스크루지가 정령의 길고 헐거운 로브를 뚫어져라 쳐다보며 말했다. "하지만 뭔가 이상한 것이 보여서요. 정령님 옷자락에서 비어져 나오긴 했는데 당신 것은 아닌 듯하군요. 발인가요, 아니면 짐승의 발톱인가요!"

"아마도 발톱이겠지. 살이 그 위쪽에 붙어 있으니." 정령이 슬퍼하는 목소리로 대답했다. "여기를 봐."

접혀 있던 로브 자락에서 정령이 어린아이 둘을 내보냈다. 비참하고, 절망적이고, 끔찍하고, 흉측스럽고, 아주 딱한 모습이었다. 그들은 정령의 발치에 무릎을 꿇고 그의 옷자락 바깥쪽에 착 달라붙었다.

"아, 이런! 여기를 봐. 보라고, 보란 말이야 여기 이 아래쪽을!" 정령이 탄식하듯 외쳤다.

남자아이 하나와 여자아이 하나였다. 누렇게 뜨고, 비쩍 마르고, 누더기를 걸치고, 얼굴을 잔뜩 찌푸리고 있었지만 동시에 겸손하게 납작 엎드린 모습이었다. 품위 있는 어린 시절을 보내며 살을 찌우고 더없이 발랄한 기운을 가미했어야 할 그들의 얼굴은 늙은이처럼 생기 없고 쭈글쭈글한 손에 꼬집히고, 일그러지고, 갈가리 찢긴 누더기 같았다. 응당 천사들이 왕좌를 차지하고 앉아 있어야 할 그곳에 악마들이 도사리고 앉아 위협적으로 노려보고 있었다. 인간성에 아무리 심한 정도의 변화, 타락, 왜곡이 생긴다고 해도 놀라운 창조의 온갖 신비를 통틀어 이들의 반만큼이라도 소름 끼치고 무시무시한 괴물들을 만들 수는 없는 법이었다.

스크루지는 간담이 서늘해져 뒤로 물러섰다. 아이들이 이런 식으로 그에게 모습을 드러내고 나서 그는 예쁜 아이들이라고 말하려 해 보았지만 그렇게 어마어마한 거짓말을 하느니 차라리 목구멍을 탁 막아 버리는 쪽을 택했다.

"정령님! 정령님 아이들인가요?" 스크루지는 더 이상 아무 말도 할 수 없었다.

"인간의 아이들이야." 정령이 그들을 내려다보며 말했다. "그런데 자기네 아버지를 따르기를 거부하면서 내게 매달려 있는 거야. 이 남자아이는 '무지'라네. 이 여자아이는 '빈곤'이고. 두 아이를 모두 경계해. 그들이 처한 상태가 어느 정도이건 말이야. 하지만 그중에서도 이 남자아이를 특히 경계해야 해. 내겐

이 아이의 이마에 '파멸'이라고 쓰인 것이 보이니 그것이 지워지지 않는 한은 그래야 해. 부인해 보아라!" 정령이 도시를 향해 손을 뻗으며 외쳤다. "너희에게 그 사실을 말해 주는 사람들을 비방해라! 당파적인 목적으로 그 사실을 인정해 결국 사태를 더 악화시켜 버려라! 그리고 종말을 기다려라!"

"저 아이들에겐 갈 만한 보호 시설이나 몸을 의탁할 곳이 없는 겁니까?" 스크루지가 외쳤다.

"감옥은 죄다 없어진 건가?" 정령이 스크루지가 했던 말로 그를 공격하며 마지막으로 말했다. "구빈원들이 다 없어졌어?"

종이 12시를 쳤다.

스크루지는 정령을 찾아 주위를 두리번거렸지만 보이지 않았다. 마지막 종소리가 떨림을 멈추는 순간 그가 옛 친구 제이콥 말리의 예언을 떠올리고 시선을 들자 낙낙한 옷을 걸치고 두건을 뒤집어 쓴 근엄한 표정의 혼령이 땅바닥에 퍼지는 엷은 안개처럼 그를 향해 다가오는 모습이 보였다.

4절
마지막 정령

그 환영은 서서히, 엄숙하게, 묵묵히 다가왔다. 그것이 가까이 오자 스크루지는 털썩 무릎을 꿇었다. 이 정령이 움직일 때 그를 에워싸고 있는 공기 그 자체가 침울하고 신비스러운 분위기를 흩뿌리는 것 같았기 때문이었다.

머리, 얼굴, 몸집을 감추는 칠흑처럼 검은 옷으로 몸을 온통 감싸고 있어 죽 뻗은 한쪽 손 말고는 아무것도 보이지 않았다. 이마저 없었다면 그 모습을 캄캄한 밤으로부터 떼어 내 분간하거나 그것을 둘러싼 어둠과 구분하기 힘들었을 것이다.

그 형체가 옆으로 다가왔을 때 스크루지는 유독 키가 크고 풍채가 당당하다고 느꼈고, 그 신비스러운 존재가 그의 마음에 엄숙한 두려움을 가득 불어넣었다는 생각이 들었다. 정령은 아무런 말 없이 꼼짝도 하지 않았기 때문에 그는 그 이상은 알 수 없었다.

"지금 제가 '아직 오지 않은' 크리스마스의 정령을 뵙고 있는 건가요?" 스크루지가 말했다.

정령은 아무 대답도 하지 않고 손으로 앞쪽을 가리켰다.

"당신은 제게 아직 일어나지 않았지만 우리 앞에 놓인 시간에 일어날 일들의 환영을 보여 줄 참인가 보군요." 스크루지가 끈질기게 계속 말했다. "그렇습니까, 정령님?"

정령이 고개를 끄덕이기라도 한 것처럼 한순간 그가 입은 옷 윗부분이 주름이 잡히듯 쪼그라들었다. 그것이 스크루지가 받아 낸 유일한 대답이었다.

스크루지가 이제 정령들과의 동행에 퍽 익숙해졌다고는 해도 이 말없는 정령은 어찌나 두렵던지 두 다리가 후들후들 떨리는 바람에 막상 따라나설 준비를 할 때는 제대로 서 있기도 힘들 정도였다. 정령은 그의 상태를 알아차리자 잠시 멈춰 서서 기운을 차릴 시간을 주었다.

하지만 스크루지는 그 때문에 오히려 상태가 더 나빠졌다. 눈을 힘껏 크게 떠도 음산한 손 한쪽과 거대한 검은색 덩어리 말고는 아무것도 볼 수 없는 반면, 수의처럼 거무스름한 장막 뒤에 오로지 자신에게만 못 박힌 정령의 두 눈이 있다는 사실을 깨닫자 정체 모를 막연한 공포에 오싹한 기분이 들었다.

"미래의 정령님!" 그가 외쳤다. "지금껏 만난 어떤 정령님보다도 당신이 더 두렵습니다. 하지만 저는 당신의 의도가 제게 도움을 주시는 데 있다는 걸 아는 데다가 앞으로는 지금까지의 저와는 완전히 다른 사람으로 살고 싶기 때문에 지금부터

같이 갈 준비가 되어 있고, 또 감사하는 마음으로 기꺼이 그렇게 하려 합니다. 뭐든 한 말씀 해 주지 않으시겠습니까?"

그것은 그에게 아무 대답도 하지 않았다. 손은 똑바로 그들 앞을 가리키고 있었다.

"앞장서 주십시오!" 스크루지가 말했다. "앞장서 주세요! 밤이 빠른 속도로 끝나 가고 있으니 지금이 제게는 허비할 수 없는 귀한 시간이라는 것을 압니다. 앞장서 주세요, 정령님!"

정령은 그를 향해 다가왔을 때와 똑같은 방식으로 멀어져 갔다. 스크루지는 정령의 옷 그림자를 밟으며 따라갔는데 그 그림자가 그를 태워 나르는 것 같았다.

아마 그들이 도심에 들어간 것은 아닌 듯했다. 그러기는커녕 도시가 스스로 그들 주위에서 불쑥 솟아올라 그들을 에워싼 것 같았다. 어쨌든 그들은 도시 한복판에, 그것도 왕립 거래소의 상인들 사이에 있었다. 상인들은 바삐 오가고, 호주머니 속 돈을 짤랑거리고, 삼삼오오 떼를 지어 이야기를 나누고, 저마다 제 시계를 들여다보고, 생각에 잠긴 채 큼지막한 황금빛 인장을 만지작거리는 등등 스크루지가 전에 자주 목격했던 행동들을 그대로 하고 있었다.

정령이 몇 안 되는 사업가가 모여 있는 어느 무리 옆에 멈추어 섰다. 그 손이 그들을 가리키는 것을 본 스크루지는 그들의 이야기를 들어 보려고 곁으로 다가갔다.

"아니." 턱이 말도 안 되게 큰 엄청나게 뚱뚱한 남자가 말했다. "나도 자세한 건 몰라요. 그저 그 양반이 죽었다는 정도만 알죠."

"언제 죽었는데요?" 다른 남자가 물었다.

"어젯밤이라던가."

"아니, 무슨 문제라도 있었나요?" 큼직한 코담뱃갑에서 코담배를 듬뿍 꺼내며 세 번째 남자가 물었다. "난 그 양반은 절대 안 죽을 줄 알았거든."

"하느님만 아시겠죠." 첫 번째 남자가 하품을 하며 말했다.

"돈은 다 어떻게 했대요?" 코끝에 수컷 칠면조의 턱살처럼 늘어져 대롱거리는 혹이 달린 얼굴이 붉은 신사가 물었다.

"아무 얘기도 못 들었어요." 턱이 큰 남자가 또다시 하품을 하며 말했다. "아마 소속 동업 조합에 남겼겠죠. 나한테는 한 푼도 안 남겼어요. 내가 아는 건 그게 답니다."

모두들 웃음을 터뜨리며 이 농담을 반겼다.

"아주 초라한 장례식이 될 게 뻔해요." 같은 남자가 말을 이었다.

"맹세코, 거기 간다는 사람 이름 하나 못 들어 봤으니. 우리라도 모여서 자원해 가 보는 건 어떨까요?"

"점심만 준다면 못 갈 것도 없겠지." 코에 혹이 달린 신사가 말했다. "아무튼 내가 거기 낀다면 난 점심은 꼭 얻어먹어야겠네."

다시 한번 웃음이 터졌다.

"음, 이 중에서는 내가 제일 사심이 없군요." 처음 이야기를 꺼냈던 사람이 말했다. "난 절대로 문상용 검은 장갑을 얻어 끼지도, 점심을 얻어먹지도 않을 거니까. 하지만 가시라고 권하고 싶습니다. 만약 누군가 다른 분이 가겠다고 하신다면요.

생각해 보니 내가 그분한테 가장 각별한 친구가 아니었다고 장담할 수는 없겠는걸요. 만날 때마다 늘 잠시 서서 이야기를 나눴으니까 말이죠. 그럼 이만, 다들 안녕히 가십시오!"

이야기를 하던 사람들과 듣던 사람들이 모두 어슬렁거리며 걸어가더니 다른 무리들 속으로 섞여 들었다. 스크루지는 그 사람들을 알고 있었기에 설명을 기대하며 정령 쪽을 바라보았다.

정령은 어느 거리로 스르르 미끄러지듯 나아갔다. 그의 손가락은 두 사람이 우연히 마주친 광경을 가리켰다. 스크루지는 여기에서 설명을 들을 수 있을지도 모른다고 생각하며 다시 한번 귀를 기울였다.

이 남자들 또한 그가 더할 나위 없이 잘 아는 사람들이었다. 그들은 아주 부유하고 굉장히 중요한 사업가들이었다. 그는 늘 그들에게 호감을 사려고 애썼다. 사업적인 관점에서, 그러니까 순전히 사업적인 관점에서 말이다.

"안녕하세요?" 한 사람이 말했다.

"안녕하시지요?" 다른 사람이 대답했다.

"이거, 참!" 첫 번째 사람이 말했다. "드디어 악마가 제 것을 받아 갔군요, 안 그래요?"

"나도 그렇다고 들었습니다." 두 번째 사람이 대답했다. "날이 춥지 않습니까?"

"크리스마스에 딱 어울리는 날씨지요. 스케이트는 타지 않으시나 봐요?"

"네. 그렇죠. 따로 생각할 게 있어서요. 그럼 안녕히 가세요!"

다른 말은 전혀 없었다. 그들의 만남과 대화, 작별은 그게 다였다.

처음에 스크루지는 정령이 그토록 사소해 보이는 대화들에 중요한 의미를 부여했다는 사실에 놀라는 듯했다. 하지만 그 대화들에 틀림없이 무언가 숨겨진 의도가 있을 거라는 느낌이 확실해지자 그것이 무엇일지 곰곰이 생각하기 시작했다. 그 대화들이 옛 동업자, 제이콥 말리의 죽음과 조금이라도 관계가 있을 리는 없었다. 그것은 과거의 일이었고, 이 정령의 영역은 미래였으니 말이다. 그렇다고 그와 직접적인 관계가 있으면서 그런 대화들에 해당할 만한 누군가가 떠오르는 것도 아니었다. 하지만 대상이 누구든 그 대화들에 자신을 나아지게 해 줄 교훈이 숨어 있다는 것만큼은 의심할 여지가 없었기에 보고 듣는 모든 것을 마음 깊이 새겨 두기로 결심했다. 그리고 특히 자신의 환영이 나타나면 그것을 유심히 살펴보기로 결심했다. 미래의 자신이 하는 행동이 그가 놓친 단서를 제공해 이런 수수께끼들을 수월하게 풀도록 해 줄 것이라는 기대 때문이었다.

그는 자신의 모습을 찾으려고 바로 그 장소에서 이리저리 주위를 둘러보았다. 하지만 그가 늘 서 있던 모퉁이에는 다른 남자가 서 있었다. 시계는 평소 그가 거기 머물곤 하던 시간을 가리키고 있었지만 입구를 통해 연달아 몰려오는 많은 사람들 사이에서 자신과 닮은 사람을 찾아낼 수는 없었다. 그렇지만 그는 그다지 놀라지 않았다. 지금껏 마음속으로 삶을 변화시키려고 심사숙고했고, 지금 이곳에서 그의 새로운 다짐들이 실행된 것을 볼 수 있을 거라고 생각했으며 또 바랐기 때문이었다.

정령은 한 손을 뻗은 채 말없이 음울한 모습으로 그의 옆에 서 있었다. 온갖 궁리에 빠졌다가 퍼뜩 정신을 차려 보니 손이 가리키는 방향이 바뀌어 있었다. 자기와 손의 위치를 보아 보이지 않는 두 눈이 자신을 날카롭게 살피고 있다는 생각이 들었다. 그런 생각이 들자 온 몸이 벌벌 떨리면서 오싹한 한기가 느껴졌다.

그들은 그 붐비는 장소를 떠나 도시의 외진 구석으로 갔다. 스크루지가 그곳의 위치나 좋지 못한 평판에 대해 알고는 있었지만 전에 한 번도 와 본 적 없는 곳이었다. 지저분하고 좁은 길에 가게며 집은 누추했고, 사람들은 헐벗고 술에 찌들고 단정치 못하고 추한 모습이었다. 수많은 시궁창과 마찬가지로 골목길과 아치 밑 통로들도 불쾌하기 짝이 없는 온갖 악취와 오물과 범법의 흔적을 제멋대로 뻗어 있는 곳곳의 거리 위로 토해 냈다. 그 구역 전체가 범죄와 도덕적 타락과 궁핍의 기미를 보였다.

이 악명 높은 소굴 깊숙한 곳에 외쪽지붕 아래로 낮은 입구가 불쑥 튀어나온 가게가 하나 있었는데 고철이며 낡은 누더기, 병, 뼈다귀, 기름기 많은 내장 따위를 사들였다. 가게 안 바닥에는 녹슨 열쇠며 못, 쇠사슬, 경첩, 줄칼, 저울, 저울추를 비롯한 온갖 종류의 고철이 무더기로 쌓여 있었다. 캐내려는 사람도 거의 없는 비밀들이 산더미 같은 볼품없는 누더기와 잔뜩 쌓인 썩은 비곗덩어리, 뼈다귀 무덤들 사이에서 태어나 감추어져 있었다. 자신이 취급하는 물건들 틈바구니의 낡은 벽돌로 만든 목탄 난로 옆에 얼추 일흔 살은 됨 직한 머리가 희끗희끗한 악당이 앉아 있었다. 그는 악취를 풍기는 잡다한 넝마 조각들을 커튼처럼 줄에 매달아 외부의 찬 공기로부터 몸을 가려 고요한 은신처라는 유일한 사치를 누리며 파이프 담배를 피웠다.

스크루지와 혼령이 이 남자의 눈앞까지 다가간 순간 마침 묵직한 보따리를 든 여자가 가게 안으로 슬그머니 들어섰다. 하지만 그녀가 들어서기 무섭게 또 다른 여자가 마찬가지로 짐을 들고 들어왔다. 그리고 그 여자 뒤로 색이 바랜 검은색 옷을 입은 남자가 바싹 붙어 따라 들어왔는데 여자들이 서로를 알아보고 놀란 것 못지않게 그들을 본 남자도 깜짝 놀랐다. 파이프 담배를 입에 문 노인까지 포함해 다들 크게 놀라 얼이 빠져 있었지만 잠시 후 그들 세 사람이 모두 웃음을 터뜨렸다.

"파출부가 선착순으로 1등이어야 해요!" 제일 먼저 들어온 여자가 외쳤다. "세탁부가 무조건 2등이고, 장의사네 하인 양반은 3등이에요! 이것 봐요, 조 영감님, 이건 기회라고요! 우리 셋이 모두 아무 의도도 없이 여기에서 만난 것만 아니라면요."

"자네들이 만나기에 더 나은 곳도 없었을걸." 조 영감이 입에서 파이프 담배를 떼면서 말했다. "응접실로 들어가자고. 자네야 훨씬 예전부터 마음대로 들락거렸고, 다른 두 사람도 초면은 아니지. 내가 가게 문 닫을 때까지 잠시만 기다려. 아! 어찌나 삐걱대는지! 아마 여기 이 경첩들보다 더 녹슨 쇠붙이는 없을 거야. 내 것보다 더 오래된 뼈도 없을 게 분명하고. 하하, 하하하! 우리 모두 자기 직업이 딱 제격인 거지. 궁합이 아주 잘 맞는 거야. 응접실로 들어가지. 어서 응접실로 들어와."

응접실은 넝마 조각으로 만든 가림막 뒤쪽의 공간이었다. 노인은 낡은 양탄자 누르개로 불씨를 긁어모아 쑤석거리더니 담배 파이프의 설대로 연기가 심한 램프의 심지를 다듬은 후 (밤이 다 된 참이었다.) 파이프를 다시 입에 물었다. 그가 이러는 동안 이미 한차례 말을 끝낸 여자는 바닥에 보따리를 던져놓고 거들먹거리며 의자에 앉아 팔짱을 낀 채 팔꿈치를 무릎에 괴고 뻔뻔할 만큼 도전적인 태도로 다른 두 사람을 바라보았다.

"그나저나 이러기도 쉽지 않은 법인데! 하필이면 이게 대체 무슨 일이래, 딜버 부인?" 여자가 말했다. "사람은 누구나 자기 자신을 돌볼 권리가 있어. 그 양반이 늘 그랬듯이 말이지."

"그건 맞는 말이야, 그렇고말고!" 세탁부가 말했다. "누군들 그 양반보다 더했겠어?"

"그럼 겁이라도 먹은 것처럼 그렇게 서서 빤히 쳐다보고만 있지 마, 이 여편네야. 지금 누가 더 영리한지 보자 이거야? 서로 약점이라도 들춰내자는 건 아닐 텐데?"

"그럼, 아니고말고!" 딜버 부인과 남자가 동시에 말했다. "절대 그러지 말아야지."

"그럼 좋아!" 여자가 외쳤다. "그거면 됐어. 이따위 물건 몇 개쯤 잃어버렸다고 누가 형편이 더 나빠지기라도 하나? 죽은 양반이야 당연히 아닐 거고."

"그럼, 아니고말고!" 딜버 부인이 깔깔 웃으며 말했다.

"고약한 구두쇠 영감 같으니, 죽어서도 이 물건들을 지키고 싶었다면 생전에 왜 순리대로 살지 않았대?" 여자가 말을 이어 나갔다. "그랬더라면 죽음이 덮쳤을 때 누군가 돌봐 줄 사람이 있었을 거라고. 혼자 외롭게 거기 누워서 마지막 숨을 몰아쉬는 대신 말이지."

"듣고 보니 지당하신 말씀이네." 딜버 부인이 말했다. "천벌 받은 게야."

"조금 더 심한 벌이었으면 좋았을걸." 여자가 대답했다. "장담하지만, 내가 다른 물건들에도 손을 댈 수만 있었다면 분명 더 큰 벌이 됐을 텐데. 그 보따리나 풀어 봐요, 조 영감님. 값을 얼마나 쳐 줄지도 알려 주시고. 툭 터놓고 말해 보시죠. 내 걸 먼저 본대도 겁나지 않아요. 저이들이 본대도 겁날 것 하나 없고요. 여기서 마주치기 전에도 각자 알아서 챙기고 있다는 건 다들 뻔히 알았을걸요. 이건 죄가 아니라고요. 어서 그 보따리나 풀어 봐요, 조 영감님."

하지만 그녀의 용맹한 친구들은 그런 무례를 범할 수 없다는 듯 그렇게 하도록 내버려두지 않았다. 색 바랜 검은 옷을 입은 남자가 맨 먼저 성벽 틈을 돌파하는 위험을 감수하겠다는 듯 그의 약탈품부터 꺼내 보였다. 그리 많지는 않았다. 인장 한두 개, 필통 한 개, 소매 단추 한 쌍, 별 값어치 없어 보이는 브로치 한 개가 다였다. 조 영감은 그것들을 몇 번이나 뜯어보고 값을 매기더니 각 물건에 쳐 줄 생각인 금액을 벽에 분필로 쓰고, 더 이상 나올 것이 없다는 걸 확인하자 모두 더

해 합계를 냈다.

"그게 자네 물건값이야." 조가 말했다. "6펜스도 더 주진 않을 걸세. 더 안 준다고 나를 삶아 죽인대도 말이야. 다음은 누구지?"

딜버 부인이 그다음이었다. 침대 시트며 수건들, 옷 몇 벌, 구식 은제 찻숟가락, 각설탕 집게 한 개, 부츠 몇 켤레. 그녀 몫의 물건값도 같은 방식으로 벽에 적혔다.

"난 늘 숙녀분들한테는 너무 많이 쳐 준단 말이야. 그게 내 약점이고, 파산을 자초하는 방식이지." 조 영감이 말했다. "그게 자네 물건값일세. 1페니라도 더 달라거나 따지려고 든다면 이렇게 후하게 쳐 준 걸 후회하고 반 크라운을 확 깎아 버릴 테야."

"그러면 이젠 내 보따리를 끌러 봐요, 조 영감님." 첫 번째 여자가 말했다.

조는 보따리를 훨씬 더 편하게 풀려고 무릎을 꿇고는 꽁꽁 묶인 겹매듭을 끌러 낸 다음 돌돌 말린 커다랗고 묵직하고 거무스름한 물건을 질질 끌어냈다.

"이걸 뭐라고 부르더라?" 조가 말했다. "침대 휘장이군!"

"아!" 여자가 웃음을 터뜨리더니 팔짱을 낀 채 몸을 앞으로 숙이며 대꾸했다. "침대 휘장이죠!"

"설마 그 영감이 거기 누워 있는데 휘장을 고리까지 모조리 다 끌어 내렸다고 말할 셈은 아니겠지?" 조가 말했다.

"아뇨. 그랬는데요." 여자가 대답했다. "안 될 건 또 뭔데요?"

"자넨 부자가 될 팔자를 타고났군." 조가 말했다. "그리고 틀림없이 그렇게 될 거야."

"손만 죽 뻗으면 뭐라도 건질 수 있는 판국에 죽은 그 양반 같은 사람을 위해서 손도 안 대고 가만히 있지는 않을 거라고요. 내가 장담해요, 조 영감님!" 여자가 냉정하게 대꾸했다. "이런, 담요에 그 기름 좀 떨어뜨리지 마요."

"그 양반 담요인가?" 조가 물었다.

"그럼 누구 거겠어요?" 여자가 대꾸했다. "아마 그 양반은 이젠 그거 없이도 감기에 걸리지 않을 테니까."

"무슨 병이라도 옮아서 죽은 건 아니면 좋겠는데. 응?" 조 영감이 하던 일을 멈추고 올려다보면서 말했다.

"그런 건 걱정하지도 마세요." 여자가 대꾸했다. "만약 그렇게 죽었다면 내가 그런 물건들 때문에 옆에서 어정거릴 만큼 그렇게 그 양반이랑 같이 있는 걸 좋아하지는 않거든요. 아! 그 셔츠를 눈이 쑤시도록 샅샅이 훑어보셔도 좋아요. 하지만 구멍 하나, 해진 곳 하나 찾아낼 수 없을걸요. 그 양반 셔츠 중에 제일 좋은 거예요. 워낙 품질도 좋은 거고. 내가 없었으면 다들 그걸 낭비해 버렸겠지요."

"그걸 낭비해 버린다는 게 무슨 소리지?" 조 영감이 물었다.

"그 양반한테 입혀서 묻어 버렸을 거란 말이죠. 당연히." 여자가 웃음을 터뜨리며 대답했다. "그런 짓을 할 만큼 멍청한 인간이 있었지만 내가 다시 벗겨 냈죠. 그런 일에 딱 맞는 옥양목이나 써야지, 안 그러면 옥양목은 아무짝에도 쓸모가 없을 거라고요. 그딴 몸뚱어리에는 그것도 제법 잘 어울려요. 그걸 입은 모습이 생전보다 더 추해 보일 리가 없잖아요."

스크루지는 공포에 질린 채 이 대화에 귀를 기울였다. 영감의 램프가 제공하는 보잘것없는 불빛 아래 자신들의 전리품 주변에 모여 앉은 작자들을 보며 그는 그치들이 시장에 숫제 시체를 내놓고 거래하는 역겨운 악마였다고 해도 더할 수 없었을 만큼 큰 혐오감에 넌더리를 쳤다.

"하하, 하하하!" 조 영감이 돈이 담긴 플란넬 가방을 꺼내 각자가 받을 돈을 바닥에 놓고 세고 있을 때 방금 그 여자가 웃음을 터뜨렸다. "보다시피 결국 이렇게 끝이 나네요. 살아서 사람들한테 그렇게 겁을 줘서 쫓아내더니만 죽어서 이렇게 우리한테 돈을 벌게 해 주려고 그랬던가 봐요! 하하, 하하하, 하하하하!"

"정령님!" 스크루지가 머리부터 발끝까지 벌벌 떨며 말했다. "알겠습니다. 알겠어요. 이 불행한 사람의 처지가 제 얘기가 될지도 모르죠. 지금 제 인생이 그런 방향으로 계속 흘러가면 말이에요. 자비로우신 하느님, 이건 뭐람!"

그가 흠칫 놀라며 뒷걸음질했다. 어느새 장면이 바뀌고 그 순간 하마터면 침대에 닿을 뻔했기 때문이었다. 침구류도 휘장도 없는 침대 위에 다 해진 시트를 덮어씌운 무엇인가가 놓여 있었다. 그것은 비록 아무 말이 없었지만 무시무시한 언어로 자신의 존재를 알리고 있었다.

방은 아주 캄캄했다. 스크루지가 방이 어떻게 생겼는지 알고 싶은 은밀한 충동에 이끌려 사방을 훑어보았지만 너무 캄캄해 아무것도 또렷이 볼 수 없었다. 바깥 하늘에 떠오른 흐릿한 빛 한 줄기가 침대 위로 곧장 떨어져 내렸다. 그 위에는 약탈당해 모든 것을 다 빼앗긴 채 아무도 지켜봐 주거나 울어 주거나 돌봐 주지 않는 한 남자의 시신이 놓여 있었다.

스크루지는 정령 쪽을 힐끔 쳐다보았다. 정령의 손이 흔들림 없이 남자의 머리를 가리키고 있었다. 덮개가 워낙 아무렇게나 덮여 있어 스크루지가 손가락 하나만 까딱해 슬쩍 들추어 보기만 해도 얼굴이 드러날 터였다. 그는 그러려고 생각해 보았고, 또 그 일이 무척 하기 쉬운 일일 거라는 기분이 들었고, 그러고 싶은 마음도 간절했지만 옆에 있는 정령을 쫓아 보낼 힘이 없는 것처럼 그 덮개를 끌어당길 힘도 없었다.

아, 차디차고, 엄격하고, 무시무시한 죽음이여, 여기 그대의 제단을 세우고 그대가 거느린 공포로 그것을 장식하라. 이것은 그대의 영토이니! 하지만 사랑받고 존경받는 명예로운 머리에서는 그대의 무시무시한 목적을 위해 머리카락 한 올 흐트릴 수도, 이목구비 하나 끔찍하게 만들 수도 없으리라. 그 손이 무거워 놓아주면 축 늘어지기 때문도 아니고, 심장과 맥박이 멎었기 때문도 아니며, 그 손이 편견 없고 너그럽고 진실했고, 그 심장은 용감하고 따뜻하고 다정했고, 그 맥박은 인간의 것이었기 때문이니. 세게 쳐라, 어둠이여, 세게 쳐라! 그런 다음 그 상처에서 그의 선한 행동들이 솟아올라 이 세상에 영원불멸한 생명의 씨앗을 뿌리는 모습을 보라!

어떤 목소리도 스크루지의 귀에 대고 이런 말들을 선포하지 않았건만 침대를 지켜보는 그에게는 이런 말들이 들려왔다. 그는 생각했다. 만약 지금 이 남자를 일으켜 세운다면 그에게 제일 먼저 떠오르는 생각은 무엇일까? 탐욕, 까다로운 조건을 내건 흥정, 복통을 일으키는 온갖 걱정거리? 정말이지 바로 그런 것들 때문에 그가 이렇게 호화스러운 최후를 맞게 되었건만!

남자는 어두컴컴하고 텅 빈 집에 누워 있었다. 그가 생전에 베푼 이런저런 친절들, 상냥한 말 한마디에 대한 추억에 잠겨 자신도 그 남자에게 친절을 베풀겠다고 말해 줄 남자도 여자도, 심지어 어린아이 하나도 없이 말이다. 고양이 한 마리가 문을 박박 긁고 있었고, 벽난로 바닥돌 아래에서 쥐들이 무엇인가를 갉아 먹는 소리가 들렸다. 그 녀석들이 이 죽음의 방에서 무엇을 원하는지, 어째서 저렇게 안절부절못하며 소란을 떠는지 스크루지는 생각해 볼 엄두조차 나지 않았다.

"정령님!" 그가 말했다. "여기는 참 끔찍한 곳입니다. 이곳을 떠날 때도 이곳에서 배운 교훈을 두고 떠나지는 않을 겁니다, 절 믿어 주십시오. 제발 갑시다!"

여전히 정령은 꼼짝도 하지 않는 손가락으로 남자의 머리를 가리키고 있었다.

"무슨 뜻인지 안다고요." 스크루지가 대꾸했다. "게다가 할 수만 있다면 저도 그러고 싶습니다. 하지만 제겐 그럴 힘이 없습니다, 정령님. 제겐 그럴 힘이 없어요."

다시 한번 그것이 그를 바라보는 것 같았다.

"이 도시에 사는 어떤 사람이든 이 남자가 죽은 탓에 감정의 동요를 느낀 사람이 있다면 제게 좀 보여 주십시오, 정령님, 제발요!" 스크루지가 고통에 찬 목소리로 외쳤다.

정령이 잠시 그 거무스름한 옷을 스크루지 앞에 날개처럼 펼쳤다가 젖히자 햇살이 비치는 방이 나타났다. 그 안에는 어머니와 그 아이들이 있었다.

그녀는 불안에 떨며 간절히 누군가를 기다리고 있었다. 방 안을 서성이고, 무슨 소리만 나면 흠칫 놀라고, 창밖을 내다 보고, 시계를 흘끔거리고, 바느질을 하려 애써 보아도 헛일이 고, 놀고 있는 아이들의 목소리를 견디기도 힘들어하는 것을 보니 말이다.

오랜 기다림 끝에 드디어 문을 두드리는 소리가 들렸다. 그 녀는 허둥지둥 문으로 다가가 남편을 맞았다. 젊지만 얼굴은 근심에 찌들고 우울해 보이는 남자였다. 그런데 지금 그 얼굴 에 보기 드문 표정이 떠올라 있었다. 그러니까 그런 감정을 느 낀다는 것이 부끄러워 억누르려 무진 애를 쓰고 있을 때 보이 는 엄청나게 기쁜 표정 말이다.

그가 자신을 위해 일부러 난롯불 옆에 챙겨 둔 식사를 하 려고 자리에 앉았다. 그녀가 (긴 침묵이 흐른 뒤에야 비로소) 머 뭇거리는 목소리로 무슨 소식이라도 있느냐고 묻자 그는 어떻 게 대답해야 할지 당황하는 것처럼 보였다.

"좋은 소식인가요?" 그녀가 말했다. "아니면 나쁜 소식?" 그 를 거들어 주려는 것이었다.

"나쁜 거예요." 그가 대답했다.

"우리 완전히 파산한 거예요?"

"아니. 아직은 희망이 있어요, 캐럴라인."

"그 사람이 동의만 해 준다면 그렇겠죠!" 그녀가 깜짝 놀라 서 말했다. "희망이 전혀 없는 것도 아니에요. 그런 기적이 일어나 주기만 한다면 말이지요."

"그 사람이 동의할 가망은 없어요." 남편이 말했다. "죽었거든요."

그녀의 얼굴이 진실을 말해 준다면 그녀는 온화하고 참을성이 강한 사람이었다. 하지만 그녀는 그 말을 듣고 마음속으로 다행이라고 생각한 데다가 두 손을 꽉 맞잡으며 그렇게 말하기까지 했다. 다음 순간 그녀가 용서를 빌며 후회하기는 했지만 첫 번째 감정이야말로 가슴에서 우러난 진심이었다.

"어젯밤에 내가 당신한테 얘기했던 그 반쯤 취한 여자가 한 말 말이에요. 그러니까 내가 그 사람을 만나서 일주일만 미뤄 달라고 해 보려고 했을 때 들은 거요. 그저 나를 쫓아내려는 단순한 핑계라고만 생각했는데 알고 보니 진짜였더라고요. 그때 그 사람은 그저 심하게 아픈 정도가 아니라 아예 죽어 가고 있었던 거예요."

"우리 빚은 누구한테 넘어가나요?"

"나도 모르겠어요. 하지만 그 전에 우리가 돈을 준비해야지요. 설사 우리가 그렇게 하지 못한다고 해도 그 사람의 채권 승계자가 그 사람처럼 무자비한 인간이라고 판명된다면 정말이지 우리가 운이 나빠도 너무 나쁜 경우일 거요. 그러니까 오늘 밤은 우리 둘 다 가벼운 마음으로 자도 괜찮을 거예요, 캐럴라인!"

그랬다. 그들이 아무리 억제하려 해도 마음은 한결 가벼워졌다. 자신들이 거의 알아듣지도 못할 이야기를 듣겠다고 부모 주위에 모여들어 숨죽이고 있던 아이들의 얼굴도 덩달아

한결 가벼워졌다. 이 남자의 죽음으로 이 집은 훨씬 행복해졌다! 정령이 그에게 보여 줄 수 있는, 그 사건으로 초래된 유일한 감정은 기쁨이었다.

"그 죽음에 대해서 애정 어린 모습도 보여 주십시오, 정령님." 스크루지가 말했다. "아니면 우리가 조금 전에 떠나온 저 캄캄한 방이 영원히 제 뇌리에 남을 겁니다."

정령이 스크루지를 그에게 낯익은 몇몇 거리로 차례차례 이끌었다. 그들이 거리를 지나가는 동안 스크루지는 이곳저곳을 둘러보며 자신의 모습을 찾았지만 어디에서도 보이지 않았다. 그들은 가엾은 밥 크래칫의 집으로 들어갔고, 스크루지는 전에도 찾은 적이 있는 이 집에서 어머니와 아이들이 난롯가에 둘러앉아 있는 모습을 발견했다.

조용했다. 아주 조용했다. 시끄럽게 떠들던 어린 크래칫 남매가 한쪽 구석에 조각상처럼 가만히 앉아 책을 펼쳐 든 피터를 쳐다보고 있었다. 어머니와 딸들은 바느질에 열중하고 있었다. 하지만 확실히 그들은 너무 조용했다.

"주께서 한 어린아이를 데려다가 그들 가운데 세우시고."[24]

스크루지가 저 말을 어디에서 들었더라? 꿈에서 들은 것은 아니었는데. 그와 정령이 막 문지방을 넘는 순간 소년이 소리 내어 읽은 것이 틀림없었다. 그런데 어째서 계속 읽지 않는 것

---

24) 「마태복음」에서 어린아이를 주제로 한 예수의 설교 내용 중 일부를 인용한 것으로 천국에서는 누가 가장 큰 자냐는 제자들의 질문에 18장 3절에서 "회개하고 어린아이들과 같이 되지 아니하면 결코 천국에 들어가지 못하리라."라고 답하기 직전인 2절에 해당하는 장면이다.

일까?

어머니는 일감을 탁자에 내려놓고 손으로 얼굴을 가렸다.

"이 색깔 때문에 눈이 아프구나." 그녀가 그렇게 말했다.

이 색깔이라고? 아, 가엾은 꼬마 팀!

"이젠 다시 좋아졌어." 크래칫의 아내가 말했다. "촛불은 시력을 약하게 만든단다. 너희 아버지가 집에 오셨을 때 눈이 피로해진 모습을 보이고 싶지는 않은데. 무슨 일이 있어도. 오실 때가 다 됐을 것 같구나."

"오히려 지난 거 같은데요." 피터가 책을 덮으며 대답했다. "하지만 요 며칠 저녁에는 전보다 조금 천천히 걸어오시는 것 같아요, 어머니."

그들은 다시 한번 침묵했다. 마침내 어머니가 침착하고 활기찬 목소리로 입을 열었다. 한순간 머뭇거리기는 했지만 말이다.

"너희 아버지가 아주 빨리 걸으시는 걸…… 꼬마 팀을 어깨에 태우시고 정말이지 아주 빨리 걸으시는 걸 보곤 했지."

"저도 봤어요." 피터가 소리쳤다. "자주 그러셨죠."

"저도 봤어요!" 다른 아이가 외쳤다. 모두가 본 적이 있었다.

"하지만 그 애는 태우고 다니기에 아주 가벼웠어." 그녀가 바느질에 몰두하며 말을 이었다. "게다가 아버지는 그 애를 무척 사랑하셨으니 전혀 힘들지 않으셨던 거야. 힘들지 않았고 말고. 아니, 아버지가 문 앞에 도착하셨구나!"

그녀는 서둘러 그를 맞으러 나갔다. 털목도리를 두른(가엾은 친구, 그에게는 정말로 꼭 필요한 물건이었다.) 몸집이 작은 밥이 안으로 들어왔다. 그를 위해 준비된 차는 벽난로 안 시렁 위에 얹혀 있었고, 가족들은 모두 앞을 다투어 그의 시중을 들려고 했다. 그러고는 어린 크래칫 남매가 그의 양 무릎에 올라앉더니 각자 작은 한쪽 볼을 그의 얼굴 양옆에 댔다. "마음 아파하지 마세요, 아버지! 속상해하지 마세요!"라고 말하는 것처럼 말이다.

밥은 남매를 기분 좋게 상대했고, 가족 모두에게 쾌활하게 말을 건넸다. 그는 탁자에 놓인 일감을 보더니 크래칫 부인과 딸들의 부지런하고 빠른 일솜씨를 칭찬했다. 일요일 한참 전에 끝낼 것 같다는 말도 했다.

"일요일이요! 그러면 오늘 갔던 건가요, 로버트?" 아내가 말했다.

"그래, 여보." 밥이 대꾸했다. "당신도 갔다면 좋았을 거야. 그곳이 얼마나 푸르른지 봤더라면 당신한테도 도움이 됐을 텐데. 하지만 어차피 당신도 자주 가 보게 될 거야. 내가 그 애한테 일요일에 그쪽으로 산책하러 자주 가겠다고 약속했거든. 사랑스러운, 사랑스러운 우리 아들!" 밥이 흐느끼며 소리쳤다. "사랑스러운 우리 아들!"

그는 순식간에 무너져 내렸다. 북받치는 울음을 어쩔 수 없었다. 그가 울음을 참을 수 있으려면 그와 아이는 아마도 지금보다 훨씬 멀리 떨어져 있어야 했을 것이다.

그는 방을 나와 계단을 올라 위층에 있는 방으로 갔다. 방에는 불이 환하게 켜져 있고, 크리스마스 장식용 호랑가시나무와 겨우살이가 매달려 있었다. 아이 바로 옆에 놓아둔 의자와 얼마 전까지도 누군가 그곳에 있었던 흔적들이 보였다. 가엾은 밥은 그 의자에 앉아 잠시 생각에 잠긴 채 심란한 마음을 가라앉히고서 그 자그마한 얼굴에 입을 맞추었다. 그는 이미 일어난 일들은 어쩔 수 없다고 체념하는 마음으로 받아들이면서 다시 한번 자못 기분을 북돋워 아래층으로 내려갔다.

식구들은 모두 난롯불 주위로 모여들어 이야기를 나누었고, 딸들과 어머니는 여전히 바느질을 하고 있었다. 밥은 스크루지 씨의 조카가 베푼 놀랄 만한 친절에 대해 가족에게 말해 주었다. 지금껏 고작 한 번 본 사이였던 그 사람이 그날 거리에서 마주치자 그가 조금, 그러니까 그 자신의 말대로 "알다시피 아주 조금 기운이 없어" 보인다며 무슨 걱정거리라도 있는지 물었다고 했다. "그 질문에 내가 있는 대로 말했어." 밥이 말했다. "그 사람이 지금껏 들어 본 중에 제일 다정한 말씨의 신사라서 그만 그랬나 봐. 그랬더니 '정말 마음 아픈 일입니다, 크래칫 씨. 그리고 당신의 훌륭한 부인을 생각하니 정말 마음이 아프군요.'라고 하는 거야. 그런데 말이야, 그 사람이 그걸 대체 어떻게 알았는지 모르겠더라고."

"뭘 알았다는 거예요, 여보?"

"그야 당신이 훌륭한 아내라는 거 말이지." 밥이 대답했다.

"그건 누구다 다 아는걸요!" 피터가 말했다.

"말 한번 잘했구나, 우리 아들." 밥이 소리쳤다. "나도 사람들이 다 알았으면 좋겠구나. '당신의 훌륭한 부인을 생각하니 정말 마음이 아프군요. 어떤 식으로든 제가 당신께 도움이 될 수 있다면'이라면서 명함을 건네주더니 '그게 제 주소니까, 부디 저를 찾아오세요.' 하고 말하는 거야." 밥이 소리쳤다. "그런데 그 사람이 우리한테 뭘 해 줄 수 있어서라기보다는 친절한 태도 덕분에 정말 기분이 좋았어. 진짜로 그 사람이 우리 꼬마 팀을 잘 알고 우리랑 한마음인 것 같았거든."

"정말 착한 분이신 게 분명해요!" 크래칫 부인이 말했다.

"직접 만나서 얘기를 나눠 보면 그런 생각이 더 확고해질 거야, 여보." 밥이 대꾸했다. "내 말 잘 들어 봐요. 그 사람이 피터한테 더 좋은 일자리를 구해 준다고 해도 난 전혀 놀라지 않을 거야."

"좀 들어 보렴, 피터." 크래칫 부인이 말했다.

"그러고 나면 피터는 누군가와 사귀고 독립하게 되겠네요." 여자아이들 중 하나가 소리쳤다.

"허튼소리 하지 마!" 피터가 씩 웃으면서 맞받아쳤다.

"머지않아 십중팔구 그렇게 되겠지." 밥이 말했다. "그래도 그때까지 아직은 시간이 많이 남아 있기는 하단다, 애야. 하지만 우리가 서로 언제 어떻게 헤어지더라도 우리 중 누구도 가엾은 꼬마 팀을, 그러니까 우리 사이의 이 첫 이별을 잊지 않을 거라고 나는 확신한단다. 그렇지?"

"절대 잊지 않을 거예요, 아버지!" 모두 함께 소리쳤다.

"그리고 난 안단다." 밥이 말했다. "난 알아. 애들아, 비록 그 애가 아주 어린아이였지만 얼마나 참을성 있고 상냥했는지를 우리가 기억한다면 우리가 서로 쉽게 싸우고 그러는 와중에 가엾은 꼬마 팀을 잊어버리기까지 하는 일은 없으리란 걸 말이야."

"그럼요. 절대 잊지 않을 거예요, 아버지!" 다시 한번 모두 함께 소리쳤다.

"정말 행복하구나." 몸집이 작은 밥이 말했다. "정말로 행복해!"

크래칫 부인이 그에게 입을 맞추었고, 딸들도 그에게 입을 맞추었고, 어린 크래칫 남매도 입을 맞추었다. 피터는 그와 악수를 했다. 꼬마 팀의 영혼이여, 너의 어린아이다운 본성이야말로 하느님이 내리셨다!

"정령님." 스크루지가 말했다. "어쩐지 우리가 헤어질 순간이 다가왔다는 생각이 듭니다. 그 사실은 알고 있습니다. 어떤 식인지는 모르겠지만요. 우리가 아까 본 죽은 남자가 누구인지 알려 주시겠습니까?"

'아직 오지 않은' 크리스마스의 정령은 아까처럼(스크루지가 생각하기에는 다른 시간대인 것 같았으나 사실 마지막에 본 환영들은 모두 미래에 속한 것들이라는 사실을 빼고 보면 아무런 순서가 없는 것처럼 보였다.) 스크루지를 사업가들이 자주 드나드는 곳들로 데려갔지만 스크루지의 모습은 보여 주지 않았다. 실로 정령은 무슨 일이 있어도 멈추지 않고 곧바로 부탁받은 목적지까지 가겠다는 듯 스크루지가 잠시 멈추어 달라고 애원할 때까지 계속 곧장 나아갔다.

"이 골목길 말입니다." 스크루지가 말했다. "우리가 지금 서둘러 지나가는 이 골목길에 제가 일하는 곳이 있습니다. 무척 오랜 시간 제 일터였죠. 저기 그 건물이 보이네요. 제가 다가올 미래에 어떻게 될지 보게 해 주십시오!"

정령이 멈추어 섰다. 하지만 그 손은 다른 곳을 가리키고 있었다.

"그 건물은 저쪽에 있는데요." 스크루지가 소리쳤다. "왜 다른 곳을 가리키시나요?"

그 가차 없는 손가락은 꼼짝도 하지 않았다.

스크루지는 자기 사무실 창가로 급히 다가가 안을 들여다 보았다. 그곳은 여전히 사무실이었지만 그의 사무실은 아니었다. 비품도 달랐으며, 의자에 앉아 있는 인물도 그가 아니었다. 정령은 조금 전과 같은 곳을 가리키고 있었다.

그는 다시 한번 정령에게 돌아가 자신이 무슨 이유로, 어디로 사라졌는지 궁금증을 누르며 정령을 따라가다가 마침내 어느 철문에 이르렀다. 그는 잠시 멈추어 서서 주위를 둘러본 다음 안으로 들어갔다.

교회 부속 묘지였다. 그렇다면 이곳에, 그가 이제야 이름을 알게 될 그 비참한 남자가 이 땅 밑에 누워 있다는 것이다. 그 남자에게 잘 어울리는 장소였다. 건물들이 담처럼 사방을 둘러막고 있었고, 식물의 생명이 아니라 죽음을 통해 병적으로 증식한 풀과 잡초가 무성하고, 너무 많은 이가 묻혀 숨이 막힐 지경이고, 이미 실컷 먹어 배가 불룩한 곳. 이 얼마나 딱 맞는 곳인지!

정령은 무덤들 사이에 서서 그중 하나를 가리켰다. 스크루지는 덜덜 떨면서 그쪽으로 다가갔다. 정령은 이전과 다를 것이 한 치도 없었지만 엄숙한 모습에서 뭔가 새로운 의미를 알아차리고 몹시 두려워진 것이었다.

"당신이 가리키고 계신 저 묘비에 제가 더 다가가기 전에 한 가지만 대답해 주십시오." 스크루지가 말했다. "이것들은 반드시 일어날 일들의 환영인가요, 아니면 그저 일어날 수도 있는 일들의 환영인가요?"

여전히 정령은 그 옆에 서서 아래쪽으로 무덤만 가리키고 있었다.

"사람이 자신의 인생길을 끝까지 계속해서 간다면 그 길이 바로 그들이 어떤 종착점에 이르게 될지 가르쳐 주는 법이죠." 스크루지가 말했다. "하지만 그 길에서 벗어난다면 종착점도 바뀌게 마련이에요. 당신이 제게 보여 주는 것도 그렇다고 말해요!"

정령은 변함없이 꿈쩍도 하지 않았다.

스크루지는 줄곧 덜덜 떨면서 무덤 쪽으로 살금살금 다가갔다. 그리고 정령의 손가락을 따라가 그 버려진 무덤의 비석에 새겨진 자신의 이름을 읽었다. 에버니저 스크루지.

"그 침대에 누워 있던 남자가 바로 저였다는 겁니까?" 그는 털썩 무릎을 꿇으며 흐느끼듯 외쳤다.

손가락이 무덤에서 그에게로 향했다 다시 무덤을 가리켰다.

"안 됩니다. 정령님! 아, 아닙니다, 아니라고요!"

손가락은 여전히 그곳을 가리켰다.

"정령님!" 그가 정령의 옷자락을 꽉 움켜잡으며 울부짖었다. "제 말 좀 들어 보세요! 전 더 이상 과거의 그 사람이 아닙니다. 이런 정령들과의 만남이 없었더라면 분명히 되고 말았을 그런 사람이 되지는 않겠습니다. 전혀 가망이 없다면 제게 왜 이걸 보여 준 겁니까?"

처음으로 그 손이 흔들리는 것처럼 보였다.

"선하신 정령님." 그가 정령의 앞 땅바닥에 엎드리며 집요하게 말을 이었다. "당신의 본성은 저를 위해 선처를 호소하고 저를 불쌍히 여기고 있습니다. 달라진 삶을 살면 당신이 지금껏 제게 보여 준 이런 환영들을 아직은 바꿀 수 있다고 안심시켜 주세요!"

연민에 그 손이 떨렸다.

"진심으로 크리스마스를 존중하고, 일 년 내내 기념하겠습니다. 과거, 현재, 미래를 되새기며 살겠습니다. 세 정령님 모두 늘 제 안에서 힘이 되어 주실 겁니다. 당신들이 가르친 교훈들을 저버리지 않을 것입니다. 아아, 제가 이 묘비에 적힌 글자를 지워 버릴 수 있다고 말씀해 주세요!"

스크루지는 고통에 몸부림치며 정령의 손을 잡았다. 정령이 손을 뿌리치려 했지만 그는 간절히 애원하며 정령을 꼭 붙잡고 놓아주지 않았다. 그러나 스크루지보다 힘이 더 센 정령은 그를 기어코 떨쳐 냈다.

두 손을 들고 자신의 운명이 바뀌기를 마지막으로 빌던 스크루지는 정령의 두건과 옷 안에서 일어나는 변화를 보았다. 정령은 오그라들다가 풀썩 주저앉더니 점점 줄어들어 마침내 침대 기둥으로 변해 버렸다.

5절
이야기의 끝

그렇다! 침대 기둥은 그 자신의 것이었다. 침대도 그의 것이었고, 방도 그의 것이었다. 무엇보다 기쁘고 다행스러운 점은 그에게 앞으로 남은 시간이 자신의 것, 그러니까 잘못을 바로잡는 데 쓸 수 있는 것이라는 사실이었다!

"과거, 현재, 미래를 되새기며 살겠습니다!" 스크루지가 침대 밖으로 허둥지둥 빠져나오며 거듭 말했다. "세 정령님 모두늘 제 안에서 힘이 되어 주실 겁니다. 아, 제이콥 말리! 하느님과 크리스마스를 찬미할지어다! 무릎을 꿇고 찬미하겠네, 옛친구 제이콥, 이렇게 무릎을 꿇고서 말이야!"

넘쳐나는 선의로 어찌나 가슴이 두근거리고 감정이 북받쳐 오르던지 목이 메어 누군가 그를 부른다 해도 좀처럼 대답하기 힘들 지경이었다. 그는 정령과 갈등을 겪으면서 격렬하게 흐느낀 탓에 얼굴이 온통 눈물로 젖어 있었다.

"휘장이 아직 뜯겨 나가지 않았어." 스크루지가 침대 휘장 한쪽을 와락 품에 안으며 외쳤다. "아직 뜯겨 나가지 않았다고, 그리며 전부 다 말이야. 다 여기 있어. 나도 여기 있고. 일어날 뻔했던 일들의 환영들은 씻은 듯 없어질 수 있어. 그렇게 될 거야. 난 알아, 그렇게 될 거야!"

이렇게 떠드는 내내 옷을 입느라 두 손은 몹시 분주했다. 안팎을 뒤집어 놓기도 하고, 거꾸로 입기도 하고, 찢기도 하고, 엉뚱한 데 두고 찾기도 하는 등 옷가지로 온갖 터무니없는 짓을 다 했다.

"뭣부터 해야 할지 모르겠어!" 스크루지가 양말을 잘못 신어 영락없이 라오콘상[25] 같은 모습으로 웃다가 곧 울음을 터뜨리며 소리쳤다. "깃털처럼 가볍고, 천사처럼 행복하고, 학생처럼 흥겹군. 술 취한 사람처럼 아찔해. 여러분, 모두 크리스마스 즐겁게 보내십시오! 이 세상 모든 분이 새해 복 많이 받으시기 바랍니다! 여보세요, 여기요! 와! 이봐요!"

그는 거실로 경쾌하게 뛰어 들어간 다음 우뚝 서서 헐떡거리며 숨을 몰아쉬었다.

"귀리죽이 담긴 작은 냄비가 그대로 있구나!" 스크루지가 다시 움직이기 시작하더니 벽난로 주변을 경쾌하게 뛰어다니며 외쳤다. "제이콥 말리의 유령이 들어왔던 문이 저기 있군!

---

25) 트로이 전쟁 말기 그리스군이 남겨 둔 목마를 성안으로 들이는 데 반대하다가 두 아들과 함께 포세이돈이 보낸 큰 뱀 두 마리에 감긴 채 죽어 간 트로이의 사제 라오콘을 형상화한 대리석 조각상.

현재 크리스마스의 정령이 앉았던 구석도 그대로 있네! 내가
떠돌아다니는 유령들을 목격했던 창문도 있어! 모든 게 맞아!
전부 진짜야, 모두 다 일어났던 일이라고. 하하 하하하 하하하
하!" 정말이지, 그렇게 오랜 세월 동안 웃음이라고는 연습조차
해 본 적이 없는 사람치고는 아주 멋진 웃음, 최고로 눈부신
웃음이었다. 길고 긴 계보로 이어질 찬란한 웃음의 시조 같은
웃음!

  "오늘이 며칠인지 모르겠군그래!" 스크루지가 말했다. "정령
들 사이에서 얼마나 오래 지냈는지도 모르겠어. 아무것도 모
르겠어. 이거야 영락없이 갓난애 같지 않은가. 아무렴 어때. 상
관없어. 차라리 아기가 되는 게 낫지. 이봐요! 어이! 여보세요,
여기요!"

  기뻐서 어쩔 줄 모르던 스크루지를 멈추게 한 것은 그가 지
금껏 들어 본 중 가장 활기차고 크게 울려 퍼지는 교회 종소
리였다. 땡땡, 땡그랑, 땡그렁, 댕, 뎅, 댕댕. 댕댕, 뎅, 댕, 땡그
렁, 땡그랑, 땡땡! 아, 이렇게 아름다울 수가, 너무 아름답다!

  그는 창가로 달려가 창문을 열고 머리를 내밀었다. 짙은 안
개도 엷은 안개도 없었다. 맑고 밝고 기분 좋고 정신이 번쩍
들 정도의 추위였다. 피가 혈관을 돌며 춤을 추게 만들 정도
의 추위. 황금빛 햇살, 천국처럼 아름다운 하늘, 달콤하고 신
선한 공기, 흥겨운 종소리. 아, 이렇게나 아름답다니! 너무 아
름다워!

  "오늘이 며칠이지?" 스크루지가 나들이옷을 입고 어슬렁거
리며 주위를 둘러보고 있었던 것 같은 소년을 내려다보면서

외쳤다.

"네?" 소년이 화들짝 놀라며 대꾸했다.

"멋쟁이 친구, 오늘이 며칠이지?" 스크루지가 말했다.

"오늘요!" 소년이 대답했다. "아니, 크리스마스잖아요."

"크리스마스로구나!" 스크루지가 혼잣말을 했다. "놓친 게 아니었어. 그 정령들이 하룻밤 새에 일을 몽땅 해치웠던 거야. 원하는 건 뭐든 할 수 있으니까. 당연히, 그럴 수 있고말고. 어이, 멋쟁이 친구!"

"예!" 소년이 대답했다.

"너 한 거리 지나서 그다음 거리 모퉁이에 있는 가금류 가게 아니?" 스크루지가 물었다.

"안다고 해야겠는데요." 녀석이 대답했다.

"재치가 있는데!" 스크루지가 말했다. "보기 드문 녀석이야! 너 혹시 거기 걸려 있던 최상품 칠면조 고기가 팔렸는지 아니? 작은 거 말고 큰 거 말이야."

"어떤 거요? 저만큼 큰 거 말인가요?" 소년이 되물었다.

"정말 마음에 쏙 드는 친구인데!" 스크루지가 말했다. "대화하는 게 퍽 즐거운 아이야. 그래, 젊은 친구!"

"지금도 걸려 있어요." 소년이 대답했다.

"그래?" 스크루지가 말했다. "가서 그걸 좀 사다 주면 좋겠구나."

"농담 한번 잘하시네요!" 소년이 소리쳤다.

"아니, 아니야." 스크루지가 말했다. "진심이란다. 가서 그걸 산 다음에 여기로 가져오라고 하렴. 그러면 그걸 어디로 가져

가야 할지는 내가 알려 줄 테니까. 배달하는 사람이랑 같이
오렴. 그러면 너한테 1실링을 주마. 아니, 오 분 안에 그 사람
을 데리고 돌아오면 너한테 반 크라운을 주지!"

소년은 총알처럼 쌩 달려갔다. 방아쇠에 건 손가락에 떨림
이 전혀 없을 만큼 실력 있는 사람이라 할지라도 그 반만큼이
나마 빠르게 총알이 날아가게 하기는 힘들었을 것이다.

"그걸 밥 크래칫네 집에 보내야겠어!" 스크루지가 두 손을
비비고 배가 아플 정도로 웃어 대며 낮은 목소리로 말했다.
"그 친구는 그걸 누가 보냈는지 알아선 안 돼. 칠면조 크기가
꼬마 팀 몸집의 두 배는 될 텐데. 조 밀러[26]도 그걸 밥네 집으
로 보냈다는 식의 농담은 해 본 적이 없었지!"

주소를 적는 손이 떨리기는 했지만 그는 어떻게든 다 적은
다음 계단을 내려 거리로 통하는 문을 열고 곧 찾아올 가
금류 가게 사람을 맞을 준비를 했다. 그가 그곳에 서서 가게
사람이 도착하기를 기다릴 때 문손잡이가 그의 눈길을 사로
잡았다.

"살아 있는 한 이걸 소중히 여기겠어!" 한 손으로 문손잡이
를 쓰다듬으며 스크루지가 외쳤다. "전에는 눈여겨본 적도 거

---

26) 조셉 밀러(Joseph Miller, 1684~1738). 영국의 희극 배우 그가 죽고 일
년 후 그의 이름을 붙여 만든 『조 밀러의 농담집(Joe Miller's Jests or the
Wit's Vade-Mecum)』이 존 모틀리에 의해 발행되었다. 18세기 초반까지의 재
담들을 모은 이 책의 첫 판본에는 총 247개의 재담이 실렸으나 그중 실제
로 조 밀러가 했던 농담은 세 개에 불과했다. 이후 여러 차례 재발행되는 큰
인기에 힘입어 이후 '조 밀러'라는 단어는 케케묵은 익살이나 농담을 의미
하는 일반명사처럼 사용되기도 한다.

크리스마스 캐럴

의 없었는데. 얼굴에 정말 정직한 표정을 띠고 있는걸!27) 정말 근사한 문손잡이야! 칠면조가 왔군! 이봐요! 어이! 안녕하십니까! 메리 크리스마스!"

저것도 한때 살아 있는 칠면조였겠지! 저 새는 한 번도 제 다리로 서 있어 본 적이 없을 것이다. 그랬다가는 두 다리가 봉랍 막대처럼 대번에 뚝 부러져 버렸을 테니 말이다.

"이런, 그걸 캠든 타운까지 들고 가는 건 무리겠는데." 스크루지가 말했다. "마차가 있어야겠어."

그는 이 말을 하며 낄낄 웃었고, 칠면조값을 지불하면서도 낄낄 웃었고, 마차 삯을 치르면서도 낄낄 웃었고, 심부름값을 주면서도 낄낄 웃었다. 다시 의자에 앉아 숨을 헐떡거릴 정도로 낄낄 웃어 대면서 방금 전보다 더 심하게 웃었고, 그렇게 웃다가는 마침내 눈물까지 흘릴 지경이었다.

손이 계속 너무 많이 떨려 면도조차 쉬운 일은 아니었다. 면도는 춤을 추면서 하지 않는다고 해도 주의력을 필요로 하는 법이니까 말이다. 하지만 그는 만약 코끝을 벴다고 해도 그 위에 반창고 하나만 붙인 채 더할 나위 없이 만족스러워했을 터였다.

그는 '잔뜩 멋지게' 차려입고 마침내 거리로 나섰다. 이때쯤에는 그가 현재 크리스마스의 정령과 함께 보았던 것처럼 사람들이 마구 쏟아져 나오고 있었다. 뒷짐을 지고 걸어가면서

----

27) 현관문 손잡이는 동물이나 신화 속 인물 같은 장식품이 달려 있는 경우가 많다.

스크루지는 한 사람 한 사람을 기쁨에 겨운 미소를 띠고 바라보았다. 그가 어찌나 압도적으로 즐거워 보였던지 싹싹한 사람 서넛은 "안녕하십니까, 선생님! 메리 크리스마스!"라고 인사를 건네기까지 했다. 스크루지가 나중에 자주 말하곤 했듯이 그때껏 들어 본 모든 유쾌한 소리 가운데 그 인사말이야말로 그에게는 가장 유쾌하게 들렸다.

그는 얼마 가지 않아 바로 전날 자신의 회계실로 걸어 들어와 "여기가 '스크루지와 말리 상회'인 것 같은데."라고 했던 풍채 좋은 신사가 다가오는 것을 보았다. 그들이 마주치면 이 노신사가 자신을 어떤 식으로 쳐다볼지 생각하자 가슴이 뜨끔했다. 하지만 그는 자기 앞에 어떤 인생길이 곧게 펼쳐져 있는지 알았고, 결국 그 길을 선택했다.

"선생님." 스크루지가 걸음을 재촉해 노신사의 두 손을 부여잡으며 말했다. "안녕하십니까? 어제는 성과가 있었기를 바랍니다. 정말 인정이 많은 분이시더군요. 메리 크리스마스, 선생님!"

"스크루지 씨?"

"네." 스크루지가 말했다. "그게 제 이름입니다. 선생님께는 기분 좋은 이름이 아닐까 봐 걱정이군요. 선생님께 용서를 구하고 싶습니다. 괜찮으시다면 친절을 베푸셔서……." 이 부분에서 스크루지는 그의 귀에 대고 속삭였다.

"오오, 주여!" 신사는 마치 숨이라도 멎는 것처럼 소리쳤다. "스크루지 선생님, 진심이십니까?"

"선생님만 괜찮으시다면요." 스크루지가 말했다. "동전 한님 빠짐없이 전부요. 확실하게 말씀드리자면 그 안에는 밀린 돈도 꽤 많이 포함되어 있답니다. 제 부탁을 들어주시겠습니까?"

"선생님." 상대방이 스크루지와 악수를 나누며 말했다. "제가 뭐라 말씀드려야 할지 모르겠군요. 그처럼 아낌없이……."

"부디, 아무 말씀 마세요." 스크루지가 대꾸했다. "저를 한번 찾아오시지요. 찾아와 주실 수 있겠습니까?"

"그렇게 하겠습니다!" 노신사가 소리쳤다. 그렇게 할 생각이라는 것은 분명했다.

"고맙습니다." 스크루지가 말했다. "정말 고맙습니다. 쉰 번쯤 말씀드려도 부족할 듯하군요. 하느님의 축복이 함께하시길!"

그는 교회에 가고, 이곳저곳 거리를 돌아다니고, 급하게 오가는 사람들을 지켜보고, 어린아이들의 머리를 쓰다듬어 주고, 거지들에게 무엇인가를 묻고, 집집마다 부엌을 들여다보거나 창문을 올려다보면서 그 모든 일이 그에게 기쁨을 줄 수 있다는 것을 깨달았다. 그는 산책이, 아니 그게 무엇이든지 그에게 이렇게 엄청난 행복을 줄 수 있으리라고는 꿈에도 생각해 본 적이 없었다. 오후가 되자 그는 조카의 집 쪽으로 발걸음을 돌렸다.

그는 계단을 올라가 문을 두드릴 용기가 날 때까지 그 집 문 앞을 열두 번도 넘게 그냥 지나쳤다. 하지만 단숨에 내달아 결국 그 일을 해냈다.

"주인어른 집에 계시니, 애야?" 스크루지가 하녀 아이에게 말했다. 착한 소녀였다! 무척이나.

"네, 선생님."

"어디 계시지, 귀여운 아가씨?" 스크루지가 말했다.

"식당에 계세요, 선생님. 주인마님과 함께요. 괜찮으시다면 제가 위층으로 안내해 드릴게요."

"고맙지만 주인어른과 난 아는 사이란다." 스크루지가 이미 식당 문손잡이에 한 손을 올린 채 말했다. "그냥 이리로 들어 갈게, 애야."

그는 손잡이를 부드럽게 돌린 다음 문틈으로 얼굴을 살짝 들이밀었다. 두 사람은(음식이 잔뜩 차려진) 식탁을 바라보고 있었다. 이런 젊은 주부들은 늘 그런 문제에 예민하고, 모든 것이 제대로 되었는지 확인하고 싶어 하기 마련이니 말이다.

"프레드!" 스크루지가 말했다.

세상에 이렇게 놀랄 일이! 조카며느리가 얼마나 깜짝 놀라던지! 스크루지는 그녀가 한쪽 구석에서 발 받침대에 발을 얹고 앉곤 한다는 사실을 깜빡했다. 그러지 않았다면 어떤 이유로도 그런 행동을 하지는 않았을 터였다.

"아니, 이럴 수가!" 프레드가 소리쳤다. "이게 누구세요?"

"나다. 스크루지 삼촌이야. 같이 식사하러 왔단다. 들어가도 되겠니, 프레드?"

들어가도 되겠느냐니! 팔이 떨어져 나가지 않을 정도로만 악수를 한 것도 다행일 지경이었다. 스크루지는 오 분 만에 제 집에 있는 것처럼 편안해졌다. 더할 나위 없이 진심 어린 환대였다. 조카며느리도 마찬가지인 듯 보였다. 토퍼가 왔을 때 그 또한 마찬가지였다. 포동포동한 처제가 왔을 때 그녀도 마찬가지였다. 그곳에 오는 모든 사람이 다 마찬가지였다. 놀라울 정도의 파티, 놀라울 정도의 놀이들, 놀라울 정도로 하나로 뭉친 마음, 놀라울 정도의 행복!

그렇지만 그는 다음 날 아침 일찌감치 사무실에 나가 있었다. 아! 그는 정말로 일찍 나가 있었다. 그가 맨 처음 거기 도착해 밥 크래칫의 지각을 잡아낼 수만 있다면! 그것이 바로 그가 작정한 일이었다.

더구나 그는 그 일을 해냈다. 그렇다, 그가 해냈다! 시계가 9시를 쳤다. 밥은 나타나지 않았다. 십오 분이 지났다. 밥은 나타나지 않았다. 그는 출근 예정 시간에서 꼬박 십팔 분하고도 삼십 초가 지나서야 나타났다. 스크루지는 그가 물탱크 같은 골방으로 들어오는 모습을 보기 위해 사무실 문을 활짝 열어 놓고 앉아 있었다.

밥은 문을 열기도 전에 모자를 벗은 채였고, 털목도리도 마찬가지였다. 그는 순식간에 의자에 앉더니 9시를 따라잡기라도 하려는 것처럼 황급히 펜대를 놀렸다.

"이보게!" 스크루지가 가능한 한 평소와 비슷한 목소리를 짐짓 꾸며 내며 딱딱거렸다. "이렇게 늦게 오다니 이게 대체 무슨 의미지?"

"정말 죄송합니다, 사장님." 밥이 말했다. "제가 좀 늦어 버렸습니다."

"자네가?" 스크루지가 따라 말했다. "그래. 나도 그렇게 생각하네. 괜찮다면 이쪽으로 와 보게."

"일 년에 딱 한 번입니다, 사장님." 물탱크에서 나오며 밥이 애원했다. "또다시 이럴 일은 없을 겁니다. 어제 제가 축제 기분을 너무 냈나 봅니다, 사장님."

"자, 이보게, 자네한테 할 말이 있네." 스크루지가 말했다. "난 더 이상 이런 일을 참지 않을걸세. 그러니까 말인데……." 그가 의자에서 펄쩍 뛰어내려 밥의 조끼를 쿡 찔러 물탱크로 비틀비틀 뒷걸음질하게 만들며 말을 이었다. "그러니까 자네 월급을 올려 줄 참이라네!"

밥은 부들부들 떨면서 자가 놓인 옆쪽으로 조금 더 다가갔다. 그걸로 스크루지를 때려눕혀 붙든 다음 골목길에 있는 사람들에게 크게 소리를 질러 도움을 청하며 구속복을 가져다 달라고 해야겠다는 생각이 순간적으로 그의 뇌리를 스쳤다.

"메리 크리스마스, 밥!" 스크루지가 그의 등을 탁 치면서 도저히 오해할 수 없는 진심을 담아 말했다. "내가 지금껏 여러 해 동안 자네에게 허용했던 것보다 훨씬 즐거운 크리스마스를 보내길 바라네, 이 친구야! 자네 월급을 올려 주고 생활고에 시달리는 자네 가족을 돕기 위해 애를 좀 써 보지. 그러니 바로 오늘 오후에 크리스마스를 맞아 모락모락 김이 나는 비숍주나 한 잔씩 하면서 자네 문제를 의논해 보자고, 밥! 난롯불을 더 활활 지피게. 그러고 나서 자네가 또 다른 'i 자' 위에 점을 하나 더 찍기 전에 석탄부터 한 통 더 사 오라고, 밥 크래칫!"

스크루지는 자신의 약속 이상으로 더 잘 해냈다. 그는 약속을 모두 실천한 데다 그 이상으로 훨씬 많은 것을 베풀었고, 죽지 않은 꼬마 팀에게는 또 한 사람의 아버지나 마찬가지였다. 그는 훌륭하고 오래된 세상의 이 훌륭하고 오래된 도시나 그 밖의 다른 훌륭하고 오래된 도시, 소도시, 자치구에 잘 알려진 좋은 친구이며 좋은 주인이자 좋은 사람이 되었다. 어떤 사람들은 그에게 일어난 변화를 보고 비웃기도 했지만 그는 그들이 비웃도록 내버려둔 채 그다지 신경 쓰지 않았다. 이 지구상에서 무엇인가 선한 일이 생기면 처음에는 누군가가 그 일을 실컷 비웃기 마련이라는 것을 그는 현명하게도 잘 알고 있었기 때문이었다. 게다가 그는 이런 자들이 어차피 눈먼 자들임을 알았기에 만성병에 걸려 별로 매력적이지 않은 모습이 되는 것보다는 차라리 환하게 웃느라 눈가에 주름이 잡히는 편이 훨씬 낫다고 생각했기 때문이었다. 그는 마음속으로 껄껄 웃었고, 그것이면 그에게는 충분했다.

그가 정령들과 만나는 일은 더 이상 없었다. 왜냐하면 '완전 금주 원칙'을 철저하게 지키는 사람들이 그러듯이 그런 만남은 그 후로도 계속 삼갔기 때문이다.[28] 사람들은 스크루지에 대해 이야기할 때면 그야말로 크리스마스를 제대로 기념할 줄 아는 사람이라고들 했다. 누구든 살아 있는 사람이 그런 지식을 가질 수 있다면 말이다. 바라건대 진실로 우리도, 그러니까 우리 모두가 그런 말을 들을 수 있기를! 그래서 꼬마 팀이 말했듯이 우리 모두에게 하느님의 축복이 함께하기를!

---

28) 'spirits'에 '정령들'과 '증류주'라는 뜻이 동시에 있음에서 비롯된 일종의 말장난. '완전 금주 원칙(Total Abstinence Principle)'이라는 어구를 통해 스크루지가 변화된 삶을 통해 그 후로 다시는 정령들을 만나지 않았다는 뜻을 전달한 것이다.

유령에 홀린 남자와 유령의 거래
크리스마스에 대한 환상

1
주어진 선물

모두가 그렇게 말했다.

모두가 하는 말이 반드시 사실이라고 단언할 생각은 조금도 없다. 대체로 모두가 하는 말은 맞을 가능성이 높은 것만큼이나 틀릴 가능성도 높다. 일반적인 경험에 비추어 볼 때 지금껏 모두가 틀린 경우가 아주 흔한 데다가 대개의 경우 얼마나 틀렸는지 알아내는 데 지긋지긋할 만큼 오랜 시간이 걸렸기 때문에 그 말의 근거가 부정확하다는 것이 입증되었다. 모두가 하는 말이 가끔은 맞을 수도 있다. "하지만 항상 그렇다는 법은 없다." 옛 민요에서 자일스 스크로긴스[1]의 유령이 말

---

[1] 「자일스 스크로긴스」 혹은 「자일스 스크로긴스의 유령」으로 불리는 옛 민요의 주인공. 가사를 보면 유령이 된 자일스가 마을 처녀인 몰리 브라운 앞에 나타나 함께 가자고 한 후 그와 달리 자신은 죽지 않았다고 대답하는

했듯이 말이다.

유령이라는 무시무시한 단어에 나는 정신이 번쩍 든다.

모두가 그는 유령에 홀린 사람처럼 보인다고 말했다. 모두가 하는 말에 대한 현재의 내 의견만으로는 그들의 말이 지금까지는 다 맞았다. 그는 그래 보였다.

푹 꺼진 볼, 쑥 들어간 형형한 눈, 건장하고 균형 잡힌 몸매이지만 설명할 길 없이 으스스한 검은 옷차림, — 마치 일생 인간 사회라는 대양의 파도에 쓸리고 두들겨 맞은 쓸쓸한 표적이었던 것처럼 — 뒤엉킨 해초처럼 얼굴 주위로 늘어진 희끗희끗한 머리를 본 사람이라면 과연 그가 유령에 홀린 사람처럼 보인다고 말하지 않을 수 있었을까?

과묵하게 사색에 잠겨 우울해하며 버릇처럼 말없이 그늘져 있는 데다가 남과 어울리려 하는 법이 없고 전혀 쾌활하지도 않은 태도, 지나간 장소와 시간으로 되돌아가거나 자기 마음속의 오래된 메아리에 귀 기울이는 미친 듯한 태도까지 알아차린 사람이라면 과연 누가 그것이 유령에 홀린 사람의 태도라고 말하지 않을 수 있었을까?

막상 본인은 듣기 싫어하며 중단시키고 싶어 하는 듯하지만 타고난 깊이와 아름다운 억양으로 느릿느릿 말하는 굵고 낮은 그의 목소리를 들어 본 사람이라면 과연 누가 그것이 유령에 홀린 사람의 목소리라고 말하지 않을 수 있었을까?

일부는 서재이고 일부는 실험실인 — 세상에 널리 알려져

몰리에게 바로 본문에서처럼 "항상 그렇다는 법은 없어."라고 대꾸한다.

있듯 그는 화학 분야의 학자이자 큰 뜻을 품은 수많은 사람들의 눈과 귀가 날마다 쏠리는 입과 손을 가진 교수였기 때문이다 — 내실에서 그를 본 사람이라면 겨울밤에 그곳에서, 그러니까 깜박거리는 벽난로 불빛 때문에 그를 둘러싼 진기한 물건들 위로 솟아오른 수많은 유령 같은 형체들 사이에서 꼼짝않는 벽 위의 기괴한 커다란 딱정벌레는 갓을 씌운 전등의 그림자이고 그 환영 (액체를 담는 유리 용기에 비친 영상들) 중 일부는 자기들을 분리하고 그 성분들을 불과 증기로 되돌려 놓는 그의 힘을 잘 아는 양 내심 떨고 있는 그곳에서 홀로 온갖약물과 도구와 책에 둘러싸여 있는 그를 본 사람이라면, 이윽고 일을 마치고 나서 녹슨 화격자와 빨간 불꽃 앞 의자에 앉아 마치 이야기 중인 듯 얇은 입술을 움직이지만 죽은 사람처럼 묵묵히 깊은 생각에 잠긴 그를 본 사람이라면 과연 누가 그 남자가 유령에 홀린 것 같고 그 방에도 유령이 출몰하는 것 같다고 말하지 않을 수 있었을까?

아주 살짝 자유분방한 상상의 나래를 펼치는 것만으로 그에 관한 모든 것이 이렇게 유령에 홀린 듯한 분위기를 띠고 그가 유령이 출몰하는 곳에 산다고 믿지 않을 사람이 과연 있었을까?

그의 거처는 찾는 이가 거의 없는 지하 묘지 같은 곳으로 아주 오래전 학생들을 위해 기증된 건물의 낡고 후미진 구석이었다. 건물은 한때 확 트인 공간에 세워진 근사한 새 건물이었지만 지금은 잊힌, 건축가들의 유행에 뒤처진 일시적인 변덕으로 남아 연기로 노후화하고 비바람에 거무스름해지며, 지나치게 커진 대도시에 사면이 짜부라지고 오래된 우물처럼 돌과 벽돌이 잔뜩 들어찬 상태였다. 작고 네모난 안마당들은 세월이 흐르면서 그곳의 지붕마다 솟은 묵직한 굴뚝보다 더 높게 지어진 건물들과 거리들로 형성된 구덩이들 속에 자리 잡고 있었다. 오래된 나무들은 아주 연약해서 날씨가 변덕스러울 때면 축 늘어져 바닥으로 낮게 깔리게 마련인 이웃 건물들의 연기에 모욕을 당했다. 잔디밭은 잔디밭이 되어 보려고, 아니 타협의 낌새라도 얻어 보려고 흰곰팡이가 핀 땅에서 몸부림쳤고, 조용한 인도는 사람들의 발걸음에 익숙하지 않고 심지어 어떤 길 잃은 얼굴이 위쪽에서 내려다보며 이 구석진 곳은 대체 어딘가 하고 궁금해할 때를 제외하고는 주시하는 눈길에도 익숙하지 않았으며, 벽돌로 막힌 작은 귀퉁이의 해시계는 오랜 세월 태양이 비틀거리는 걸음으로라도 발을 들인 적이 없는 대신 태양의 방치 덕분에 다른 어디에도 눈이 없을 때 몇 주씩 계속 눈이 쌓여 있곤 하는 데다가 다른 곳은 모두 쥐 죽은 듯 고요할 때도 불길한 동풍이 윙윙 소리를 내며 회전하는 팽이처럼 빙빙 돌곤 했다.

건물의 핵심이자 중심부인 집 안 벽난로 옆 그가 머무는 곳은 너무 낮게 내려앉고 낡았으며 금방이라도 무너질 듯 보였지만, 천장에는 벌레 먹은 나무 기둥들이 있고 벽난로의 커다란 떡갈나무 맨틀피스 쪽으로 기울어진 견고한 바닥도 있어 아직은 무척 튼튼했고, 밀어닥친 도시에 둘러싸여 꼼짝없이 갇혔는데도 유행, 시대, 관습과 동떨어져 있었으며, 너무 조용한데도 멀리서 누군가 목청을 돋우거나 문이 닫힐 때면 메아리가 천둥소리처럼 울려 퍼졌다. 그 메아리는 수많은 낮은 복도와 텅 빈 방에만 울리는 것이 아니라 노르만 양식의 반원형 아치가 땅속에 반쯤 묻혀 있는 잊힌 지하실의 무거운 공기 속에서 잦아들 때까지 우르릉 콰르릉거렸다.

여러분은 한겨울 해 질 녘에 그가 자기 거처에 있는 모습을 보았어야 했다.

흐릿해진 해가 저물면서 바람이 매섭게 쌩쌩 불고 있을 때. 너무 어두워 사물의 형태가 커 보일 만큼 흐릿해지기는 했지만 완전히 사라진 것은 아닐 때. 난롯가에 앉은 사람들이 빨갛게 타들어 가는 석탄 덩어리들 속에서 험악한 얼굴과 형상들, 산과 심연, 매복병과 군대를 보기 시작할 때. 거리의 사람들이 날씨가 거칠어지기 전에 고개를 숙이고 달려갈 때. 어쩔 수 없이 거친 날씨를 만난 사람들이 별수 없이 험한 길모퉁이에 멈춰 서서 속눈썹 위로 하늘하늘 내려앉는 — 얼어붙은 땅 위에 흔적을 남기기에는 너무나 조금씩 떨어지고 너무나 빨리 바람에 날아가 버리는 — 눈송이들로 얼얼해질 때. 개인 주택들의 창문이 단단히 닫혀 데워질 때. 분주한 거리와 한산한 거리에서 불 켜진 가스등이 확 타오르기 시작하거나, 그렇지 않아 빠르게 캄캄해질 때. 캄캄해진 거리에서 길을 잃고 덜덜 떨며 헤매던 보행자들이 주방에서 타오르는 불꽃을 쳐다보고, 수 킬로미터에 걸친 감미로운 저녁 식사 냄새를 들이마시며 맹렬한 식욕을 돋우었을 때.

육로로 여행하는 사람들이 모진 추위에 시달리고 돌풍을 맞아 덜덜거리며 바스락대는 음울한 풍경을 지친 듯 바라볼 때. 항해 중에 얼음같이 찬 활대 위에서 잠든 뱃사람들이 폭풍이 울부짖는 바다 위에서 끔찍하게 흔들리며 나뒹굴 때. 바위며 곳에 있는 등대들이 고독하고 경계하는 모습을 보이고, 어리석은 바닷새들이 등대들의 육중한 등화실을 가슴으로 들이받고 죽어 떨어질 때. 난로 불빛 옆에서 이야기책을 읽는 어린 독자들이 카심바바[2]가 네 토막이 나 도적들의 동굴에 매달린 모습을 생각하며 마음을 졸이거나 상인 아부다[3]의 침실에 있는 상자에서 목발을 짚고 갑자기 나타나곤 했던 사납고 작은 노파가 어느 날 밤 침대로 가는 그 길고 춥고 어둑어둑한 길에 계단에서 보일까 봐 다소 불안해할 때.

시골에서 희미한 마지막 햇빛이 길 끝에서부터 서서히 사라져 가고 머리 위에 휘어진 가지를 늘어뜨린 나무들이 음침하게 거무스름해질 때. 공원과 숲에서 키 크고 축축한 양치식물과 흠뻑 젖은 이끼와 바닥에 쌓인 낙엽과 나무줄기들이 불투명한 그림자 덩어리가 되어 보이지 않게 될 때. 도랑과 늪과 강에서 엷은 안개가 피어오를 때. 오래된 시골 대저택과 오두

---

2) 『아라비안나이트』 중 「알리바바와 40인의 도적」에 등장하는 알리바바의 형. 돈 많은 부잣집 여자와 결혼해 부유하게 살면서도 욕심이 많았던 카심은 동생의 행운을 시기하며 수상한 금화의 출처를 캐물어 동굴로 달려갔다가 빠져나오지 못해 갇히고 만다. 카심을 발견한 도적 두목과 부하들은 격분하여 그를 참수한 후 시신을 토막 내기까지 한다.
3) 영국 작가 제임스 리들리가 1764년 발표한 『지니 이야기』에 첫 번째로 수록된 「상인 아부다의 이야기」의 주인공. 바그다드의 부유한 상인인 아부다가 침실에 있는 상자에서 나타난 노파에게 오로마네스(Oromanes)의 부적을 찾지 못하면 재산을 다 잃게 될 것이라고 경고받는 내용이 담겨 있다.

막집 창문의 불빛이 유쾌한 광경이 될 때. 방앗간이 멈추고, 수레 목수와 대장장이가 작업장을 닫고, 통행료 징수소의 문이 닫히고, 쟁기와 써레가 들에 외롭게 버려지고, 일꾼과 수레 끄는 말과 소가 집으로 돌아가고, 교회 시계의 종소리가 정오보다 더 깊은 소리를 내고, 교회 묘지의 쪽문도 그날 밤은 더 이상 흔들리지 않게 될 때.

사방에서 땅거미가 지며 종일 간혀 있던 그림자들이 풀려나 이제는 마치 소집된 유령 떼처럼 모여들 때. 그들이 방구석에서 몸을 낮추고 서 있다가 반쯤 열린 문 뒤에서 얼굴을 찡그리며 나타날 때. 아무도 살지 않는 빈 아파트를 독차지할 때. 난롯불이 은은할 때는 사람이 사는 방의 바닥과 벽과 천장에서 춤추다가 그 불이 별안간 확 타오르면 마치 썰물처럼 물러날 때. 그들이 집 안에 있는 온갖 대상의 형상을 기상천외하게 조롱하며 유모를 사람 잡아먹는 도깨비로, 흔들 목마를 괴물로, 반쯤은 무서워하고 반쯤은 즐기는 호기심 많은 아이는 스스로에게 낯모르는 사람으로 — 벽난로의 바로 그 부젓가락은 두 손을 허리에 댄 채 팔꿈치를 양옆으로 들고 다리를 벌리고 선 거인, 그러니까 분명 영국인의 피 냄새를 맡고는 빵을 굽기 위해 사람들의 뼈를 갈아 가루로 만들고 싶어 하는 거인[4]으로 보이게 만들 때.

더 나이 든 사람들의 머릿속에서 이 그림자들이 다른 생각

---

4) 영국 민화 「거인을 죽인 잭」에 대한 언급이다. 농부의 아들인 주인공 잭이 네 개의 보물을 얻어 나라 안의 거인족을 퇴치하는 이야기다.

들을 떠오르게 해 다른 이미지들을 보여 줄 때. 그들이 과거로부터, 무덤으로부터, 존재했을지 모르는 것들과 결코 존재한 적 없는 것들이 항상 떠돌아다니는 저 깊고 깊은 심연으로부터 빌려 온 형상과 얼굴로 가장하고 은신처에서 슬그머니 빠져나올 때.

이미 언급했듯이 그가 자리에 앉아 난롯불을 뚫어져라 바라보고 있을 때. 불이 타올랐다가 잦아들면서 그 그림자들도 사라졌다가 나타날 때. 그가 육신의 눈으로는 그들을 주의 깊게 보지 않았지만 난롯불에 시선을 고정하고 그들이 나타나거나 사라지게 내버려둘 때. 바로 그때 여러분은 그를 보았어야 한다.

그림자들과 함께 생겨나 황혼의 부름에 따라 은신처에서 튀어나온 소리들이 그의 주변을 온통 더 깊은 적막에 휩싸이게 하는 듯할 때. 바람이 굴뚝에서 우르릉거리고, 집 안에서 때로는 흥얼거리다가 또 때로는 웡웡거릴 때. 집 밖의 고목들이 너무 흔들리고 두들겨 맞는 바람에 잠을 이룰 수 없어 짜증이 난 늙은 떼까마귀 한 마리가 가끔 희미하고 졸린 듯한 고음으로 "깍깍!" 하며 항의할 때. 간간이 창문이 떨리고, 작은 탑 꼭대기의 녹슨 풍향계가 투덜거리고, 그 아래 시계가 또 한 번 십오 분이 흘렀다고 알려 주거나, 난롯불이 덜거덕거리는 소리를 내며 무너져 주저앉을 때.

……요컨대 그가 그렇게 앉아 있는데 방문을 짧게 두드리는 소리가 들려 그를 상념에서 깨웠을 때.

"누구야?" 그가 말했다. "들어와요!"

확실히 그의 의자 등받이에 기대어 선 사람도, 그 너머를 바라보는 얼굴도 없었다. 그가 깜짝 놀라 고개를 들고 말했을 때 바닥을 스치듯 움직이는 발소리가 들리지 않은 것도 틀림없었다. 하지만 방 안에는 그가 제 몸으로 잠시나마 그림자를 드리울 거울 하나도 없었다. 그런데 무언가가 살그머니 지나가더니 사라져 버렸다!

"송구스럽게도 오늘 밤은 식사 시간이 한참 늦은 것 같아 걱정입니다, 교수님." 얼굴빛이 맑고 바삐 움직이는 남자가 나무 쟁반을 들고 들어오려고 문이 닫히지 않게끔 발로 문을 잡은 채 말했다. 쟁반을 들고 들어온 다음에는 문이 시끄럽게 닫히지 않도록 다시 한번 아주 부드럽고 조심스럽게 서서히 문을 놓았다. "하지만 윌리엄 부인이 너무 자주 넘어지는 바람에……"

"바람 때문에? 아아! 바람 소리가 거세지는 게 들렸어."

"……바람 때문입니다, 교수님…… 집에 돌아온 것만 해도 다행이지요. 아이고, 참. 그렇습니다. 그렇고말고요. 바람 때문이었답니다, 레드로 교수님. 바람이요."

이때쯤 그는 저녁 식사 쟁반을 내려놓고는 등불을 켜고 탁자 위에 식탁보를 펼치고 있었다. 그는 그 일을 별안간 중단했다가 난롯불을 뒤적이고 부채질해 준 다음 곧 다시 시작했다. 그가 켜 놓은 등불과 그의 손길이 닿아 되살아난 불길에 방의 모습이 너무나도 순식간에 바뀌어 마치 혈색 좋은 얼굴과 적극적인 태도를 지닌 그의 등장만으로도 기분 좋은 변화가 생긴 것처럼 보였다.

"물론 윌리엄 부인은 언제든 4대 원소에 쉽게 균형을 잃는 사람이긴 합니다. 그럴 때 몸을 가누게 생겨 먹질 않았어요."

"그건 그렇지." 레드로 씨가 무뚝뚝하기는 했지만 친절하게 받아넘겼다.

"그럼요, 교수님. 윌리엄 부인은 흙 때문에 균형을 잃을 수도 있답니다. 예를 들면 길이 질척하고 미끄러웠던 지난주 일요일에 새로 맞은 올케와 차를 마시러 나갔을 때도 그랬습니다. 비록 걸어서 가기는 해도 스스로를 자랑스러워하며 얼룩 하나 없이 완벽해 보이기를 바랐는데 말입니다. 윌리엄 부인은 공기 때문에 균형을 잃을 수도 있답니다. 한번은 페컴의 장마당[5]에서 친구의 지나치게 끈질긴 설득에 넘어가 그네를 타 보다가 그랬습니다. 그네가 그녀의 기질에는 곧장 증기선처럼 작용했던 겁니다. 윌리엄 부인은 불 때문에 균형을 잃을 수도 있답니다. 장모님 댁에서 나지도 않은 화재 신고[6]가 들어오는 바람에 그 소식을 듣고 취침용 모자를 쓴 채 3킬로미터를 갔을 때도 그랬습니다. 윌리엄 부인은 물 때문에 균형을 잃을 수도 있답니다. 배터시에서 열두 살짜리 어린 조카 찰리 스위저 주니어가 보트에 대해 뭐 하나 아는 것도 없으면서 노를

---

5) 런던 남부의 페컴 하이로드에서 줄곧 열리다가 골칫거리로 전락해 1827년 폐지되었다.

6) 1666년 대화재를 계기로 런던은 비교적 일찍부터 근대적인 소방 체계를 갖추게 되었다. 화재 진압 장비 보유를 의무화하는 내용의 법이 제정되었고, 강력한 화재 진압 도구의 필요성을 느끼면서 소방펌프와 전문 소방대가 만들어졌고 최초로 화재보험도 등장했다.

저어 잔교[7] 교각 사이로 들어갔을 때도 그랬습니다. 하지만 이것들은 4대 원소입니다. 윌리엄 부인이 제 기질의 장점을 발휘하려면 분명 이 4대 원소에서 벗어나야 할 겁니다."

그가 응답을 기다리며 잠시 말을 멈추자 전과 똑같은 어조의 "그렇지."라는 답이 들렸다.

"그렇습니다, 교수님. 아이고, 참, 그렇고말고요!" 여전히 식사 준비를 이어 가면서 준비가 완료된 것들을 확인하며 스위저 씨가 말했다. "관건은 그겁니다, 교수님. 제가 항상 하는 말인데요, 교수님. 저희 스위저 집안사람이 그렇게나 많답니다! — 후추는 여기 있습니다. 아니, 그러니까 저희 아버지가 계시지 않습니까, 교수님. 여든일곱 살이나 되셔서 이젠 노령으로 은퇴하셨지만 이 기관의 관리인이자 수위이셨던 그분이요. 그분도 스위저랍니다 — 스푼은 여기 있습니다."

"맞는 말이야, 윌리엄." 그가 다시 말을 멈추자 느릿하고 정신이 딴 데 팔린 듯한 대답이 들렸다.

"암요, 교수님." 스위저 씨가 말했다. "제가 항상 하는 말이 그 말입니다, 교수님. 그분을 나무줄기라고 부르실 수도 있을 겁니다! — 빵은 여기 있습니다. 그런 다음 그분의 후계자로 넘어가시면 보잘것없는 인간인 저 자신과 — 소금은 여기 있습니다 — 윌리엄 부인이 있는데 둘 다 스위저이지요. — 나

---

7) 영국 런던 남부의 배터시 지역에 있는 공원 내 호수의 배터시 다리를 가리킨다. 원래는 1771~1772년에 지어진 목조 구조물로 아치를 통과하기가 상당히 위험해 배들이 종종 교각 중 하나와 충돌하여 난파하곤 했다. 현재의 다리는 디킨스 사후인 1886~1890년에 다시 지은 것이다.

이프와 포크는 여기 있습니다. 그다음으로 제 모든 형제와 그 가족들로 넘어가셔도 남자든 여자든, 소년이든 소녀든 다 스 위저이지요. 아니, 그러니까 사촌이니 삼촌이니 고모니 하는 이런저런 친척들에다가 그 촌수인가 뭔가에, 결혼이니 출산이 니 하는 것들 때문에 스위저 집안사람들끼리 — 큰 컵은 여기 있습니다 — 손을 잡으면 영국 땅을 다 에워쌀 수도 있을 겁 니다!"

자신이 말을 건넨 사려 깊은 남자로부터 이번에는 아무런 답변도 받지 못하자 윌리엄 씨는 더 다가가서 그를 깨우려고 우연인 척 식탁용 포도주병으로 탁자를 쳤다. 그는 성공을 거 두자마자 아주 기꺼이 암묵적 동의가 이루어지기라도 한 것처 럼 말을 이어 갔다.

"그럼요, 교수님! 제 말이 바로 그 말입니다. 윌리엄 부인과 저는 자주 그런 말을 하곤 합니다. '우리가 먼저 나서서 보태지 않아도 스위저는 충분해.'라고요 — 버터는 여기 있습니다. 교 수님, 사실은 저희 아버지 한 분만 해도 — 흰 설탕은 여기 있 습니다 — 본질적으로는 보살펴야 할 일가 전체나 다름없답 니다. 어쩌다 보니 저희에게 자식이 없는 게 결국은 잘된 일인 것 같습니다. 그래서 윌리엄 부인이 꽤 말이 없는 사람이 되 기도 했지만요. 교수님, 새고기와 으깬 감자를 드실 준비가 다 되셨나요? 제가 관리인 사택을 떠날 때 윌리엄 부인이 십 분 이면 요리가 다 될 거라고 했답니다."

"다 준비됐어." 막 꿈에서 깨어난 듯 천천히 왔다 갔다 하며 상대방이 말했다.

"윌리엄 부인이 또 그랬답니다, 교수님!" 난롯불 앞에 서서 기분 좋은 얼굴로 접시에 그림자를 드리우고 따뜻하게 데우며 관리인이 말했다. 레드로 씨가 걸음을 멈추고 관심 있는 표정을 드러냈다.

"제가 항상 하는 말인데요, 교수님. 그녀는 그럴 겁니다! 분명히 이미 사라져서 아마 앞으로도 존재하지 않을 모성애 같은 게 윌리엄 부인의 가슴속에는 여전히 남아 있습니다."

"부인이 뭘 그랬다는 거지?"

"아니, 그러니까요, 교수님, 이 오래된 시설에서 교수님의 강의를 수강하려고 각지에서 올라온 모든 젊은 신사에게 어머니 같은 역할을 하는 것으로는 만족하지 못하는 모양입니다. 서리가 내릴 듯 이렇게 추운 날씨에 도자기 그릇이 이 정도로 열기를 잘 유지한다는 건 분명 참 놀라운 일일 겁니다!" 그 순간 그는 접시를 뒤집고 손가락을 식혔다.

"그래?" 레드로 씨가 말했다.

"제 말이 바로 그 말입니다, 교수님." 윌리엄 씨가 어깨 너머로 말하며 마치 기꺼이 찬성할 준비가 되어 있다는 듯 대답했다. "관건은 바로 그겁니다, 교수님! 저희 학생들 중에 윌리엄 부인을 그렇게 보지 않는 학생은 한 명도 없습니다. 날마다 강의가 끝나기만 하면 그 즉시 학생들이 관리인 사택으로 속속 머리를 들이밉니다. 다들 그녀에게 말할 거나 질문거리를 갖고 있지요. 듣자 하니 학생들이 평소 자기들끼리 윌리엄 부인에 대해 이야기할 때 사용하는 호칭이 '스위지'라더군요. 하지만 제 말은 이겁니다. 정말 마음에 들어서 그러는 거라면 그렇게 많은 의미를 부여해 놓고 신경도 쓰지 않는 것보다는 차라리 아예 다른 이름으로 불리는 게 낫습니다! 이름이 왜 있는 건가요? 어떤 사람인지 알기 위해서지요. 만약 윌리엄 부인이 제 이름보다 나은 무언가로 알려진다면 ― 그러니까 윌리엄 부인의 자질과 기질을 말하는 겁니다 ― 그녀의 이름 같은 건 절대로 신경 쓰지 않아도 되겠지요. 비록 원칙적으로는 스위저입니다만. 스위지든 위지든 브리지든…… 하느님 맙소사! 런던 브리지든 블랙프라이어스든 첼시든 퍼트니든 워털루든 해머스미스 서스펜션 브리지[8]든 자기들 마음대로 부르라고 내버려두지요!"

그는 이렇게 의기양양한 연설을 끝내고는 테이블로 접시를 가져가 그것이 완전히 뜨거워졌다는 것을 생생하게 느끼면서 반쯤은 떨어뜨리듯 내려놓았다. 바로 그 순간 그의 칭찬의 대상이 또 하나의 쟁반과 등불을 가지고 방으로 들어왔고, 백발을 길게 늘어뜨린 위엄 있는 노인이 그 뒤를 따랐다.

윌리엄 부인은 윌리엄 씨와 마찬가지로 소박하고 순진해 보이는 사람이었고, 매끈한 뺨에는 남편이 입은 정복 조끼의 활기찬 붉은색이 매우 기분 좋은 홍조로 재현되어 있었다. 하지만 윌리엄 씨의 밝은색 머리카락이 머리 전체에 삐죽삐죽 솟고 두 눈을 위로 끌어당겨 무엇이든 다 할 준비가 되어 있다는 듯 지나치게 분주해 보이는 반면, 윌리엄 부인의 짙은 갈색

---

8) 앞부분의 '스위지', '위지', '브리지'에서 이어지는 말장난으로 런던 다리부터 템스강의 첫 번째 현수교인 해머스미스 다리에 이르기까지 모두 템스강을 가로지르는 다리의 이름을 활용했다.

머리카락은 세심하게 손질되어 테를 두른 단정한 모자 아래에서 극도로 섬세하고 차분하게 구불거리고 있었다. 윌리엄 씨의 바지가 주변을 둘러보지 않고 한가롭게 쉬는 것은 자기네 진회색 천성에는 맞지 않는다는 듯 발목 위로 휙 추켜올려져 있는 반면, 윌리엄 부인의 깔끔한 — 그녀의 매력적인 얼굴처럼 붉은색과 흰색으로 수놓인 — 꽃무늬 치마는 문밖에서 세차게 불어오는 바로 그 바람조차 주름 하나 흐트러뜨리지 못할 것처럼 얌전하고 단정했다. 그의 코트가 옷깃과 가슴 부분이 나풀거리고 반쯤 벗겨진 것처럼 보이는 면이 있는 반면, 그녀의 작은 보디스는 너무나 차분하고 깔끔해서 그녀가 아무리 거친 사람들과 함께 있어도 보호가 필요할 때 그것을 입고 있으면 정말 보호받을 수 있을 것 같았다. 누가 감히 그토록 평온한 가슴을 슬픔으로 미어지게 하거나 공포로 울렁거리게 하거나 수치스럽다는 생각으로 두근거리게 하려 들 수 있었을까! 마치 천진난만한 어린아이의 잠 같은 그 휴식과 평화가 그녀의 가슴을 어지럽히는 것들에 맞서 누구의 마음인들 움직이지 않았을까!

"당연한 얘기지만 제시간에 딱 맞췄군요, 밀리." 그녀의 쟁반을 들어 주며 남편이 말했다. "그러지 않으면 당신이 아니겠지요. 여기 윌리엄 부인이 왔습니다, 교수님! 오늘 밤은 여느 때보다 훨씬 더 외로워 보이시는군요." 그가 쟁반을 들고 가며 아내에게 속삭였다. "훨씬 더 유령 같아 보이시기도 하고요."

밀리는 서두르는 모습도, 소란스러운 모습도, 심지어 먼저 나서는 모습조차 없이 너무나도 침착하고 조용하게 자신이 가져온 요리 접시들을 탁자 위에 내려놓았다. 윌리엄 씨는 한참을 달그락거리며 바삐 뛰어다닌 끝에 그레이비가 담긴 보트 모양의 소스 그릇 하나를 손에 넣고는 시중을 들 준비를 하고서 있었다.

"저 노인이 품에 안고 있는 건 뭐지?" 혼자 식사를 하기 위해 자리에 앉으며 레드로 씨가 물었다.

"호랑가시나무예요, 교수님." 밀리의 조용한 목소리가 대답했다.

"제 말이 바로 그 말입니다." 보트 모양의 소스 그릇을 불쑥 들이밀며 윌리엄 씨가 끼어들었다. "그 열매는 매년 이맘때에 잘 어울리지요! 브라운 그레이비소스입니다!"

"또 한 번 크리스마스가 오고, 또 한 해가 가는구나!" 우울한 듯 한숨을 쉬며 화학자가 중얼거렸다. "우리가 고통에 시달리며 기억하려 애쓸수록 늘어난 기억의 총량에는 더 많은 것이 등장하지. 속절없이 죽음이 모든 것을 함께 뒤섞어서 다 지워 버릴 때까지 말이야. 그냥 두게, 필립!" 그는 하던 말을 돌연 끊더니 반짝이는 짐을 품에 안고 한쪽에 따로 서 있는 노인에게 목소리를 높여 말을 건넸다. 말이 없는 윌리엄 부인이 그 짐에서 작은 나뭇가지를 가져다가 가위로 조용히 다듬어 방을 장식했고, 그러는 동안 연로한 시아버지는 무척 흥미롭게 그 의식을 지켜보고 있었다.

"교수님에 대한 저의 의무입니다, 교수님." 노인이 대답했다. "미리 말씀드릴 걸 그랬습니다, 교수님. 하지만 어차피 훤히 다 아시지요, 레드로 교수님 ― 이렇게 말씀드리게 되어 자랑스럽습니다 — 제 말씀을 먼저 들어 주십시오! 메리 크리스 마스, 교수님. 그리고 새해 복 많이 받으시고 오래오래 사시길 바랍니다. 저야 상당히 오래 살았지요. 하하! 그러니 실례일지 모르지만 그런 소원을 빌어도 되겠지요. 저는 여든일곱이랍 니다!"

"즐겁고 행복했던 적이 그렇게 많았나?" 상대방이 물었다.

"암요, 교수님. 아주 많았답니다." 노인이 대답했다.

"나이 탓에 아버님 기억력이 나빠진 건가? 이제 그럴 때가 되긴 했지." 레드로 씨가 고개를 돌려 아들을 바라보며 더 낮 은 목소리로 말했다.

"전혀 아닙니다, 교수님." 윌리엄 씨가 대답했다. "제가 늘 하 는 말이 바로 그 말입니다, 교수님. 저희 아버지같이 굉장한 기억력을 가진 사람은 절대 없습니다. 세상에서 가장 놀라운 분이세요. 잊어버린다는 게 무슨 뜻인지도 모르시지요. 제가 윌리엄 부인에게 항상 하는 얘기도 바로 그거랍니다, 교수님. 제 말을 믿어 주실지 모르겠지만요!"

스위저 씨는 어쨌든 교수의 말에 순순히 따르는 것처럼 보 이고 싶은 정중한 마음에서 마치 자기 말에 눈곱만큼의 모순 도 없고 이 모든 언급이 무한하고 전폭적인 찬성을 받아 이루 어지고 있는 것처럼 이야기했다.

화학자는 접시를 밀어내고 탁자에서 일어나 방을 가로질러 노인이 손에 든 호랑가시나무 잔가지를 바라보며 그가 서 있 는 곳으로 걸어갔다.

"그럼 그 가지 덕분에 그 많은 세월이 새해였다가 묵은해가 된 때가 떠오르나 보군?" 노인의 어깨에 손을 대고 그를 유심히 관찰하며 화학자가 말했다. "그렇지?"

"아, 무척 많은 세월이죠, 무척이요!" 필립이 몽상에 잠겨 비몽사몽간에 말했다. "저는 여든일곱입니다!"

"즐겁고 행복했고. 그랬지?" 화학자가 낮은 목소리로 물었다. "이보게, 즐겁고 행복했지?"

"아마 이만큼이요. 그 이상은 아니었을 겁니다." 무릎 높이보다 조금 위로 손을 내밀고 노인은 질문한 사람을 바라보며 추억에 잠겨 말했다. "제가 처음 기억나는 순간도 그랬답니다! 춥고 쾌청한 날이었습니다. 산책을 나갔는데 어떤 사람이 — 저희 어머니셨어요. 교수님께서 거기 서 계신 것만큼이나 확실합니다. 병에 걸려 그해 크리스마스에 돌아가시는 바람에 어머니의 행복한 얼굴이 어땠는지는 기억하지 못하지만요 — 그게 새들의 먹이라고 제게 말해 주었습니다. 그 귀여운 꼬마 녀석은 — 그건 저예요. 아시겠지만요 — 새들의 눈이 저렇게 반짝이는 건 아마 겨울에 그 새들이 주로 먹는 열매들이 그렇게 반짝이기 때문일 거라고 생각했답니다. 그 일이 기억이 납니다. 제 나이가 여든일곱인데도요!"

"즐겁고 행복했어!" 상대방이 연민의 미소를 머금고 검은 눈으로 그 구부정한 모습을 내려다보며 골똘히 생각에 잠겨 혼잣말을 했다. "즐겁고 행복했고…… 게다가 다 기억난다고?"

"아, 그럼요. 그렇고말고요!" 상대의 마지막 말을 포착하며 노인이 이야기를 계속 이어 갔다. "학창 시절 해마다 호랑가시나무와 함께 생기곤 했던 즐거운 일들이 다 기억납니다. 그때는 저도 힘센 사내였지요, 레드로 교수님. 제 말을 믿어 주실지 모르겠지만, 16킬로미터 내에는 축구 시합에서 제 적수가 없었답니다. 우리 아들 윌리엄은 어디에 있지? 윌리엄, 16킬로미터 내에는 축구 시합에서 내 적수가 없었단다!"

"제가 항상 하는 말이 그 말이에요, 아버지!" 아들이 깊은 존경심을 담아 지체 없이 대답했다. "아버지는 스위저 집안 분이세요. 정말 전형적인 우리 집안 분이시지요!"

"아이고!" 호랑가시나무를 다시 바라보고 고개를 가로저으며 노인이 말했다. "저 애 어머니와 ─ 제 아들 윌리엄은 저희 막내랍니다 ─ 저는 오랜 세월 그들 모두에게, 남자아이와 여자아이, 어린아이들과 아기들에게 둘러싸여 앉아 있었습니다. 우리 주변의 이런 열매들이 그 아이들의 빛나는 얼굴의 반만큼도 빛나지 않던 시절이었지요. 그중 많은 아이가 세상을 떠났고, 아내도 떠났고, 제 아들(다른 모든 아이들보다 더 그녀의 자랑거리였던 우리 큰아들!) 조지는 몹시 타락하고 말았습니다. 하지만 여기서 보고 있으면 그 시절 그 모습 그대로 살아 있고 건강한 그들이 보입니다. 그 아이도 보입니다. 하느님께 감사하게도 아무 죄 없던 시절 모습 그대로요. 여든일곱인 저로서는 복 받은 일이지요."

그토록 진지하게 그에게 못 박혀 있던 예리한 시선이 점차로 바닥을 찾았다.

"공정한 처우를 받지 못한 탓에 제 형편이 이전만 못해지면서 관리인이 되려고 처음 이곳에 왔습니다." 노인이 말했다. "……그게 오십 년도 넘은 예전 일이랍니다. ─ 우리 아들 윌리엄은 어디에 있지? 반세기도 넘게 지난 일이란다, 윌리엄!"

"제 말이 그 말이에요, 아버지." 조금 전과 마찬가지로 아들이 효자답게 지체 없이 대답했다. "관건은 바로 그거예요. 2 곱하기 0은 0이고, 5 더하기 5는 10이고, 그런 식으로 100이 되지요."

"이곳 설립자 중 한 분이 하신 일을 알게 되어 정말 기뻤습니다." 자신의 대화 주제와 그에 대한 지식을 무척 자랑스럽게 여기며 노인이 말했다. "아니, 더 정확하게 말하자면 엘리자베스 여왕 시대에 우리가 기금을 모으는 데 도움을 주었던 — 왜냐하면 이곳이 설립된 건 여왕의 시대 이전이었으니까요 — 학식 있는 신사 중 한 분이 유언장에서 우리에게 남긴 유산 가운데 상당히 많은 돈을, 크리스마스가 오면 벽과 창문을 장식하기 위한 호랑가시나무를 사도록 남겨 주셨다는 사실을 알게 되어 정말 기뻤습니다. 그것에는 무언가 아늑하고 친숙한 느낌이 있었거든요. 이곳이 그저 낯설기만 했던 그때 크리스마스 철이 다가오자 옛날에는, 그러니까 우리의 가난한 신사들 열 명이 얼마 안 되는 연간 장학금을 받으며 통학하기 이전에는 저희가 대형 만찬장으로 썼던 곳에 걸려 있는 바로 그분의 초상화가 마음에 들었습니다. — 턱수염을 끝이 뾰족하게 기르고 목에 러프[9]를 두른 진지한 신사분의 초상화 말입니다. 그 아래에는 옛 영어 글귀가 장식체로 적혀 있지요. '주여! 언제까지나 잊지 않고 생생히 기억하게 해 주소

---

9) 주로 16~17세기에 유럽에서 남녀가 사용한 주름진 옷깃.

서!' 레드로 교수님, 그분에 대해 소상히 아시지요?"

"그 초상화가 거기 걸렸다는 건 알고 있어, 필립."

"암요, 그렇고말고요. 벽에 붙은 장식용 판자 위, 오른쪽으로 두 번째에 있답니다. 제가 드리려던 말씀은…… 그분이 제가 잊지 않고 생생히 기억하도록 지금껏 도와주셨고, 그분께 감사드린다는 겁니다. 덕분에 지금 제가 하듯이 해마다 이 건물을 이리저리 돌아다니며 텅 빈 방들을 이 나뭇가지와 열매들로 새롭게 단장하고 텅 빈 제 늙은 머리를 새롭게 가다듬고 있답니다. 한 해가 또 한 해를 불러오고, 그해가 또 한 해를 불러오고, 그렇게 세월이 쌓여 갑니다! 그러다 보면 결국 마치 우리 주님이 탄생하신 때가 제가 일찍이 애정을 품거나 애도하거나 기쁨을 얻었던 모두가 태어난 때인 것처럼 느껴집니다……. 그런 때가 아주 많답니다. 저는 여든일곱이니까요!"

"즐겁고 행복했지." 레드로가 혼잣말을 중얼거렸다.

이상하게도 방이 어두워지기 시작했다.

"잘 아시다시피요, 교수님." 줄곧 말하는 사이 겨울처럼 차가운 뺨이 더 불그레한 빛으로 달아오르고 푸른 눈이 환해진 늙은 필립이 말을 이었다. "지금 이 시기를 축하할 때면 저는 축하할 일이 많습니다. 자, 우리 말 없는 생쥐는 어디에 있지? 수다스러운 건 제가 평생 지어 온 죄랍니다. 일을 마치려면 아직 건물을 반은 더 돌아야 할 텐데요. 만약 그에 앞서 저희를 추위가 얼려 버리거나 바람이 날려 버리거나 어둠이 삼켜 버리지 않는다면요."

말 없는 생쥐가 침착한 얼굴로 곁에 다가와 조용히 그의 팔을 잡았고, 곧이어 그가 말을 마쳤다.

"가자, 아가야." 노인이 말했다. "그러지 않으면 레드로 교수 님은 음식이 겨울처럼 차갑게 식을 때까지 저녁 식사에 집중 하지 못하실 거야. 장황하게 지껄여 댄 걸 용서해 주시기 바랍 니다, 교수님. 안녕히 주무십시오. 다시 한번 메리……"

"그냥 있어!" 탁자의 자기 자리로 돌아가며 레드로 씨가 말 했다. 그가 그렇게 한 것은 그 태도로 보아 자신의 시장기가 떠올라서라기보다는 늙은 관리인을 안심시키기 위해서인 듯 했다. "잠시만 더 내게 시간을 내어 줘, 필립. 윌리엄, 자네는 자네의 훌륭한 부인의 명예를 위해 무언가를 나에게 말해 줄 생각이었어. 자네가 칭찬하는 말을 듣는 게 부인에게 불쾌한 일도 아니겠고. 그게 뭐였지?"

"아니, 그러니까 관건은 이겁니다." 윌리엄 스위저 씨가 적잖 이 당황한 표정으로 아내 쪽을 쳐다보며 대답했다. "윌리엄 부 인이 저를 주시하고 있습니다."

"하지만 자네가 윌리엄 부인의 눈을 두려워하는 건 아니지 않은가?"

"아니, 그러니까. 그럼요. 교수님." 스위저 씨가 대답했다. "제 말이 그 말입니다. 저 눈은 애초에 두려워하기에 적합하게 생 기지도 않았습니다. 만약 그게 의도였다면 저렇게 순하게 생 기지도 않았겠지요. 어쨌든 제가 그러려던 건 아닌데…… 밀 리! 그 왜 있잖아요, 그 남자. 저 아래 건물에 살잖아요."

윌리엄 씨는 테이블 건너편에 서서 당황스러운 듯 그 위에 놓인 물건들을 뒤적거리며 설득력 있는 눈으로 윌리엄 부인을 힐끗 쳐다보고는 레드로 씨 앞에 나서라고 꼬드기듯 그가 있는 쪽으로 고개와 엄지손가락을 비밀스레 홱 젖혔다.

"그 남자 말이에요. 내 사랑, 당신도 알잖아요." 윌리엄 씨가 말했다. "저 아래 건물에 사는 사람이요. 여보, 말 좀 해 봐요! 당신은 나에 비하면 셰익스피어의 작품 같은 사람이잖아요. 저 아래 건물 말이에요. 내 사랑, 당신도 알잖아요. ……그 학생."

"학생?" 레드로 씨가 고개를 들며 따라 말했다.

"제 말이 그 말입니다, 교수님!" 윌리엄 씨가 최대한 격하게 수긍하며 외쳤다. "저 아래 건물에 사는 그 가난한 학생이 아니라면 왜 교수님께서 윌리엄 부인의 입에서 그런 이야기를 듣고 싶어 하시겠습니까? 윌리엄 부인, 여보…… 그 건물 말이에요."

"윌리엄이 그 얘기를 했을 줄은 몰랐어요." 조금도 서두르거나 당황하지 않고 솔직한 태도로 차분하게 밀리가 말했다. "알았더라면 저는 여기 오지 않았을 거예요. 저이에게 그러지 말라고 부탁까지 했는데. 병든 젊은 신사분이에요, 교수님. ─ 유감스럽게도 아주 가난한 것 같아요 ─ 너무 아파서 이번 명절 연휴에도 집에 가지 못하고 아무도 모르게 저 아래 예루살렘 건물에 있는 흔한 종류의 신사용 셋방에 묵고 있어요. 이게 다예요, 교수님."

"왜 나는 그 학생에 대해 들어 본 적이 없지?" 다급히 일어나며 화학자가 말했다. "왜 그는 자기 상황을 내게 알리지 않았지? 병이 들었다니! 내 모자와 망토를 가져다줘. 가난하다니! 어느 건물이지? 몇 호실인가?"

"어머, 거기 가시면 안 돼요, 교수님." 시아버지 곁을 떠나 아주 침착한 작은 얼굴로 다소곳이 두 손을 모으고 차분하게 그를 막아서며 밀리가 말했다.

"거기 가면 안 된다고?"

"이런, 맙소사. 안 돼요!" 너무나도 명백하고 자명하게 불가능한 일이라는 듯 고개를 가로저으며 밀리가 말했다. "생각도 하지 마세요!"

"그게 무슨 말이지? 왜 안 된다는 거야?"

"아니, 그러니까, 있잖습니까, 교수님." 윌리엄 스위저 씨가 조곤조곤한 말투로 설득력 있게 말했다. "제 말이 그 말입니다. 틀림없이 그 젊은 신사는 같은 성별을 가진 사람 중 하나에게는 자기 처지를 절대 알리지 않았을 겁니다. 윌리엄 부인은 그의 신뢰를 얻었지만 그건 완전히 다른 이야기입니다. 학생들은 다들 윌리엄 부인에게 속마음을 털어놓습니다. 다들 저 사람을 신뢰하지요. 교수님, 남자라면 그에게서 귓속말 한마디도 듣지 못했을 겁니다. 하지만 교수님, 여자인 데다가 윌리엄 부인이기까지 하면……!"

"분별력 있고 사려 깊은 말이었어, 윌리엄." 제 어깨 부근에 있는 온화하고 침착한 얼굴을 유심히 쳐다보며 레드로 씨가 화답했다. 그리고 자기 입술에 손가락을 대며 그녀의 손에 살며시 지갑을 쥐어 주었다.

"이런, 맙소사. 안 돼요, 교수님!" 지갑을 돌려주며 밀리가 외쳤다. "설상가상이군요! 꿈도 꾸지 마세요!"

그녀는 무척이나 착실하고 침착한 주부라 이렇게 황급히 거절하는 찰나의 순간에도 전혀 냉정을 잃지 않았기 때문에 곧바로 아까 호랑가시나무를 정리할 때 그녀의 가위와 앞치마 사이에서 벗어나 길을 잃고 헤매는 잎사귀 몇 장을 깔끔하게 치우고 있었다.

굽혔던 허리를 폈을 때 레드로 씨가 여전히 반신반의하고 놀라워하며 자신을 바라보고 있다는 것을 알아차렸는데도 그녀는 들키지 않고 탈출했을지도 모르는 다른 조각이 있는지 잠시 사방을 살피며 차분하게 했던 말을 되풀이했다.

"이런, 맙소사. 안 돼요, 교수님! 세상 누구보다도 교수님께는 알려지면 안 되고 교수님 도움은 받지도 않을 거라고 그분이 말했는걸요. 비록 교수님 강의를 듣는 학생이기는 해도요. 제가 교수님과 비밀을 유지하기로 약속한 적은 없지만 교수님의 명예에 전적으로 맡기겠어요."

"왜 그가 그런 말을 했지?"

"사실 저는 잘 모르겠어요, 교수님." 잠시 생각해 보고 나서 밀리가 말했다. "아시다시피 저는 전혀 똑똑한 사람이 아니라서요. 그저 그분 주변의 여러 가지를 깔끔하고 편안하게 만드는 데 도움이 되고 싶어 자진해서 한 거랍니다. 하지만 그분이 가난하고 외롭다는 건 알아요. 왠지 방치된 것 같기도 하고요. 무척 어둡네요!"

방이 더욱더 어두워져 있었다. 화학자의 의자 뒤로 몹시 짙고 어두운 그림자가 모여들었다.

"그에 대해 더 해 줄 이야기가 있을까?" 그가 물었다.

"그분은 여유가 생기면 결혼하기로 약혼한 상태예요." 밀리가 말했다. "생계를 꾸릴 자격을 갖추려고 공부 중인 것 같고요. 저는 그분이 열심히 공부하며 엄청난 자제력을 발휘하는 모습을 오랫동안 봐 왔어요. 정말이지 무척 어둡네요!"

"게다가 더 추워지기까지 했어." 두 손을 맞비비며 노인이 말했다. "이 방은 한기가 돌고 오싹한 느낌이 나. 우리 아들 윌리엄은 어디에 있지? 윌리엄, 애야, 등불을 켜고 난롯불을 살리도록 해라!"

아주 부드럽게 연주되는 조용한 음악 같은 밀리의 목소리가 다시 들리기 시작했다.

"나와 대화를 나눈 후였어."(이것은 혼잣말이었다.) "그분이 어제 오후 선잠을 자다 말고 깨더니 고인이 된 어떤 분과 결코 잊힐 수 없는 어떤 큰 잘못에 대해 중얼거렸어요. 하지만 그분에게 있었던 일인지, 아니면 다른 사람에게 있었던 일인지는 저도 모르겠어요. 그분이 저지른 일이 아니라는 건 확실하고요."

"간단히 말하자면 윌리엄 부인은, 있잖습니까…… 레드로 교수님, 만약 내년이 되든 내후년이 되든 이쯤에서 그만둘 작정이었다면 저 사람은 자기 입으로 말을 꺼내려고 하지도 않았을 겁니다……." 윌리엄 씨가 그에게 다가와 귓속말을 했다. "그 신사에게 선행을 베푸는 정도까지만 할 생각이었다면요! 친절하게도 그 많은 선행을 베풀다니! 저희 집은 여느 때와 마찬가지랍니다. — 저희 아버지는 안락하고 편안하게 지내시고 — 집 안에서는 교수께서 현금 50파운드를 내

놓으신다고 해도 작은 쓰레기 하나 찾아볼 수 없을 정도입니다. — 윌리엄 부인은 누가 봐도 평소와 다른 점이 하나도 없답니다 — 하지만 윌리엄 부인은 구석구석, 속속들이 그 신사의 어머니가 되었지요!"

방은 더욱더 어둡고 추워졌으며, 의자 뒤로 모여든 어두운 그림자는 더욱더 짙어졌다.

"교수님, 윌리엄 부인은 그 정도로는 성에 차지 않아서 바로 오늘 밤 집으로 돌아오다가(아니, 이게 두 시간도 채 안 된 이야기랍니다.) 어린아이라기보다는 차라리 어린 야수에 더 가까운 생명체가 어느 문간에서 떨고 있는 걸 찾아내지 않았겠습니까. 윌리엄 부인이 어떻게 했겠습니까. 그 녀석을 집으로 데려와서 말려 주고 먹여 주고 계속 데리고 있는데, 이러다가는 결국 감사하게도 저희가 여느 때처럼 받은 음식과 플란넬 천을 크리스마스 아침에 다 거저 내주게 될 판입니다! 설사 녀석이 이전에 불기운을 느껴 본 적이 있다고 해도 이번이 최대한인 것 같습니다. 오래된 관리인 사택의 벽난로 앞에 앉아서 마치 그 게걸스러운 두 눈을 절대로 감지 않을 것처럼 저희 집 벽난로를 뚫어져라 쳐다보고 있으니까요. 적어도 앉아 있긴 합니다." 곰곰이 생각해 보고 스스로 정정하며 윌리엄 씨가 말했다. "하기야 달아나지 않았다면 말이지만요!"

"하느님께서 윌리엄 부인의 행복을 지켜 주시길!" 화학자가 큰 소리로 말했다. "그리고 필립, 자네도! 윌리엄, 자네도! 이 일을 어떻게 할지 곰곰이 생각해 봐야겠네. 어쩌면 이 학생을 만나고 싶을 수는 있겠지만 이젠 자네들을 그만 붙들어 두겠어. 잘 가!"

"감사합니다, 교수님, 감사합니다!" 노인이 말했다. "우리 생
쥐 같은 며느리도, 우리 아들 윌리엄도, 저 자신도요. 우리 아
들 윌리엄은 어디 있지? 윌리엄, 네가 등불을 들고 앞장서라.
저 길고 어두운 복도들을 지나며. 작년과 재작년에 그랬던 것
처럼 말이다. 하하! 저는 다 기억이 난답니다. 여든일곱 살인
데도요. '주여, 언제까지나 잊지 않고 생생히 기억하게 해 주
소서!' 아주 훌륭한 기도문입니다, 레드로 교수님. 턱수염을
끝이 뾰족하게 기르고 목에 러프를 두른 우리의 가난한 신사
들 열 명이 얼마 안 되는 연간 장학금을 받으며 통학하기 이
전에는 우리가 대형 만찬장으로 썼던 곳의 벽에 붙은 장식용
판자 위, 오른쪽으로 두 번째에 걸린, 학식 있는 신사분의 기
도문이지요. '주여, 언제까지나 잊지 않고 생생히 기억하게 해
주소서!' 아주 훌륭하고 경건한 기도문입니다, 교수님. 아멘!
아멘!"

그들이 나가서 육중한 문을 닫으며 무척 조심스럽게 막으
려 해 보았지만 마침내 그 문이 천둥소리 같은 일련의 메아리
를 길게 울리며 닫혔을 때 방은 더욱더 어두워졌다.

그가 홀로 의자에 앉아 깊은 생각에 빠지자 벽에 걸려 있
던 싱싱한 호랑가시나무가 시들며 죽은 나뭇가지들을 떨어뜨
렸다.

그의 뒤로 몹시 음산하게 모여들었던 어두운 그림자가 그
자리에서 짙어지며 인간의 감각으로는 알아낼 수 없는 비현실
적이고 꿈같은 과정을 거쳐 차츰 그 자신과 끔찍할 만큼 똑같

은 모습을 했다. 아니, 그것으로부터 그 자신과 끔찍할 만큼 똑같은 모습이 나타났다!

섬뜩하고 차갑고 몹시 창백한 납빛 얼굴과 손과 얼굴 생김과 반짝이는 두 눈과 희끗희끗한 머리에 칙칙하고 어두운 복장을 하고, 그것은 움직이지 않고 소리도 없이 끔찍한 모습을 한 존재로 다가왔다. 그가 난롯불 앞에서 깊은 생각에 잠겨 의자 팔걸이에 팔을 기대자 그것은 그의 머리 바로 위에서 소름끼칠 만큼 그와 똑같은 얼굴로 그의 얼굴이 향하는 곳을 바라보고 그의 얼굴에 떠오른 표정을 지으며 그의 의자 등받이에 기댔다.

그렇다면 이것은 무언가 이미 나타났다 사라졌던 존재였다. 이것은 유령에 홀린 남자의 두려운 동반자였다!

한동안은 그가 그것에게 주의를 기울이지 않듯 그것도 그에게 눈에 띄게 주의를 기울이지는 않았다. 저 멀리 어딘가에서 크리스마스 웨이츠[10]가 연주하고 있었고, 그는 생각에 잠겼으면서도 줄곧 귀 기울여 음악을 듣는 것 같았다.

마침내 그가 말문을 열었다. 몸을 움직이지도 고개를 들지도 않은 채였다.

"또 나타났어!" 그가 말했다.

"또 나타났어!" 환영이 대답했다.

"불 속에서 네가 보여." 유령에 홀린 남자가 말했다. "음악,

---

10) 밤에 거리를 돌아다니며 야경꾼과 악사를 겸하는 악단을 웨이츠라고 한다. 가수와 연주자들로 구성된 이 악단은 크리스마스에도 캐럴을 부르거나 연주하고 그 대가로 사례금을 받았다.

바람, 밤의 깊은 적막 속에서 네 목소리가 들려."

유령이 고개를 끄덕여 동의했다.

"왜 오는 거야? 나를 이렇게 따라다니면서 괴롭히려고?"

"나는 부름을 받으면 온다." 유령이 대답했다.

"아니, 난 초대하지 않았어." 화학자가 소리쳤다.

"초대받지 않았어도 상관없다." 유령이 말했다. "그 얘기는 그만하자. 나는 여기 와 있다."

지금까지는 난로의 불빛이 — 만약 의자 뒤의 무시무시한 형상을 얼굴이라고 부를 수 있다면 — 두 얼굴을 비추었다. 처음과 마찬가지로 난로를 향한 채 어느 쪽도 상대방을 바라보지 않았기 때문이다. 하지만 이제 유령에 홀린 남자가 갑작스럽게 고개를 돌려 유령을 뚫어져라 쳐다보았다. 유령도 갑자기 움직여 의자 앞으로 가더니 그를 뚫어져라 쳐다보았다.

살아있는 남자와 죽은 그 자신의 살아 있듯 보이는 화상이 그렇게 서로를 바라보았는지도 모른다. 어느 겨울밤 낡고 텅 빈 웅장한 건물의 인적 드문 쓸쓸한 곳 — 세상이 시작된 이래로 어디에서 왔는지 혹은 어디로 가는지 아무도 알지 못하는 — 수수께끼 같은 여행 중인 시끄러운 바람이 지나가고, 이 세상 전체가 티끌에 지나지 않으며 태곳적부터 이어진 오랜 세월도 요람기에 불과한 끝없는 우주에서 상상조차 하기 힘든 수백만 개의 별들이 보낸 빛이 그곳을 지나며 반짝반짝 빛나고 있을 때 무시무시한 조사가 이루어졌다.

"나를 봐!" 유령이 말했다. "나는 젊은 시절 무시당하고 비참할 정도로 가난했기에 지식이 묻혀 있는 광산에서 그 지식을 캐내어 내 지친 발이 쉬다가 딛고 일어설 수 있는 튼튼한 발판으로 삼기까지 안간힘을 쓰며 고통받았고, 여전히 안간힘을 쓰며 고통받는 남자다."

"내가 바로 그 남자야." 화학자가 되받았다.

"나는 어머니의 죽음을 불사한 사랑의 도움도, 아버지의 조언의 도움도 받지 못했다." 환영이 말을 이었다. "그저 어린아이에 불과했을 때 낯선 사람이 우리 아버지의 자리를 차지했고, 나는 쉽사리 어머니의 마음에서 밀려나 이방인이 되어 버렸다. 우리 부모님은 관심은 금방 거두고 책임은 금방 포기해 버리며 기껏해야 새가 새끼에게 하듯 자식을 일찌감치 풀어 주고는 만약 자식이 성공을 거두면 자신들의 공로를 주장하고 못된 짓을 하면 동정을 요구하는 그런 부류였다."

그것은 말을 잠시 멈추고 표정과 말투와 미소로 그를 유혹하고 자극하려는 것처럼 보였다.

"내가 그 남자다." 환영이 말을 이었다. "출세하려 버둥거리다가 우연히 친구를 찾은 남자. 내가 그를 억지로 ─ 그를 설득해서 ─ 내게 묶어 두었다! 우리는 나란히 함께 일했다. 지금보다 젊었던 시절에 표현할 대상이 없고 표현할 방법도 찾지 못했던 내 사랑과 신뢰를 전부 그에게 주었다."

"전부는 아니야." 레드로가 쉰 목소리로 말했다.

"그렇다. 전부는 아니다." 환영이 되받았다. "내게는 여동생이 있었다."

유령에 홀린 남자가 두 손으로 머리를 받치고 대답했다. "그랬지!" 유령이 사악한 미소를 지으며 의자로 더 다가와 등받이 위에서 두 손을 깍지 끼고 턱을 괴고는 열기가 넘쳐흐르는 듯 보이는 두 눈으로 탐색하듯 그의 얼굴을 내려다보며 계속 말했다.

"일찍이 내가 알고 있었고 언뜻이라도 본 적 있는 보금자리의 빛은 모두 그 애로부터 비롯되었다. 얼마나 어리고, 얼마나 아름답고, 얼마나 다정했던가! 나는 그 애를 처음으로 내가 주인이 된 보잘것없는 집으로 데려가 그곳을 풍요롭게 만들었다. 그 애는 내 어두운 삶으로 들어와 환히 밝혀 주었다. 그 애가 내 앞에 있다!"

"방금 그 애를 불 속에서 보았어. 음악, 바람, 밤의 깊은 적막 속에서 그 애 목소리가 들려." 유령에 홀린 남자가 대답했다.

"그가 그녀를 사랑했나?" 그의 사색에 잠긴 듯한 말투를 그대로 따라 하며 환영이 말했다. "한때는 그랬던 것 같다. 확실히 그랬다. 그 애가 그를 덜 사랑했더라면…… 덜 비밀스럽게, 덜 간절하게, 더 여럿으로 쪼개진 마음 중에서도 더 얄팍한 마음으로 그를 사랑했더라면 더 좋았을 텐데!"

"잊게 해 줘!" 화가 난 듯 손을 내저으며 화학자가 말했다. "내 기억에서 지워 버리게 해 줘!"

허깨비는 전혀 동요하지 않고 깜박거리지도 않는 무자비한 두 눈으로 여전히 그의 얼굴을 쏘아보며 말을 이어 갔다.

"그 애 꿈을 닮은 꿈이 내 삶에 어느새 스며들었다."

"그랬지." 레드로가 말했다.

"내 못난 천성이 소중히 간직했을지도 모르는, 그 애의 사랑을 닮은 사랑이 내 마음속에도 피어났다." 환영이 말을 이었다. "그때 나는 너무 가난해서 약속이나 애원의 말 한마디로 사랑의 대상을 내 운명에 묶어 둘 수 없었다. 그녀를 너무나 사랑했기 때문에 그러려고 시도할 수 없었다. 하지만 평생어느 때보다 더 많이 노력했다. 더 높이 올라가기 위해 안간힘을 썼다! 아주 조금만 더 올라가도 고지가 더 가까워지는 셈이었으니까. 정말 힘들게 올라갔다! 그즈음 내가 일을 마친 늦은 밤 잠시 숨을 돌릴 때 — 내 여동생은 (다정한 동반자!) 꺼져 가는 잿불과 식어 가는 벽난로 앞에서 여전히 나와 함께하고 있었다 — 날이 밝아 오고 있을 때 내가 마음속으로 그려보았던 미래의 모습들은 어떤 것이었던가!"

"방금 그 모습들을 불 속에서 보았어." 그가 중얼거렸다. "그것들은 음악, 바람, 밤의 깊은 적막, 순환하며 흘러가는 세월 속에서 내 마음에 되살아나."

"……내 고된 노동에 영감을 주는 사람인 그녀와 함께하는 장래 내 가정생활의 모습. 내 덕에 대등한 조건으로 — 내 친구는 약간의 유산이 있고 우리는 전혀 없었으니까 — 내 소중한 친구의 아내 된 여동생의 모습, 맑은 정신으로 맞이한 노년에 유유자적하게 행복을 누리고 저 먼 미래로 뻗어 나가며 우리를, 그리고 우리 자식들을 엮어 빛나는 황금빛 화환으로 만들어 줄 소중한 유대로 맺어진 모습." 유령이 말했다.

"그 모습들은 망상이었어." 유령에 홀린 남자가 말했다. "그것들이 이렇게 생생하게 기억나는 게 어째서 내 운명이란 말인가!"

"망상." 변함없는 눈초리로 그를 노려보며 변함없는 목소리로 유령이 메아리처럼 따라 말했다. "왜냐하면 나와 내 희망과 투쟁이 뒤엉킨 세계의 한복판을 오가던(내가 나 자신만큼이나 속속들이 다 신뢰했던) 내 친구가 그녀를 홀로 차지하고 나의 연약한 우주를 산산조각 냈으니까. 내 집에서 두 배나 사랑스럽고, 두 배나 헌신적이며, 두 배나 발랄했던 내 여동생은 나의 야망의 원천이 망가졌는데도 내가 유명해지고 나의 오랜 야망이 정말로 보답받는 것을 보기 위해 계속 살았다. 그러다가……."

"그러다가 죽었지." 그가 끼어들었다. "더없이 평온하고 행복하게, 오빠에 대한 걱정 외에는 아무 걱정도 없이 죽었어. 평안하게!"

환영은 잠자코 그를 지켜보았다.

"기억나!" 유령에 홀린 남자가 잠시 주저하다가 말했다. "그래. 너무나도 생생하게 기억나서 이미 오랜 세월이 흘렀고 너무 오래 지속된 내 청년 시절의 사랑보다 더 덧없고 비현실적인 것은 아무것도 없는 요즘조차 마치 그 사랑이 남동생이나 아들이 겪은 사랑이기라도 한 것처럼 그 사랑이 생각나면 가련하기 그지없지. 가끔은 그녀의 마음이 언제 처음 그 친구에게 기울었는지, 그것이 나에게 어떤 영향을 미쳤는지 궁금하기도 해. — 한때의 대수롭지 않은 일은 아니었을 거야 — 하지만 그건 아무것도 아니야. 그런 부질없는 생각들보다 더 오래 지속되는 건 일찌감치 시작된 불행과 내가 사랑하고 신뢰했던 사람의 손에 입은 마음의 상처와 무엇으로도 대신할 수 없는 상실감이야."

"그렇기 때문에 나는 내 안에서 슬픔과 잘못을 감당한다." 환영이 말했다. "그렇기 때문에 나는 스스로를 괴롭힌다. 그렇기 때문에 기억은 내게 저주다. 나의 슬픔과 잘못을 잊을 수만 있다면 나는 그렇게 하겠다!"

"조롱하는 자여!" 벌떡 일어나 분노가 서린 거친 손길로 또 다른 자신의 멱살을 잡으려 덤벼들며 화학자가 말했다. "왜 항상 내 귀에 그렇게 비아냥대는 말이 들리는 거지?"

"참아라!" 끔찍한 목소리로 허깨비가 소리쳤다. "내게 손을 대면 네가 죽는다!"

그는 마치 그 말에 마비되기라도 한 것처럼 움직임을 멈추고 가만히 서서 그것을 지켜보았다. 그것은 그에게서 스르르 벗어나더니 경고하듯 한 팔을 높이 들어 올렸다. 그것이 의기양양하게 검은 형체로 우뚝 섰을 때 그 소름 끼치는 얼굴 위로 미소가 스쳐 지나갔다.

"나의 슬픔과 잘못을 잊을 수만 있다면 나는 그렇게 하겠다." 유령이 거듭 말했다. "나의 슬픔과 잘못을 잊을 수만 있다면 나는 그렇게 하겠다."

"나 자신의 악령이야." 유령에 홀린 남자가 낮고 떨리는 목소리로 받아넘겼다. "저 끊임없는 속삭임 때문에 내 삶이 어두워지고 있어."

"그건 메아리다." 유령이 말했다.

"만약 그게 내 생각의 메아리라면…… 사실 지금은 나도 그렇다는 걸 알고 있어." 유령에 홀린 남자가 응수했다. "그런데 내가 왜 고통받아야 하지? 이건 이기적인 생각이 아니야. 나는 감당할 수 없을 만큼 시달리고 있어. 모든 남자와 여자에 게는 저마다 슬픔이 있고…… 그들 대부분은 잘못을 저질러. 배은망덕, 야비한 시기심, 사리사욕이 삶의 모든 단계에서 끊 임없이 유혹해. 대체 누가 자신의 슬픔과 잘못을 잊지 않으려 할까?"

"정말로 잊지 않으려 하는 사람이 있다면 그런 이유로 더 행복하고 나은 사람인가?" 환영이 말했다.

"우리가 해마다 축하하는 이런 기념비적인 사건들." 레드로 가 말을 이었다. "그로 인해 생각나는 건 무엇일까! 그로 인해 마음속에 어떤 슬픔이나 고뇌가 다시 떠오르지 않는 사람들 도 있을까? 오늘 밤 여기 있었던 노인의 추억이란 대체 무엇일 까? 슬픔과 고뇌의 연속이야."

"하지만 흔한 천성을 가진 사람들." 무표정한 얼굴에 사악 한 미소를 머금고 환영이 말했다. "그러니까 무지한 정신과 평 범한 영혼을 가진 사람들은 그런 것들을 더 높은 교양을 쌓고 더 깊은 사고를 하는 사람들처럼 느끼거나 논리적으로 생각 하지 못한다."

"유혹하는 자여." 레드로가 대답했다. "너의 공허한 표정과 목소리가 나는 말로 표현할 수 없을 만큼 두렵고, 내가 말하 는 동안에도 너에게서 비롯된 더 큰 두려움의 어렴풋한 전조 가 슬그머니 내게 스며들고 있구나. 내 마음의 메아리가 다시 들리고 있다."

"내가 강력하다는 증거로 받아들여라." 유령이 받아쳤다. "내 제안은 이것이다! 지금껏 네가 알고 있던 슬픔과 잘못과 고뇌를 잊어라!"

"다 잊어라!" 그가 따라 말했다.

"내게는 그 기억을 지울 힘이…… 아주 희미하고 불분명한 흔적만 남길 힘이 있다. 그마저 곧 자취를 감출 테지만." 허깨비가 받아넘겼다. "말해! 그렇게 해도 괜찮겠나?"

"기다려 봐!" 겁에 질린 듯 들어 올린 손을 막으며 유령에 홀린 남자가 외쳤다. "나는 너에 대한 불신과 의심으로 애가 타고, 네가 나에게 드리운 희미한 두려움은 내가 도저히 견디기 힘들고 입에 담기도 끔찍한 공포로 깊어 간다. 다정한 추억이나 나 자신 혹은 다른 사람들에게 도움이 되는 연민을 잃고 싶지 않아. 만약 이 일에 동의한다면 나는 무얼 잃게 되지? 내 기억에서 그 밖에 또 무엇이 사라지는 거지?"

"지식이 사라지진 않는다. 학업의 결과도 마찬가지고. 오직 사라진 기억들에 서로 차례차례 영향받고 그 기억으로 강화되었던 감정과 연상이 얽히고설킨 사슬만 사라질 것이다. 그것들은 사라질 거야."

"그것들이 그렇게나 많은가?" 깜짝 놀라 곰곰이 생각하며 유령에 홀린 남자가 말했다.

"지금껏 그것들은 항상 불, 음악, 바람, 밤의 깊은 적막, 순환하며 흘러가는 세월 속에서 모습을 드러냈다." 환영이 가소롭다는 듯 대답했다.

"다른 데서 나타난 적은 없나?"

환영은 침묵을 지켰다.

하지만 그것은 잠시 말없이 그의 앞에 서 있다가 벽난로 쪽으로 움직였다. 그런 다음 멈춰 섰다.

"결정해!" 그것이 말했다. "기회가 사라지기 전에!"

"잠깐만!" 마음이 흔들리는 남자가 말했다. "하늘에 맹세코 나는 어떠한 것도 싫어한 적이 없어. 내 주변의 무엇에도 까 다롭거나 무관심하거나 매정하게 군 적이 없어. 여기 혼자 살면서, 만일 내가 과거에 있었던, 그리고 있었을지 모르는 모든 일을 너무 과대평가하고 현재에 일어나는 일은 너무 과소평가 했다면 그 죄악은 확실히 나의 책임이지 다른 사람들의 책임 이었던 적은 없어. 그런데 내 몸 안에 독이 있고, 내게 그 해독제와 해독제의 사용법에 대한 지식이 있는데도 그것들을 사 용해선 안 되는 걸까? 내 마음속에 독이 있고, 이 무시무시한 그림자의 힘을 빌려 그 독을 밀어낼 수 있는데도 그것을 밀어 내지 말아야 할까?"

"말해." 허깨비가 말했다. "그렇게 해도 괜찮겠나?"

"잠시만 더!" 그가 다급하게 대답했다. "난 그걸 잊을 수만 있 다면 그렇게 하겠어! 나 혼자만 이런 생각을 한 걸까? 아니면 대 대로 몇백만 명이 이런 생각을 해 온 걸까? 모든 인간의 기억 에는 슬픔과 고뇌가 가득해. 내 기억도 다른 사람들의 기억 과 마찬가지지만 다른 사람들에겐 이런 선택권이 없지. 그래, 거래를 마무리하자. 그래! 내 슬픔과 잘못과 고뇌를 잊어버릴 테다!"

"말해." 허깨비가 말했다. "그렇게 해도 괜찮겠나?"

"그래!"

"그래. 그렇다면 지금 이 자리에서 내가 포기를 선언하는 자여, 이것을 가지고 가라! 내가 준 그 선물을 네가 다시 주게 될지니, 가고 싶은 곳으로 가라. 네가 내어 준 힘을 되찾지 못하면 지금부터는 네가 다가가는 모든 사람의 내면에서 그에 필적하는 것을 파괴하게 될 것이다. 너는 현명하게도 슬픔과 잘못과 고뇌에 대한 기억이 모든 인류의 몫이며, 인류는 그런 기억 없이 다른 기억들 속에서 더 행복할 것임을 깨달았다. 가라! 인류의 은인이 되어라! 지금 이 시간부터 그런 기억에서 벗어나 무심결에 그런 자유의 축복을 퍼뜨려라. 그것을 널리 퍼뜨리는 일은 너에게서 분리될 수도 빼앗을 수도 없다. 가라! 네가 받은 도움과 네가 베풀 도움 안에서 행복을 누려라!"

그 말을 하는 환영이 내내 마치 어떤 불경한 기도를 드리거나 파문을 선언하기라도 하는 것처럼 핏기 하나 없는 한 손을 그의 머리 위로 든 채 서서히 두 눈을 그의 눈으로 바짝 들이밀었기 때문에 그는 소름 끼치는 미소를 머금은 얼굴과 달리 환영의 두 눈에는 웃음기 하나 없이 불변의 확고하고 한결같은 공포만이 담겨 있는 것을 알 수 있었다. 환영은 그의 눈앞에서 차츰 엷어지다가 완전히 사라져 버렸다.

그가 두려움과 경이감에 사로잡혀 그 자리에 뿌리박힌 듯 가만히 서서 점점 더 희미하게 잦아드는 구슬픈 메아리로 "네가 다가가는 모든 사람의 내면에서 그에 필적하는 것을 파괴하게 될 것이다."라는 말이 반복해서 들린다고 상상하고 있을 때, 날카로운 소리가 그의 귀에 꽂혔다. 그것은 문 너머의 복도가 아니라 오래된 건물의 다른 구역에서 들려왔고, 어둠 속에서 길을 잃은 누군가의 외침처럼 들렸다.

그는 자신이 맞는지 확인하기라도 하려는 듯 제 손과 팔다리를 혼란스러운 눈빛으로 살펴본 다음 그 외침에 답하여 미친 듯 크게 고함을 질렀다. 그 역시 길을 잃기라도 한 것처럼 낯설고 두려운 기분이 들었기 때문이다.

그 외침이 응답하듯 더 가까이서 다시 들리자 그는 등불을 집어 들고 벽에 드리워져 있던 무거운 커튼을 걷어 올렸다. 그가 방에 붙어 있는 계단식 강의실을 오고 가는 데 익숙하게 쓰는 커튼이었다. 강의실은 젊음과 활기, 그리고 그가 입장하는 순간 마법에 걸린 듯 관심을 보이는 얼굴들이 있는 높은 원형 극장이 연상되는 곳인데도 그 모든 생기가 사라지고 죽음의 상징처럼 그를 빤히 마주 보고 있는 지금 이 순간은 유령이 출몰할 것 같은 장소였다.

"이봐요!" 그가 외쳤다. "이봐요! 이쪽이에요! 불빛이 보이는 쪽으로 와요!" 그가 한 손으로 커튼을 잡고 다른 한 손으로 등불을 들어 올려 그 공간을 가득 채운 어둠을 꿰뚫어 보려 애쓰던 바로 그 순간 무언가가 마치 살쾡이처럼 쏜살같이 그를 스쳐 지나 방으로 뛰어들더니 한쪽 구석에 웅크리고 앉았다.

"저게 뭐지?" 그가 다급하게 말했다.

한쪽 구석에 움츠린 녀석을 살피며 서 있는 지금 이 순간 그렇듯 설사 녀석이 잘 보였다고 해도 그는 "저게 뭐지?"라고 물었을 수도 있다.

크기와 모양을 보면 갓난아기에 가까웠으나 작지만 탐욕스럽고 필사적인 손아귀의 힘을 보면 사악한 노인의 것인 손이 누더기 뭉치를 그러쥐고 있었다. 여섯 살쯤 되어 보이는 얼굴은 둥글고 매끈한데 세상 풍파에 시달려 초췌하고 일그러졌다. 두 눈은 반짝반짝 빛나지만 어린아이다워 보이지는 않았다. 맨발은 어린아이답게 여린 면모가 아름다웠지만, 살이 튼 발에 덕지덕지 엉켜 붙은 피와 오물 때문에 보기 흉했다. 어린 야만인, 새끼 괴물, 어린아이인 적 없는 어린아이, 인간의 겉모습을 하고 살지 몰라도 속은 한낱 짐승인 채 살다가 소멸될 생명체였다.

소년은 이미 짐승처럼 구박받고 쫓겨 다니는 데 익숙했기 때문에 관찰당하는 동안 몸을 낮게 웅크렸다가 다시 고개를 돌려 뒤를 보더니 예정된 수순인 주먹질을 막기 위해 한 팔을 들어 올렸다.

"날 때리면 물어뜯을 거야!" 소년이 말했다.

몇 분 전만 해도 이 모습에 화학자는 가슴이 미어질 듯 아팠을 것이다. 지금은 그 모습을 냉정하게 지켜보고 있었다. 하지만 그 자신도 무엇인지 모르는 무언가를 기억해 내려 안간힘을 쓰며 소년에게 거기서 무엇을 하는지, 어디에서 왔는지 물었다.

"여자는 어딨어?" 소년이 반문했다. "그 여자를 찾고 싶어."

"누구?"

"그 여자. 날 여기 데려와 큰 벽난로 근처에 앉혀 둔 여자. 한참 전에 가 버리더니 나타나질 않아서 찾으러 갔다가 길을 잃었어. 당신은 필요 없어. 그 여자가 필요해."

소년이 달아나려 벌떡 일어서는 바람에 바닥을 딛는 맨발의 둔탁한 소리가 커튼 근처에서 울렸는데 바로 그 순간 레드로가 아이의 누더기를 붙잡았다.

"이봐! 이거 놔!" 이를 악물고 몸부림치며 소년이 중얼거렸다. "당신한테 아무 짓도 안 했잖아. 제발 그 여자한테 보내 달란 말이야!"

"그쪽이 아니야. 더 가까운 길이 있단다." 이 괴물 같은 녀석과 관련되어 있음이 틀림없는 어떤 인연을 기억하려 계속 헛수고를 하며 소년을 붙든 채로 레드로가 말했다. "이름이 뭐니?"

"그런 거 없어."

"어디 살지?

"산다고! 그게 뭔데?"

소년은 머리를 흔들어 눈을 가린 머리카락을 치우고 잠시 그를 바라보았고, 곧이어 그의 다리를 휘감으며 그와 몸싸움을 벌이다가 느닷없이 좀 전에 했던 말을 되풀이했다. "제발 이거 놔. 그 여자를 찾고 싶어."

화학자는 아이를 문으로 데리고 갔다. "이쪽이야." 여전히 혼란스러운 듯 하지만 그러면서도 그의 냉정함에서 비롯한 거부감과 회피하고 싶어 하는 듯한 태도로 아이를 바라보며 그가 말했다. "내가 그녀에게 데려다주마."

머리에 달린 아이의 예리한 두 눈이 방 안을 두리번거리다가 먹고 남은 저녁 식사가 있는 탁자를 발견했다.

"저거 좀 줘!" 아이가 탐욕스럽게 말했다.

"그 여자가 먹을 걸 안 줬니?"

"내일이면 다시 배가 고프지 않겠어? 나라고 매일 배가 고프지 않겠어?"

자신이 풀려났음을 알게 되자 아이는 작은 맹수처럼 탁자로 뛰어올라 빵과 고기와 제 누더기를 한꺼번에 품에 끌어안으며 이렇게 말했다.

"자! 이제 나를 그 여자에게 데려다줘!"

새삼스레 아이를 만지기가 싫어진 화학자는 아이에게 따라오라고 근엄하게 손짓하고 문 밖으로 나가던 순간 몸서리를 치며 멈추어 섰다.

"내가 준 그 선물을 네가 다시 주게 될지니 가고 싶은 곳으로 가라!"

유령의 말이 바람에 날리고 있었고, 그 바람이 그에게 오싹한 기운을 남겼다.

"오늘 밤에는 거기 가지 않겠어." 그가 힘없는 목소리로 중얼거렸다. "오늘 밤은 아무 데도 가지 않겠어. 애야! 이 긴 아치형 복도를 죽 따라가서 커다란 검은 문을 지나 뜰로 나가면…… 거기 창문에 난롯불이 비치는 게 보일 거야."

"그 여자네 난롯불이야?" 소년이 물었다.

그가 고개를 끄덕이자 맨발이 후다닥 뛰어가 버렸다. 그는 등불을 들고 돌아와 허겁지겁 문을 잠그고는 의자에 앉아 자기 자신을 보고 겁에 질린 사람처럼 얼굴을 감쌌다.

지금으로서는 그는 정말로 혼자였다. 혼자, 혼자였다.

2
널리 퍼진 선물

작은 남자가 작은 신문 조각들을 덕지덕지 붙인 작은 칸막이 하나로 작은 가게와 구분해 놓은 것이 고작인 작은 응접실에 앉아 있었다. 작은 남자와 함께 있는 것은 거의 셀 수도 없이 많은, 여러분이 기꺼이 부르고 싶은 호칭대로라면, 꼬마들이었다. 적어도 그런 것처럼 보이기는 했다. 그들은 그렇게 몹시 비좁은 활동 영역에서도 수적인 측면에서는 굉장히 인상적인 효과를 냈다.

이 어린 것들 중 두 녀석이 어떤 강력한 체계로 인해 구석에 놓인 침대에 들어가 있었다. 두 녀석은 침대에서 천진난만한 잠에 빠질 만큼 편안하게 누워 있어도 되었지만 타고난 성향 때문에 자지 않고 깨어서 침대를 들락거리며 실랑이까지 벌였다. 깨어 있는 세상을 향한 이 탐욕스러운 돌격의 직접적인 계기는 다른 두 명의 순진한 어린아이가 구석에 굴 껍질로 벽을 쌓은 것이었다. 침대에 있는 두 녀석은 (대부분 영국 젊은이들의 고대사 공부를 방해하는 괘씸한 픽트족과 스코트족처럼) 그 요새를 급습하러 내려왔다가 이내 자신들의 영토로 물러났다.[11]

이런 침략과 맹렬히 추격하여 약탈자들이 피신한 이불로 달려드는 침략당한 자들의 역습에 따르는 소동에 더하여 또 한 명의 어린 소년이 또 하나의 작은 침대에서 제 부츠를 물 위에 던짐으로써,[12] 다시 말하자면 비록 투척 병기로 간주되는 딱딱한 물질로 만들어지기는 했지만 그 자체로는 해롭지 않은 이런 부츠와 몇몇 작은 물건들을 자신의 휴식을 방해한 자들을 향해 발사함으로써 가족의 비축 재산에 아주 약간의 혼란을 보탰고, 즉각적으로 방해자들은 상대방에게 받은 대로 돌려주었다.

그 옆에는 또 한 명의 어린 ─ 거기서 가장 크지만 그래도 어린 ─ 소년이 커다란 아기의 몸무게로 인해 몸이 한쪽 옆으로 기운 채 무릎에 상당한 영향을 받아 앞뒤로 비틀거리고 있

---

11) 하드리아누스 성벽과 그 성벽을 둘러싸고 여러 세력이 벌였던 다툼에서 비롯한 장면을 묘사하고 있다. 하드리아누스 성벽은 영국 북부에 위치한 로마 제국 시대의 성벽으로 122년 하드리아누스 황제가 브리튼을 방문한 후 북쪽의 픽트족을 막기 위해 십여 년에 걸쳐 세운 것이라고 전해진다.

12) 「전도서」 11장 1절을 빗댄 표현. "너는 네 빵을 물 위에 던지라. 여러 날 후 도로 찾으리라." 이 구절에는 여러 가지 해석이 있을 수 있지만 흔히 영미권에서는 '물건을 아끼지 않고 베풀다', '대가를 바라지 않고 구제와 자선을 베푼다'라는 뜻으로 사용된다.

었다. 가끔 낙관적인 가정에서 통용되는 가설에 따라 그 아이는 아기를 달래서 재워야 했다. 하지만 아니, 이런! 이 아기의 눈은 아직 아무것도 알아차리지 못한 소년의 어깨 너머로 무궁무진한 관조와 주시의 영역을 뚫어져라 들여다보기 위해 그 순간 막 눈길을 던지기 시작했을 뿐이었다!

아기는 바로 자신의 만족을 모르는 제단에 이 특별한 어린 형제의 존재 자체를 날마다 제물로 바치기를 요구하는 아기 몰록[13]이었다. 이 아기의 특징은 한곳에서 절대 내리 오 분 이상 조용히 있지 못하고 절대 제때 잠들지 않는다는 것이었다. '테터비네 아기'는 동네에서 우체부나 선술집 급사만큼이나 잘 알려져 있었다. 아기는 어린 조니 테터비의 품에 안겨 문간에서 문간으로 돌아다녔고, 공중제비를 도는 곡예사나 원숭이를 쫓아다니는 어린아이들 무리의 뒤를 한참 처져서 따라다녔으며, 월요일 아침부터 토요일 밤까지 즐거운 일이 있는 곳이면 어디에나 조금 늦게 매번 한쪽 구석에서 불쑥 나타나곤 했다. 아이들이 놀기 위해 모이는 곳이면 어디에나 조니를 피곤하고 고되게 혹사하는 어린 몰록이 있었다. 조니가 머물고 싶어 하는 곳이면 어디든 어린 몰록은 성을 내며 남아 있으려 하지 않았다. 조니가 밖에 나가고 싶을 때면 몰록이 잠들어 있어 꼭 기다려야만 했다. 조니가 집에 있고 싶을

---

13) 구약 성경에 등장하는 가나안 지역의 신. 「레위기」, 「열왕기」, 「예레미야서」, 「이사야서」, 「신명기」에서 모두 언급된다. 몰록 숭배의 가장 큰 특징은 제물을 불에 태워 바치는 번제다. 따라서 몰록은 영미권에서 일반적으로는 '큰 희생이나 끔찍한 희생을 요구하는 것'을 의미한다.

때면 몰록이 잠들지 않아 꼭 데리고 나가야 했다. 하지만 조니는 몰록이 영국이라는 왕국 내에서 필적할 또래가 없는 완전 무결한 아기라고 진정으로 확신했고, 만사를 대개 아기 옷자락 뒤에서 혹은 챙이 축 처진 보닛 너머로 참을성 있게 언뜻 보는 것과, 받을 사람이 누구인지 적히지 않아 어디로도 배달할 수 없는 아주 커다란 짐 꾸러미를 든 아주 어린 짐꾼처럼 아기를 안고 비틀거리며 돌아다니는 것만으로도 더없이 만족했다.

이런 난리의 한복판에서 평화롭게 신문을 읽겠다는 헛된 시도를 거듭하며 작은 응접실에 앉아 있는 작은 남자는 아버지이자 그 작은 가게 정면 상부에 새겨진 글에 언급된 이름과 직책대로 A. 테터비 신문 판매인 조합의 조합장이었다. 사실 엄밀히 말하면 그는 신문 판매인이라는 명칭에 들어맞는 유일한 사람이었다. 조합은 전혀 근거 없고 일반적인, 단지 이상화된 관념일 뿐이었던 것이다.

테터비 씨네는 예루살렘 건물의 한쪽 모퉁이에 있는 작은 가게였다. 진열창에는 주로 날짜가 지난 그림 신문, 연재물의 해적판, 표절작[14]으로 구성된 인쇄물들이 솜씨 좋게 진열되어 있었다. 또한 지팡이와 구슬도 재고 품목에 포함되어 있었다. 한때는 품목이 가벼운 제과류까지 확대되기도 했지만 어쩐지 그런 멋진 삶을 대표하는 품목들은 예루살렘 건물 주변

---

14) 저작권법이 미비했던 당대에 인기 작가였던 디킨스가 자기 작품의 해적판과 표절작으로 많은 피해를 본 경험에 대한 언급이다.

에서 수요가 없는 듯했다. 다 팔리거나 통까지 먹지 않고서도
먹을 수 있을 것이라는 희망이 영원히 다 사라질 때까지 여름
에 녹았다가 겨울에 굳기를 거듭하며 차츰 덩어리가 작아지
는 눈깔사탕이 든 작은 유리등 같은 사탕 통을 제외하고는 진
열창에 상업 분야와 연관된 것은 무엇도 남아 있지 않은 것을
보면 말이다. 테터비 씨네 가게는 그때껏 여러 가지 품목을 시
도했다. 한번은 장난감 장사에 아주 살짝 손을 대 보기도 했
다. 또 하나의 유리통에 다리는 서로 다른 인형의 머리에 붙고
부러진 팔다리는 침전물처럼 바닥에 깔려 아주 엄청난 혼란
속에 온통 뒤죽박죽 엉켜붙은 아주 작은 밀랍 인형들이 들어
있었던 것을 보면 말이다. 여성 모자 판매에도 발을 들인 적이
있는데 진열창 한구석에 버석버석하고 뻣뻣한 보닛같이 생긴
물건 몇 개가 아직 남아 그 사실을 증명했다. 의외로 담배 사
업이 생계 수단이 될지 모른다는 부질없는 상상을 하며 대영
제국을 삼분해서 그 향기로운 연초를 피우고 있는 각 지역 토
박이의 초상을 붙여 놓기도 했다. 거기에는 그들이 하나의 대
의명분으로 결속되어 자리에 앉아 재미있는 이야기를 나누면
서 한 명은 담배를 씹고, 한 명은 코담배 냄새를 맡고, 한 명
은 담배를 피운다는 것을 알려 주는 시적인 설명문이 첨부되
어 있었다. 하지만 결과적으로 얻은 것은 파리 외에 아무것
도 없어 보였다. 허망하게도 모조 보석 장신구에 기대를 건 적
도 있었다. 창유리 안쪽에 싸구려 인장 한 상자, 필통 한 상자,
9펜스라는 가격표가 붙은, 용도를 알 수 없는 수수께끼 같은
검은 부적 하나가 있었던 것을 보면 말이다. 하지만 그때까지

도 예루살렘 건물에서 무엇 하나 사 가는 이가 없었다. 간단히 말해 테터비 씨네 가게는 이런저런 방식으로 예루살렘 건물에서 생계를 꾸려 보려고 아주 열심히 노력했지만 모든 경우에 실행력은 아주 변변치 않은 듯해서 결국 그 회사에서 가장 좋은 처지는 너무나도 명백하게 조합의 처지였다. 그러니까 무형의 창조물로서 배고픔과 목마름이라는 저속한 불편으로 마음이 흐트러지지도 않고, 구빈세나 부과세도 부담하지 않으며, 부양할 어린 자녀도 없는 조합 말이다.

하지만 테터비 자신은 이미 언급했듯이 작은 응접실에서 어린 자녀들의 존재가 너무나 떠들썩한 방식으로 그의 마음에 각인되어 무시하거나 조용히 신문을 정독할 수는 없었기 때문에 신문을 내려놓고, 정신이 흐트러진 채로 마치 방향을 결정하지 못한 전서구처럼 응접실을 몇 바퀴 돌다가 나는 듯 달리며 그를 스쳐 지나는 잠옷 차림의 어린 것 한둘을 향해 달려들었지만 헛된 일이었다. 그러다가 갑자기 가족 중 유일하게 아무 해도 끼치지 않는 구성원인 어린 몰록의 유모에게 돌진해 따귀를 때렸다.

"이 나쁜 녀석!" 테터비 씨가 말했다. "혹독하게 추운 겨울날 새벽 5시부터 피로와 근심에 지쳐 하루를 보낸 불쌍한 아버지가 가엾지도 않니? 아니, 사악한 장난질로 아버지의 휴식을 망치고 최신 소식을 접하는 시간을 방해해야만 하는 거야? 이놈아, 네 형 돌퍼스는 안개와 추위 속에서 억척스럽게 고된 일을 하고 있는데 넌 아기랑 온갖 호사를 누리고 원하는 건 다 가지면서 팔자 좋게 뒹구는 걸로는 부족하다는 거야?"

테터비 씨는 이 말을 축복 기도의 강렬한 정점으로 쌓아 올리며 내뱉었다. "아니, 꼭 집 안을 난장판으로 만들고 부모를 미치광이로 만들어야겠니? 조니야, 꼭 그래야겠니? 어?" 매번 따지듯 질문할 때마다 테터비 씨는 다시 따귀를 때리는 체했지만 생각을 고쳐먹고 손을 대지는 않았다.

"아, 아버지!" 조니가 훌쩍이며 말했다. "일을 하는 건 아니었지만 샐리를 잘 돌보면서 잠을 재우고 있었단 말이에요. 아, 아버지!"

"우리 자그마한 마누라가 얼른 집에 오면 얼마나 좋을까!" 마음이 누그러져 뉘우치며 테터비 씨가 말했다. "우리 자그마한 마누라가 오기만 한다면 얼마나 좋을까! 나는 저 녀석들을 다룰 적임자가 아니야. 저 애들 때문에 정신이 하나도 없어. 난 저 애들을 당해 낼 수가 없다고. 아, 조니야! 네 사랑하는 어머니가 너에게 그 귀여운 여동생을 낳아 준 걸로는 부족하다는 거니?" 몰록을 가리키며 그가 말했다. "전에는 여자아이라는 서광 한 줄기 없이 너희 사내 녀석들만 일곱이었다가 너희 사랑하는 어머니가 너희 모두에게 여동생을 갖게 해 주려고 일부러 그런 일을 겪은 것으로는 부족하다는 거야? 아니, 꼭 그렇게 내 머리를 어지럽혀야 하는 거니?"

타고난 따스한 마음과 상처 입은 아들에 대한 연민이 되살아나면서 갈수록 감정이 누그러지자 테터비 씨는 조니를 껴안아 주고는 곧바로 진짜 말썽꾼 중 한 녀석을 붙잡으러 그 자리를 벗어나는 것으로 이야기를 마무리 지었다. 상당히 시기 적절하게 출발한 그는 순식간에 잽싸게 달려가 들판을 횡단하듯 꽤 힘겹게 침대 밑과 위, 복잡하게 늘어놓은 의자들 사이를 몇 번이나 오간 끝에 그 아이를 붙잡는 데 성공하여 합당한 처벌을 내린 다음 침대로 데려갔다. 이 본보기가 부츠를 던진 녀석에게 최면을 건 것 같은 강력한 효과를 발휘해 방금까지 잠들 기미라고는 없이 엄청 신바람이 나 있던 녀석이 즉시 깊은 잠에 빠져들었다. 그 일은 두 젊은 건축가의 주목을 끌어 그들도 은근슬쩍 인접한 골방 속 침대로 잽싸게 물러났다. 도주 중 붙잡힌 아이의 동지도 마찬가지로 신중하게 몸을 사리고 제 잠자리로 대피하고 나자 테터비 씨는 잠시 숨을 고르다가 뜻밖에 주위가 고요해진 것을 알게 되었다.

"우리 자그마한 마누라가 직접 해도 이보다 더 잘할 수는 없었을 거야!" 상기된 얼굴을 문지르며 테터비 씨가 말했다. "정말이지, 우리 자그마한 마누라가 직접 했더라면 더 바랄 게 없었을 텐데!"

테터비 씨는 이런 경우 아이들의 마음에 깊은 인상을 남기기에 적합한 구절을 칸막이에서 찾다가 다음과 같은 구절을 읽었다.

"'모든 비범한 인물은 비범한 어머니가 있고, 만년의 어머니를 가장 친한 친구로 존경했다는 것은 의심할 여지가 없는 사실이다.' 얘들아, 너희 비범한 어머니를 생각해 보렴." 테터비 씨가 말했다. "어머니가 아직 너희와 함께 계실 때 그분의 고마움을 깨달아야 해!"

그는 난롯가에 있는 의자에 다시 앉아 다리를 꼬고 신문을 보며 마음을 가라앉혔다.

"누구든 상관없으니 어느 녀석이든 다시 침대에서 일어나기만 해 봐라!" 무척 자애로운 말투로 통상적인 성명서라도 발표하듯이 테터비가 말했다. "그러면 우리 시대의 그 훌륭한 인사는 깜짝 놀랄 일을 경험하게 될 것이니!" 이 표현도 테터비 씨가 칸막이에서 골라 낸 것이었다. "얘야, 조니야, 네 하나뿐인 여동생 샐리를 잘 돌봐 주렴. 그 애는 어린 네 이마에 반짝거렸던 어떤 땀보다 더 빛나는 보석이니까."

조니는 등받이가 없는 작은 의자에 앉아 몰록의 무게에 짓눌린 채 안간힘을 쓰고 있었다.

"아아, 조니, 그 아기가 네게 얼마나 굉장한 선물이냐!" 조니의 아버지가 말했다. "네가 얼마나 감사해야 할 일이냐! '일반적으로는 알려지지 않은 사실이다.', 조니야." 그는 이번에도 다시 칸막이를 인용하는 중이었다. "그러나 정확한 계산에 따르면 다음과 같이 엄청나게 높은 비율의 갓난아기들이 결코 두 살을 넘기지 못한다는 것이 확인된 사실이다. 다시 말해…….'"

"아, 그만두세요, 아버지, 제발요!" 조니가 외쳤다. "샐리가 그렇게 될 거라고 생각하면 견딜 수가 없어요."

테터비 씨가 말을 끊자 조니는 더 깊은 신뢰감을 느끼며 눈물을 닦고 여동생을 달랬다.

"네 형 돌퍼스가 오늘 밤은 늦는구나, 조니." 난롯불을 뒤적이며 조니의 아버지가 말했다. "얼음 덩어리가 되어 귀가할 테지. 너희 소중한 어머니는 어떻게 된 일일까?"

"아버지, 저기 어머니가 와요. 돌퍼스 형도요!" 조니가 소리쳤다. "그런 거 같아요."

"네 말이 맞구나!" 귀 기울여 들으며 조니의 아버지가 대답했다. "그래, 저건 우리 자그마한 마누라의 발소리야."

그의 아내가 자그마한 여자라는 결론에 이르게 된 귀납적 과정은 테터비 씨만의 비밀이었다. 그녀는 최소한 그의 두 배는 될 만한 덩치였을 것이다. 한 개인으로 보자면 그녀는 다소 튼튼하고 풍채가 당당한 여자였다. 하지만 남편과 연관 지어 생각해 보자면 그녀의 덩치는 거대해졌다. 또한 아주 조그마할 뿐인 일곱 아들들의 몸집과 연관 지어 살펴보아도 앞선 경우에 못지않게 인상적인 체구였다. 하지만 샐리의 경우에는 드디어 테터비 부인도 일반적인 체구로 보였다. 온종일 그 까다로운 우상의 몸무게와 체구를 직접 가늠해 보는 희생자 조니보다 더 그 사실을 잘 아는 사람은 없었다.

장을 보고 바구니를 들고 온 테터비 부인이 보닛과 숄을 젖히고 지친 몸으로 자리에 앉아 조니에게 그가 맡고 있는 귀여운 아기를 그녀가 입맞출 수 있도록 당장 데려오라고 명령했다. 조니가 그 명령에 따르고 의자로 돌아가 다시 주저앉은 순간 그때까지 줄곧 자기 몸통에서 끝도 없이 이어지는 것처럼 보이는 무지갯빛 털목도리를 풀어내고 있던 아돌퍼스 테터비 군도 똑같은 부탁을 했다. 조니가 또다시 그 말에 따르고 의자로 돌아가 다시 주저앉은 순간 불현듯 테터비 씨도 아버지로서 동일한 권리를 주장해야겠다는 생각이 들었다. 이 세 번째 요구를 충족시킨 희생자는 완전히 녹초가 되어 버리는 바람에, 의자로 돌아가 다시 한번 주저앉아 동족들 쪽을 향해 헐

떨어지도 못할 만큼 숨이 턱 끝까지 차올랐다.

"조니야, 무슨 일이 있어도 아이를 잘 보살펴야 한다." 고개를 흔들며 테터비 부인이 말했다. "아니면 다시는 엄마 얼굴 볼 생각 하지 마."

"형 얼굴도." 아돌퍼스가 말했다.

"조니야, 아버지 얼굴도." 테터비 씨가 덧붙여 말했다.

자신에 대한 이런 조건부 의절 선언에 큰 충격을 받은 조니는 몰록의 두 눈을 내려다보며 지금까지는 괜찮다는 것을 확인하고 능숙하게 아기의 (가장 위쪽) 등을 토닥거리며 두 발로 얼러 주었다.

"돌퍼스, 우리 아들, 젖었니?" 돌퍼스의 아버지가 말했다. "이리 와서 내 의자에 앉아 몸을 말리렴."

"아뇨, 아버지, 괜찮아요." 아돌퍼스가 두 손으로 몸을 쓱쓱 쓸어내리며 말했다. "별로 젖지 않은 거 같아요. 아버지, 제 얼굴이 많이 반들거리나요?"

"그래, 꼭 왁스를 발라 놓은 거 같구나, 얘야." 테터비 씨가 대답했다.

"날씨 때문이에요, 아버지." 재킷의 해진 소매로 뺨을 문지르며 아돌퍼스가 말했다. "비, 진눈깨비, 바람, 눈, 안개 때문에 가끔 얼굴에 뾰루지가 나기도 해요. 거기다 정말로 반들거리죠……. 아, 그래도, 이건 안 돼!"

아돌퍼스 군은 아버지의 조합보다 더 잘나가는 회사에 고용되어 아버지와 마찬가지로 신문 업계에 종사하며 기차역에서 신문을 팔고 다녔는데, 허름하게 변장한 큐피드처럼 통통

한 작은 몸과 새되고 가는 목소리는(아이는 열 살 남짓이었다.) 들락거리는 기관차들이 칙칙폭폭 증기를 뿜으며 달리는 소리만큼이나 잘 알려져 있었다. 이렇게 어린 나이에 장사에 몸담게 되었을 때 아직 어려서 무해한 발산 수단을 찾지 못해 갈팡질팡했을 수도 있었지만 운 좋은 발견 덕분에 아이는 일을 소홀히 하지 않으면서 즐거운 시간을 보내고 긴 하루를 흥미로운 여러 단계로 나누는 방법을 생각해 냈다. 많은 위대한 발견과 마찬가지로 단순성 때문에 주목할 만한 이 독창적인 발명은 '신문'이라는 단어의 첫 번째 모음에 변화를 주며 하루의 각기 다른 시간대에 잇달아 문법에 맞게 다른 모음들로 대체하는 것이었다. 그리하여 아이는 겨울철 동이 트기 전에는 작은 방수포 모자에 망토를 걸치고 큰 털목도리를 두른 채 왔다 갔다 하며 "아-침 신-문!"이라는 외침으로 무거운 공기를 갈랐고, 정오 한 시간 전쯤에는 그 외침이 "아-침 슨-문!"으로 바뀌었으며, 두 시쯤에는 "아-침 순-문!"으로 바뀌었고, 두 시간 뒤에는 "아-침 손-문!"으로 바뀌었다. 그러다가 해가 지며 단어도 함께 변화하여 "저-녁 선-문!"으로 바뀌면 이 어린 신사의 영혼은 크게 안도하며 편안해졌다.

앞서 말했듯이 보닛과 숄을 젖히고 앉아 생각에 잠겨 손가락에 긴 결혼반지를 빙빙 돌리고 있던, 돌퍼스의 교양 있는 어머니 테터비 부인은 이제 자리에서 일어나 외출복을 벗고 저녁상을 차리기 시작했다.

"아, 이런 세상에, 세상에, 세상에!" 테터비 부인이 말했다. "세상 돌아가는 이치가 다 그렇지 뭐!"

"여보, 세상 돌아가는 이치가 뭐 어떻다는 거죠?" 고개를 돌려 쳐다보며 테터비 씨가 물었다.

"아, 아무것도 아니에요." 테터비 부인이 말했다.

테터비 씨는 눈썹을 추켜올리고 신문을 다시 접은 다음 눈길을 위로, 아래로, 또 가로질러 보내며 죽 훑어보았지만 정신이 딴 데 팔려 있었기에 정말로 읽는 것은 아니었다.

테터비 부인은 그때 저녁상을 차리고 있기는 했지만 가족의 저녁 식사를 준비한다기보다는 마치 탁자를 응징하기라도 하듯이 나이프와 포크를 공연히 세게 내려놓고, 접시로 쾅 내리치고, 소금 통으로 쳐서 움푹 파이게 하고, 빵 한 덩어리를 탁 던져 놓았다.

"아, 이런 세상에, 세상에, 세상에!" 테터비 부인이 말했다. "세상 돌아가는 이치가 다 그렇지 뭐!"

"내 사랑." 다시 돌아보며 남편이 말했다. "좀 전에도 그랬잖아요. 세상 돌아가는 이치가 뭐 어떻다는 거죠?"

"아, 아무것도 아니에요!" 테터비 부인이 말했다.

"소피아!" 남편이 이의를 제기했다. "좀 전에도 그랬잖아요."

"좋아요. 원한다면 다시 말해 주죠." 테터비 부인이 대꾸했다. "아, 아무것도 아니에요! 자, 됐죠! 원한다면 한 번 더 해 주죠. 아, 아무것도 아니에요! 자, 됐죠! 원한다면 또 한 번 더 해 주죠. 아, 아무것도 아니에요…… 지금은!"

테터비 씨는 조금 놀란 듯 사랑하는 아내에게 눈길을 돌리고 관심을 쏟으며 이렇게 말했다.

"우리 자그마한 마누라, 뭣 때문에 화가 난 거죠?"

"정말 모르겠어요." 그녀가 쏘아붙였다. "나한테 묻지 말아요. 도대체 내가 화가 났다고 누가 그러던가요? 난 그런 적 없어요."

테터비 씨는 신문 정독은 가망 없는 일이라 포기하고는 뒷짐을 지고 어깨를 움츠린 채, 그의 체념한 태도에 더할 나위 없이 잘 어울리는 걸음걸이로 천천히 방 건너편으로 걸어가며 가장 나이 많은 두 자식에게 말을 걸었다.

"곧 네 저녁이 준비될 거야, 돌퍼스." 테터비 씨가 말했다. "너희 어머니가 저녁거리를 사러 비를 맞으며 음식점에 다녀오셨단다. 그렇게 해 주다니 너희 어머니는 정말 착한 분이시지 않니. 너도 곧 저녁을 먹게 될 거야, 조니. 네가 소중한 여동생을 아주 세심하게 돌봤다고 너희 어머니가 만족스러워하시는구나, 얘야."

테터비 부인은 아무 말이 없었지만 탁자에 대한 적개심은 확실히 가라앉힌 채 준비를 마치고 풍성한 바구니에서 종이로 싼 크고 뜨거운 피즈 푸딩[15] 한 판과 받침 접시로 덮어 놓은 둥글넓적한 그릇 하나를 꺼냈는데, 덮개를 벗기자마자 몹시 맛있는 냄새가 풍겨 두 침대에서 세 쌍의 눈이 활짝 뜨이며 그 진수성찬을 뚫어져라 쳐다보았다. 테터비 씨는 자리에 앉으라는 무언의 초대에 아랑곳하지 않고 가만히 서서 느릿느릿 같은 말만 되풀이했다. "그래, 그래, 곧 네 저녁이 준비될 거야, 돌퍼스……. 너희 어머니가 저녁거리를 사러 비를 맞으며

---

15) 말린 완두콩을 푹 삶은 것에 햄이나 돼지고기를 곁들여 내는 요리.

음식점에 다녀오셨단다. 그렇게 해 주다니 너희 어머니는 정말 착한 분이시지 않니." 그러던 중 뒤에서 여러모로 참회하는 티를 내고 있던 테터비 부인이 결국 그의 목을 부둥켜안고 울기 시작했다.

"아, 돌퍼스!" 테터비 부인이 말했다. "대체 내가 어떻게 그럴 수 있었을까요?"

이 화해가 어린 아돌퍼스와 조니에게 큰 영향을 미치는 바람에 둘 모두에게서 일제히 탄성이 터졌고, 그 소리에 침대에 있던 휘둥그런 눈들이 즉시 감기고, 식사 도중에 무슨 일이 일어나고 있는지 보려고 옆 골방에서 방금 슬그머니 나왔던 나머지 어린 테터비 두 명을 완전히 쫓아내는 효과가 났다.

"정말이에요, 돌퍼스!" 테터비 부인이 흐느끼며 말했다. "집에 올 때는 뱃속 어린애보다 더 생각이 부족했어요."

테터비 씨가 이 비유적 표현이 마음에 들지 않는 듯 자기 생각을 말했다. "'아기보다도 더'라고 해야지요, 여보."

"……아기보다도 더 생각이 부족했어요." 테터비 부인이 말했다. "조니, 나 말고 그 애를 보렴. 그러지 않으면 그 애는 네 무릎에서 떨어져 죽게 될 테고, 그러면 너는 상심의 고통에 몸부림치며 죽게 될 거야. 자업자득이지. 정말 생각이 부족했어요, 여보. 내가 집에 와서 짜증을 냈던 일에 관해서는 말이에요. 그런데 왜 그런지 모르겠지만요, 돌퍼스……." 테터비 부인은 잠시 주저하며 손가락에 낀 결혼반지를 또 다시 빙글빙글 돌렸다.

"알겠어요!" 테터비 씨가 말했다. "알겠어요! 우리 자그마한 마누라가 화가 났군요. 힘든 시기, 힘든 날씨, 힘든 일은 때때로 우리를 시험에 들게 하지요. 알겠어요, 이거 참! 그럴 만도 하지요! 돌프, 애야." 포크로 둥글넓적한 그릇을 뒤적이며 테터비 씨가 말을 이어 갔다. "여기 네 어머니가 음식점에 가서 사 오신 것들을 좀 보렴. 피즈 푸딩에다가 먹음직스럽게 구운 돼지 무릎살도 통째로 있구나. 바삭바삭하게 구운 돼지 겉껍질이 잔뜩 붙어 있고 양념으로 그레이비와 머스터드소스까지 잔뜩 뿌렸어. 애야, 접시를 받아라. 아직도 뭉근히 끓고 있을 때 먹기 시작하렴."

아돌퍼스 군은 두 번 부를 필요 없이 배가 고파 촉촉이 젖은 눈으로 자기 몫을 받고는 자리로 물러나 접시에 코를 쑤셔 박고 필사적으로 저녁을 먹었다. 조니도 잊히지 않았지만 그레이비가 넘쳐 아기에게 흐르기라도 할까 봐 자기 몫의 음식을 빵 위에 받았다. 비슷한 이유로 그 아이는 당장 먹는 게 아니라면 피즈 푸딩을 주머니에 보관해야 했다.

그 돼지 무릎뼈도 한때 살코기가 더 많이 붙어 있었을지 모르지만 지금은 음식점의 고기 써는 사람이 먼저 온 손님들을 위해 고기를 저미면서 잊지 않고 잘라 놓았던 무릎뼈인 것이 분명해 보였고, 양념이 넉넉하게 들어가 돼지고기 맛을 어렴풋이 암시하며 미각을 유쾌하게 속이는 장식품일 뿐이었다. 나이팅게일과 동방의 장미의 관계와 마찬가지로[16) 피즈 푸딩

---

16) 아일랜드 시인 토마스 무어가 이국적인 페르시아 설화를 바탕으로 쓴 시집 『랄라 루크』(1817)에 수록된 첫 번째 이야기 「코라산의 베일을 쓴 예언자」에 등장하는 개울가의 장미 나무와 온종일 그 주위를 맴돌며 노래하던

의 경우 그레이비와 머스터드소스는 절대로 돼지고기가 아닌데도 돼지고기 근처에 놓여 있었다는 이유로 전반적으로는 중간 크기의 돼지 맛이 났다. 그것은 침대 위의 테터비 아이들에게 너무나 유혹적이었다. 그래서 그들은 비록 평화롭게 잠을 자는 체하고 있었지만 부모님이 보지 않을 때면 살금살금 기어 나와 형들에게 형제애를 맛있는 음식으로 증명해 달라고 말없이 애원했다. 매정하지 못한 두 형은 그 애원에 반응하여 먹다 남은 음식을 주었고, 그 결과 잠옷 차림의 날쌘 척후병 무리가 저녁 식사 내내 응접실을 이리저리 뛰어다녔다. 그로 인해 몹시 시달린 테터비 씨는 아이들을 습격할 필요성을 느끼게 되었고, 결국 한두 번 습격을 감행하여 이 게릴라 부대가 큰 혼란에 빠진 채 사방으로 퇴각하게 하기도 했다.

테터비 부인은 저녁 식사를 즐기지 못했다. 테터비 부인의 마음에는 걱정거리가 있는 것 같았다. 한번은 까닭 없이 웃음을 터뜨리더니, 또 한번은 까닭 없이 울음을 터뜨렸고, 결국 몹시 비이성적인 태도로 동시에 웃다가 울다가 하는 바람에 남편은 당황하지 않을 수 없었다.

"우리 자그마한 마누라, 세상 돌아가는 이치가 다 그렇더라도 뭔가 일이 잘못되어서 당신이 숨이 막힐 지경인가 보군요." 테터비 씨가 말했다.

"물 좀 줘요." 테터비 부인이 힘겹게 말했다. "잠깐만 나한테 말도 걸지 말고 신경도 쓰지 말아 줘요. 그러지 마요!"

나이팅게일의 관계에 빗대어 향이 밴 것을 표현한 것이다.

물을 가져다준 테터비 씨는 느닷없이 (마음 가득 연민을 느끼고 있는) 운 나쁜 조니를 비난하며 아기를 보면 어머니가 기운을 되찾을지도 모르는데 어째서 아기를 데리고 나서기는커녕 거기서 먹을 거나 처먹으며 빈둥대는 거냐고 따지듯 다그쳤다. 조니는 아기의 무게에 짓눌리며 즉시 다가갔지만 테터비 부인이 자신의 감정에 호소하려는 시도를 참아 줄 만한 상태가 못 된다는 것을 알리기 위해 한 손을 죽 뻗었기 때문에 아이는 자신과 관계된 모든 사랑하는 이로부터 영원히 미움을 받으리라는 위협에 한 발짝도 더 다가서지 못했고, 그런 까닭으로 다시 한번 자리로 물러나 이전처럼 주저앉았다.

잠시 후 테터비 부인은 이제 좀 나아졌다고 말하며 소리 내어 웃기 시작했다.

"우리 자그마한 마누라." 반신반의하며 남편이 말했다. "소피아, 확실히 나아진 것 같아요? 아니면 상황을 모면해 보려는 건가요?"

"아니에요, 돌퍼스. 아니에요." 아내가 대답했다. "정말로 평소의 나로 돌아왔어요." 그렇게 말하며 그녀는 머리를 가다듬고 손바닥으로 두 눈을 지그시 누르며 다시 한번 소리 내어 웃었다.

"잠시나마 그런 생각을 하다니 내가 얼마나 못된 바보였는지!" 테터비 부인이 말했다. "돌퍼스, 더 가까이 와요. 마음을 진정시키고 나서 무슨 뜻인지 말해 줄게요. 다 말해 줄게요."

테터비 씨가 의자를 더 가까이 가져가자 테터비 부인은 다시 한번 웃음을 터뜨리며 그를 안아 주고는 눈물을 닦았다.

"있잖아요, 여보, 돌퍼스." 테터비 부인이 말했다. "독신이었을 땐 내가 여기저기 내 매력을 흘리고 다녔는지도 모르겠어요. 언젠가 네 명이 한꺼번에 나를 따라다닌 적도 있어요. 그중 둘이, 음, 마르스의 아들이었지요."

"여보, 사람은 누구나 엄마의 아들이에요."[17] 테터비 씨가 말했다. "아빠의 아들이기도 하고."

"그런 의미가 아니에요." 그의 아내가 대꾸했다. "군인 말이에요…… 부사관이요."

"아!" 테터비 씨가 감탄사를 내뱉었다.

"음, 돌퍼스, 정말로 지금은 그 남자들을 아까워한다거나 하는 생각은 전혀 없어요. 게다가 난 정말로 좋은 남편을 얻었고, 내가 남편을 좋아한다는 걸 증명하기 위해서라면 뭐든 할 수 있을 거라고 생각했어요. 그러니까……."

"이 세상 모든 자그마한 마누라들이 그렇듯 말이죠." 테터비 씨가 말했다. "아주 좋아요. 아주 좋아."

테터비 씨가 키가 3미터였다고 해도 테터비 부인의 키 큰 요정 같은 모습에 대해 이보다 더 친절하게 배려하는 마음을 표현하지는 못했을 것이다. 또 테터비 부인이 키가 60센티미터였다고 해도 그의 배려가 그녀의 마땅한 권리라는 것이 그녀에게 이보다 더 잘 느껴지지는 않았을 것이다.

"하지만 있잖아요, 돌퍼스." 테터비 부인이 말했다. "지금은

---

17) 앞선 대화의 '마르스(Mars)'와 '엄마의(Ma's)'가 발음이 비슷한 점을 이용한 일종의 말장난이다. 이어지는 '아빠의(Pa's)'도 같은 맥락이다.

쉴 수 있는 사람은 다 쉬고, 돈이 있는 사람은 다 돈을 좀 쓰고 싶어 하는 크리스마스 시즌이다 보니 방금 거리에 있을 때 왠지 기분이 좀 언짢아지더라고요. 그렇게 맛있는 먹거리들, 그렇게 보기 좋은 물건들, 그렇게 기꺼이 갖고 싶은 물건들을 너무나 많이 팔고 있는데 난 흔해 빠진 물건을 사려고 감히 6펜스짜리 은화 하나를 내밀기 전에도 꼭 계산하고 또 계산해 봐야 할 게 너무나 많았어요. 게다가 바구니는 너무 크고 그 안에 담고 싶은 건 너무 많은데 내가 가진 돈은 너무 적어서 얼마 못 가 다 없어지니…… 돌퍼스, 제가 밉죠. 그렇죠?"

"아직은 아니에요." 테터비가 말했다.

"좋아요, 그럼! 사실대로 다 말해 줄게요." 아내가 참회하며 말했다. "그러고 나면 아마 미워하게 될 거예요. 난 그런 감정을 너무 절실하게 느꼈어요. 그건 내가 추운 날씨에 터덜터덜 돌아다닐 때, 계산적인 얼굴로 커다란 바구니를 든 다른 많은 사람도 터덜터덜 돌아다니는 모습을 보았을 때였죠. 그러다 보니 내가 더 잘살고 더 행복할 수도 있지 않았을까 하는 생각이 들기 시작했고요. 만약에 내가 안……." 결혼반지가 또다시 빙글 돌아갔고, 테터비 부인은 반지를 돌리며 푹 숙인 고개를 절레절레 흔들었다.

"알겠어요." 남편이 차분하게 말했다. "당신이 결혼을 아예 안 하거나 누군가 다른 사람과 결혼했더라면 말인가요?"

"그래요." 테터비 부인이 흐느껴 울며 말했다. "정말 그런 생각을 했어요. 이젠 내가 미운가요, 돌퍼스?"

"웬걸, 아니에요." 테터비 씨가 말했다. "아직은 그런 거 같지 않아요."

테터비 부인은 그에게 감사의 키스를 하고 말을 이어 갔다.

"이젠 당신이 날 미워하지 않기를 바라는 마음이 들기 시작해요, 돌퍼스. 비록 최악인 부분은 당신에게 아직 말하지 않은 것 같지만요. 내게 갑자기 무슨 일이 있었던 건지 모르겠어요. 내가 아팠는지, 미쳤는지, 어떻게 되었던 건진 모르겠지만 우리를 서로 이어 주거나 내가 내 운명을 감수하게 해 주었던 것 같은 어떤 것도 떠올릴 수가 없었어요. 그때껏 우리가 누렸던 모든 기쁨과 즐거움…… 그것들이 너무나 보잘것없고 무의미해 보였고, 다 싫었어요. 다 짓밟아 버릴 수도 있을 정도였어요. 우리가 가난하다는 것과 집에 있는 식구 수 말고는 다른 아무것도 생각나지 않았어요."

"그래요, 그래, 여보." 격려하려는 듯 그녀의 손을 흔들며 테터비 씨가 말했다. "어쨌든 그게 사실이잖아요. 우리는 가난하고 여기 우리 집에는 식구가 많지요."

"아! 하지만 돌프, 돌프!" 그의 목을 얼싸안고 아내가 외쳤다. "착하고 친절하고 짜증 한 번 안 내는 내 반쪽, 집에 와서 아주 잠깐 있었는데도…… 얼마나 다르던지요! 아, 돌프, 여보, 얼마나 달랐는지 몰라요! 마치 한꺼번에 기억이 세차게 밀려들어서 굳어 있던 심장이 부드러워지고 터질 때까지 가득 채워지는 거 같았어요. 먹고살기 위한 우리의 모든 몸부림, 결혼 후의 모든 근심과 가난, 병에 걸려 아팠던 모든 시간, 우리가 서로의 옆에서, 혹은 아이들 옆에서 잠도 못 자고 간병했던 모든 시간이 내게 말을 걸며 그런 것들이 우리를 하나로 만들었고 나는 지금의 나와 같은 아내이자 어머니가 아닌 다른 누구도 결코 되지 못했을지 모르고 또 될 수도 없었을 것이고 또 되려 하지도 않았을 것이라고 말해 주는 것 같았어요. 그러자 그렇게 무참하게 짓밟아 버리고 싶었던 시시한 즐거움들이 내게 너무나 소중해져서…… 아, 너무나 귀중하고 사랑스러워서…… 내가 그것들을 얼마나 부당하게 취급했는지 생각하는 것조차 도저히 견디기가 힘들었어요. 이미 이 말을 했지만 백 번이라도 다시 말할 거예요. 돌퍼스, 대체 내가 어떻게 그럴 수 있었을까요! 대체 어떻게 그런 마음을 먹을 수 있었을까요!"

착한 여자는 순수한 애정과 자책에 사로잡혀 온 마음을 다해 울고 있었다. 그러다가 별안간 비명을 지르기 시작하더니 남편의 등 뒤로 도망쳤다. 그녀의 고함 소리가 너무나 겁에 질려 있었기 때문에 아이들도 깜짝 놀라 잠이 깨어 침대에서 나오더니 그녀를 에워싸고 매달렸다. 그 방에 들어와 있던 검은 망토를 걸친 창백한 남자를 그녀가 가리킨 순간 그녀의 눈빛도 그녀의 목소리가 거짓이 아님을 보여 주었다.

"저 남자 좀 봐요! 저기 좀 봐요! 뭘 원하는 거죠?"

"여보." 남편이 대답했다. "당신이 날 좀 놔주면 내가 가서 물어볼게요. 왜 이러는 거예요? 이렇게 덜덜 떨다니!"

"조금 전에 밖에 있었을 때 길거리에서 저 남자를 봤어요. 나를 쳐다보면서 근처에 서 있었어요. 저 남자가 무서워요."

"무섭다고! 어째서?"

"까닭은 모르겠어요……. 난…… 잠깐만! 여보!" 남편이 낯선 사람을 향해 가고 있었던 것이다.

그녀는 한 손을 이마에 대고 다른 한 손을 가슴에 대고 눌렀다. 마치 무언가를 잃어버리기라도 한 듯 이상한 떨림이 그녀의 온몸을 휩쓸며 눈동자가 순식간에 불안하게 흔들렸다.

"여보, 어디 아파요?"

"나한테서 뭐가 다시 떠나가는 거죠?" 낮은 목소리로 그녀가 중얼거렸다. "나한테서 사라지고 있는 이게 뭘까요?"

그러더니 그녀는 불쑥 이렇게 대답했다. "아프냐고요? 아뇨, 아주 멀쩡해요." 그러고는 멀뚱멀뚱 바닥을 바라보며 서 있었다.

남편은 처음에 그녀의 공포심에 어느 정도 영향을 받을 수밖에 없었고 지금은 그녀의 이상한 태도 때문에 다시 용기를 내기가 힘들었지만 가만히 서서 두 눈을 바닥으로 내리깔고 있는 검은 망토 차림의 창백한 방문객에게 말을 걸었다.

"선생님, 저희에게 무슨 볼일이 있으신가요?" 그가 물었다.

"인기척도 없이 제가 들어와 놀라신 게 아닌가 싶군요." 방문객이 대답했다. "하지만 두 분이 말씀 중이어서 제 말을 듣지 못하신 거랍니다."

"우리 자그마한 마누라가 그러더군요⋯⋯. 아마 선생님도 그 말을 들으셨을 겁니다." 테터비 씨가 말했다. "선생님이 오늘 밤 자기를 놀라게 한 게 이번이 처음이 아니라고요."

"그건 미안하게 생각합니다. 잠깐에 불과했지만 길거리에서 부인을 쳐다봤던 게 기억이 납니다. 겁먹게 해 드릴 의도는 전혀 없었어요."

남자가 그렇게 말하며 고개를 들어 바라보자 그녀도 고개를 들어 마주 보았다. 그녀가 그를 얼마나 두려워하는지, 또 그가 얼마나 두려운 마음으로, 그러면서도 얼마나 주의 깊고 면밀하게 그 모습을 관찰하는지를 지켜보는 것은 색다른 일이었다.

"레드로라고 합니다." 남자가 말했다. "바로 옆에 있는 오래된 대학에서 왔어요. 그곳 학생인 젊은 신사가 선생 집에서 하숙을 하고 있지요. 맞나요?"

"데남 씨 말씀인가요?" 테터비가 말했다.

"그래요."

그것은 자연스럽고 거의 눈에 띄지 않을 만큼 사소한 동작이었지만 작은 남자는 다시 말을 하기에 앞서 이마에 성호를 긋고 마치 공기 중에 어떤 변화를 있음을 감지하기라도 한 듯 재빨리 방을 둘러보았다. 화학자는 아내 쪽을 향했던 그의 두려움에 가득 찬 시선을 즉시 남편에게로 옮기며 뒤로 한 걸음 물러났다. 얼굴은 더 창백해졌다.

"신사분의 방은 위층에 있습니다, 선생님. 더 편리한 전용 출입구가 있지만 여기 들어와 계시니 이 작은 계단을 이용하시면 추운 바깥으로 나가지 않으셔도 될 겁니다." 응접실과 직접 연결된 계단을 보여 주며 테터비가 말했다. "그분을 만나고 싶으시면 저쪽으로 올라가세요."

"네, 그를 만나고 싶습니다." 화학자가 말했다. "불 좀 빌릴 수 있을까요?"

테터비 씨는 그의 거친 표정에 대한 경계심과 그 표정을 음울해 보이게 하는 설명할 수 없는 불신감에 고민하는 듯 보였다. 그는 잠시 멈칫하더니 깜짝 놀라 멍해지거나 무언가에 홀린 사람처럼 일 분 정도 상대방을 뚫어져라 마주 보며 서 있었다.

마침내 그가 말했다. "선생님, 제가 불을 비춰 드리겠습니다. 저를 따라오세요."

"아니요." 화학자가 대꾸했다. "누군가를 대동하고 싶지도, 제가 왔다고 알리고 싶지도 않아요. 그는 제가 온 걸 몰라요. 혼자 가는 편이 낫겠어요. 남는 불이 있다면 그걸 내어 줘요. 그러면 내가 알아서 갈게요."

이런 바람을 신속히 전달하고 신문 판매인에게서 촛불을 가져오는 순간 화학자의 손이 그의 가슴에 닿았다. 화학자는 마치 무심코 그에게 상처를 입히기라도 한 것처럼(왜냐하면 자신의 새로운 힘이 자기 몸의 어느 부분에 깃들었는지, 혹은 어떻게 전달되는지, 혹은 그 힘의 수용 방식이 사람마다 어떻게 다른지 알지 못했기 때문이다.) 허둥지둥 손을 거둬들인 다음 돌아서서 계단을 올라갔다.

하지만 꼭대기에 도착하자 그는 멈춰 서서 아래를 내려다보았다. 부인은 같은 자리에 서서 손가락에 낀 반지를 빙글빙글 돌리고 있었다. 남편은 고개를 푹 숙이고 침울한 표정으로 골똘히 생각에 잠겨 있었다. 여전히 어머니 주위에 떼 지어 모여 있던 아이들은 방문객의 뒷모습을 쭈뼛쭈뼛 응시하다가 그가 내려다보는 모습이 보이자 다 함께 바싹 달라붙었다.

"자, 얘들아!" 아버지가 거칠게 말했다. "이제 그만하자. 당장 자러 가!"

"너희가 없어도 충분히 불편하고 비좁은 공간이야." 어머니가 말을 보탰다. "자러 가!"

겁먹고 슬픔에 잠긴 아이들은 모두 살금살금 도망가고 어린 조니와 아기만 맨 끝으로 뒤처졌다. 어머니는 몹시 지저분한 방을 경멸스럽다는 듯 대강 훑어보고 몸에 붙은 음식 부스러기들을 털어 내더니 탁자를 치우려다가 그만두고 자리에 앉아 실의에 빠진 듯 멍하니 생각에 잠겼다. 아버지는 벽난로 한쪽 구석으로 가 조급하게 작은 불씨들을 긁어모으며 마치 모조리 독차지하겠다는 듯 그 위로 몸을 숙였다. 그들은 한마디도 주고받지 않았다.

전보다 더 창백해진 화학자는 도둑처럼 살며시 위로 올라갔다. 고개를 돌려 아래층에서 일어난 변화를 바라본 후 나아가기도 돌아가기도 똑같이 두려워하면서 말이다.

"내가 무슨 짓을 한 거야!" 혼란스러워하며 그가 말했다. "어떻게 해야 하지!"

"인류의 은인이 되는 거지." 어떤 목소리가 대답하는 소리가 들린 듯했다.

그가 주위를 둘러보았지만 아무것도 없었다. 이제 작은 응접실이 보이지 않는 복도를 따라 전방을 주시하며 계속 길을 갔다.

"내가 처박혀 있었던 건 고작 어젯밤부터였어." 그가 울적하게 중얼거렸다. "그런데도 모든 게 낯설기만 해. 나 자신도 낯설어. 여기에 와 있는 것도 꿈속에서 일어나는 일 같아. 내가 이곳에, 아니 내가 기억할 수 있는 어떤 장소에 대해서든 대체 무슨 관심이나 있긴 한 걸까? 내 정신은 분별력을 잃어 가고 있어!"

그의 앞에 문이 나타났고, 그는 그 문을 두드렸다. 안에서 목소리가 들어오라고 초대하자 그는 그 초대에 응했다.

"거기 계신 분은 제 친절한 간병인이신가요?" 목소리가 말했다. "하기야 물어볼 필요도 없지. 여기 올 사람이 또 누가 있다고."

그 목소리는 비록 나른한 어조였지만 쾌활하게 말했고, 문을 등지고 벽난로 선반 근처의 긴 소파에 누운 젊은 남자에게로 시선을 가게 했다. 병든 사람의 뺨처럼 찌그러지고 움푹 들어간 데다 벽난로 바닥 한가운데까지 벽돌이 깔려 좀처럼 데워질 것 같지 않은 빈약하고 아주 작은 난로가 불을 품고 있었고, 젊은 남자는 난롯불 쪽으로 얼굴을 돌리고 있었다. 바람이 센 지붕에 너무 가까웠기 때문에 불은 쉴 새 없이 소리를 내며 금세 사그라지고, 뜨거운 잿더미는 빠르게 쓰러져 버렸다.

"재가 이쪽으로 날릴 때마다 딱 소리가 나요." 미소 지으며 학생이 말했다. "그러니 뜬소문대로라면 저건 관이 아니라 지갑이겠지요.[18] 하느님이 허락하신다면 언젠가는 저도 건강하고 부유한 사람이 될 수 있을지 몰라요. 세상에서 가장 친절

---

18) 당대에 퍼져 있던 미신의 일종. 석탄이 타고 남은 재가 날릴 때 그 재가 직사각형이면 관(죽음), 원형이면 지갑(번영)을 의미한다고 보았다. 또 석탄 조각이 난로 바닥으로 떨어져 내릴 때 갈라지지 않으면 관, 딱 하고 갈라지면 지갑을 의미한다고 보기도 했다.

한 성품과 온화한 마음을 가진 분을 추억하면서 이름 지은 딸 밀리를 사랑하며 살아갈 수도 있을 테고요."

그는 그녀가 잡아 주기를 기대하는 것처럼 손을 들어 올렸지만 기운이 없어 다른 한 손으로 턱을 괸 채 가만히 누워 뒤돌아보지는 않았다.

화학자는 방 안을 대강 훑어보았다. 한쪽 구석에 놓인 탁자 위에 학생의 책과 서류가 쌓여 있었다. 그것들과 이제는 금지되어 치워진 불 꺼진 독서용 등불은 그가 이 병에 시달리기 이전에 세심하게 몰두하며 보낸 시간들에 대해 일러바치고 있었는데 어쩌면 그것이 병의 원인일지 몰랐다. 쓸모없이 벽에 걸린 외출복같이 건강하고 자유로웠던 옛 시절의 흔적들, 벽난로 선반 위에 놓인 소형 초상화들과 고향의 소묘같이 지금과 달리 덜 고독한 상황들에 대한 기념품들도 있었다. 아마 어느 정도는 선망의 대상에 대한 모방의 증거이자 개인적인 애착의 증거인 듯 보이는 구경꾼인 자신의 판화 액자도 있었다. 바로 어제만 해도 이런 물건 가운데 그의 앞에 있는 살아 있는 인물과 관련하여 흥미로운 것과는 도무지 거리가 먼 것이라고 해도 레드로의 주목을 받지 못할 물건은 하나도 없었을 것이다. 하지만 이제 그저 물건에 불과했다. 아니면 실낱같은 한 가닥 연관성이 있다고 해도 그는 멍하니 서서 놀라 두리번거리며 당혹스러워할 뿐 무엇 하나 이해하지 못했을 것이다.

학생은 그렇게 오래 아무도 건드리지 않자 문득 앙상한 손을 거두고는 긴 소파에서 몸을 일으키며 뒤를 돌아보았다.

"레드로 교수님!" 그가 소리치며 벌떡 일어섰다.

레드로가 한 팔을 뻗었다.

"가까이 오지 마. 난 여기 앉을 테니. 자넨 그 자리에 그대로 있어!"

그는 문 근처 의자에 앉아 한 손을 긴 소파에 얹어 기대고 서 있는 젊은이를 힐끗 쳐다본 후 바닥으로 시선을 돌리며 말했다.

"우연히, 어떤 우연인지는 중요하지 않겠지만, 내 강의를 듣는 학생 중 한 명이 병든 몸으로 혼자 지낸다는 소식을 들었어. 이 거리에 산다는 것 외에는 그에 대한 다른 어떤 설명도 듣지 못했지. 이 거리에 있는 첫 번째 집부터 조사를 시작해 찾아낸 거야."

"한동안 아팠습니다만 지금은 훨씬 나아졌습니다." 조심성 있게 주저하는 태도는 물론이고 그를 경외하는 듯한 태도로 학생이 대답했다. "열병이 발병해서 — 제가 알기로는 제 뇌에 말입니다 — 몸이 약해졌지만 지금은 많이 나아졌습니다. 병든 몸이기는 해도 줄곧 혼자였다고 할 수는 없습니다. 그런 말을 하려면 곁에서 저를 보살펴 준 손길을 잊어야 하니까요."

"관리인의 아내 얘기로군." 레드로가 말했다.

"네." 그녀에게 말없이 경의를 표하듯이 학생이 고개를 숙였다.

내면에 자리한 차갑고 한결같은 무관심 때문에 살아 숨 쉬는 남자 자신이라기보다는 처음 그 학생의 처지를 들었던 엊저녁 식사 자리에서 비롯된 인상 그대로 제 무덤에 세워진 대리석 석상 같아 보이는 화학자는 긴 소파에 한 손을 얹어 기대고 있는 학생을 다시 한번 흘끗 바라보고 자신의 무분별한 정신을 밝혀 줄 빛을 찾기라도 하는 듯 바닥과 허공을 차례로 쳐다보았다.

"방금 아래층에서 듣고 자네 이름이 기억이 났어." 그가 말했다. "자네 얼굴도 기억나. 우리가 서로 개인적인 대화나 연락을 한 적은 거의 없지?"

"거의 없습니다."

"자네는 다른 누구보다도 더 나를 멀리하고 거리를 둔 것 같은데?"

학생은 동의를 표했다.

"그런데 왜 그랬지?" 최소한의 관심 표명도 없이 변덕스럽고 제멋대로인 듯한 호기심만 보이며 화학자가 말했다. "왜 그런 건가? 다른 사람들은 모두 사방으로 흩어져 버린 이런 시기에 자네가 여기 남아 있고 병을 앓는다는 소식을 어째서 특히 나한테는 알리지 않으려고 한 거지? 그 까닭이 무엇인지 알고 싶군."

점점 더 흥분하며 그의 말을 듣고 있던 젊은이가 내리뜬 눈을 들어 그의 얼굴을 바라보더니 제 두 손을 맞잡으며 떨리는 입술로 별안간 열렬히 이렇게 외쳤다.

"레드로 교수님! 제 존재를 알아채셨군요. 제 비밀을 알게 되신 거예요!"

"비밀?" 화학자가 거칠게 말했다. "내가 알게 되었다고?"

"네! 많은 사람이 진심으로 교수님을 따르게 하는 관심이나 연민과 너무나도 다른 교수님의 태도, 달라진 목소리, 교수님의 모든 말과 표정에서 드러나는 당혹감이 교수님이 저를 아신다고 경고하고 있습니다." 학생이 대답했다. "심지어 지금도 그 사실을 숨기려고 하시는 건 제게는 교수님의 타고난 친절한 성품과 저희 둘 사이에 존재하는 장벽에 대한 증거일 뿐입니다.(제게 그런 게 전혀 필요치 않다는 걸 하느님은 아십니다!)"

그의 대답이라고는 공허하고 업신여기는 듯한 웃음소리가 전부였다.

"하지만 레드로 교수님." 학생이 말했다. "공정한 사람이자 선량한 사람으로서 교수님을 괴롭힌 어떤 잘못이나 교수님께서 지금껏 겪고 계신 어떤 슬픔에 가담하는 죄에서 이름과 혈통을 제외하면 제가 얼마나 무고한 사람인지를 감안해 주십시오."

"슬픔!" 웃음을 터뜨리며 레드로가 말했다. "잘못! 나한테 그게 다 무슨 의미가 있다는 거지?"

"제발요." 학생이 몸을 움츠리며 애원했다. "단지 저와 몇 마디 주고받은 것만으로 이렇게 변하시면 안 됩니다, 교수님! 저를 모르셔도, 제게 아무 관심을 보이지 않으셔도 좋습니다. 교수님이 가르치는 사람들 사이에서 제가 예전에 늘 있던 멀리 떨어진 자리를 다시 차지하게 해 주세요. 제가 사용해 온 가명으로만 저를 알고 계시고, 롱퍼드라는 이름으로는……."

"롱퍼드!" 상대방이 소리쳤다.

그는 두 손으로 머리를 꽉 움켜쥐고 자신의 지적이고 사려 깊은 얼굴을 돌려 잠시 젊은이를 바라보았다. 하지만 그 빛이 찰나의 햇살처럼 사라지자 얼굴은 이전처럼 어두워졌다.

"제 어머니의 성입니다, 교수님." 젊은이의 목소리가 흔들렸다. "아마 더 명예로운 성을 가질 수 있었는데도 택하신 성이지요. 레드로 교수님." 그가 머뭇머뭇 말했다. "제가 그 과거의 일을 알고 있다고 생각합니다. 정보가 불완전한 부분은 부족한 정보가 무엇인지에 대한 추측을 통해 진실에 가까운 정보로 보완할 수 있었습니다. 저는 조화로운, 혹은 행복한 결혼 생활임을 입증하지 못한 한 결혼 생활에서 태어난 자식입니다. 아주 어릴 때부터 교수님에 대해 존경과 경의의 마음을 담아…… 거의 숭배에 가까운 마음을 담아 이야기하는 걸 들어 왔습니다. 그렇게 굉장한 헌신, 그렇게 굉장한 용기와 애정, 인간을 짓누르는 장애물에 맞서 일어서는 그렇게 굉장한 모습에 대해 줄곧 들었기 때문에 제 어머니로부터 짧은 가르침을 받은 이후로 제 상상은 교수님의 이름에 찬란한 빛을 비춰 왔습니다. 그러니 결국 가난한 학생인 제가 교수님이 아닌 어느 누구에게 가르침을 받을 수 있었겠습니까?"

레드로는 흔들림 없이, 한결같이 눈살을 찌푸리고 그를 빤히 바라보기만 할 뿐 어떤 말로도, 어떤 몸짓으로도 대답하지 않았다.

"뭐라고 해야 할지 모르겠습니다." 상대방이 말을 이었다. "저희 학생들이(저희 중 대다수인 가장 보잘것없는 학생들이) 너그러운 레드로 교수님의 이름을 감사와 신뢰의 마음으로 기억하게 하는 그 부정할 수 없는 힘에서 지난날의 자애로운 흔적들을 발견하는 것이 제게 얼마나 큰 감동을 주고 얼마나 많은 영향을 주었는지 아무리 말씀드리려고 애써 봐야 헛수고

입니다. 교수님, 저희 두 사람은 나이와 지위가 너무나 다르고, 저는 교수님을 멀리서 가만히 지켜보는 데 너무 익숙해 있기 때문인지 아무리 가볍게라고 해도 그 주제를 언급하는 지금 이 순간 저 자신의 뻔뻔함에 크게 놀라고 있습니다. 하지만 모든 것이 과거가 된 지금 제가 눈에 띄지 않는 존재로 그분을 가만히 지켜만 보며 느꼈던 말로 다 할 수 없는 엄청난 애착에 대해, 그분의 격려 한마디에 제가 풍요로워질 수 있을 때도 그분의 격려를 멀리하며 느꼈던 엄청난 고통과 저항감에 대해, 그런데도 그분에게 알려지지 않은 채로 그분을 아는 데 만족하며 끝까지 제 길을 가는 것이 얼마나 적절하다고 느꼈는지에 대해 듣는 것이 그분께…… 외람된 말씀일지 모르지만 한때 제 어머니에게 특별한 관심을 가졌던 그분께…… 꽤 흥미로운 일이 될지도 모르겠습니다." 희미한 목소리로 학생이 말했다. "레드로 교수님, 제가 말씀드리려던 것을 충분히 말씀드리지는 못했습니다. 아직까지도 기운이 모자라기 때문인가 봅니다. 하지만 제가 쓴 이 속임수에 무언가 합당하지 못한 점이 있다면 용서해 주시기를 바랍니다. 그 밖의 모든 일에 대해서는 절 잊어 주시기 바랍니다!"

레드로는 눈살을 찌푸린 얼굴로 계속 그를 빤히 바라보기만 할 뿐 아무런 내색도 하지 않다가 학생이 이 말과 동시에 마치 그의 손을 만지려는 것처럼 그를 향해 다가오는 순간 뒷걸음질 치며 학생에게 이렇게 소리를 질렀다.

"다가오지 마!"

젊은이는 화학자의 맹렬한 반발과 단호한 거절에 충격을

받아 우뚝 서서 조심스럽게 이마에 성호를 그었다.

"과거는 과거일 뿐이야." 화학자가 말했다. "과거는 짐승들처럼 죽어 사라지기 마련이야. 대체 누가 내 삶의 과거 흔적에 대해 내게 이야기하는 거지? 그는 헛소리나 거짓말을 하는 거야! 내가 자네의 병적인 망상과 무슨 상관이 있다는 거지? 돈을 원한다면 여기 있어. 나는 이걸 주러 왔고, 내가 온 까닭은 그게 다야. 내가 여기 올 다른 까닭이 있을 턱이 없지." 두 손으로 또다시 머리를 감싸 쥐며 그가 중얼거렸다. "다른 까닭이 있을 턱이 없지만……."

그는 지갑을 테이블 위로 던졌다. 그가 혼자 곰곰이 생각에 빠져 있을 때 학생이 그것을 집어 그에게 내밀었다.

"교수님, 다시 가져가십시오." 그는 당당하게 말했지만 화가 난 것은 아니었다. "이것과 함께 교수님의 말씀과 제안에 대한 기억도 제게서 가져가 주실 수 있다면 참 좋겠습니다."

"그러면 좋겠나?" 거친 눈빛으로 그가 되받아쳤다. "그러면 좋겠어?"

"그렇습니다!"

화학자는 처음으로 그에게 다가가 지갑을 받아 들고 그의 팔을 잡아 돌려세운 다음 얼굴을 똑바로 쳐다보았다.

"병이 들면 슬프고 또 고뇌가 밀려들지. 안 그런가?" 웃음을 터뜨리며 그가 다그치듯 물었다.

의아한 듯 학생이 대답했다. "그렇습니다."

"아파서 마음이 산란하고, 불안하고, 조마조마하고, 온갖 육체적이고 정신적인 고통이 줄줄이 이어질 때는 그렇지?" 몹시 흥분하여 섬뜩하게도 기뻐 어쩔 줄 모르며 화학자가 말했다. "다 잊는 게 제일이야. 안 그런가?"

학생은 대답하지 않았지만 혼란스러워하며 다시 한번 이마에 성호를 그었다. 레드로가 여전히 그의 소매를 붙들고 있을 때 밖에서 밀리의 목소리가 들려왔다.

"이제 아주 잘 보이는구나." 그녀가 말했다. "고맙다, 돌프야. 울지 마, 얘야. 아버지와 어머니는 내일이면 다시 편안해지시고 집안도 다시 평안해질 거야. 저 안에 어떤 신사분이 그분과 함께 계신다고!"

레드로는 귀 기울여 듣다가 소매를 꽉 붙잡고 있던 손을 놓았다.

"처음부터 그녀를 만날까 봐 걱정스러웠어." 그가 혼잣말로 중얼거렸다. "그녀의 내면에는 내가 영향을 줄까 봐 두려운 한결같은 선한 기질이 있어. 내가 그녀의 가슴속에 자리한 가장 다정하고 선한 것을 망치게 될지도 모르겠군."

그녀가 문을 두드리고 있었다.

"근거 없는 예감이라고 일축해 버릴까? 아니면 계속 그녀를 피할까?" 불안한 듯 주위를 둘러보며 그가 중얼거렸다.

그녀가 다시 문을 두드리고 있었다.

"이곳에 찾아올 수 있는 모든 방문객 가운데 내가 가장 피하고 싶은 사람이 바로 이 여인이야." 불안해하는 쉰 목소리로 상대방을 돌아보며 그가 말했다. "날 숨겨 줘!"

학생이 다락방 지붕의 경사면이 시작되는 곳과 작은 구석방을 연결하는 벽에 난 허술한 문을 열어 주었다. 레드로는 허둥지둥 들어가 등 뒤로 문을 닫았다.

그런 다음 학생은 긴 소파 위의 자기 자리로 돌아가 그녀에게 들어오라고 소리쳤다.

"친애하는 에드먼드 씨." 주위를 둘러보며 밀리가 말했다. "여기 어떤 신사분이 계시다고 하던데요."

"여기 저 말고는 아무도 없어요."

"어떤 분이 계시기는 했나요?"

"네, 그래요. 어떤 분이 계시기는 했죠."

그녀는 작은 바구니를 탁자 위에 두고 마치 내민 손을 잡으려는 듯 긴 소파의 등받이 쪽으로 다가갔다. 하지만 그 손은 거기 없었다. 그녀는 조금 놀랐지만 평소처럼 차분하게 상체를 구부리고 그의 얼굴을 바라보며 이마에 살며시 손을 댔다.

"오늘 밤도 제법 괜찮으세요? 오후에 비하면 머리에 열이 좀 있네요."

"쳇!" 학생이 짜증스럽게 말했다. "별로 안 아파요."

그녀는 조금 더 놀란 듯 보이기는 해도 비난의 기색은 전혀 없이 탁자 반대편으로 물러나 바구니에서 작은 바느질감 꾸러미를 꺼냈다. 하지만 생각을 돌이켜 다시 내려놓더니 조용히 방 안을 돌아다니며 모든 것을 정확히 제자리에 가장 단정하게 정리해 놓았다. 심지어 긴 소파 위의 쿠션들까지. 그녀가 쿠션들을 너무나도 민첩한 손놀림으로 매만졌기 때문에 난롯불을 바라보며 누워 있는 동안 그는 거의 알아차리지도 못하는 것처럼 보였다. 이 모든 일을 끝내고 난로 바닥까지 쓸고 난 후 그녀는 작고 얌전한 보닛을 쓴 채 자리에 앉아 이내 조용히 작업에 몰두했다.

"이건 창문에 달 새 모슬린 커튼이에요, 에드먼드 씨." 바느질을 하며 밀리가 말했다. "돈은 거의 들지 않지만 아주 깨끗하고 멋져 보이는 데다 에드먼드 씨의 눈을 햇빛에서 보호해 주기도 할 거예요. 저희 윌리엄이 그러는데 지금처럼 회복이 아주 잘되고 있을 때는 방이 지나치게 밝으면 안 된대요. 눈부신 빛 때문에 어지러워질 수도 있다고 하더라고요."

그는 아무 말 하지 않았지만 뒤척이는 모습에 심한 짜증과 조바심이 배어 있었기 때문에 그녀는 재빨리 움직이던 손가락을 멈추고 걱정하는 표정으로 그를 바라보았다.

"베개가 편하지 않은 거예요." 일감을 내려놓고 자리에서 일어나며 그녀가 말했다. "금세 바로잡아 줄게요."

"전혀 불편하지 않아요." 그가 대꾸했다. "제발, 그대로 내버려두세요. 부인은 뭐든 너무 과해요."

고개를 들어 이 말을 하며 전혀 고마워하지 않는 눈빛으로 그녀를 바라보는 바람에 그가 또다시 벌렁 드러누운 후 그녀는 소심하게 머뭇거리며 서 있었다. 하지만 그에게 언짢은 눈빛 한 번 던지지 않고 다시 자리로 돌아가 바늘을 집어 들더니 곧 전처럼 바삐 일했다.

"에드먼드 씨, 최근에 제가 곁에 앉아 있을 때 보면 역경이 좋은 스승이라는 말이 얼마나 진실한 말인지를 자주 생각하는 것 같더군요. 이 병을 다 앓고 나면 건강이 어느 때보다 더 소중해질 거예요. 그리고 몇 년 후 이맘때가 돌아오고 자신이 병에 걸렸다는 소식으로 가장 소중한 사람들을 괴롭히지 않기 위해 홀로 병상에 누워 있던 날들이 기억나면 가정이 두 배로 소중하고 두 배로 고마워질 거예요. 그렇다면 그건 타당하고 진실한 말 아닐까요?"

그 말에 대한 반응으로 그가 자신을 향해 어떤 표정을 지어 보일지 경계하며 살피기에는 그녀는 자기 일에 너무나 열중하고 자신이 하는 말에 너무나 진지하며 너무나 침착하고 얌전했다. 그래서 그가 힐끗 던진 배은망덕한 눈길이라는 화살은 무해하게 떨어져 그녀에게 상처를 입히지 못했다.

"아!" 생각에 잠긴 듯 사랑스러운 머리를 한쪽으로 기울인 채 민첩하게 움직이는 제 손가락을 내리깐 눈으로 쫓으며 밀리가 말했다. "심지어 저도 — 에드먼드 씨, 저는 당신과 무척 다르잖아요. 배운 것도 없고 제대로 생각할 줄도 모르니까요 — 당신이 앓아누운 후로 이런 상황을 보는 그런 관점에 큰 감명을 받았어요. 아래층에 사는 가난한 사람들의 친절과 관심에 몹시 감동하는 에드먼드 씨의 모습을 보면서 그런 경험조차 건강을 잃은 데 대한 보상이라고 생각한다는 느낌을 받았고 당신의 얼굴에서, 책을 읽듯 명료하게, 고뇌와 슬픔 없이는 우리가 주위의 착한 사람들을 결코 절반도 알고 지내지 못할 거라는 생각을 읽었어요."

그가 소파에서 일어나 그녀의 말이 끊겼다. 그러지 않았더라면 그녀는 말을 더 이어 가려던 중이었다.

"윌리엄 부인, 좋은 점을 부풀릴 필요는 없어요." 얕보는 말투로 그가 항변했다. "아래층 사람들은 아마 머지않아 제게 베푼 필요 이상의 어떤 사소한 도움에 대해서든 보상을 받게 될 거예요. 어쩌면 적지 않은 보상을 기대하고 있을지도 모르겠군요. 난 부인에게도 정말 감사해요."

그녀는 손놀림을 멈추고 그를 바라보았다.

"부인이 사실을 과장한다고 해서 내가 더 많은 감사를 느끼게 되지는 않겠지요." 그가 말했다. "부인이 내게 관심을 가져 준 것은 잘 알고 있고, 분명히 말씀드리지만 정말 감사하게 생각해요. 뭘 더 바라시나요?"

그녀는 완고한 표정으로 왔다 갔다 하며 가끔씩 멈춰 서곤 하는 그를 계속 바라보다가 일감을 무릎으로 툭 떨어뜨렸다.

"다시 한번 분명히 말씀드리지만 정말 감사하게 생각하고 있어요. 왜 먼저 나서서 엄청난 권리를 주장하며 부인이 마땅히 받아야 할 감사에 대한 내 판단을 흔드나요? 고뇌, 슬픔, 고난, 역경! 누가 보면 내가 지금껏 몇십 번은 실패한 줄 알겠어요!"

"에드먼드 씨, 정말 그렇게 생각하세요?" 자리에서 일어나 그에게 다가가며 그녀가 물었다. "제가 이 집의 가난한 사람들에 대해 한 이야기가 저 자신에 대한 언급이라고요? 저에 대한 거라고요?" 그녀는 깜짝 놀라 해맑고 천진난만한 미소를 지으며 가슴에 한 손을 얹었다.

"아! 마음씨 착한 부인, 나는 그런 생각은 전혀 없어요." 그가 대답했다. "부인의 배려로 — 보세요! 제가 분명히 배려라고 하잖아요 — 그 가치가 실제보다 더 지나치게 강조되는 게 내키지 않았을 뿐이에요. 이 얘긴 그만하지요. 영원히 이 얘기만 할 순 없으니까요."

그는 쌀쌀맞게 책을 집어 들고 탁자에 앉았다.

그녀는 잠시 그를 바라보다가 결국 미소를 다 거두었고, 곧 바구니를 놔 둔 곳으로 돌아가 상냥한 태도로 이렇게 말했다.

"에드먼드 씨, 차라리 혼자 있는 게 낫겠어요?"

"내가 부인을 여기에 붙들어 둘 까닭은 없지요." 그가 대답했다.

"다만……." 머뭇머뭇 자신의 일감을 보여 주며 밀리가 말했다.

"아! 그 커튼이요." 깔보는 듯한 웃음을 터뜨리며 그가 대답했다. "그거라면 구태여 남아 있을 가치가 없지요."

그녀는 작은 꾸러미를 다시 챙겨 바구니에 넣었다. 그러고는 그가 그녀를 바라볼 수밖에 없을 만큼 무척 끈기 있게 애원하는 표정으로 그의 앞에 서서 이렇게 말했다.

"제가 필요하다면 기꺼이 다시 올게요. 당신이 정말 저를 필요로 했을 때 더없이 기쁘게 왔어요. 그 일이 칭찬받을 가치가 있다고 할 만한 건 아니었어요. 이제 몸이 회복되고 있으니 제가 성가시게 굴까 봐 두려워하는 게 틀림없는 것 같군요. 하지만 사실은 제가 그러지 말아야 했어요. 당신이 허약하고 거동이 불편했을 때까지만 왔어야 했어요. 당신은 제게 신세 진 게 아무것도 없어요. 하지만 저를 숙녀처럼…… 심지어 당신이 사랑하는 그 숙녀인 것처럼 공정하게 대하는 게 옳은 일이에요. 그리고 만약 당신의 병실을 안락하게 만들려고 노력해 온 사소한 일들을 제가 치사하게 부풀리는 게 아닌가 하고 생각한다면 당신은 저보다도 당신 자신에게 더 큰 잘못을 저지르는 거예요. 그래서 안타까워요. 그래서 정말 안타까워요."

만약 그녀가 침착했던 만큼 격정적이고, 평온했던 만큼 분개하고, 상냥했던 만큼 표정에 화가 나 있고, 어조가 낮고 또렷했던 만큼 강했다면 그녀는 방을 떠나면서 외톨이가 된 학생을 엄습한 것만큼 큰 상실감을 남기지는 못했을지도 모른다.

그가 그녀가 머물다 간 자리를 쓸쓸히 응시하고 있을 때 레드로가 숨어 있던 곳에서 나와 문으로 다가갔다.

"병마가 다시 네게 손을 뻗으면 — 곧 그렇게 될 것이다! — 여기서 죽어라! 여기서 썩어 없어져라!" 고개를 돌려 그를 매섭게 쳐다보며 레드로가 말했다.

"무슨 짓을 하신 겁니까?" 상대방이 레드로의 망토를 붙잡으며 대꾸했다. "제게 어떤 변화를 일으킨 겁니까? 제게 무슨 저주를 내린 건가요? 본래의 나 자신을 돌려주십시오!"

"본래의 나 자신을 돌려줘!" 레드로가 미친 사람처럼 소리쳤다. "나는 악에 물들었다! 나는 악을 물들이는 자다! 나는 나 자신의 마음과 온 인류의 마음에 주입할 독으로 가득 차 있다. 관심, 연민, 동정심을 느끼던 상황에 돌처럼 무감각해져 가고 있다. 모든 걸 엉망으로 만드는 내 발자국에서 이기심과 배은망덕이 싹튼다. 내가 비열하게 만드는 저 불쌍한 사람들보다 훨씬 덜 비열한 것은 그저 그들이 변화하는 순간에 그들을 미워할 수 있다는 이유 때문이다."

그렇게 말하면서 — 젊은이는 여전히 그의 망토를 잡고 있었다 — 그는 젊은이를 내던지고 일격을 가했다. 그런 다음 바람이 불고, 눈이 내리고, 뜬구름이 쓸려 가고, 달이 희미하게 빛나는 밤공기로 속으로 미친 듯이 뛰쳐나갔다. 그리고 그 밤 공기 속에서 바람에 나부끼고, 눈과 함께 떨어져 내리고, 구름 가는 대로 떠돌고, 달빛에 반짝이고, 어둠 속에서 불쑥 다가오는 것은 환영의 말이었다. "내가 준 선물을 네가 다시 주게 될지니 가고 싶은 곳으로 가라!"

어디로 가는지 그는 알지 못했고 알고 싶지도 않았기 때문에 결국 사람들과 함께 있는 것 자체를 피했다. 그가 내면에서 느낀 변화는 번잡한 거리를 사막으로 만들고 그 자신을 사막으로 만들면서 수많은 고난을 겪으며 다양한 삶의 방식 속에 살아가는 많은 주변 사람들을 바람에 흩날려 알 수 없는 더미로 쌓이고 파괴적인 혼란을 초래하는 모래로 된 거대한 황야로 만들어 버렸다. 환영이 "곧 자취를 감출" 것이라고 말해 주었던 그의 가슴에 남은 그런 흔적들이 아직은 소멸의 문턱에 다다르지 않았지만 그는 자신이 어떤 존재인지, 다른 사람들을 어떻게 만들었는지 충분히 알기에 혼자 있기를 바랐다.

그렇게 길을 가다가 문득 자신의 방으로 뛰어들었던 소년이 떠올랐다. 그러고는 그 환영이 사라진 후 자신과 대화를 나눈 사람들 중 유독 그 소년만 변화의 기미가 보이지 않았다는 사실을 생각해 냈다.

다루기 힘든 그 녀석이 괴물 같고 혐오스러웠지만 찾아내서 정말로 그런지 확인해 보겠다고, 또한 바로 그 순간 머릿속에 떠오른 또 하나의 목적 때문에도 그 녀석을 찾아내야겠다고 결심했다.

그래서 그는 가까스로 자신이 있는 곳을 알아낸 다음 다시

오래된 대학으로, 그리고 다 함께 사용하는 현관을 지나 오로지 학생들의 발길에만 포도가 마모되는 구역으로 발걸음을 옮겼다.

관리인의 집은 본관 사각형 안마당의 한 면을 이루며 철문 바로 안쪽에 자리하고 있었다. 바깥쪽에 작은 회랑이 있어 그는 비바람이 들이치지 않는 그곳에서 그들의 평범한 방의 창문을 들여다보고 그 안에 누가 있는지 알 수 있었다. 철문은 닫혀 있었지만 그는 그 잠금 장치를 잘 알고 있었기에, 쇠창살 사이로 손목을 밀어 넣어 장치를 뽑아내고는 살며시 빠져나가 다시 닫은 다음 발로 얇게 얼어붙은 눈을 바스러뜨리며 슬금슬금 창문으로 다가갔다.

어젯밤 그가 소년에게 알려 준 난롯불이 창유리를 통해 밝게 빛나며 바닥에 불빛이 환한 공간이 생겼다. 그는 본능적으로 그것을 피해 이리저리 몸을 움직이며 창문을 들여다보았다. 처음에는 아무도 없고 불길이 천장의 낡은 기둥과 어두운 벽만 붉게 물들이고 있다고 생각했는데 좀 더 면밀하게 살펴보니 그가 찾던 대상이 벽난로 앞 바닥에 몸을 둥글게 말고 잠들어 있는 모습이 보였다. 그는 재빨리 다가가 문을 열고 안으로 들어갔다.

녀석이 엄청난 열기 속에 누워 있었기 때문에 화학자가 깨우려고 허리를 굽혔을 때 불에 머리를 그슬렸다. 화학자의 손이 닿자마자 소년은 잠결에도 도망쳐야겠다는 본능으로 제 누더기 옷을 와락 움켜잡고는 반은 구르고 반은 달려서 멀리 방구석으로 가 바닥 위에 몸을 웅크리고 발을 휘두르며 자신을 방어했다.

"일어나!" 화학자가 말했다. "나를 잊진 않았겠지?"

"나 좀 혼자 내버려둬!" 소년이 대꾸했다. "여긴 그 여자 집이야…… 당신 집이 아니라고."

화학자의 끈질긴 시선에 어느 정도 제압당했는지, 아니면 충분한 복종심을 품게 되었는지 소년은 두 발로 딛고 일어서 그의 시선을 마주했다.

"누가 그 멍들고 튼 살을 다 씻기고 붕대까지 감아 주었지?" 그 달라진 상태를 지목하며 화학자가 물었다.

"그 여자가 해 줬어."

"그럼 네 얼굴을 더 깨끗하게 해 준 사람도 그 여자니?"

"응. 그 여자야."

레드로는 소년의 시선을 끌어 자신을 쳐다보게 하려고 질문들을 던졌고, 이제는 같은 의도에서 소년의 턱을 잡고 그 헝클어진 머리를 거칠게 뒤로 넘겼다. 소년에게 손을 대기가 몹시 꺼려졌는데도 말이다. 소년은 레드로가 다음에 무슨 짓을 할지 모르니 자신을 방어하기 위해 꼭 필요한 일이라는 듯 그의 눈을 뚫어져라 쳐다보았고, 레드로는 소년에게 아무런 변화도 들이닥치지 않았다는 것을 잘 알 수 있었다.

"그들은 어디 있지?" 그가 물었다.

"여자는 나갔어."

"그건 나도 알아. 백발노인과 그 아들은 어디 있지?"

"그 여자 남편 말이야?" 소년이 물었다.

"그래. 두 사람은 어디 있지?"

"밖에. 어딘가에 뭔가 문제가 생겼나 봐. 급하게 불려 나가면서 나한텐 여기 가만히 있으라고 했어."

"나랑 같이 가자." 화학자가 말했다. "그러면 돈을 줄게."

"어디 가는데? 얼마나 줄 건데?"

"네가 지금껏 본 적 없는 많은 돈을 주고, 금세 돌아오게 해 줄 거야. 네가 왔던 곳으로 가는 길을 알고 있니?"

"놔줘." 그에게 붙잡힌 몸을 갑자기 비틀어 떼어 내며 소년이 대꾸했다. "당신을 거기 데려다주지 않을 거야. 날 내버려두지 않으면 당신한테 불타는 석탄을 끼얹겠어!"

소년은 불 앞에 앉아 야만적인 작은 손으로 불타는 석탄을 끄집어낼 채비를 했다.

화학자가 자신의 저주받은 힘이 그와 접촉한 사람들에게 슬며시 스며든 결과를 지켜보며 느꼈던 기분은 이 새끼 괴물이 그 힘을 완전히 무시하는 것을 본 순간 느낀 차갑고 막연한 공포에 비할 바가 아니었다. 날카롭게 생긴 악의에 찬 얼굴로 그의 얼굴을 올려다보며 갓난아기 같은 손으로 벽난로 쇠창살 앞에 꼼짝도 않고 대기 중인 어린아이의 모습을 한 그 불가해한 녀석을 바라보고 있자니 피가 차갑게 식었다.

"얘야, 잘 들어 봐!" 그가 말했다. "어디든 네가 내키는 곳으로 나를 데려가. 그러면 결과적으로 무척 비참하거나 사악한 사람들이 있는 곳으로 나를 데려가게 될 테니까. 나는 그들에게 도움을 주고 싶지 해를 끼치고 싶은 게 아니야. 이미 말했듯이 난 네게 돈을 주고, 다시 돌아오게 해 줄 거야. 일어나! 빨리 가자!" 그는 그녀가 돌아올까 봐 두려워하며 문을 향해 다급히 한 걸음을 내디뎠다.

"내가 혼자 걷게 놔두고 절대로 나를 붙잡지도 만지지도 않을 거야?" 위협하던 손을 천천히 거둬들이고 일어서며 소년이 물었다.

"그래!"

"내가 앞에서 가든 뒤에서 가든 내 마음대로 하게 두고?"

"그래!"

"먼저 돈을 좀 줘. 그러면 갈게."

화학자는 소년이 내민 손에 1실링짜리 동전 몇 개를 하나씩 내려놓았다. 소년은 셈을 할 줄 몰랐지만 하나씩 건네받을 때마다 번번이 "하나."라고 말하며 동전과 그 기부자를 탐욕스럽게 쳐다보았다. 소년은 손에서 집어 든 동전을 넣어 둘 곳이 달리 어디에도 없어 자기 입에 집어넣었다.

곧이어 레드로는 자신의 수첩을 한 장 찢어 소년이 그와 함께 있다고 연필로 적어 탁자 위에 올려놓은 다음 소년에게 따라오라고 손짓했다. 소년은 늘 그러듯 누더기를 그러쥐고 맨머리에 맨발인 채 겨울밤 속으로 따라나섰다.

그녀를 만날 위험만은 꼭 피하고 싶었기 때문에 화학자는 처음에 거쳐 들어왔던 철문으로 나가는 대신 소년이 길을 잃고 헤맸던 복도 중 몇몇을 지나 그에게 열쇠가 있는 그의 거처 옆 작은 문으로 갔다. 그들이 문을 나섰을 때 그는 멈춰 서서 — 즉각적으로 그에게서 물러서는 — 안내자에게 자신들이 어디에 있는지 아느냐고 물었다.

그 사나운 녀석은 이리저리 상세히 살피더니 고개를 끄덕이며 가고자 하는 방향을 가리켰다. 레드로가 지체 없이 길을 나서자 소년은 약간은 믿을 만해졌다는 듯 뒤를 따랐다. 그는 가는 내내 돈을 입에서 손으로, 다시 입으로 옮기기를 거듭하고, 찢어진 옷자락에 문질러 슬그머니 윤을 내기도 했다.

그렇게 나아가는 동안 그들은 세 번 나란히 서서 걷게 되었다. 세 번 걸음을 멈추고 나란히 섰다. 화학자는 소년의 얼굴을 세 번 힐끗 내려다보았고, 그 얼굴로 인해 부득이하게 어떤 생각이 떠오르는 순간 진저리를 쳤다.

첫 번째는 오래된 교회 묘지를 가로지를 때였다. 레드로는 무덤을 보며 친절하거나 상냥하거나 위안이 되는 생각을 떠올릴 방법을 전혀 몰라 당황스러워하며 무덤들 사이에 우뚝 멈추었다.

두 번째는 갑자기 달이 떠올라 그가 하늘을 올려다보게 되었을 때였다. 그가 여전히 알다시피 인간의 과학에 의해 이름과 기록이 추가된 수많은 별에 둘러싸여 달이 눈부시게 빛나고 있었다. 하지만 달밤에 하늘을 올려다보며 평소에 보던 것 외에 다른 것은 보지 못했고, 평소에 느끼던 것 외에 다른 것은 느끼지 못했다.

세 번째는 그가 발걸음을 멈추고 구슬픈 선율의 음악에 귀를 기울였는데 악기들과 두 귀의 무미건조한 메커니즘이 그에게 명시적으로 제시해 주는 곡조만 들릴 뿐 그의 내면의 신비에 호소하지도 과거나 미래에 대해 속삭이지도 않고 작년에 들었던 흐르는 물소리나 세찬 바람 소리와 마찬가지로 그에게 아무런 힘도 미치지 못했을 때였다.

그는 이 세 번의 경우에 매번 두 사람의 지적 능력이 엄청나게 차이가 나고 모든 신체적 측면이 서로 다르다는 사실에도 불구하고 소년의 얼굴 표정이 바로 그의 얼굴 표정이라는 것을 알아차리며 공포에 사로잡혔다.

그들은 한동안 여정을 계속했다. 이제 몹시 붐비는 곳을 지나고 있었기에 레드로는 종종 안내자를 놓쳤다고 생각하며 어깨 너머로 뒤돌아보았지만 대체로 반대편에 있는 자신의 그림자 속에서 소년을 발견했다. 그리고 이제는 너무나 한산한 샛길이어서 레드로는 뒤에서 다가오는 맨발인 아이의 잰걸음 소리를 셀 수 있을 정도였다. 그러다가 마침내 심하게 망가진 집들이 모여 있는 곳에 당도하자 소년이 그를 건드려 멈추어 세웠다.

"저 안이야!" 창문마다 난반사되어 흩어진 불빛이 보이고 '여행자 숙소'라고 적힌 출입문에 희미한 등불이 매달린 어느 집을 가리키며 소년이 말했다.

레드로는 주위를 둘러보았다. 그 집들부터 울타리도 없고 배수도 잘 안 되며 가로등 불빛 하나 없고 물의 흐름이 완만한 도랑에 둘러싸여 집들이 서 있는, 아니 더 정확히 말하자면 완전히 다 무너져 내리지는 않은 버려진 땅뙈기에 이르기까지, 또 그곳에서부터 그곳을 에워싸고 있는 근처의 구름다리 혹은 다리의 일부로 그들이 있는 곳에 가까워질수록 서서히 작아지다가 결국 마지막에서 두 번째는 한낱 개집, 마지막은 약탈해 온 작은 벽돌 더미에 불과해지는 아치형 구조물들의 경사진 윤곽선에 이르기까지, 또 그곳에서부터 추위에 몸을 움츠리고 덜덜 떨며 한쪽 발은 다른 쪽 다리에 감아 데우고 나머지 한쪽 작은 발로 절뚝거리며 움직여 그에게 바짝 다가붙은 아이에 이르기까지 죽 바라보았다. 그런데 이 모든 것을 그 소름 끼치게 똑 닮은 표정으로 응시하고 있다는 것이 아이의 얼굴에서 너무나도 뚜렷하게 보이자 레드로는 흠칫 놀라며 아이에게서 떨어졌다.

"저 안이야!" 다시 그 집을 가리키며 소년이 말했다. "난 기다리고 있을게."

"그들이 날 들여보내 줄까?" 레드로가 물었다.

"의사라고 해." 고개를 끄덕이며 소년이 대답했다. "여기엔 아픈 사람이 많거든."

레드로는 문으로 가던 길에 뒤를 돌아보았다가 소년이 흙바닥 위로 발을 질질 끌며 걸어가 마치 시궁쥐처럼 가장 작은 아치의 은신처로 기어 들어가는 모습을 목격했다. 그는 그 녀석이 가엾지 않고 그저 두렵기만 했다. 그래서 녀석이 굴에서 머리를 내밀고 그를 쳐다보자 서둘러 그 집으로 몸을 피했다.

"하다못해 이곳도 슬픔, 잘못, 고뇌에 사납게 시달리는구나." 조금 더 분명히 기억해 내려 고통스럽게 애쓰며 화학자가 말했다. "여기서 그런 것들을 망각하게 하는 자가 해가 되지는 않을 테지!"

이 말을 남기고 그는 순순히 열리는 문을 밀고 안으로 들어갔다.

계단에 앉아 잠든 듯, 혹은 절망한 듯 머리를 푹 숙여 손과 무릎에 대고 엎드린 여자가 있었다. 그녀를 밟지 않고 지나가기가 쉽지 않은데다 가까이 다가가는데도 전혀 주의를 기울이지 않았기 때문에 그는 걸음을 멈추고 그녀의 어깨를 건드려 보았다. 고개를 들어 그를 쳐다본 그녀의 얼굴은 앳되어 보였다. 하지만 마치 혹독한 겨울이 자연의 이치에 어긋나게 봄을 없애 버리기라도 한 것처럼 청춘과 장래성은 모두 사라진 얼굴이었다.

그가 왜 그랬는지 거의, 아니 전혀 신경 쓰는 기색도 없이 그녀는 길을 넓혀 주기 위해 벽으로 다가앉았다.

"뭐 하는 분인가요?" 부서진 계단 난간에 손을 얹고 잠시 멈춰 서서 레드로가 물었다.

"내가 뭐 하는 사람 같아요?" 다시 한번 그를 쳐다보며 그녀가 되물었다.

그는 아주 최근에 지어져 정말 금세 흉물스레 변해 버린 그 황폐한 하느님의 성전[19]을 살펴보았다. 그러자 연민은 아니지만 — 그런 비참한 처지에 대한 진정한 연민이 솟아날 샘물은 가슴속에서 다 말라 버렸으니까 — 최근 점점 어두워지고는 있어도 아직 완전히 어두워지지는 않은 마음의 밤 속으로 비집고 기어들어 온 다른 어떤 감정보다도 더 연민에 가까운 무언가가 잠시나마 그의 다음과 같은 말에 상냥함을 섞어 넣었다.

---

19) 「고린도전서」 3장 16~17절에 따르면 본문의 '하느님의 성전'은 앳된 여인을 가리킨다. "너희는 너희가 하나님의 성전인 것과 하나님의 성령이 너희 안에 계시는 것을 알지 못하느냐. 누구든지 하나님의 성전을 더럽히면 하나님이 그 사람을 멸하시리라. 하나님의 성전이 거룩하니 너희도 거룩하라."

"할 수만 있다면 위안을 주러 왔어요." 그가 말했다. "무슨 잘못에 대해 생각하고 있나요?"

그녀는 그를 보며 얼굴을 찡그리다가 웃음을 터뜨렸다. 이내 그 웃음이 오싹한 느낌이 드는 한숨으로 이어지며 그녀는 다시 고개를 떨구고 두 손으로 머리를 움켜쥐었다.

"잘못에 대해 생각하고 있나요?" 그가 한 번 더 물었다.

"내 인생에 대해 생각하고 있어요." 그를 힐끗 보며 그녀가 말했다.

그녀가 그의 발치에 축 늘어져 있는 모습을 보며 그는 그녀가 수많은 사람 중 하나이고 자신이 그런 부류를 수천 명은 보았다는 것을 자각했다.

"부모님은 뭐 하시는 분인가요?" 그가 캐물었다.

"나도 한때는 좋은 집이 있었어요. 우리 아버지는 저기 먼 시골에서 정원사였지요."

"돌아가셨나요?"

"내겐 돌아가신 거나 다름없죠. 그런 모든 것이 내겐 죽은 거나 다름없어요. 당신 같은 신사가 그것도 모르다니!" 그녀가 다시 눈을 치켜뜨며 그를 비웃었다.

"이봐요!" 레드로가 엄숙하게 말했다. "그런 모든 것이 이런 죽음에 이르기 전에 당신에게 저지른 잘못은 없었나요? 아무리 애를 써 봐도 떨쳐 낼 수 없는 잘못된 일에 대한 기억은 없나요? 그로 인해 계속 고통스러운 거 아닌가요?"

그녀의 외모에 여성스러운 면이 거의 남아 있지 않았기에 이제 그녀가 눈물을 왈칵 쏟아내자 그는 깜짝 놀라고 말았다.

하지만 그런 잘못된 일에 대한 기억이 되살아나 그녀가 원래 가지고 있던 인간성과 얼어붙었던 민감한 감수성의 최초의 흔적이 엿보인 것 같다는 사실을 알아채고 더욱 놀라며 많이 동요했다.

그는 조금 물러섰는데 그러다가 그녀의 팔에 시커먼 멍 자국이 있고 얼굴에 베인 상처가 있으며 가슴에 타박상을 입은 것을 보았다.

"어떤 짐승 같은 손에 그렇게 다친 건가요?" 그가 물었다.

"내 손에요. 내가 직접 그랬어요!" 그녀가 서둘러 대답했다.

"불가능한 일이에요."

"맹세코 내가 그랬어요! 그이는 내게 손도 대지 않았어요. 격정에 사로잡혀 스스로 그랬고, 여기로 몸을 내던졌지요. 그는 내 가까이에 있지도 않았어요. 절대로 내게 손대지 않았다고요."

그를 이런 거짓에 직면하게 하는 그녀의 하얗게 질린 얼굴의 결연한 표정에서 그는 그 비참한 가슴에 살아남은 선의가 마지막으로 오용되고 왜곡되는 것을 충분히 보았고, 결국 그녀에게 다가간 것을 후회하게 되었다.

"슬픔, 잘못, 고뇌!" 두려움에 찬 시선을 다른 데로 돌리며 그가 중얼거렸다. "그녀가 몰락하기 전 그녀의 과거와 연관된 모든 것에 그런 뿌리가 있어! 부디 내가 지나가게 해 주시오!"

다시 그녀를 쳐다보기가 두렵고, 만지기가 두렵고, 그녀가 하늘의 자비에 매달리는 마지막 끈 한 가닥마저 끊어 버렸다고 생각하니 두려워 그는 망토를 더 단단히 여미고 계단을 소리 없이 잽싸게 올라갔다.

계단 꼭대기 맞은편에 문이 하나 있었는데 조금 열려 있었
고, 그가 올라서는 것과 동시에 손에 촛불을 든 남자가 문을
닫으러 안쪽에서 나왔다. 그런데 이 남자는 그를 보자마자 감
격에 몹시 겨운 태도로 뒷걸음질 하더니 마치 갑작스러운 충
동에 휩싸인 듯 큰 소리로 그의 이름을 불렀다.

그곳에서 누군가가 자신을 알아보았다는 사실에 깜짝 놀
라 레드로는 걸음을 멈추고 화들짝 놀란 그 창백한 얼굴을 기
억해 내려 노력했다. 그는 미처 곰곰이 생각해 볼 틈도 없었는
데, 왜냐하면 훨씬 더 놀랍게도 필립 영감이 방에서 나와 그
의 손을 잡았기 때문이다.

"레드로 교수님." 노인이 말했다. "이건 교수님다운 일입니
다! 교수님다운 일이에요! 이 일에 대해 들으시고 최대한 도
와주시려고 저희를 뒤쫓아 오셨군요. 아아, 너무 늦었습니다.
너무 늦었어요!"

레드로는 어리둥절한 표정으로 순순히 방으로 이끌려 들어
갔다. 바퀴 달린 낮은 침대[20]에 한 남자가 누워 있었고, 윌리
엄 스위저가 그 침대 옆에 서 있었다.

"너무 늦었어요!" 안타까운 듯 화학자의 얼굴을 주의 깊게
살피며 노인이 중얼거렸다. 눈물이 볼을 타고 주르륵 흘러내
렸다.

---

20) 'truckle bed', 혹은 'trundle bed'라고 하는 이 침대는 과거에 보통 하인
들이 쓰던 침대로 낮에 사용하지 않을 때는 다른 침대 아래 밀어 넣어 둘
수 있는 형태였다.

"제 말이 그 말이에요, 아버지." 그의 아들이 낮은 목소리로 끼어들었다. "관건은 바로 그거예요. 저희가 할 수 있는 일이라고는 환자가 선잠을 자는 동안 가능한 한 조용히 있는 것뿐이에요. 아버지 말씀이 맞아요, 아버지!"

레드로는 침대 옆에 머뭇머뭇 멈춰 서서 매트리스 위에 누워 있는 형체를 내려다보았다. 그것은 한창 기운차게 살아야 할 나이지만 다시는 햇볕을 쬘 수 없을 것 같은 남자의 형체였다. 사오십 년 생애의 악행이 그에게 그처럼 흔적을 남겼기에 그것이 그의 얼굴에 미친 영향에 비하면 그를 지켜보는 노인의 얼굴에 닿았던 세월의 혹독한 손길은 자비롭고 너그러웠다.

"이 사람은 누군가?" 주위를 둘러보며 화학자가 물었다.

"제 아들 조지입니다, 레드로 교수님." 자신의 맞잡은 두 손을 쥐어짜며 노인이 말했다. "제 어머니에게 다른 어떤 자식보다도 더 큰 자랑거리였던 제 큰아들 조지랍니다!"

노인이 침대에 그의 흰 머리를 얹는 순간 레드로는 노인의 머리에서 자신을 알아보고 줄곧 거리를 두고 먼 방구석에 떨어져 있는 사람에게로 시선을 옮겨 갔다. 나이는 레드로 자신과 비슷해 보였고, 비록 레드로가 그토록 끔찍하게 쇠하고 실의에 빠진 듯 보이는 사람을 겪어 본 적은 없지만 그를 등지고 섰다가 돌아서서 이제 문을 나서려 하는 남자의 모습에는 그로 하여금 불안한 마음에 이마에 성호를 긋게 하는 무언가가 있었다.

"윌리엄." 그가 침울한 목소리로 속삭이며 말했다. "저 남자는 누구지?"

"그야 있잖습니까, 교수님." 윌리엄이 씨가 대답했다. "제 말이 그 말입니다. 도대체 왜 사람은 도박 같은 걸 하고, 조금씩 더 낙심하다가 결국에는 더 이상 낙심조차 할 수 없는 지경에 이르는 걸까요!"

"그가 그랬다는 건가?" 조금 전처럼 불안해 보이는 몸짓으로 그를 흘낏 보며 레드로가 물었다.

"제가 들은 얘기가 바로 그겁니다, 교수님." 윌리엄 스위저가 대답했다. "그는 의학에 대해 조금 아는 것 같습니다, 교수님. 보시다시피 여기 있는 제 불운한 형과 함께 런던 쪽으로 여행을 하던 중이었고요." 윌리엄 씨는 코트 소맷자락으로 두 눈을 닦았다. "그리고 밤에는 위층에서 묵었는데 — 있잖습니까, 제 말은 저런 이상한 동행들이 종종 이곳에서 모인다는 겁니다 — 형을 돌봐 주러 들렀다가 형의 부탁을 받고 저희를 데리러 왔답니다. 정말 슬프기 짝이 없는 광경입니다, 교수님! 하지만 핵심은 이겁니다. 저희 아버지가 돌아가실 만큼 슬프다는 거요!"

레드로는 이 말에 눈을 들어 쳐다보며 자신이 있는 곳과 함께 있는 사람들과 자신에게 걸린 — 깜짝 놀라는 바람에 뇌리에서 밀려나 있던 — 주문을 상기하자마자 다급히 자리에서 물러서며 즉시 그 집을 떠날지, 아니면 남아 있을지 혼자 곰곰이 생각에 잠겼다.

그는 자신이 헤치고 나아가야 할 상황의 일부인 듯 보이는 다소 음침한 집착을 이기지 못하고 남아야 한다는 생각을 따르기로 했다.

"이 노인의 기억이 슬픔과 고뇌의 연속이라는 것을 알게 된 때가 고작 어제였어." 그가 말했다. "그런데 오늘 밤 그 기억을 떨쳐 내게 하는 걸 내가 두려워해야 하는 걸까? 내가 몰아낼 수 있는 그런 기억들이 이 다 죽어 가는 남자를 걱정해야 할 정도로 그에게 소중한 걸까? 아니! 난 여기 계속 있겠어."

하지만 그는 이렇게 말해 놓고도 여전히 걱정하며 마음을 졸였고, 그들로부터 얼굴을 돌린 채 검은 망토로 몸을 가리고 침대 머리맡에서 멀리 떨어져 마치 그 자리에 있는 자신이 악마라도 된 듯한 기분으로 그들의 말을 귀 기울여 들었다.

"아버지!" 혼수상태에서 깨어나 기운을 조금 되찾은 환자가 웅얼거렸다.

"얘야! 우리 아들 조지야!" 필립 영감이 말했다.

"방금 제가 예전에 어머니가 특히 좋아하는 아들이었다고 말씀하셨지요. 오래전 일을 이제 와 떠올리는 건 끔찍해요!"

"아니, 아니다. 아니야." 노인이 대꾸했다. "떠올려 보렴. 끔찍하다고 하지 말고. 나에겐 끔찍한 일이 아니란다, 얘야."

"가슴이 찢어지듯 아프시잖아요, 아버지." 노인의 눈물이 그의 몸 위로 뚝뚝 떨어지고 있었으니 말이다.

"그래, 그래." 필립이 말했다. "그렇구나. 하지만 나에겐 도움이 되는 일이란다. 그 시절을 떠올리는 건 몹시 슬픈 일이지만 그래도 나에겐 도움이 되는 일이란다, 조지야. 아, 너도 그때를 떠올려 보렴. 그때를 떠올려 봐. 그러면 네 마음이 점점 더 온화해질 테니까! 우리 아들 윌리엄은 어디에 있지? 윌리엄, 얘야, 너희 어머니는 죽을 때까지 네 형을 몹시 사랑했고, 마지막 숨을 거두면서 이렇게 말했단다. '내가 그 애를 용서하며 축복하고 그 애를 위해 기도했다고 그 애에게 전해 줘요.' 그게 너희 어머니가 내게 남긴 말이었다. 난 그 말을 한 번도 잊은 적이 없단다. 여든일곱인데도 말이다!"

"아버지!" 침대 위의 남자가 말했다. "저는 죽어 가고 있어요. 저도 알아요. 너무 기운이 없어서 제 머릿속을 거의 떠나지 않고 맴도는 생각조차 제대로 말씀 드릴 수가 없네요. 이 침대 저편에 저에게 어떤 희망이 있을까요?"

"마음을 온화하게 하고 참회하는 사람이라면 누구에게나 희망이 있단다." 노인이 대답했다. "그런 모든 사람에게 희망이 있어. 아!" 두 손을 꼭 맞잡고 눈을 들어 우러러보며 그가 감탄사를 터뜨렸다. "바로 어제 이 불운한 아들을, 이 애가 아무 죄 없는 아이였던 시절을 기억할 수 있다는 데 대해 감사드렸습니다. 그런데 이제는 심지어 하느님께서도 친히 이 애를 그렇게 기억하신다고 생각하니 얼마나 큰 위로가 되는지요!"

레드로는 두 손을 펴 얼굴을 감싸며 마치 살인자인 양 움츠러들었다.

"아!" 침대 위의 남자가 희미한 신음 소리를 냈다. "그 후로 얼마나 헛되이, 그 후로 인생을 얼마나 헛되이 써 버렸던가!"

"하지만 이 아이도 한때는 어린아이였습니다." 노인이 말했다. "다른 아이들과 어울려 놀았습니다. 밤이면 침대에 누워 천진하게 잠들기 전 가엾은 제 어머니의 보살핌을 받으며 기도를 드리곤 했습니다. 저는 이 아이가 그렇게 하는 것을 몇 번이나 보았습니다. 그 사람이 이 아이의 머리를 품에 꼭 안고 입을 맞추는 것도 보았습니다. 이 아이가 그렇게 잘못을 저지르고 이 아이에 대한 저희의 희망과 계획이 모두 산산이 부서졌을 때 그 일을 떠올리는 게 그 사람과 제게 슬픈 일이기는 했지만 그 기억 때문에 저희는 이 아이를 여전히 놓지 못했습니다. 다른 무엇도 저희가 그러도록 하지는 못했을 겁니다. 아, 지상의 어떤 아버지보다 훨씬 더 좋으신 하느님 아버지! 아, 당신 자녀들의 잘못으로 인해 훨씬 더 괴로워하시는 하느님 아버지! 이 방황하는 자를 다시 거두어 주옵소서! 이 애가 지금이 아니라 그 시절 모습 그대로, 저희에게 그토록 자주 울며 매달렸던 것처럼 당신께 울며 매달리게 하소서!"

노인이 떨리는 두 손을 들어 올리자 그가 중보 기도를 드려 준 아들은 마치 자신이 정말로 노인이 말한 어린아이라도 된 것처럼 힘없이 축 처진 머리를 노인에게 기대며 지지와 위로를 구했다.

일찍이 누군들 뒤이은 침묵 속에 레드로가 벌벌 떤 만큼 떨었던 적이 있을까! 그는 그 일이 그들에게 틀림없이 일어나리라는 것을 알았고, 조만간 들이닥치리라는 것도 알고 있었다.

"제겐 남은 시간이 거의 없어요. 숨이 더 가빠지고 있어요." 한 팔로 몸을 지탱하고 다른 한 팔로 헛손질을 하며 환자가 말했다. "방금 여기 있던 남자에 관해 마음에 걸리는 게 있어요. 아버지, 윌리엄…… 잠깐만! 정말로 저 바깥에 무언가 검은 것이 있나요?"

"그래. 그렇구나. 정말로 있단다." 연로한 아버지가 대답했다.

"남자인가요?"

"내가 직접 말해 줄게, 조지 형." 친절하게 그의 몸 위로 허리를 구부리며 동생이 끼어들었다. "저분은 레드로 교수님이셔."

"저분을 꿈에서 뵌 적이 있는 것 같아. 이리 오시라고 말씀드려 줘."

죽어 가는 남자보다 더 하얗게 질린 화학자가 남자의 앞에 나타났다. 화학자는 그의 손짓에 따라 고분고분 침대 위에 앉았다.

"오늘 밤은 가슴이 찢어지듯 마음이 아팠습니다, 교수님." 자기 상태에 대한 무언의 애절한 고통이 응축된 표정으로 한 손을 제 가슴에 얹으며 환자가 말했다. "연로한 아버지의 가여운 모습을 뵙고 제가 원인이었던 모든 고뇌, 그리고 제 죽음의 문턱에 놓인 모든 잘못과 슬픔을 생각하니 말입니다……."

그가 말을 잠시 멈춘 것은 임박한 최후의 순간 때문이었을까? 아니면 또 다른 변화의 시작 때문이었을까?

"……그래서 제 머릿속에서 끊임없이 맴도는, 제가 당장 할 수 있는 일을 해 보려고 합니다. 여기 또 다른 남자가 있었습니다. 그를 보셨나요?"

레드로는 어떤 말로도 대답할 수 없었다. 왜냐하면 이마 위를 헤매는 손에서 이제는 그에게 너무나 익숙한 그 치명적인 신호를 보았을 때 말문이 막혀 버렸기 때문이다. 하지만 약간이나마 긍정의 뜻을 표할 수는 있었다.

"그는 빈털터리에 굶주리고 궁핍한 처지입니다. 폭삭 망한 데다가 원조를 받을 가망도 전혀 없습니다. 그를 보살펴 주십시오! 한시가 급합니다! 그가 자살할 마음을 먹었다는 걸 전 알고 있습니다."

그 일이 일어나고 있었다. 그것이 그의 얼굴 표정에 드러났다. 얼굴이 변하며 표정이 굳어 가고 어두운 기색이 더욱더 짙어지면서 슬픈 표정이 모두 사라지는 중이었다.

"기억 안 나세요? 그를 모르십니까?" 그가 말을 이었다.

그는 다시 이마 위를 헤매던 손으로 잠시 얼굴을 가렸다가 이내 레드로에게 난폭하고 잔인하고 냉담한 표정을 띤 찡그린 얼굴을 드러내 보였다.

"이런, 빌어먹을 놈 같으니!" 눈살을 찌푸리고 주위를 둘러보며 그가 말했다. "여기서 지금껏 나한테 무슨 짓을 하고 있었던 거야! 나는 대담하게 살아왔고 배짱 좋게 죽을 작정이야. 네놈 따위 내가 알게 뭐냐!"

그러고는 그 순간부터 모든 접근을 차단하고 냉담한 태도를 유지한 채로 죽겠다고 굳게 결심한 듯 침대에 누워 두 팔을 올려 머리와 귀를 감쌌다.

레드로가 벼락을 맞았더라도 그 침대 머리맡에서 받은 충격보다 더 큰 충격을 받지는 않았을 것이다. 아들이 그에게 이야기를 하는 동안 침대 옆을 떠났다가 이제 돌아오고 있던 노인이 혐오스러워하며 재빨리 그 침대를 피했던 것이다.

"내 아들 윌리엄은 어디에 있지?" 노인이 다급히 말했다. "윌리엄, 여기서 떠나자. 집에 가자."

"집이요, 아버지!" 윌리엄이 되받았다. "아들을 버려두고 가시겠다고요?"

"내 아들이 어디에 있다는 거지?" 노인이 반문했다.

"어디라니요? 그야 저기 있잖아요!"

"저건 내 아들이 아니다." 분한 마음에 부들부들 떨며 필립이 말했다. "저렇게 염치없는 놈은 내 관심을 차지할 자격이 없어. 우리 아이들은 보기만 해도 기분 좋고, 나를 공경하고, 내 고기와 술을 마련하고, 내게 도움이 되지. 내겐 그럴 권리가 있단 말이다! 난 여든일곱이라고!"

"나이가 드실 만큼 드셨지요." 두 손을 주머니에 꽂은 채 내키지 않는 듯 그를 바라보며 윌리엄이 투덜거렸다. "나도 아버지가 내게 무슨 도움이 되는지 모르겠어요. 아버지가 없으면 우린 훨씬 더 많은 즐거움을 누릴 수 있을 텐데요."

"레드로 교수님, 우리 아들이랍니다!" 노인이 말했다. "저 녀석도 우리 아들이라는군요! 저 녀석이 내게 우리 아들 얘기를 하다니! 아니, 저 녀석이 한 번이라도 제게 즐거움을 안겨 준 적이 있나요? 좀 알고 싶네요."

"아버지가 한 번이라도 내게 즐거움을 안겨 준 적이 있는지 나도 모르겠네요." 윌리엄이 퉁명스럽게 말했다.

"어디 생각 좀 해 보자." 노인이 말했다. "수많은 크리스마스를 보내면서 내가 따뜻한 우리 집에 앉아 차가운 밤바람을 맞으러 나올 필요 없이 저기 저놈처럼 불쾌하고 비참한 꼴을 걱정하지 않고 명랑한 기분으로 지낸 적이 몇 번이나 되지? 윌리엄, 스무 번이냐?"

"마흔 번에 더 가까운 거 같네요." 그가 투덜거렸다. "아니,

교수님, 저희 아버지를 볼 때면 이런 생각을 하게 됩니다." 그는 새삼스레 조급해하며 레드로에게 말을 건넸다. "저분 마음속에서 그토록 수많은 세월 동안 몇 번이고 거듭해서 먹고 마시며 편히 쉰 기록 말고 뭐라도 보인다면 제 손에 장을 지지십시오."

"난…… 난 여든일곱이야." 어린애 같고 힘없는 말투로 노인이 두서없이 지껄였다. "그리고 지금까지 어떤 일로도 크게 화가 났던 적이 없어서 잘 모르겠어. 저 녀석이 내 아들이라고 부르는 놈 때문에 이제 와 새삼 그럴 생각도 없고. 저 사내는 내 아들이 아니야. 난 즐거운 시간을 많이 누렸어. 생각해 보니 언젠가…… 아니, 생각이 나질 않아……. 기억이 가물가물해. 크리켓 게임과 한 친구에 관한 것이었는데 왠지 기억이 가물가물하군. 그 친구가 누구였더라……. 내가 그를 좋아했겠지? 그 친구가 어떻게 됐더라……. 죽었겠지? 아니, 잘 모르겠어. 신경 쓰이지도 않고. 조금도 신경 쓰이지 않아."

그는 나른하게 낄낄 웃고 고개를 흔들며 조끼 주머니에 두 손을 찔러 넣었다. 그중 한쪽 주머니에서 (아마도 지난밤부터 거기 있었을) 호랑가시나무 한 조각을 발견하고는 꺼내어 살펴보았다.

"어라, 호랑가시나무 열매잖아?" 노인이 말했다. "아아! 먹을 수 없어서 안타깝군. 생각해 보니 내가 키가 저 정도 되는 어린 녀석이었을 때 같이 산책을 나갔는데…… 어디 보자…… 누구랑 같이 산책을 나갔더라? 이런, 그게 어땠는지 기억이 나질 않는군. 특별히 어떤 사람과 함께 걸은 적이 있는지, 누구를 좋아했는지, 혹은 누가 나를 좋아했는지 기억이 나지 않아. 어라, 호랑가시나무 열매잖아? 호랑가시나무 열매가 있으면 기분이 좋지. 그래, 나는 내 몫을 차지하고, 시중을 받고, 따뜻하고 편하게 지내야 해……. 여든일곱 살이고 불쌍한 노인이니까. 나는 여-든-일곱이야. 여-든-일곱!"

이 말을 거듭하며 나뭇잎을 야금야금 뜯어 먹다가 찌꺼기를 조각조각 뱉어 내는 바보 같고 한심한 모습, 그를 바라보는 막내아들의 (너무나 변해 버린) 차갑고 무심한 눈빛, 자기 죄에 빠져 완고해진 큰아들의 단호한 무관심은 레드로의 관찰에 더 이상 어떤 인상도 남기지 못했다. 왜냐하면 그는 못 박힌 듯 꼼짝 않고 서 있던 자리에서 벗어나 그 집 밖으로 달아나 버렸으니까.

그가 미처 아치에 이르기도 전에 안내자가 은신처에서 기어 나와 그를 맞이할 준비를 하고 있었다.

"그 여자 집으로 돌아갈까?" 소년이 물었다.

"돌아가자. 어서!" 레드로가 대답했다. "가는 길에 어디에서도 멈추지 마라!"

잠시 소년이 앞장섰지만 그들이 돌아가는 길은 걸어간다기보다 날아가는 데 가까워서 성큼성큼 걷는 화학자의 빠른 걸음을 따라잡기 위해 소년이 맨발로 할 수 있는 것은 그 정도가 한계였다. 화학자는 자신의 펄럭이는 옷자락이 스치기만 해도 치명적인 전염병이 퍼지기라도 할 것처럼 망토를 단단히 여미며 몸을 감싸고 지나치는 모든 사람을 피해 몸을 움츠리며 잠시도 쉬지 않고 그들이 빠져나왔던 문에 이르렀다. 그는 열쇠로 문을 열고 소년을 데리고 안으로 들어간 다음 어두운 복도를 지나 서둘러 자신의 방으로 갔다.

소년은 그가 문을 굳게 닫는 동안 가만히 지켜보다 그가 주위를 둘러보는 순간 탁자 뒤로 물러섰다.

"이리 와!" 그가 말했다. "날 건드리지는 마! 내 돈을 빼앗으려고 날 여기 데려다준 건 아니잖아."

레드로는 바닥에 동전 몇 개를 더 던져 주었다. 소년은 즉시 그 위로 몸을 던졌다. 마치 레드로가 그 돈을 보면 돌려 달라고 할 마음이 생기기라도 할까 봐 그의 눈앞에서 숨기려고 하는 듯했다. 소년은 레드로가 두 손으로 얼굴을 감싼 채 등불 옆에 앉아 있는 것을 보고 나서야 비로소 슬그머니 동전을 줍기 시작했다. 그러고는 난롯불 근처로 살금살금 다가가 그 앞에 놓인 커다란 의자에 앉아 품에서 음식 부스러기 몇 개를 꺼내어 우적우적 씹으며 불길을 응시했고, 때때로 한 주먹 가득 움켜쥐고 있는 1실링 동전들을 힐끗 쳐다보기도 했다.

"그럼 이 녀석이 이 세상에 남아 있는 내 유일한 동반자란 말인가!" 갈수록 더 커지는 혐오감과 두려움이 담긴 눈빛으로 소년을 뚫어져라 쳐다보며 레드로가 말했다.

자신이 그토록 두려워하는 이 피조물에 대한 생각에 깊이 빠졌다가 정신을 차리기까지 시간이 얼마나 흘렀는지, 한 시간의 절반이었는지, 아니면 그 밤의 절반이었는지 그는 알지 못했다. 어쨌든 그 방의 적막은 (보아하니 귀 기울여 듣고 있던) 소년이 벌떡 일어나 문을 향해 달려가는 바람에 깨져 버렸다.

"여자가 오고 있어!" 소년이 소리쳤다.

그녀가 문을 두드리는 순간 화학자가 문으로 달려가던 소년을 막아 세웠다.

"여자한테 가게 해 줘, 응?" 소년이 말했다.

"지금은 안 돼." 화학자가 대답했다. "그냥 여기 있어. 지금은 아무도 이 방에 드나들면 안 돼. 누구야?"

"저예요, 교수님." 밀리가 외쳤다. "교수님, 부디 들여보내 주세요!"

"안 돼! 절대 안 돼!" 그가 말했다.

"레드로 교수님, 레드로 교수님, 교수님, 부디 들여보내 주세요."

"무슨 일이지?" 소년을 붙잡으며 그가 말했다.

"교수님이 본 가련한 남자가 악화되었어요. 제가 무슨 말을 해도 그 열병처럼 끔찍한 도취 상태에서 벗어나 제정신을 차리게 할 수 없을 거예요. 저희 아버님은 한순간에 어린아이같이 되어 버리셨어요. 윌리엄도 변했고요. 그이에겐 그 충격이 너무 갑작스러웠나 봐요. 그이를 이해할 수가 없어요, 전혀 그이답지 않아요. 아, 레드로 교수님, 부디 제게 조언을 해 주세요. 절 도와주세요!"

"안 돼! 안 돼! 안 돼!" 그가 대답했다.

"레드로 교수님! 친애하는 교수님! 조지는 깜박깜박 졸다가도 교수님이 거기서 본 그 자살할까 봐 걱정이라는 남자에 대해 줄곧 중얼거리고 있어요."

"내게 가까이 다가오느니 차라리 그가 자살해 버리는 편이 나아!"

"조지가 중얼대는 소리에 따르면 교수님이 그 남자를 아신 대요. 오래전 한동안 교수님의 친구였고, 여기 다니는 한 학생의 몰락한 아버지라더군요……. 저는 병을 앓는 젊은 신사분의 아버지가 아닐까 하는 생각이 들어요. 어떻게 해야 할까요? 그분은 어떻게 되는 걸까요? 어떻게 해야 그분을 구할까요? 레드로 교수님, 부디, 아, 부디 제게 조언을 해 주세요! 저를 도와주세요!"

그러는 동안 줄곧 그는 그에게서 벗어나 그녀를 방에 들이려고 반쯤 미쳐 날뛰는 소년을 붙잡고 있었다.

"환영들이여! 불경한 생각을 벌하는 자들이여!" 고뇌에 사로잡혀 주위를 둘러보며 레드로가 외쳤다. "나를 살펴보라! 내 마음의 어둠 속에서 분명 희미하게 반짝이고 있는 참회의 빛이 더욱 밝게 빛나며 나의 고통을 드러내 보이게 하라! 내가 오랫동안 가르쳐 온 물질세계에서는 어떤 것도 파괴될 수 없다. 이 광활한 우주에 빈 공간이 생기지 않고서는 그 경이로운 구조 속의 움직임 하나, 원자 하나도 소실될 수 없다. 이제 나는 인간의 기억 속에서 선과 악, 기쁨과 슬픔도 마찬가지라는 것을 안다. 나를 불쌍히 여겨 다오! 나를 구원해 다오!"

"저를 도와주세요, 저를 도와주세요, 들여보내 주세요!" 하는 그녀의 외침과 그녀에게 가려는 소년의 몸부림을 제외하고는 아무 반응이 없었다.

"나 자신의 그림자여! 더 암울한 순간들의 내 영혼이여!" 넋이 빠진 듯 레드로가 외쳤다. "돌아와서 밤낮으로 출몰하며 나를 괴롭혀라. 그 대신 이 선물을 가져가 다오! 혹은 이것이 계속 나의 책임이라면 이것을 다른 사람에게 퍼뜨릴 수 있는 그 무시무시한 힘이라도 내게서 빼앗아 가 다오. 지금껏 내가 한 일들을 돌이켜 다오. 나는 어둠이 깃든 채로 남겨 두고 내가 저주한 사람들에게는 밝은 낮을 돌려다오. 이 여자는 처음부터 해를 입히지 않고 내버려 두었다. 다시는 방 밖으로 나가지 않고, 내 힘이 통하지 않는 이 생명체 외에는 나를 돌봐 줄 일손 하나 없이 여기서 죽을 테니 말이다……. 내 말을 들어 다오!"

여전히 응답이라고는 그가 저지하는데도 그녀에게 가려고 몸부림치는 소년과 갈수록 더 힘찬 그 외침뿐이었다. "도와주세요! 절 들여보내 주세요! 그분은 한때 교수님의 친구였어요. 그분은 어떻게 될까요? 어떻게 해야 그분을 구할까요? 모두들 변해 버려서 절 도와줄 사람이 아무도 없어요. 부디, 부디 저를 들여보내 주세요!"

3
파기된 선물

하늘에는 여전히 밤이 짙게 드리워져 있었다. 사방이 탁 트인 평원에서, 언덕 꼭대기들에서, 항해 중인 고독한 선박들의 갑판에서 언젠가는 빛으로 변할 것을 약속하는 낮은 선 하나가 저 멀리 희미한 지평선에 보였지만 그 약속은 요원하고 불확실했으며, 달은 밤하늘의 구름들과 분주히 다투고 있었다.

레드로의 정신에 드리운 그림자들은 갈수록 더 짙어지며 부단히 서로의 뒤를 이었고, 밤하늘의 구름들이 달과 지구 사이를 맴돌며 지구를 어둠 속에 숨기듯 그 마음의 빛을 가렸다. 마음의 그림자들이 그에게 모습을 감추거나 불완전하게나마 드러내 보이는 것은 밤하늘의 구름들이 드리우는 그림자들만큼이나 변덕스러우며 불확실했고, 밤하늘의 구름에 가린 달빛이 늘 그렇듯이 밝은 빛이 별안간 어둠 속에서 모습을 드러낸다고 해도 곧 그 그림자들에 휩쓸려 가고 어둠이 전보다 더 깊어질 뿐이었다.

밖에서는 무리를 이룬 오래된 건물들 위로 깊고 엄숙한 적막이 흐르며 그 버팀벽과 귀퉁이들이 땅바닥 위로 알 수 없는 어두운 형체들을 드리웠다. 그것들은 미끄럽고 하얀 눈 속으로 물러난 것 같았다가 또 지금은 달이 돌며 그리는 길이 다소 막히자 밖으로 나온 것처럼 보였다. 안에서 화학자의 방은 꺼져 가는 불빛에 흐릿하고 침침했다. 유령이 나올 듯 으스스한 정적이 방 밖에서 들려오던 문 두드리는 소리와 목소리의 뒤를 이었다. 하얗게 타 버린 잿더미 사이에서 이따금 난롯불이 마지막 숨을 내쉬는 나직한 소리 외에는 아무 소리도 들리지 않았다. 벽난로 앞 바닥에 소년이 곤히 잠들어 있었다. 화학자의 의자에는 문 앞에서 불러 대던 소리가 그친 이후로 줄곧 그랬듯이…… 그가 마치 돌로 변해 버린 사람처럼 가만히 앉아 있었다.

그때 그가 전에도 들어 본 적이 있는 크리스마스 음악이 연주되기 시작했다. 처음에는 전에 교회 묘지에서 귀 기울여 들었던 것처럼 그 음악에 귀를 기울였다. 하지만 지금은 ― 그 음악은 조용히 연주되며 낮고 감미롭고 우울한 선율로 밤공기를 타고 그를 향해 흘러오고 있었다 ― 마치 그가 외로운 손을 얹고 쉬더라도 아무런 해도 입지 않을 어떤 친구가 그의 손길이 닿는 곳으로 다가오고 있기라도 한 것처럼 자리에서 일어나 사방으로 두 손을 뻗었다. 이러는 동안 그의 얼굴에 약간의 변화가 일어나며 의아해하는 표정이 떠올랐고, 가벼운 떨림이 그를 덮쳤다. 결국 눈에는 눈물이 가득 고였고, 그는 두 손으로 눈을 가린 채 고개를 숙였다.

슬픔과 잘못과 고뇌에 대한 기억들은 되살아나지 않았고, 그는 그 기억들이 되돌아오지 않았다는 것을 알았으며, 회복되리라는 덧없는 믿음이나 희망도 가지고 있지 않았다. 하지만 내면에서 일어난 어떤 어리석은 동요로 인해 아득히 들려오는 음악 속에 숨겨진 무언가에 다시 감동받을 수 있게 되었다. 그것이 그가 잃어버린 것들의 가치를 구슬픈 음색으로 알려 주기만 한다면 열렬한 감사의 마음으로 하늘에 고마워할 터였다.

마지막 화음이 귓가에서 사라져 갈 때 그는 긴 여운에 귀를 기울이기 위해 고개를 들었다. 잠든 소년의 몸 너머에, 결과적으로 누운 소년을 제 발치에 둔 채 유령이 그를 쳐다보며 아무 말 없이 가만히 서 있었다.

유령은 늘 그랬듯 소름이 끼칠 만큼 무서웠지만 그 나름으로는 그렇게 잔인하지도 무자비하지도 않았다. ― 아니, 덜덜 떨며 그것을 살펴보면서 그가 그렇게 생각하거나 바랐는지도 모른다. 그것은 혼자가 아니었다. 그 희미한 손에 다른 한 손을 쥐고 있었으니까.

그러면 그것은 누구의 손이었을까? 유령 옆에 서 있는 형체가 정말 밀리의 것일까? 아니면 그녀의 영혼이나 환영일까? 그녀는 평소 태도대로 말없이 살짝 고개 숙이고 마치 불쌍하다는 듯 잠든 아이를 내려다보고 있었다. 환한 빛 한 줄기가 그녀의 얼굴을 비추었지만 환영에게 가닿지는 않았다. 그녀의 바로 옆에 있기는 해도 환영은 변함없이 어둡고 무척 창백했기 때문이다.

"허깨비여!" 그 모습에 새삼 불안해하며 화학자가 말했다. "나는 그녀에 대해서는 완고하거나 주제넘게 굴지 않았다. 아, 그녀를 여기 데려오지 말아 다오. 그 일은 면하게 해 다오!"

"이건 그림자에 불과하다." 환영이 말했다. "아침이 밝으면 내가 네 앞에 보여 주는 모습의 실체를 찾아라."

"그렇게 하는 것이 피할 수 없는 나의 잔인한 운명인가?" 화학자가 외쳤다.

"그렇다." 환영이 대답했다.

"그리하여 그녀의 평온을, 착한 마음씨를 파괴하고 그녀를 지금의 나 자신이나 나 때문에 그렇게 변한 사람들과 같은 존재로 만들라는 얘기로구나!"

"나는 그녀를 찾으라고 했다." 환영이 반박했다. "그 말밖에는 하지 않았다."

"자, 말해 다오." 그 말에 숨어 있을지 모르는 희망에 매달리며 레드로가 소리쳤다. "지금껏 한 일들을 내가 돌이킬 수 있을까?"

"없다." 환영이 대답했다.

"나를 원래대로 돌려놔 달라는 게 아니다." 레드로가 말했다. "내가 버린 것은 나 자신의 의지로 버린 것이고, 정당하게 잃은 것이다. 하지만 내가 치명적인 선물을 전한 사람들, 경고도 없이, 피할 힘도 없이 저도 모르게 저주를 받은 사람들에게 내가 해 줄 수 있는 일이 아무것도 없는 건가?"

"아무것도 없다." 환영이 말했다.

"나는 못 한다고 해도 누군가 다른 사람은 가능한가?"

환영은 조각상처럼 서서 얼마 동안 그를 뚫어져라 응시하다가 갑자기 고개를 돌려 곁에 있는 그림자를 지켜보았다.

"아! 그녀는 가능한가?" 계속 그림자를 쳐다보며 레드로가 외쳤다.

환영은 지금까지 움켜쥐고 있던 손을 놓고 제 손을 살며시 들어 올려 물러가라는 몸짓을 해 보였다. 그러자 그녀의 그림자는 계속 같은 자세를 유지한 채 움직이기 시작했다. 아니, 차츰 사라지기 시작했다.

"가지 마." 말로 다 표현할 수 없을 만큼 열렬하게 레드로가 외쳤다. "잠깐만! 자비를 베풀어 줘! 방금 공중에서 그런 가락이 들렸을 때 어떤 변화가 나를 엄습했다는 걸 잘 안다. 말해 줘. 내가 그녀를 해칠 힘을 잃은 건가? 두려움 없이 그녀에게 다가가도 되는 건가? 아, 그녀가 나에게 어떤 희망의 신호라도 보내게 해 줘!"

환영은 그와 마찬가지로 — 그가 아니라 — 그 그림자를 지켜보며 아무 대답도 하지 않았다.

"이것만이라도 말해 줘……. 지금부터 그녀는 내가 저지른 일들을 바로잡을 힘이 있다는 걸 자각하게 되었나?"

"아니다." 환영이 대답했다.

"그런 자각은 없어도 그녀가 힘을 부여받아 갖고 있기는 한 건가?"

환영은 이렇게 대답했다. "그녀를 찾아라." 이내 그녀의 그림자가 서서히 사라졌다.

그들은 다시 얼굴을 마주하고, 그 선물을 주고받았을 때만큼 집중하여 무서울 정도로 서로를 쳐다보았고, 그들 사이로 환영의 발밑 바닥에는 여전히 소년이 누워 있었다.

"가혹한 스승이여." 간청하는 자세로 유령 앞에 무릎을 꿇고 화학자가 말했다. "내게 포기를 선언했지만 다시 찾아와 준 그대에게(나는 그대의 내면에서, 그리고 그대의 한층 온화한 표정에서 한 줄기 서광이 보인다고 기꺼이 믿고 싶다.) 나는 아무것도 묻지 않고 복종할 것이다. 내가 인간적인 보상의 한계를 넘어서는 해를 끼친 사람들을 위해 내 영혼이 고뇌하며 외친 탄원이 들렸기를, 혹은 들리기를 간절히 바라면서 말이다. 그런데 한 가지……."

"여기 누워 있는 녀석에 대한 이야기로구나." 환영이 끼어들며 손가락으로 소년을 가리켰다.

"그렇다." 화학자가 응답했다. "내가 무엇을 물어볼지 그대는 알고 있다. 왜 이 아이에게만 내 힘이 통하지 않았지? 왜? 왜 나는 이 녀석의 생각에서 내 생각과 무서울 정도의 동질성을 감지한 거지?"

"이 녀석은 네가 내어 준 것과 같은 기억들이 전혀 없는 인간이라는 생명체의 가장 완전한 최신 사례다." 소년을 가리키며 환영이 말했다. "여기에 슬픔이나 잘못이나 고뇌를 약화시키는 기억이 들어설 틈은 없다. 이 비참한 인간은 날 때부터 짐승보다도 못한 환경에 버려졌고, 그가 아는 한 그의 굳어진 가슴에서 그런 기억이 아주 조금이라도 생기게 할 단 한 번의 대조적인 환경도, 어떤 인간적인 손길도 경험한 적이 없기 때문이다. 이 고독한 생명체의 내면에 있는 것이라고는 메마른 황무지뿐이다. 네가 포기한 것이 전무한 인간의 내면에 있는 것도 똑같이 메마른 황무지뿐이다. 그런 자에게 화 있을진저! 여기 누워 있는 이 녀석 같은 괴물을 백씩, 천씩 셈하게 될 그 나라에 열 배의 화 있을진저!"

레드로는 자신이 들은 말에 소름이 끼쳐 몸을 움츠렸다.

"인류가 반드시 거둬들여야 할 결과물의 씨를 뿌리지 않은 이가 그중 하나도 없다……. 하나도 없다." 환영이 말했다. "이 소년의 내면에 있는 모든 악의 씨앗이 파멸의 들판으로 자라고, 그 들판에서 수확되고, 저장되고, 다시 세상 수많은 곳에 씨 뿌려져 마침내 또 한 번 노아의 홍수를 일으킬 물이 모일 만큼 곳곳이 악으로 뒤덮일 것이다. 일상적으로 묵인된다는 면에서 이러한 참상이 도시의 거리에서 공공연히 저질러지고도 형벌을 면한 살인보다 더 죄가 많을 것이다."

환영은 잠든 소년을 내려다보는 것 같았다. 레드로 역시 전에 없던 감정을 느끼며 소년을 내려다보았다.

"낮이나 밤에 길을 갈 때 이런 피조물들을 곁에 데리고 걸어가는 아버지가 없다." 환영이 말했다. "이 땅 각계각층의 다정한 어머니들 가운데 이들의 어머니가 없다. 형편없는 어린 시절을 보내고 나서 이런 극악무도한 행위에 조금도 연관되지 않을 자는 아무도 없다. 그로 인해 저주가 내리지 않을 나라는 세상 어디에도 없다. 부인되지 않을 종교가 없고, 부끄러워하지 않을 사람이 없다."

화학자는 두 손을 꽉 맞잡고 가슴 떨리는 두려움과 연민으로 잠든 소년과 우뚝 서서 발밑에 잠든 아이를 손가락으로 가리키고 있는 환영을 바라보았다.

"보라. 내가 말하노라." 허깨비가 말을 이었다. "네 선택이 가져올 전형적인 결과물이다. 네 영향력이 여기에서 아무 힘이 없는 것은 이 아이의 가슴에는 네가 지워 버릴 수 있는 것이 아무것도 없기 때문이다. 이 아이의 생각에서 네 생각과 '무서울 정도의 동질성'을 느끼는 것은 네가 이 아이의 비인간적인 수준으로 떨어졌기 때문이다. 이 아이는 인간의 무관심이 커진 결과이고 너는 인간의 교만이 커진 결과다. 각자의 경우에서 하늘의 자비로운 계획이 무너지는 바람에 정신세계의 양극단에서 온 너희가 한데 모여 하나로 합치게 된 것이다."

화학자는 소년 옆의 바닥에 웅크리고 앉아 지금 스스로에게 느끼는 것과 같은 종류의 연민을 소년에게도 느끼며 잠든 소년을 감싸 안았고, 더 이상 혐오감이나 무관심으로 아이를 피하지 않았다.

이윽고 저 멀리 지평선이 밝아 오면서 어둠이 서서히 사라지고 붉은 태양이 찬란하게 떠오르며 아주 오래된 건물의 높은 굴뚝과 박공이 도시의 연기와 증기를 금빛 구름으로 바꾸는 맑은 공기 속에서 희미하게 반짝였다. 바람이 소리 없이 빙빙 맴도는 그늘진 구석에 있는 그 해시계가 밤새 칙칙하고 늙은 얼굴에 쌓인 더 고운 눈가루들을 털어 내며 작고 하얀 소용돌이들이 제 주위를 빙글빙글 도는 모습을 바라보았다. 물론 아침은 맹목적으로 더듬거리며 노르만 양식의 반원형 아치들이 반쯤 땅속에 묻혀 있는 몹시 차갑고 흙내 나는 잊혀 버린 지하실까지 내려가 해가 떴다는 소식을 살며시 전하여 사방 벽에 축 늘어진 채 매달려 있는 식물의 굼뜬 수액을 휘저으며 그곳에 존재하는 경이롭고 섬세한 창조물의 작은 세계 속에서 느릿느릿 작동하는 생명의 본질을 자극했다.

테터비 가족은 모두 일어나 각자 할 일을 하고 있었다. 테터비 씨는 가게의 덧문을 열고 진열창의 보물들을 그 매력에 그토록 저항하는 예루살렘 건물 사람들의 눈에 띄도록 하나씩 하나씩 드러내었다. 아돌퍼스는 집을 나간 지 이미 오래라 아침 '슨문'을 외칠 때가 그리 멀지 않았다. 다섯 명의 어린 테터비들은 열 개의 동그란 눈이 비누와 마찰로 벌게진 채 부엌방에서 찬물 세수라는 고문을 받는 중이었고, 테터비 부인은 감독 중이었다. 마침 몰록이 심사가 사나울 때(항상 그러긴 했지만 말이다.) 엄청 빠른 속도로 화장실에서 밀려난 조니는 자기 책임인 몰록을 안고 평소보다 훨씬 더 힘겨워하며 가게 문 앞에서 이리저리 비틀대고 있었다. 몰록의 무게가 모자와 파란색 각반이 딸린 털실로 짠 한 벌의 완전한 사슬 갑옷 같은 방한복으로 인해 훨씬 늘어 있었던 것이다.

이 아기의 특이한 점은 항상 이가 나는 중이라는 것이었다. 이가 아예 나지 않았는지, 아니면 났다가 다시 빠졌는지는 분명히 확인되지 않았지만 테터비 부인의 말로는 불 앤드 마우스[21]의 간판을 위해 멋진 치아를 보여 주기에 충분할 만큼 나

---

21) 1666년 런던 대화재 이전부터 1888년경까지 영업했던 런던의 유명한

있는 것은 분명했다. 아기의 (턱 바로 아래 위치한) 허리에 어린 수녀의 묵주로 써도 될 만한 커다란 뼈로 만든 고리 모양 치발기가 항상 매달려 있었는데도 그 잇몸을 문지르는 데 온갖 물건들이 동원되었다. 아기를 달래기 위해 이것저것 가릴 것 없이 마구 사용한 가장 흔한 도구 가운데는 가게 재고에서 선택한 칼 손잡이, 우산 꼭지, 지팡이 머리, 가족들 손가락 전부, 그중에서도 특히 조니의 손가락, 육두구 강판, 빵 껍질, 문손잡이, 부지깽이 꼭대기의 차가운 손잡이 따위가 있었다. 문질러서 발생하는 일주일치 전기 양을 가늠할 수 없을 정도였다. 그래도 테터비 부인은 항상 이렇게 말했다. "이가 나는 거야. 다 나고 나면 이 애는 원래 자기 모습으로 돌아갈 거야." 그런데도 이는 절대 나지 않았고, 아이는 계속 다른 누군가였다.

　어린 테터비들의 성미는 몇 시간 만에 몹시 변해 버렸다. 테터비 부부는 자식들보다 더 많이 달라지지는 않았다. 대개 그들은 이타적이고 마음씨가 착하고 온순한 작은 종족이어서 먹을 것이 부족할 때면(그런 일이 꽤 자주 있었다.) 부족한 음식이라도 만족스럽게, 심지어 너그럽게 나누어 먹었으며, 아주 적은 양의 고기로도 큰 즐거움을 누렸다. 하지만 지금 그들은 비누와 물뿐 아니라 심지어 아직 차리기도 전인 아침 식사 때문에 싸우고 있었다. 모든 어린 테터비의 손이 다른 어린 테터비들에 맞섰고, 심지어 조니의 손도 ― 그 참을성 있고 잘 견

─────────────

여관의 이름으로 '황소와 입'이라는 의미다. 이 여관 간판에 새겨진 상징물이 바로 황소 한 마리와 그 아래에서 기괴할 정도로 큰 입을 벌려 치아를 다 드러내며 웃고 있는 사람의 얼굴이었다.

디며 헌신적인 조니마저 ─ 아기에게 반기를 들었다! 그랬다. 그저 우연히 문으로 가던 테터비 부인이 조니가 한 벌로 된 방한복에서 약한 부분만 악의적으로 골라내 그 신의 은총을 입은 아이를 찰싹찰싹 때리는 것을 목격한 것이다.

테터비 부인은 그 순간 전광석화처럼 조니의 옷깃을 잡고 응접실로 끌고 들어가 그 폭행에 고리의 이자까지 붙여 되갚아 주었다.

"이 짐승 같은 놈아, 이 꼬마 살인자 녀석아." 테터비 부인이 말했다. "감히 그럴 마음이라도 먹었던 거냐?"

"그럼 왜 쟤 이는 나지 않는 거예요?" 크고 반항적인 목소리로 조니가 대꾸했다. "그러기는커녕 날 귀찮게만 하잖아요. 엄마라면 기분이 어떻겠어요?"

"이놈아, 난 참 좋구나!" 그 치욕을 당한 짐을 조니에게서 가져오며 테터비 부인이 말했다.

"네, 픽이나 좋으시겠네요." 조니가 말했다. "엄마가요? 그럴 리가 없어요. 엄마가 나였으면 군인이 됐을 거예요. 나도 그럴 거예요. 군대에는 아기가 없으니까요."

사건 현장에 도착한 테터비 씨는 반항아를 나무라는 대신 생각에 잠겨 턱을 문질렀다. 군대 생활에 대한 그런 관점에 상당히 감명을 받은 것처럼 보였다.

"이 애 말이 옳다면 차라리 내가 군복무 중인 거면 좋겠어요." 남편을 쳐다보며 테터비 부인이 말했다. "여기서 내 삶에 평화라곤 없으니까요. 난 노예예요…… 버지니아 노예.22)" 테터비 부인이 이렇게 격앙된 표현을 사용한 것은 그들의 담배 사업 하락세와 관련된 어떤 불분명한 연상 작용으로 인한 것이었다. "난 일 년 내내 하루도 못 쉬고 아무런 즐거움도 못 누린다고요! 이런, 세상에, 주여, 이 아이를 축복하시고 구하여 주시옵소서." 그토록 경건한 간구에는 전혀 어울리지 않는 짜증스러운 손길로 아기를 흔들어 어르며 테터비 부인이 말했다. "얘는 이번엔 또 뭐가 문제야?"

아기를 흔들어 주는 것으로는 문제를 발견하지도 한결 해소하지도 않았기 때문에 테터비 부인은 아기를 요람에 넣고 팔짱을 끼며 자리에 앉아 화난 듯 한 발로 요람을 흔들었다.

"어쩔 셈으로 거기 서 있는 거죠, 돌퍼스." 테터비 부인이 남편에게 말했다. "뭐라도 좀 하는 게 어때요?"

"아무것도 하고 싶지 않은데." 테터비 씨가 대꾸했다.

"분명히 해 두자면 나도 하고 싶지 않아요." 테터비 부인이 말했다.

"맹세코 나는 하고 싶지 않아요." 테터비 씨가 말했다.

조니와 다섯 남동생들 사이에서도 일탈이 발생했다. 식구들의 아침 식사를 준비하면서 잠시라도 빵 덩어리를 차지해 보겠다고 사소한 말다툼을 벌이기 시작했고, 이제는 서로 성심성의껏 주먹다짐을 했다. 그중 가장 어리지만 어린아이답지 않게 용의주도한 한 녀석은 뒤엉켜 전투 중인 무리의 바깥에서

22) 1619년 버지니아주의 담배 재배 노동력 충원을 위해 한 네덜란드 선박이 아프리카인 스무 명을 버지니아주 제임스타운에 데려오며 본격적으로 미국의 흑인 노예 제도가 시작되었다. 또한 당대에도 버지니아주에서 흑인 노예를 동원해 재배하는 주요 작물이 담배였다는 데 기인한 언급이다.

맴돌며 그들의 다리를 거듭 공격하고 있었다. 싸움이 한창일 때, 테터비 부부는 둘 다 마치 이제는 그런 분야가 그들이 의견 일치를 볼 수 있는 유일한 분야이기라도 한 것처럼 엄청나게 열정적으로 참전했다. 그러고는 이전처럼 인정 많은 마음씨는 간데없이 무자비하게 두들겨 패며 가공할 위력을 발휘하고 이전과 같은 각자의 상관적 위치를 되찾았다.

"하는 일 없이 빈둥대는 것보다야 신문이라도 읽는 게 낫겠어요." 테터비 부인이 말했다.

"신문에 읽을 게 뭐가 있겠어요?" 불만스러워 어쩔 줄 모르며 테터비 씨가 되물었다.

"뭐가 있냐고요?" 테터비 부인이 말했다. "치안 문제요."

"그게 나랑 무슨 상관이라고." 테터비가 말했다. "사람들이 무슨 짓을 하든 무슨 일을 당하든 내가 신경 쓸 이유가 없잖아요."

"자살 사건도 있죠." 테터비 부인이 제시했다.

"내 알 바가 아니죠." 남편이 대꾸했다.

"출생, 사망, 결혼. 그런 것들이 당신에게는 아무 의미가 없나요?" 테터비 부인이 말했다.

"출생이야 오늘도 그렇고 도처에 언제나 있는 일이고, 사망이야 모두 내일부터 일어나기 시작할 일이라고 한다면, 내 차례가 다가온다는 생각이 들기도 전부터 관심을 가져야 할 까닭이 뭔지 모르겠군요." 테터비가 투덜거렸다. "결혼에 관해서 얘기해 보자면 내가 직접 해 본 일이죠. 그것에 대해서라면 모르는 거 빼고는 다 알거요."

못마땅한 표정과 태도로 미루어 볼 때 테터비 부인도 남편과 같은 의견을 가진 것처럼 보였다. 그런데도 그녀는 그와 말다툼하는 희열을 느끼기 위해 그의 말에 반대했다.

"어머, 이렇게 일관성 있는 양반을 봤나." 테터비 부인이 말했다. "안 그래요? 저기 오로지 신문 쪼가리만 가지고 직접 만든 저 칸막이로 애들한테 기사를 읽어 주겠답시고 앉은자리에서 한 번에 삼십 분씩이나 그러는 양반이 당신이라는 사람이잖아요!"

"한때는 그랬었다고 해야지요." 남편이 반박했다. "더 이상 내가 그러는 걸 보지 못할 테니까. 이젠 좀 더 현명해졌거든."

"흥! 설마 더 현명해졌다니!" 테터비 부인이 말했다. "당신이 나아졌다고요?"

그 질문에 테터비 씨의 가슴속에 불협화음이 울렸다. 그는 풀이 죽어 곰곰이 생각하더니 이마에 성호를 긋고 또 그었다.

"나아졌다니!" 테터비 씨가 중얼거렸다. "우리 중 누구도 나아지거나 행복해진 건 아닐지도 모르지. 나아졌다라. 정말 그럴까?"

그는 칸막이를 향해 돌아서서 손가락으로 죽 훑다가 결국 찾고 있던 특정 단락을 발견했다.

"이게 우리 가족이 특히 좋아하는 이야기 중 하나였지. 기억이 나는군." 쓸쓸하고 얼빠진 듯 들리는 말투로 테터비가 말했다. "이 이야기를 들으면 아이들은 눈물을 흘리곤 했고, 자기들끼리 어떤 사소한 말다툼이나 불만이 있었다 해도 얌전해졌어. 숲속의 개똥지빠귀 이야기[23] 다음으로 좋아하는 이야기였지. '궁핍에서 비롯한 슬픈 사건. 어제 한 작은 남자가 갓난아기를 품에 안고, 하나같이 눈에 띄게 굶주린 두 살에서 열 살 사이 되는 다양한 연령의 누더기를 걸친 어린 아이 여섯 명에게 둘러싸인 채 명망 높은 치안 판사 앞에 출두해 다음과 같이 장황한 진술을 했다. 하! 도무지 이해가 안 가." 테터비 씨가 말했다. "이게 우리와 무슨 상관인지 도저히 모르겠어."

"정말 늙고 초라해 보이는구나." 그를 눈여겨보며 테터비 부인이 말했다. "사람이 저렇게 변하는 건 본 적이 없어! 아! 이런 세상에, 세상에, 세상에. 이건 희생이었어!"

"뭐가 희생이라는 거요?" 남편이 불쾌하게 물었다.

테터비 부인은 고개를 가로저으며 입으로는 아무 대답도 하지 않고 요람만 난폭하게 흔들어 아기 주변에 그야말로 폭풍 같은 소동을 일으켰다.

"당신의 결혼이 희생이었다는 뜻이라면 우리 착한 마누라……." 그녀의 남편이 말했다.

"바로 그 뜻이에요." 그의 아내가 말했다.

"이런, 그렇다면 내가 하고 싶은 말은 이거예요." 그녀만큼이나 부루퉁하고 퉁명스럽게 테터비 씨가 말을 이었다. "그 일에는 두 가지 측면이 있는데 나야말로 희생자였다는 것과 그

---

23) 영국의 전래 동요 「숲속의 두 아이」에 대한 언급이다. 아버지가 죽고 고아가 된 두 아이가 그 유산을 탐낸 삼촌의 계략에 빠져 결국 숲에서 숨을 거두게 되는데 이때 개똥지빠귀 한 마리가 나뭇잎으로 이들을 고이 덮어 준다는 내용이 포함되어 있다.

희생이 받아들여지지 않았더라면 좋았을 거라는 거예요."

"내 온 마음과 영혼을 다해 장담하는데 그랬더라면 나도 좋았을 거예요, 테터비." 아내가 말했다. "당신이 나보다 더 간절히 바랄 수는 없을 거예요, 테터비."

"내가 저 여자에게서 뭘 봤는지 모르겠군." 신문 판매인이 중얼거렸다. "확실한 건…… 무언가 본 게 있었다 해도 지금은 사라지고 없는 게 분명하다는 거야. 어젯밤 저녁 식사 후 난롯가에서 그런 생각을 하고 있었지. 그녀는 뚱뚱하고, 나이도 많고, 대부분의 다른 여자들과는 비교할 만하지도 않잖아."

"저이는 평범하게 생기고 위엄이라곤 없고 왜소한 데다 구부정해지기 시작했고, 머리까지 벗어지는 중이야." 테터비 부인이 중얼거렸다.

"그 짓을 할 땐 틀림없이 반쯤 미쳤던 거야." 테터비 씨가 중얼거렸다.

"제정신이 아니었던 게 틀림없어. 그게 아니면 나 자신을 납득시킬 방법이 없어." 테터비 부인이 고심하며 말했다.

이런 분위기에서 그들은 아침 식사를 하기 위해 자리에 앉았다. 어린 테터비들은 그 식사를 계속 앉은 자세로 하는 일이라는 관점에서 보는 데 익숙하지 않았고 춤이나 총총걸음으로 즐기며 먹었다. 좀 더 정확히 말하자면 일종의 야만적인 의식과 비슷했다. 간간이 날카로운 함성을 지르면서 버터 바른 빵을 휘두르는 것은 물론이고, 일렬종대로 행진한답시고 와르르 거리로 몰려 나갔다가 다시 돌아오고, 그 공연에 자연스레 이어지는 행동인 양 문간에서 폴짝폴짝 뛰었다는 점에서 말이다. 이번에는 다 함께 마시도록 식탁에 놓여 있던 물 탄 우유 단지를 두고 이 테터비 씨네 아이들 사이에 벌어진 다툼으로 성난 갈망이 몹시 고조되는 너무나도 유감스러운 경우가 초래되는 바람에 와츠 박사[24]에 대한 추억이 짓밟히고야 말았다. 테터비 씨가 그 무리를 모조리 현관 밖으로 몰아 내고 나서야 비로소 잠시나마 평화가 찾아왔고, 그마저 조니가 은근슬쩍 돌아와 복화술하듯 단지를 입에 대고 추잡스럽고 욕심 사납게 서두른 나머지 사레들려 캑캑대는 순간 발견되면서 깨어지고 말았다.

"저 애들 때문에 내가 정말 죽겠어요!" 범인을 내쫓고 나서 테터비 부인이 말했다. "어차피 그럴 거라면 빠를수록 더 좋겠지요."

"가난한 사람들은 아예 자식을 낳지 말아야 해요." 테터비 씨가 말했다. "자식은 우리에게 아무런 즐거움도 안겨 주지 못하지요."

그때 그는 테터비 부인이 그를 향해 거칠게 밀어 놓은 컵을 집어 드는 중이었고, 테터비 부인은 자기 컵을 입으로 가져가는 중이었다. 그러다가 말고 두 사람 다 마치 얼어붙은 듯 움

---

24) 아이작 와츠(Isaac Watts, 1674~1748). 영국의 목사, 찬송가 작사가, 신학자, 논리학자. 750여 편에 달하는 찬송시를 남겨 영국 찬송시의 아버지로 불린다. 대표곡으로는 「기쁘다 구주 오셨네」, 「주 달려 죽은 십자가」 등이 있으며, 본문에 언급된 것은 1715년 출간된 그의 성가집 『어린이들을 위한 찬송가』에 수록된 「형제자매 간의 사랑」이라는 찬송가 가사로 지나친 욕심을 부려 형제자매간에 다투지 말라고 어린이들에게 권면하는 내용이 담겨 있다.

직임을 멈추었다.

"여기요! 어머니! 아버지!" 조니가 방으로 뛰어 들어오며 외쳤다. "저쪽 길에 윌리엄 부인이 오고 있어요!"

만약 세상이 시작된 이후로 어린 소년이 노련한 유모같이 세심한 손길로 요람에서 아기를 꺼내 어르며 울음을 그치게 하고 기분 좋게 품에 안고 비틀비틀 걸어 나간 적이 있다면 조니가 바로 그 소년이고, 몰록이 바로 그 아기일 터였다. 그 둘이 함께 밖으로 나갔으니 말이다!

테터비 씨가 컵을 내려놓았고 테터비 부인도 컵을 내려놓았다. 테터비 씨가 이마를 문질렀고 테터비 부인도 이마를 문질렀다. 테터비 씨의 얼굴이 펴지며 밝아지기 시작했고, 테터비 부인의 얼굴도 펴지며 밝아지기 시작했다.

"이런, 주여, 용서해 주시옵소서." 테터비 씨가 혼잣말을 했다. "대체 왜 내가 이렇게 못되게 울화통을 터뜨리고 있었을까? 여기서 대체 무슨 일이 있었던 건지!"

"어젯밤에도 그런 생각을 다 떠들어 놓고 어떻게 다시 저이에게 가혹하게 굴 수 있었을까!" 앞치마로 두 눈으로 가리고 흐느껴 울며 테터비 부인이 말했다.

"내가 짐승 같은 놈인 걸까?" 테터비 씨가 말했다. "아니, 내 안에 착한 마음씨가 있긴 한가? 소피아! 우리 자그마한 마누라!"

"여보, 돌퍼스." 아내가 대답했다.

"나는…… 내 마음은 이제 와 떠올리기만 해도 견딜 수 없는 그런 상태였어요, 소피." 테터비 씨가 말했다.

"아! 그건 내가 겪은 마음 상태에 비하면 아무것도 아니에요, 돌프." 돌연 슬픔이 복받친 아내가 외쳤다.

"내 사랑 소피아." 테터비 씨가 말했다. "흥분하지 마요. 도저히 나 자신이 용서가 안 돼요. 분명 당신 가슴을 찢어 놓을 뻔했다는 걸 알거든요."

"아니, 돌프, 아니에요. 그건 나였어요! 나였다고요!" 테터비 부인이 외쳤다.

"우리 자그마한 마누라, 그러지 마요." 남편이 말했다. "당신이 그렇게 고귀한 정신을 보여 줄 때면 난 무섭도록 자책하게 돼요. 소피아, 여보, 당신은 내가 무슨 생각을 했는지 몰라요. 의심할 여지 없이 충분히 드러냈겠지만, 여보, 대체 내가 무슨 생각을 했던 건지 모르겠어요!"

"아, 사랑하는 돌프, 그러지 마요! 그러지 마!" 아내가 외쳤다.

"소피아." 테터비 씨가 말했다. "난 꼭 털어놔야 해요. 그걸 말하지 않고는 양심상 편히 쉴 수 없을 거예요. 우리 자그마한 마누라……."

"윌리엄 부인이 거의 다 왔어요!" 문간에서 조니가 소리를 질렀다.

"우리 자그마한 마누라, 내가 의심을 했어요." 의자에 몸을 기대고 숨을 헐떡이며 테터비 씨가 말했다. "어떻게 내가 한때라도 당신을 숭배할 수 있었는지 모르겠다는 의심을 했어요……. 당신이 내게 낳아 준 소중한 아이들을 잊어버리고 당신이 내가 바라는 만큼 날씬해 보이지 않는다고 생각했지요.

나는…… 난 잊고 있었어요." 통렬하게 자책하며 테터비 씨가 말했다. "나와 내 가족 때문에 당신이 해 준 내조를 말이에요. 당신이 나보다 세상살이에 더 능숙하고 운도 더 좋은 다른 남자를 만났다면(분명 누구든 그런 남자는 쉽게 찾았을 거예요.) 신경 쓸 일이 거의 없었을지도 모를 일인데요. 그런데 난 당신이 내 앞길을 밝혀 준 그 힘든 세월에 조금 나이 들었다는 이유로 당신과 말다툼을 했지요. 우리 자그마한 마누라, 이게 믿겨요? 난 도무지 믿기지가 않아요."

테터비 부인은 정신없이 웃고 울며 두 손으로 그의 얼굴을 감싸 쥐었다.

"아, 돌프!" 그녀가 외쳤다. "그렇게 생각해 주다니 정말 기뻐요. 그렇게 생각해 주다니 정말 고마워요! 나는 당신이 평범하게 생겼다고 생각했거든요, 돌프. 정말 그렇기도 하고요, 여보. 그러니 당신이 그 친절한 손으로 내 두 눈을 감겨 주는 그날까지 내 눈에 보이는 모든 모습 중에 가장 평범한 모습이 당신이기를 빌어요. 나는 당신이 왜소하다고 생각했어요. 정말 그렇기도 하고요. 당신이 그렇기 때문에 나는 당신을 존중하고, 내 남편을 사랑하기 때문에 당신은 더욱 더 존중할 거예요. 당신이 구부정해지기 시작했다고 생각했어요. 정말 그렇기도 하고요. 그러니 당신은 나에게 기댈 테고, 나는 당신이 똑바로 설 수 있게 최선을 다할 거예요. 당신에게 위엄이라곤 없는 줄 알았어요. 하지만 사실은 가장다운 위엄이 있죠. 그건 가장 꾸밈없고 가장 적절한 것이죠. 돌프, 그 가장의 집과 그곳에 속한 모든 이에게 다시 한번 하느님의 축복이 있기를 바라요!"

"만세! 윌리엄 부인이 왔어요!" 조니가 외쳤다.

그렇게 그녀가 왔고, 모든 아이가 그녀와 함께 있었다. 그녀가 들어오자 아이들은 그녀에게 입 맞추고 서로에게 입 맞추고 아기에게 입 맞추고 아버지와 어머니에게 입 맞춘 다음 뛰어 돌아가 그녀 주위에 몰려들어 껑충껑충 뛰어다니며 의기양양하게 떼 지어 걸어갔다.

테터비 부부 역시 따뜻하게 환영하는 데서는 조금도 뒤지지 않았다. 그들도 아이들만큼이나 그녀에게 매료되어 그녀를 향해 달려가 손에 입을 맞추고 꼭 끌어안았다. 그들이 아무리 열렬히 열광적으로 환영해도 충분하지 않은 것 같았다. 그녀는 모든 친절, 애정, 조심스러운 배려, 사랑, 가정생활의 정령처럼 그들 가운데 나타났다.

"어쩜! 여러분도 이 화창한 크리스마스 아침에 저를 만나서 무척 반가운 거군요!" 기분 좋게 놀라 손뼉을 치며 밀리가 말했다. "어머나, 얼마나 기쁜지 모르겠어요!"

아이들이 또다시 함성을 지르고 입을 맞추며 그녀 주위로 몰려들었고 더 많은 행복, 더 많은 사랑, 더 많은 기쁨, 더 많은 영광이 사방에서 그녀가 감당할 수 없을 만큼 쏟아졌다.

"어머나!" 밀리가 말했다. "이렇게 기분 좋은 눈물을 흘리게 하시다니. 제가 어떻게 이런 대접을 받을 자격이 있겠어요! 무슨 일을 했기에 이렇게 사랑을 받게 된 걸까요?"

"누구든 다 그럴 거예요!" 테터비 씨가 외쳤다.

"누구든 다 그럴 거예요!" 테터비 부인이 외쳤다.

"누구든 다 그럴 거예요!" 아이들이 몹시 기뻐하며 한목소리로 메아리처럼 따라 외쳤다. 그러고는 껑충껑충 뛰며 다시한번 그녀 주위로 모여들었고, 그녀에게 매달려 발그레한 얼굴을 드레스 자락에 대고 입을 맞추며 만지작거렸다. 드레스자락을, 아니 그녀 본인을 아무리 만지작거려도 충분하지 않은 것 같았다.

"오늘 아침처럼 그렇게 감동해 본 적이 없어요." 눈물을 닦으며 밀리가 말했다. "가능한 한 빨리 말해야겠어요…… 레드로 교수님이 동이 틀 무렵 저를 찾아오시더니 마치 제가 그분의 사랑하는 딸이라도 되는 것처럼 다정한 태도로, 윌리엄의형 조지가 앓아누운 곳으로 함께 가자고 간청하셨어요. 함께가는 내내 그분은 몹시 친절하고 차분하셨고 제게 너무나 큰확신과 희망을 주시는 것 같아서 기쁨의 눈물을 흘리지 않을수 없었어요. 그 집에 도착했을 때 문 앞에서 한 여자를 만났는데(유감스럽게도 누군가에게 맞아 멍이 들고 다친 것 같았어요.)제가 지나갈 때 제 손을 잡고 축복을 해 주었어요."

"당연한 일이에요!" 테터비 씨가 말했다. 테터비 부인도 그녀가 당연한 일을 했다고 말했다. 아이들도 모두 그녀가 당연한 일을 했다고 외쳤다.

"아, 그런데 그게 다가 아니에요." 밀리가 말했다. "우리가위층으로 올라가 방으로 들어가자 아무리 노력해도 깨울 수가 없어 여러 시간 동안 그대로 누워 있던 환자가 침대에서 일어나더니 와락 눈물을 터뜨리며 제게 팔을 뻗고는 이렇게 말하는 거예요. 줄곧 삶을 낭비하며 살아왔지만 이제는 지난날을 슬퍼하며 진심으로 뉘우치고 있다고요. 자신의 지난날이 짙은 먹구름이 걷힌 후 나타난 엄청난 경치만큼이나 똑똑히 보인다더군요. 그러면서 연로하신 가엾은 아버지께 자신을 용서하고 축복해 줄 것을 부탁해 달라고, 그리고 자신의 침대 옆에서 기도드려 달라고 제게 간청했어요. 제가 그렇게 하자 레드로 교수님도 너무나 열렬히 기도에 동참하셨고, 그런 다음 제게 거듭 감사의 말을 전하시고 하느님께 감사드리셨기에 제 가슴이 더없이 벅차올랐지요. 어쩌면 흐느껴 우는 일 말고는 아무것도 못 했을지도 몰라요. 만약 환자가 제게 곁에 앉아 달라고 애원하지 않았더라면 말이지요……. 물론 그러고 나니 차분해졌지만요. 제가 자리에 앉자 환자는 제 손을 줄곧 잡고 있다가 마침내 선잠에 빠져 꾸벅꾸벅 졸기 시작했고, 심지어 그 순간에도 제가 그를 남겨 두고 여기로 오려고(레드로 교수님은 정말 진심으로 제가 그렇게 하기를 바라셨답니다.) 손을 빼내자 제 손을 찾아 더듬는 바람에 누군가 다른 사람이 저를 대신해 그에게 제 손을 다시 쥐여 준 척해야 했어요. 아, 세상에, 세상에." 흐느끼며 밀리가 말했다. "이 모든 일에 대해 제가 얼마나 많은 감사와 행복을 느껴야 하는지, 그리고 실제로 얼마나 많이 느끼고 있는지 모르실 거예요!"

그녀가 이야기를 하는 사이 레드로가 들어오더니 잠시 멈춰 서서 그녀를 중심으로 한 무리를 지켜본 다음 조용히 계단을 올라가 한동안 모습을 보이지 않았다. 이제 그가 계단에 다시 나타났고, 그가 거기 머물러 있는 동안 젊은 학생이 그를 지나쳐 한달음에 아래층으로 내려왔다.

"친절한 간병인, 모든 피조물 가운데 가장 상냥하고 착하신 분." 그녀 앞에 한쪽 무릎을 꿇고 그녀의 손을 잡으며 그가 말했다. "끔찍하게 배은망덕했던 저를 용서해 주세요!"

"이런, 세상에, 이런, 세상에!" 밀리가 천진난만하게 외쳤다. "여기 또 한 분이 있군요! 이런, 세상에. 저를 좋아해 주는 분이 한 분 더 있었어요. 몸 둘 바를 모르겠어요!"

솔직하고 해맑게 그 말을 하며 두 손으로 눈을 가리고 행복에 겨워 눈물을 흘리는 모습은 정말 기분 좋으면서, 또 그만큼 감동적이었다.

"저는 제정신이 아니었어요." 그가 말했다. "무슨 일이 있었는지 모르겠지만 — 아마도 제 병의 영향이었을 거예요 — 정신이 나갔던 모양이에요. 하지만 정말이지 이젠 아니에요. 이 말씀을 드리는 지금 이 순간은 거의 회복된 상태예요. 아이들이 부인의 이름을 외치는 소리가 들렸고, 바로 그 소리에 그림자가 제게서 떠나갔어요. 아, 울지 마세요! 친애하는 밀리, 부인이 제 마음을 읽어서 이 마음이 어떤 애정과 감사의 마음을 담은 존경심으로 빛나고 있는지 안다면 눈물 흘리는 모습을 제게 보이지 않을 거예요. 그건 엄청나게 강한 질책이니까요."

"아니, 아니에요." 밀리가 말했다. "그런 게 아니에요. 정말로 아니에요. 기뻐서 그래요. 그깟 일로 제게 용서를 구해야 한다고 생각한다는 게 놀랍기는 하지만 그래도 그래 주셔서 기뻐요."

"그럼 다시 와 주시겠어요? 그 작은 커튼도 완성해 주시겠어요?"

"아니요." 눈을 닦고 고개를 가로저으며 밀리가 말했다. "이제 제 바느질에는 신경 쓰지 않게 되실 거예요."

"그 말씀은 절 용서하신다는 건가요?"

그녀는 손짓을 해 그를 한쪽으로 불러 귀에 대고 속삭였다.

"고향집에서 온 소식이 있어요, 에드먼드 씨."

"소식이요? 어떻게 된 일이죠?"

"당신이 많이 아팠을 때 편지를 쓰지 않았던 일이나 회복되기 시작했을 때 글씨체가 달라진 일로 진실에 대한 의심이 싹텄겠지요. 그렇다고 해도…… 나쁜 소식만 아니면 어떤 소식을 듣더라도 당신 건강이 더 나빠질 리는 없겠죠?"

"물론이죠."

"그렇다면 말인데요. 누가 찾아왔어요!" 밀리가 말했다.

"저희 어머니신가요?" 주위를 힐끔거리다가 계단에서 내려와 있는 레드로를 본의 아니게 보고 학생이 물었다.

"쉿! 아니에요." 밀리가 말했다.

"다른 사람일 리가 없어요."

"정말요?" 밀리가 물었다. "확실해요?"

"설마 그 사람이……." 그가 말을 미처 다 하기도 전에 그녀가 손을 들어 입을 막았다.

"네, 맞아요!" 밀리가 말했다. "그 젊은 숙녀는(에드먼드 씨, 그녀는 그 소형 초상화와 무척 닮았지만 더 예쁘더군요.) 의심을 풀지 않고 편히 있기에는 마음이 너무 불편했기 때문에 어젯밤에 어린 하녀 하나만 데리고 상경했어요. 당신이 편지에 발신

지를 항상 대학으로 적어 보냈기 때문에 그녀가 그곳으로 왔답니다. 그래서 오늘 아침 제가 레드로 씨를 뵙기 전에 그녀를 만나게 된 거예요……. 그녀도 저를 좋아해요!" 밀리가 말했다. "아, 세상에, 한 사람 더 있네요!"

"오늘 아침이요! 지금은 어디 있나요?"

"그야 물론 지금 그녀는 저희 관리인 사택의 제 작은 응접실에 있지요." 그의 귀에 입술을 갖다 대며 밀리가 말했다. "당신과 만나기를 기다리고 있어요."

그는 그녀의 손을 꼭 쥐었다 놓고 쏜살같이 내달리려 했지만 그녀의 만류에 지체하게 되었다.

"레드로 교수님이 많이 변하셨어요. 오늘 아침에 하신 말씀으로는 기억이 손상되셨대요. 에드먼드 씨, 교수님을 잘 배려해 주세요. 그분께는 우리 모두의 배려가 필요하답니다."

그녀는 젊은이의 표정으로 보아 자신의 충고가 잘 받아들여졌음을 확신했고, 그는 나가는 길에 화학자의 앞을 지나면서 그에 대한 관심을 확연히 드러내며 정중히 고개를 숙였다.

레드로는 인사에 예의 바르게, 심지어 황송하다는 듯 화답하고, 그가 보이지 않을 때까지 눈으로 그를 쫓았다. 레드로도 고개를 떨구고 두 손으로 얼굴을 감싸며 무언가 자신이 잃어버린 기억을 되살리려 애쓰는 듯했지만 그것은 사라지고 없었다.

음악에 감화되고 다시 나타난 유령과 만난 이후 그에게 찾아온 항구적인 변화는 이제 그가 얼마나 많은 것을 잃었는지 뼈저리게 느끼고 자기 상황을 측은히 여기며 주변 사람들의 자연스러운 상황과 명확하게 대조할 수 있다는 것이었다. 그러면서 주변 사람들에 대한 관심이 되살아났고, 자신의 고난에 대한 온순하고 순종적인 감각이 생겨났다. 이는 나이를 먹으면서 그로 인한 약점 목록에 무감각이나 우울이 추가되지는 않더라도 정신력이 약해지면 때때로 얻게 되는 그런 감각과 비슷했다.

자신이 저지른 악행들을 밀리를 통해 차츰 만회하고 그녀와 점점 더 많은 시간을 함께할수록 그는 그러한 변화가 내면에서 무르익고 있다는 것을 자각했다. 그로 인해, 그리고 그녀가 그에게 품게 한(하지만 다른 여지는 주지 않은) 애착 때문에 그는 자신이 그녀에게 상당히 의지하고 있으며 그녀가 고난을 겪는 자신이 기댈 지팡이 같은 존재라고 여기게 되었다.

그래서 그녀가 이제 시아버지와 남편이 있는 집으로 돌아가야 하지 않느냐고 물었을 때 — 그 일을 불안해하면서도 — 선뜻 "그러지."라고 대답한 바로 그 순간 그는 그녀와 팔짱을 끼고 나란히 걸었다. 그는 자연의 불가사의조차 펼쳐진 책이나 다름없다고 느끼는 현명하고 박식한 사람이고 그녀는 교육받지 못한 정신의 소유자인 것처럼 걸은 것이 아니라, 마치 두 사람의 위치가 뒤바뀌기라도 한 것처럼, 그는 아무것도 모르는데 그녀는 모든 것을 다 아는 것처럼 걸어갔다.

그렇게 그와 그녀가 함께 그 집을 떠나 밖으로 나갔을 때 그는 아이들이 주위로 모여들어 그녀를 껴안는 모습을 보았고, 그들의 낭랑하게 울려 퍼지는 웃음소리와 명랑한 목소리를 들었으며, 꽃송이처럼 주위에 떼 지어 모여 있는 그들의 밝

은 얼굴을 보았고, 그 부모가 되찾은 만족감과 애정을 목격
했다. 그는 평온을 되찾은 가난한 가정의 소박한 공기를 들이
마시며 자신이 그곳에 드리웠고, 그녀가 없었다면 그 순간에
도 널리 번지고 있었을지도 모르는 그 해롭고 어두운 그림자
를 떠올렸다. 그러니 아마도 그가 그녀 옆에서 순순히 걸으며
그녀의 상냥한 가슴을 제 가슴으로 더 가까이 끌어당긴 것은
놀라운 일도 아니었을 것이다.

그들이 관리인 사택에 도착했을 때 노인은 벽난로 귀퉁이
의 따뜻한 자리에 놓은 의자에 앉아 바닥만 뚫어져라 보았고,
아들은 벽난로 반대편에 기대어 서서 그를 바라보고 있었다.
그녀가 문으로 들어가자 두 사람 다 흠칫 놀라며 고개를 돌
려 그녀를 쳐다보았고, 그들의 얼굴에 변화가 일어나며 환해
지기 시작했다.

"아, 이런 세상에, 세상에, 세상에, 두 사람도 다른 사람들처
럼 나를 보고 반가워하네요!" 무아지경이 되어 손뼉을 치다가
뚝 그치더니 밀리가 외쳤다. "여기 두 명 더 있어요!"

그녀를 보고 반가워하다니! 단순히 반갑다는 말로 설명
할 기분이 아니었다. 그녀는 자신을 맞이하기 위해 두 팔을 활
짝 벌린 남편의 품으로 뛰어들었고, 그는 그 짧은 겨울날 온종
일 자기 어깨에 머리를 기대게 한 채 그녀를 품에 안고 있게
되어 기뻤을 것이다. 하지만 노인은 그녀를 내줄 수 없었다. 그
에게도 그녀를 위한 품이 있었고, 그녀를 그 품 안에 가두어
버렸다.

"아니, 우리 말 없는 생쥐가 지금껏 내내 어디에 있었던 거

지?" 노인이 말했다. "그 애는 오랫동안 부재중이었어. 난 생쥐 없이는 살기 힘들다는 걸 깨달았단다. 나는 — 우리 아들 윌리엄은 어디에 있지? — 내가 꿈을 꾸고 있었던 것 같은 느낌이 드는구나, 윌리엄."

"제 말이 바로 그 말이에요, 아버지." 아들이 대답했다. "저도 불쾌한 꿈을 꾸고 있었던 것 같아요……. 아버지, 좀 어떠세요? 괜찮으세요?"

"건강하고 용감하단다, 얘야." 노인이 대답했다.

윌리엄 씨가 마치 아무리 해도 아버지에게 충분한 관심을 표시하기에는 역부족이라는 듯 아버지와 악수를 나누며 등을 토닥이고 한 손으로 살살 문질러 주는 모습은 정말 보기 좋은 광경이었다.

"아버지, 아버지는 정말 놀라운 분이세요! 아버지, 좀 어떠세요? 그럼 식욕도 아주 왕성하시죠?" 아버지와 다시 악수를 나누고 다시 토닥이고 다시 살살 문질러 주며 윌리엄이 말했다.

"내 평생 이보다 더 쌩쌩하고 튼튼한 적은 없단다, 얘야."

"아버지, 아버지는 정말 놀라운 분이세요!" 윌리엄 씨가 열정적으로 말했다. "그런데 관건은 바로 그거야. 우리 아버지가 겪으신 모든 일, 그리고 머리가 하얗게 세며 그 위로 세월이 쌓여 간 기나긴 삶의 과정 중에 아버지께 일어난 모든 기회와 변화, 슬픈 일과 고뇌를 생각하면 우리가 충분히 이 노신사를 공경하고 노년을 편안하게 보내시도록 해 드리기에는 역부족인 것 같아……. 아버지, 좀 어떠세요? 정말 괜찮으세요?"

윌리엄 씨는 이 질문을 반복하고, 아버지와 다시 악수를 나누고, 다시 토닥이고, 다시 살살 문질러 주는 일을 결코 중단하지 않았을지도 모른다. 만약 노인이 지금까지 보지 못했던 화학자를 별안간 발견하지 못했더라면 말이다.

"죄송합니다, 레드로 교수님." 필립이 말했다. "여기 계신 줄 몰랐습니다, 교수님. 알았더라면 이렇게 허물없이 굴지 않았을 텐데요. 레드로 교수님, 크리스마스 아침에 교수님을 여기서 뵈니까 교수님이 학생이시고, 심지어 크리스마스에도 우리 도서관 곳곳에 모습을 드러내실 정도로 열심히 공부하시던 시절이 생각납니다. 하하! 하하! 저는 그런 일을 기억할 만한 나이랍니다. 게다가 비록 여든일곱이기는 하지만 제대로 잘 기억하고 있기도 하지요. 암요. 제 불쌍한 아내가 세상을 뜬 건 교수님이 이곳을 떠나신 후였습니다. 레드로 교수님, 제 불쌍한 아내를 기억하시겠지요?"

화학자는 그렇다고 대답했다.

"암요." 노인이 말했다. "사랑스러운 사람이었답니다. 교수님이 어느 크리스마스 아침에 젊은 숙녀와 함께 여기 오셨던 게 기억납니다. 레드로 교수님, 실례지만 교수님이 몹시 아끼던 여동생분이었던 것 같은데요?"

화학자는 그를 바라보며 고개를 가로저었다. "여동생이 있었지." 그가 공허한 듯 말했다. 그는 더 이상은 알지 못했다.

"어느 크리스마스 아침이었습니다." 노인이 말을 이었다. "교수님이 그분과 함께 이곳에 오셨지요. 눈이 내리기 시작했고, 제 아내가 숙녀분에게 안으로 들어와 우리 열 명의 가난한 신사들이 통학하기 이전에는 우리가 대형 만찬장으로 썼던 곳에서 크리스마스 날이면 항상 불길이 타오르던 난롯가에 앉아 계시라고 청했습니다. 저도 그 자리에 있었습니다. 제가 젊은 숙녀분이 예쁜 발을 따뜻하게 데울 수 있도록 불길을 돋우고 있을 때 그분이 그 초상화 밑의 장식체 글씨를 소리 내어 읽었던 일이 기억납니다. '주여! 언제까지나 잊지 않고 생생히 기억하게 해 주소서!' 그분과 제 불쌍한 아내가 그것에 대해 대화를 시작했는데, 지금 생각해 보면 이상한 일이지만, 두 사람 모두 그것이 훌륭한 기도문이고 (둘 다 죽을 가능성은 거의 없었는데도) 만약 자신들이 젊어서 부름을 받아 가게 된다면 가장 소중한 사람들과 관련하여 매우 간절하게 바칠 기도문이라고 말했답니다. '저희 오빠가'라고 젊은 숙녀분이 말했습니다. ─ '저희 남편이'라고 제 가여운 아내가 말했습니다 ─ '주여, 그가 저를 잊지 않고 생생히 기억하게 해 주시고, 제가 잊히지 않게 해 주소서!'"

한평생 흘린 눈물보다 더 고통스럽고 쓰라린 눈물이 레드로의 얼굴을 타고 쏟아져 내렸다. 필립은 자신의 이야기를 기억해 내는 데 몰두하고 있었기 때문에 미처 그의 모습을 보지도, 그만 멈췄으면 하는 밀리의 걱정을 알아채지도 못했다.

"필립!" 그의 팔에 손을 얹으며 레드로가 말했다. "나는 신의 섭리에 호되게 당해 고통받는 자라네. 비록 마땅히 받아야 할 벌이기는 하지만 말이야. 이보게, 자네는 내가 알아듣지 못하는 이야기를 해 주고 있어. 난 기억이 사라졌거든."

"하느님, 자비를 베푸소서!" 노인이 외쳤다.

"난 슬픔과 잘못과 고뇌에 대한 기억을 잃어버렸어." 화학자가 말했다. "그와 동시에 인간이라면 누구나 기억할 모든 걸 잃어버렸지!"

필립 영감이 그를 가여워하는 모습을 보고, 자신의 바퀴 달린 커다란 의자를 끌고 와 쉴 수 있게 그를 앉힌 다음 그의 불행에 침통함을 느끼며 그를 내려다보는 모습을 보면 노년기에 그런 기억들이 얼마나 소중한지 다소나마 알 수 있었다.

소년이 뛰어 들어오더니 밀리에게 달려갔다.

"다른 방 남자가 여기 있었네." 소년이 말했다. "저 남자는 필요 없는데."

"저 애가 어떤 남자 얘기를 하는 거예요?" 윌리엄 씨가 물었다.

"쉿!" 밀리가 그의 말을 막았다.

그녀의 신호에 따라 그와 늙은 아버지는 조용히 물러났다. 그들이 슬그머니 밖으로 나가자 레드로가 손짓하여 소년을 불렀다.

"난 이 여자가 제일 좋아." 그녀의 치맛자락을 붙잡고 소년이 대답했다.

"네 말이 맞다." 희미한 미소를 지으며 레드로가 말했다. "하지만 내게 오는 걸 무서워할 필요 없단다. 나는 예전보다 친절해졌어. 이 세상 누구보다도 바로 네게 말이다. 가여운 아이야!"

처음에 소년은 여전히 주저했지만 점차 그녀의 재촉에 못 이겨 다가서는 데 동의하더니, 심지어 그의 발치에 앉기까지

했다. 레드로는 연민과 동질감으로 소년을 지켜보며 아이의 어깨에 한 손을 얹고 다른 한 손은 밀리에게 내밀었다. 밀리는 그가 있는 쪽으로 허리를 굽혀 그의 얼굴을 들여다보더니 잠시 침묵한 후 이렇게 말했다.

"레드로 교수님, 제가 한 말씀 드려도 될까요?"

"그래." 그녀를 뚫어져라 쳐다보며 그가 대답했다. "자네 목소리는 내게 음악이나 마찬가지야."

"뭘 좀 여쭤봐도 될까요?"

"뭐든 마음대로."

"어젯밤 교수님 방문을 두드리면서 제가 드렸던 말씀 기억나시나요? 한때 교수님 친구였고, 지금은 파멸 직전이라는 분에 대한 이야기 기억하세요?"

"그래, 기억해." 약간 망설이며 그가 말했다.

"무슨 얘긴지 알아들으시겠어요?"

그는 소년의 머리를 쓰다듬고, 동시에 그녀를 가만히 쳐다보며 고개를 가로저었다.

"그분을 얼마 지나지 않아 제가 찾았어요." 밀리가 맑고 상냥한 목소리로 말했다. 그를 바라보는 온화한 눈빛으로 인해 그 목소리는 더 맑고 상냥하게 들렸다. "제가 그 집에 다시 갔고, 하느님의 도우심으로 그분을 찾아냈답니다. 그리 빠른 건 아니었어요. 아주 조금만 더 지체했어도 너무 늦어 버렸을 거예요."

그는 소년에게서 손을 거두어 그녀의 손등에 얹으며 그녀를 더 유심히 쳐다보았는데 수줍어하면서도 진심이 담긴 그녀의 손길은 목소리와 눈빛만큼이나 호소력 있게 그의 심금을 울렸다.

"그분이 바로 우리가 방금 보았던 젊은 신사 에드먼드 씨의 아버지세요. 본명은 롱포드이지요……. 그 이름이 기억나세요?"

"이름은 기억나는군."

"그 남자분도요?"

"아니, 그 남자는 아니야. 그 사람이 내게 잘못을 저지른 적이 있나?"

"네!"

"이런! 그럼 가망이 없군……. 가망 없어."

그는 고개를 절레절레 흔들며 마치 말없이 그녀의 위로를 구하듯 잡고 있던 손을 살며시 토닥였다.

"어젯밤에는 에드먼드 씨에게 가지 않았어요." 밀리가 말했다. "꼭 다 기억하시는 것처럼 제 이야기에 귀 기울여 주시겠어요?"

"자네의 말 한 마디 한 마디를 귀 기울여 듣겠어."

"그때는 그분이 정말로 에드먼드 씨의 아버지인지 몰랐기 때문이기도 하고, 병을 앓은 후라 그런 소식을 알면 그가 어떤 영향을 받을지 두려웠기 때문이기도 했지요. 그분이 누군지 알게 된 이후에도 가지 않았지만 그건 또 다른 이유 때문이었어요. 그분은 아내와 아들과 오랫동안 따로 떨어져 살고 — 제가 그분께 들어서 알게 된 바로는 아들이 거의 젖먹이였을 때부터 가정을 나 몰라라 하셨나 봐요 — 자신이 가장 소중히 여겨야 할 것들을 버리고 떠났지요. 그러면서 갈수록 더 신사의 위신을 잃어 가다가 결국에는……." 그녀는 급히 자리에서 일어나더니 잠시 나갔다가 어젯밤에 레드로가 보았던 완전히 망가진 남자를 데리고 돌아왔다.

"나를 아십니까?" 화학자가 물었다.

"아니라고 대답할 수 있다면 기쁘겠군요." 상대방이 대답했다. "기쁘다는 말을 쓰는 건 나한텐 아주 드문 일이기는 하지만요."

화학자는 자기 비하와 수치심에 빠져 그의 앞에 서 있는 남자를 바라보았고, 또 그를 파악해 보려 부질없이 몸부림치며 더 오래 보려 했을 것이다. 밀리가 다시 곁으로 돌아와 그의 주의 깊은 시선을 끌지 않았다면 말이다.

"저분이 얼마나 비참하게 바닥까지 떨어졌는지, 얼마나 갈팡질팡 헤매고 있는지 보세요!" 화학자의 얼굴을 보지 않고 남자를 향해 팔을 뻗으며 그녀가 속삭였다. "만약 교수님이 저분과 관련된 모든 것을 기억해 내실 수 있다면 일찍이 교수님이 사랑했던 그 사람이(얼마나 오래전에 어떤 신뢰를 배반했는지는 신경 쓰지 말기로 해요.) 이런 상황에 이르게 되었다는 것을 곰곰이 생각해 보면서 불쌍히 여기는 마음이 들지 않을까요?"

"그랬으면 좋겠군." 그가 대답했다. "그럴 거라고 믿어."

그의 시선은 문 가까이 서 있는 사람 근처를 잠시 헤맸지만 재빨리 그녀에게로 돌아왔다. 그는 마치 그녀의 말투 하나하나, 눈빛 하나하나에서 무언가 교훈을 얻으려고 애쓰는 것처럼 열심히 그녀를 응시했다.

"저는 배운 게 없고 교수님은 많아요." 밀리가 말했다. "저는 생각과 거리가 먼 일을 하고 교수님은 항상 생각을 하고 계시죠. 제가 보기에 우리가 당한 잘못된 일을 기억하는 게 우리 자신을 위해 좋은 일인 것 같은 까닭이 무엇인지 말씀드려도 될까요?"

"그래."

"그 일을 용서할 수 있으니까요."

"하느님, 당신께서 내리신 고귀한 본성을 저버린 저를 용서하소서!" 눈을 들어 위를 보며 레드로가 말했다.

"그리고 만약에요." 밀리가 말했다. "만약에 우리가 바라고 기도하는 대로 언젠가 교수님의 기억이 되살아난다면 잘못과 그 잘못에 대한 용서가 한꺼번에 기억나는 게 교수님께 축복 아닐까요?"

그는 문 옆에 서 있는 사람을 쳐다본 다음 주의 깊은 시선으로 다시 한번 그녀를 응시했다. 그러자 그녀의 해맑은 얼굴에서 흘러나온 한 줄기 맑은 빛이 그의 마음속으로 비쳐 드는 것 같았다.

"저분은 자신이 버렸던 가정으로 돌아갈 수 없어요. 그곳에 가려고도 하지 않아요. 자신이 그토록 잔인하게 방치한 사람들에게 수치심과 고뇌 말고 안겨 줄 게 없다는 사실을, 그리고 지금 자신이 그들에게 해 줄 수 있는 최선의 보상은 그들을 피하는 것이라는 사실을 잘 알고 있어요. 조심스럽게 아주 약간의 돈만 드린다면 저분을 어디 먼 곳으로 보낼 수 있을 거예요. 거기 살면서 아무 잘못도 저지르지 않고, 지금껏 자신이 저지른 잘못에 대해 힘닿는 데까지 속죄할 수도 있을 테지요. 저분의 아내인 불행한 숙녀분과 그 아들에게는 그것이 그들의 가장 친한 친구가 베풀어 줄 수 있는 가장 친절하고 요긴한 선물이 될 거예요……. 그들이 절대로 알아서는 안 될 선물이기도 하고요. 그리고 평판도, 마음도, 몸도 다 망가져 버린 저분에게는 그게 구원이 될 수도 있을 거예요."

레드로는 그녀의 머리를 두 손으로 감싸 쥐고 거기에 입을 맞추며 이렇게 말했다. "그렇게 될 거야. 자네를 믿고 맡길 테니 나 대신 지금 당장 비밀리에 그렇게 해 줘. 만약 내가 무엇 때문인지 알게 되어 행복해진다면 그를 용서할 거라고도 전해 주고."

그녀가 일어나서 환하게 빛나는 얼굴로 그 타락한 남자를 돌아보며 자신의 중재가 성공했음을 암시하자 그가 한 걸음 앞으로 나아와 눈을 들지도 못한 채 레드로에게 말했다.

"자네는 너무나도 너그러워." 그가 말했다. "……항상 그랬지……. 그러니 자네 눈앞에 있는 이 꼴도 보기 싫은 모습을 보면서도 당연히 치밀어 오르는 복수심을 몰아내려고 노력하겠지. 난 그걸 내 마음에서 몰아내려고 노력하지 않는다네, 레드로. 가능하다면 믿어 줘."

화학자는 밀리에게 손짓으로 더 가까이 와 달라고 부탁하고는 귀 기울여 듣는 동시에 그녀의 얼굴을 들여다보았다. 마치 자신이 듣고 있는 말의 실마리를 거기서 찾기라도 하려는 것 같았다.

"난 고백 같은 걸 하기에는 너무나도 썩어 빠진 비열한 놈이라네. 또 자네 앞에서 나 자신의 하찮은 이력을 줄줄 늘어놓기에는 그 기억이 너무나도 생생하고 말이야. 어쨌든 자네를 기만하면서 타락의 첫걸음을 내디딘 그날부터 나는 어떤 불행한 결말을 피할 수 없는 일련의 단계를 꾸준히 거치며 몰락해 갔다네. 저기, 그게 말이야."

레드로는 그녀를 곁에 가까이 둔 채 고개를 돌려 말하는 사람을 쳐다보았다. 그 얼굴에는 슬픔이 배어 있었다. 무언가를 깨달은 듯한 애달픈 기색도 있었다.

"그 치명적인 첫걸음을 피했더라면 나는 전혀 다른 사람이 될 수도 있었을 거야. 내 삶은 전혀 다른 삶이 될 수도 있었을 테고. 정말 그랬을지는 잘 모르겠어. 꼭 그랬을 거라고 주장하지는 않겠네. 자네 여동생은 지금 편히 쉬고 있을 거야. 만약 내가 자네가 생각했던 그런 존재로, 한때는 나 스스로 그럴 거라 생각했던 존재로 남았더라면 나와 함께할 수 있었던 것보다도 더 잘 쉬고 있을 거야."

레드로는 그 화제를 한쪽으로 치워 버리기라도 할 것처럼 허겁지겁 손을 내저었다.

"내가 죽었다가 다시 살아난 사람처럼 말하고 있군." 상대방이 말을 이어 갔다. "이 축복받은 손이 없었다면 어젯밤 나는 자멸하고 말았을 거야."

"아, 세상에. 저분도 날 좋아하시네!" 낮은 목소리로 흐느끼며 밀리가 말했다. "저기 또 한 분이 계셔!"

"어젯밤에는 빵을 얻기 위해서라고 해도 자네 앞에 얼씬도 못 했을 거야. 하지만 오늘은 우리 사이에 있었던 지난 일들에 대한 내 기억이 너무나 강렬하게 꿈틀거리고, 어떻게 이럴 수 있는지 모르겠지만 너무나 생생하게 떠올라서 감히 그녀의 제안에 응해 이곳에 와서 자네의 너그러운 보조금을 받고, 그에 대해 자네에게 감사를 표하고, 레드로, 지금 자네가 행동으로 내게 자비를 베푼 것처럼 임종할 때에 진심으로 내게 자비를 베풀어 달라고 애원하게 되었다네."

그는 돌아서서 문을 향해 가다가 잠시 멈추어 섰다.

"자네가 그 애 어머니를 봐서라도 우리 아들에게 관심을 가져 주면 좋겠어. 그 애가 그런 관심을 누릴 자격이 있는 아이라면 좋겠군. 내 목숨이 오래도록 붙어 있고, 내가 자네의 도움을 잘못 사용하지 않았다는 확신이 서지 않는 한 다시는 그 애를 쳐다보지도 않겠네."

밖으로 나가면서 그는 처음으로 눈을 들어 레드로를 바라보았다. 변함없이 그에게 시선을 못 박고 있던 레드로는 꿈을 꾸듯 몽롱한 표정으로 한 손을 내밀었다. 그는 되돌아와 자신의 두 손으로, 아주 잠깐, 레드로의 손을 살며시 잡고는 고개를 떨구고 천천히 밖으로 나갔다.

밀리가 잠자코 그를 대문까지 데려다주는 동안 잠시 화학자는 의자에 쓰러지듯 기대앉으며 두 손으로 얼굴을 감쌌다. 밀리는 (레드로를 몹시 걱정하는) 남편과 시아버지와 함께 돌아왔다가 이런 그의 모습을 보고 그를 방해하지도, 그가 방해받게 하지도 않았다. 그리고 의자 근처에 꿇어앉아 소년에게 따뜻한 옷을 입혀 주었다.

"관건은 바로 저거예요. 제가 항상 하는 말이 그 말이에요, 아버지!" 그녀의 남편이 감탄하며 소리쳤다. "분명히 이미 사라져서 아마 앞으로도 존재하지 않을 모성애 같은 게 윌리엄 부인의 가슴속에는 여전히 남아 있어요."

"아아! 그렇구나!" 노인이 말했다. "네 말이 맞다. 우리 아들 윌리엄 말이 맞아!"

"여보, 밀리, 우리에게 친자식이 없는 게 결국은 잘된 일일 거예요. 틀림없어요." 윌리엄 씨가 다정하게 말했다. "그런데도 가끔은 당신이 사랑하고 아껴 줄 자식이 하나 있으면 좋겠다는 생각이 들 때가 있어요. 당신이 그런 희망을 걸었지만 숨한 번 쉬어 보지 못하고 죽은 우리의 어린 자식……. 밀리, 당신이 말이 없는 사람이 된 건 그 애 때문이에요."

"그 애를 떠올리면 정말 행복해요, 윌리엄," 그녀가 대답했다. "날마다 그 애 생각을 해요."

"당신이 그 애를 너무 많이 생각할까 봐 두려웠어요."

"두렵다는 말은 하지 마요. 그 애는 저를 위로해 줘요. 수많은 방식으로 제게 말을 건네지요. 이 세상에 살아 본 적 없는 그 순결한 녀석은 제게 천사 같은 존재예요, 윌리엄."

"아버지와 내겐 당신이 천사 같은 존재예요." 윌리엄 씨가 상냥하게 말했다. "그건 나도 알아요."

"내가 그 아이에게 걸었던 모든 희망, 그리고 그 작은 얼굴이 한 번도 누워 본 적 없는 내 가슴 위에서 웃고 있는 모습과 한 번도 빛을 본 적 없는 앙증맞은 두 눈이 내 눈을 올려다보는 모습을 상상하며 앉아 있던 수많은 시간을 떠올리면 모든 짓밟힌 희망에도 불구하고 더 큰 애정을 느낄 수 있어요. 짓밟힌 희망이 해가 되지는 않아요." 밀리가 말했다. "다정한 어머니의 품에 안긴 예쁜 아이를 볼 때면 우리 아이도 저랬을 수 있고, 우리 아이 덕분에 내 마음이 뿌듯하고 행복해졌을 수도 있다는 생각이 들면서 그 아이가 오히려 더 사랑스럽게 느껴져요.

레드로가 고개를 들어 그녀를 쳐다보았다.

"우리 아이가 평생 내 옆에서 무언가를 말해 주려는 것 같다는 생각이 들어요." 그녀가 말을 이어 갔다. "가난하고 방치된 아이들을 위해 우리 아이가 마치 살아 있고 내게 말을 거는 바로 그 목소리가 정말로 나오기라도 하는 것처럼 애원해요. 고통과 치욕을 겪는 젊은이의 이야기를 들을 때면 어쩌면 우리 아이도 그렇게 되었을지 모르고, 그래서 하느님께서 자비로운 마음으로 내게서 그 아이를 데려가셨다는 생각이 들어요. 심지어 아버님같이 나이가 들어 머리가 하얗게 세어도 그 아이는 존재해요. 이를테면 그 아이 역시 당신과 내가 세상을 떠난 후에도 오래오래 장수하고, 더 젊은 사람들의 존경과 사랑을 필요로 하며 살았을지도 모르지요."

남편의 팔을 붙잡고 그 팔에 머리를 기댈 때 그녀의 조용한 목소리는 어느 때보다 더 조용했다.

"아이들은 나를 몹시 사랑해요. 그래서 가끔은 어쩐지 그 아이들이 내가 모르는 어떤 방법으로 우리 아이와 나를 느끼고, 왜 그들의 사랑이 내게 소중한지 이해하는 거 같다는 생각이 들어요…… 바보 같은 생각이지만요, 윌리엄. 그 이후로 내가 줄곧 조용했다면 두루두루 더 행복했다는 거예요, 윌리엄. 여보, 이 점에서 무엇보다도 행복한 건…… 심지어 우리아이가 태어난 지 겨우 며칠 만에 죽고 나는 몸이 쇠약하고너무 슬퍼서 아예 비통해하지 않기란 불가능했을 때에도 만약 내가 착하게 살려고 노력한다면 천국에서 나를 어머니라고불러 줄 눈부신 피조물을 만나게 되리라는 생각이 들었다는거예요!"

레드로가 우렁차게 외치며 무릎을 꿇었다.

"오, 순수한 사랑을 가르쳐 십자가에 달리신 그리스도와 그분의 큰 뜻을 위해 목숨을 잃은 모든 선한 이에 대한 나의 기억을 되살려 준 자비로운 그대여, 나의 감사를 받으시고 그녀를 축복해 주십시오!" 그가 말했다.

그런 다음 그는 그녀를 부둥켜안았고, 여느 때보다 더 흐느껴 울고 있던 밀리는 웃음을 터뜨리며 이렇게 외쳤다. "교수님이 기억을 되찾으셨어! 교수님도 나를 정말로 아주 좋아하셔!아, 이런, 세상에, 세상에, 세상에. 여기 한 분이 더 계셔."

곧이어 그 학생이 들어오기를 두려워하는 사랑스러운 아가씨의 손을 이끌며 안으로 들어왔다. 그를 대하는 태도가 너무나도 달라진 레드로는 학생과 그가 젊은이답게 선택한 사람을 보면서 고립된 방주에 너무나도 오래 갇혀 있던 비둘기가휴식과 친구를 찾아 날아갈 수도 있는 그늘을 드리우는 나무덕분에 그의 삶에 펼쳐진 시련의 길에 깔린 어둠이 옅어진 것을 알아차리고 두 사람에게 자신의 자녀가 되어 달라고 간청하며 학생을 다정하게 껴안았다.

그런 다음 크리스마스는 일 년 중 어느 때보다도 우리를 둘러싼 세상의 모든 치유 가능한 슬픔, 잘못, 고뇌에 대한 기억이 우리 자신이 경험한 일들 못지않게 우리에게 많은 영향을 미치는 때이기에, 레드로는 소년의 머리 위에 한 손을 얹고 그 옛날 예언자가 지닌 식견의 위엄으로 어린아이들이 자신에게 오는 것을 금한 자들을 꾸짖고 아이들의 머리 위에 손을 얹고 기도해 주신 그분[25]께 증인이 되어 주시기를 말없이 청하며 그 소년을 보호하고 가르치고 교화하겠다고 맹세했다.

그런 다음 그는 기분 좋게 오른손을 필립에게 내밀며 이날 열 명의 가난한 신사들이 통학하기 이전에 그들이 대형 만찬장으로 썼던 곳에서 크리스마스 만찬을 열 것이고, 전에 아들이 그에게 말했듯이 식구가 너무나 많아서 그들이 손을 잡으면 영국 땅을 다 에워쌀 수도 있을 스위저 집안사람들을 너무 갑작스러운 통보에도 모일 수 있을 만큼 최대한 많이 그 만찬에 초대할 것이라고 말했다.

그리고 그 일은 그날 이루어졌다. 그곳에는 어른이든 아이든 스위저가 너무 많았기 때문에 그 수를 어림잡아 제시하려는 시도는 이 이야기의 진실성에 대한 불신과 의심을 불러일으킬지도 모른다. 그러므로 그런 시도는 하지 않을 것이다. 어쨌든 그곳에는 수십 명의 사람들이 모여 있었고 ― 조지에 대

---

25) 「마태복음」 13절~15절에 대한 언급. 제자들이 예수의 안수 기도를 받기 위해 어린아이들을 데리고 온 사람들을 나무라자 예수가 제자들을 꾸짖고 천국은 이런 아이들의 것이라고 말하며 그들의 머리 위에 손을 얹고 기도해 주었다.

한 좋은 소식과 희망이 그들을 위해 준비되어 있었다. 그가 다시 한번 아버지와 남동생과 밀리의 방문을 받았고, 다시 한번 편안한 잠에 빠져 있다는 것이었다. 만찬에는 무지갯빛 털목도리를 두르고 쇠고기가 나올 시간에 맞추어 도착한 아들 아돌퍼스를 포함해 테터비 가족도 참석했다. 물론 조니와 아기는 너무 늦게 왔고, 몸이 옆으로 완전히 기울어진 채 조니는 기진맥진하고, 아기는 마치 덧니처럼 포개진 모습이었지만 그것은 늘 있는 일이어서 놀랍지도 않았다.

이름도, 혈통도 없는 아이가 다른 아이들과 대화하는 법이나 함께 노는 법도 모르고 거친 경비견보다도 어린아이들의 행동이 더 낯설어서 아이들이 노는 것을 가만히 지켜보기만하는 모습을 보는 것은 슬픈 일이었다. 한편 그곳에서 가장 어린 아이들이 그 아이가 다른 모든 아이와 다르다는 것을 본능적으로 알고 그 아이가 불행하다고 느끼지 않도록 작은 선물들을 들고 부드러운 말과 손길로 아이에게 쭈뼛쭈뼛 다가가는 모습을 보는 것도 또 다른 의미로 슬픈 일이었다. 하지만 아이는 밀리의 곁을 지키며 그녀를 사랑하기 시작했다. 그녀의 말대로 한 명이 더 있었다! 아이들은 모두 그녀를 매우 좋아했기 때문에 그 사실에 기뻐했고, 그 애가 그녀의 의자 뒤에서 자신들을 엿보는 모습을 보았을 때는 무척 가까이 있다는 사실에 반가워했다.

이 모든 일이 화학자가 학생과 그의 신부가 될 아가씨와 필립과 그 밖에 다른 사람들과 함께 앉아 목격한 것이었다.

그 이후로 어떤 사람들은 그가 여기에 적어 놓은 것을 단지 생각해 냈을 뿐이라고 말했고, 또 어떤 사람들은 그가 어느 겨울밤 땅거미가 질 무렵 난롯불 속에서 읽어 냈다고 말했으며, 또 어떤 사람들은 그 유령은 그의 우울한 생각들의 표상일 뿐이고 밀리는 그보다 더 훌륭한 지혜의 화신이라고 말했다. 나는 아무 말도 하지 않는다.

이것만은 예외로 하겠다. 그들이 (만찬을 일찍 마쳤기 때문에) 커다란 난롯불 외에 다른 불빛은 없이 오래된 만찬장에 모여 있을 때 그 그림자들이 그들의 은신처에서 한 번 더 슬그머니 빠져나와 방 안을 돌아다니며 춤을 추었다. 아이들에게 벽에 놀라운 형상과 얼굴들을 보여 주고, 그곳에 실재하는 익숙한 것들을 점차 거칠고 마법 같은 것으로 바꾸면서 말이다. 하지만 만찬장에는 레드로, 밀리와 그 남편, 노인, 학생, 그의 예비 신부의 시선이 자주 쏠리는 한 가지가 있었는데 그것은 그 그림자들로 인해 어두워지거나 바뀌지 않았다. 벽난로 불빛을 받아 더욱 엄숙해지고 어두운 장식용 판자벽에서 마치 살아 있는 사람처럼 응시하는 그 초상화의 턱수염을 기르고 목에 러프를 두른 진지한 얼굴이, 그들이 그 얼굴을 올려다보는 내내 파릇파릇한 호랑가시나무 화환 밑에서 그들을 내려다보았다. 그리고 그 아래에는 마치 목소리가 그들에 말해 주기라도 한 것처럼 분명하고 뚜렷하게 이런 글귀가 적혀 있었다.

주여! 언제까지나 잊지 않고 생생히 기억하게 해 주소서.

'크리스마스 할아버지'
찰스 디킨스의 크리스마스 이야기

제프리 초서에서 윌리엄 셰익스피어를 거쳐 현대로 이어지는 위대한 영국 문학의 계보 한가운데 그 누구보다도 뛰어난 족적을 남긴 작가. 특히 19세기 빅토리아 시대의 소설가를 딱 한 사람만 고르라고 한다면 주저 없이 찰스 디킨스의 이름을 언급할 독자들이 적지 않을 것이다. 또한 영국 문학의 아버지가 초서이고, 영국인들이 인도와도 바꾸지 않겠다고 할 정도로 자랑스러워하는 대문호가 셰익스피어라면, 수많은 평범한 독자들은 물론이고 빅토리아 여왕, 나아가 디킨스의 감상주의를 비판한 토머스 칼라일이나 디킨스의 소설가로서의 천재성을 극찬한 저명한 문학 비평가 해럴드 블룸 같은 지성인들조차도 읽고 또 읽으며 사랑할 수밖에 없는 많은 이야기와 등장인물을 창조해 낸 작가가 바로 찰스 디킨스다.

이처럼 살아생전뿐 아니라 오늘날까지도 전 세계 수많은 독자의 사랑을 받는 작가인 찰스 디킨스는 1812년 영국 남부 포츠머스 인근 랜드포트에서 해군성 경리과의 하급 직원이던 아버지 존 디킨스와 어머니 엘리자베스 배로 디킨스의 여덟 자녀 중 둘째로 태어났다. 그의 유년기는 채텀에서 잠시 거주했던 시절을 제외하고는 점점 더 불우해지기만 했다. 특히 경제관념이 부족했던 그의 아버지가 1822년 런던으로 발령을 받은 후 집안의 가세가 더욱 기울다가 급기야 채무자 감옥에 수감되는 지경에 이르자, 큰아들인 그는 1824년 열두 살에 학교를 자퇴하고 구두약 공장에 견습공으로 취직해 하루 열 시간이 넘는 노동에 시달려야 했다. 실제로 공장에서 근무한 기간은 몇 달 되지 않았다고 하지만, 너무 어린 나이에 열악한 노동 환경을 경험하며 입은 그의 정신적 외상은 한평생 그의 삶에 대한 태도뿐 아니라 작품의 소재와 주제에도 지대한 영향을 미쳤다.

. 할머니의 유산을 상속 받은 아버지가 채무를 변제하고 출옥한 후 다시 학교에 다니게 되었지만 디킨스의 학교 교육은 결국 열다섯 살에 완전히 끝이 났고 법률사무소의 사환으로 사회에 첫발을 내디디게 된다. 이후 그는 법원의 속기 기자로 일하다가 《모닝 크로니클》의 의회 출입 기자로 언론에 종사하는 시기를 거쳐, 1833년부터 '보즈'라는 필명으로 잡지나 신문에 런던의 인물과 풍속 등을 묘사한 에세이를 기고하게 된다. 이때 그가 쓴 글들이 『보즈의 스케치』(1836)라는 단행본으로 출간되면서 서서히 작가로서의 경력을 쌓기 시작한다. 그

러다가 화가인 로버트 시모어의 권유로 1836년에서 1837년까지 삽화가 곁들여진 단편 소설들을 매달 얇게 분책하여 출간함으로써 점차 유명세를 타게 된다. 은퇴한 사업가인 주인공 픽웍을 비롯한 세 친구의 모험 생활을 그린 이 단편들을 묶어 한 권의 단행본으로 출간한 것이 바로 『픽웍 클럽 여행기』(1837)이다. 이 일을 기점으로 디킨스는 1836년 결혼한 아내 캐서린 호가스와의 관계로 인한 개인적인 삶의 어려움은 있었을지 몰라도, 작가로서는 평생 당대 최고의 베스트셀러 작가라는 명성을 누리며 큰 굴곡 없이 경력을 이어 나가게 된다.

이후 빅토리아 시대 최초로 어린아이를 주인공으로 한 소설인 『올리버 트위스트』(1838)와 『니컬러스 니클비』(1839), 『오래된 골동품 가게』(1841), 『바나비 럿지』(1841)를 출간한 후, 1843년 12월 19일 드디어, 처음 출간된 이후 단 한 번도 절판된 적이 없다는 『크리스마스 캐럴』을 세상에 내놓기에 이른다. 이 작품은 고작 일주일 만인 크리스마스 이브에 초판 6000부가 소진되는 대성공을 거두며 그를 당대 최고의 인기 작가 반열에 올려놓게 된다. 그는 1848년까지 (1847년을 제외하고) 매년 12월이면 이른바 그의 크리스마스 이야기를 선보인다. 『크리스마스 캐럴』을 시작으로 『차임벨』(1844), 『난롯가의 귀뚜라미』(1845), 『삶의 악전고투』(1846), 『유령에 홀린 남자와 유령의 거래』(1848)에 이르기까지 총 다섯 편에 달하는 이 중편 소설들은 1852년 『크리스마스 이야기』라는 제목의 선집으로 묶여 단행본으로도 출간된다.

사실 그 이전만 해도 오늘날 우리가 너무나 당연하게 여기는 크리스마스의 위상과 전통은 상상조차 하기 힘든 것이었다. 1820년대 후반, 영국은 물론이고 유럽과 북미 전역에서 크리스마스는 언급할 가치조차 거의 없는 행사이거나 조만간 사라질 휴일이라고 여겨지는 경향이 있었다. 심지어 영국의 경우 1840년대에 들어서며 정부 부처에서 한때는 크리스마스 휴일을 일주일에서 크리스마스 당일 하루로 축소하기도 했다. 크리스마스트리, 카드, 선물, 캐럴 등 우리에게 너무나 익숙하고 당연한 크리스마스의 전통은 빅토리아 시대의 산물이거나 그 시대에 부활한 것이다. 영국에서 거의 사라질 뻔했던 크리스마스를 되살리고 현대적인 개념의 크리스마스를 만들어 낸 데는 처음 영국에 크리스마스트리를 소개한 앨버트 왕자와 같은 인물의 공도 무시할 수는 없지만, 어느 누구보다도 디킨스의 영향이 컸다. 이를 증명하는 가장 상징적이고 대표적인 이야기가 바로 디킨스의 전기 작가들이 즐겨 언급하는 런던 거리의 행상 소녀에 관한 일화다. 시어도어 왓츠 던턴이 최초로 기록한 바에 따르면 1870년 6월 9일 그는 코벤트 가든 마켓 근처의 드루리 레인을 걷다가 이 위대한 소설가의 사망 소식에 대한 한 소녀의 다음과 같은 반응을 우연히 듣게 되었다고 한다. "디킨스가 죽었다고요? 그럼 크리스마스 할아버지[1]도 죽나요?" 1988년 12월 18일자 《선데이 텔레그래프》가 디킨스를 '크리스마스를 발명한 사람'이라고 칭했을 만큼, '크리스

---

1) 일반적으로 산타클로스로 상징되는 존재를 의미한다.

마스 할아버지'로서의 그의 이미지는 오늘날까지도 무척이나 공고하다고 할 수 있다.

그런데 디킨스가 첫 번째 크리스마스 이야기인 『크리스마스 캐럴』을 집필하게 된 가장 큰 이유가 당시 연재 중이던 『마틴 처즐윗』(1844)에 대한 반응이 이전 작품들만 못한 데서 기인한 재정적 압박이었다는 점을 지적하며 크리스마스 정신의 부흥에 있어서 이 작품의 의미와 디킨스의 역할을 다소 폄하하는 경우가 간혹 있다. 물론 경제적인 문제가 하나의 큰 저작 동기였고 문학 작품 속에서 크리스마스 시즌에 관한 이야기를 다룬 작가도 디킨스가 처음은 아니었다. 하지만 오늘날 디킨스의 '크리스마스 철학' 혹은 '캐럴 철학'이라고 불리는 인류애적 비전을 이야기에 비중 있게 더한 사람은 다른 어느 누구도 아닌 바로 작가 본인이었다는 점에서, 그에게 따르는 '크리스마스를 발명한 사람', '크리스마스 할아버지'라는 호칭은 결코 과한 것이 아닌 정당하고 적절한 평가이다. 더욱이 『픽윅 클럽 여행기』의 열세 번째 이야기인 「교회지기를 홀린 고블린 이야기」의 구조나 주인공 가브리엘 그럽의 모습에서 『크리스마스 캐럴』의 원형으로 보이는 요소들을 발견할 수 있다. 이를 고려할 때, 1843년 10월 13일 이후 단 육 주 만에 급박하게 집필했다고 해서 이 작품을 단순히 경제적인 문제를 해결하기 위한 임시방편이라고 보는 것은 옳지 않다. 그보다 그런 경제적 압박감을 계기로 디킨스의 마음속에 이미 싹트고 있던 크리스마스 이야기에 대한 구상이 구체적으로 실현된 것이라고 보는 것이 훨씬 더 타당하다.

이처럼 오늘날까지도 크리스마스 시즌만 되면 다시 언급되는, 시대를 초월한 고전인 『크리스마스 캐럴』의 주인공, 스크루지는 디킨스가 창조한 유명한 소설 등장인물들 가운데서도 가장 널리 알려진 인물이다. 오늘날 옥스퍼드 영어사전에 '구두쇠', '수전노'라는 의미의 일반명사로 '스크루지'가 등재되어 있을 정도다. 디킨스의 묘사에 따르면 "쥐어짜고, 비틀고, 움켜잡고, 박박 긁어모으고, 붙잡고 늘어지는 탐욕스럽고 죄 많은 늙은이! 어떤 부시가 부딪쳐도 넉넉한 불길 한번 피워 낸 적 없는 부싯돌처럼 냉혹하고 날카로운 데다 비밀 많고 입을 꾹 다문 굴처럼 고독한 사람."이다. 그런 에버니저 스크루지가 어느 크리스마스이브, 칠 년 전 사망한 동업자이자 그의 분신이나 다름없는 존재인 제이콥 말리의 유령을 통해 세 정령, 즉 과거, 현재, 미래의 정령과 대면한다. 이로 인해 잊고 있던 기억을 되살리고 과거의 선택으로 인한 결과인 자신의 현재와 뒤이어 다가올 미래를 확인한 후, 개심하고 삶의 기쁨을 되찾으며 구원받는다는 것이 이 기념비적 중편 소설의 핵심 줄거리다.

냉혹한 인물인 스크루지가 잊고 있던 기억을 되살리는 데서 이야기가 시작되는 『크리스마스 캐럴』과 달리, 다섯 권의 크리스마스 이야기 중 마지막 작품인 『유령에 홀린 남자와 유령의 거래』는 학생들의 존경을 받는 주인공 레드로 교수가 그의 분신 혹은 도플갱어 같은 존재인 유령[2]의 제안을 받으며

---

2) 『크리스마스 캐럴』과 『유령에 홀린 남자와 유령의 거래』에서 디킨스는 유령(ghost)의 존재를 의미하는 단어를 환영(phantom), 허깨비(spectre) 등 다양한 단어로 변주하여 사용했다는 점을 밝혀 둔다.

시작된다. 젊은 시절 믿었던 친구에게 배신당하고 사랑하는 여동생을 일찍 떠나보낸 것과 같은 아픈 기억을 잊게 해 주겠다는 유령의 제안을 레드로는 받아들인다. 레드로는 밀리가 장식하는 호랑가시나무를 보며 크리스마스 시즌이 우리 인간의 기억을 자극하는 것에 대해 "또 한 번 크리스마스가 오고, 또 한 해가 가는구나! (……) 우리가 고통에 시달리며 기억하려 애쓸수록 늘어난 기억의 총량에는 더 많은 것이 등장하지. 속절없이 죽음이 그 모든 것을 함께 뒤섞어서 다 지워 버릴 때까지 말이야."라고 탄식한다. 이처럼 크리스마스가 다가오며 과거의 '슬픔, 잘못, 고뇌'에 대한 기억이 생생해질수록 더욱 고통스럽기만 하다고 생각하며 유령의 제안을 받아들였던 레드로는 막상 그런 기억이 사라지자 동정심, 연민, 공감 능력까지 상실하게 된다. 점차 유령이 준 것이 선물이 아닌 저주스러운 힘이라는 것, 아무리 고통스럽고 아픈 기억일지라도 그런 기억이야말로 우리 인간을 더욱 인간답게 해 주고 서로를 단단히 묶어 주는 연결 고리임을 절실히 깨닫게 된다.

『크리스마스 캐럴』이 출간 후 1년 만에 15000부가 팔렸고, 『유령에 홀린 남자와 유령의 거래』가 출간 당일에만 18000부가 판매되었다는 사실을 비교해 볼 때, 『유령에 홀린 남자와 유령의 거래』도 대중적 측면에서는 매우 큰 성공을 거둔 작품이라는 것을 알 수 있다. 하지만 이후 비평적 측면에서는 작가에 대한 일종의 '전기적 채석장'에 불과하다는 혹평이 있었던 것도 사실이다. 스티븐 마커스 같은 평론가는 디킨스의 크리스마스 이야기들 중 오로지 『크리스마스 캐럴』만이 진정한 문학적 흥미를 불러일으키는 유일한 작품이라 평가하기도 했다. 심지어 일부 비평가는 『크리스마스 캐럴』에 대해서마저 전반적으로 동화 같은 분위기의 과장되고 터무니없는 감상주의적 이야기에 불과하다고 비판했다. 하지만 디킨스의 크리스마스 이야기들을 긍정적으로 평가하는 비평가들은 『크리스마스 캐럴』은 물론이고 가장 상반된 반응이 엇갈렸던 『유령에 홀린 남자와 유령의 거래』 또한 디킨스가 빅토리아 시대 사회의 문제들을 날카로운 시선으로 지적하고 신랄하게 비판한 작품이라고 평가한다. 단순히 비판을 위한 비판에 그치는 것이 아니라, 폭넓은 이해와 연민을 바탕으로 성찰함으로써 결국 모두가 공감할 수 있는 크리스마스 정신을 도출해 낸다는 점을 높이 사고 있다. 결국 『크리스마스 캐럴』과 『유령에 홀린 남자와 유령의 거래』의 정점은 각각 스크루지와 레드로 교수가 쓸쓸하게 고립되어 있던 삶에서 벗어나 크리스마스 만찬에 참여하거나(스크루지) 만찬을 주최하면서(레드로 교수) 가족의 중요성, 용서, 타인에 대한 연민을 되새기고 그러한 크리스마스 정신이 독자의 깨달음으로 이어지는 순간이라고 할 수 있을 것이다.

디킨스의 전기 작가인 마이클 슬레이터에 따르면 디킨스가 처음 크리스마스 이야기를 집필하게 된 것은 부유하고 힘 있는 사람들이 가난하고 힘없는 사람들에게 마음을 열 수 있도록 하기 위한 방편이었다고 한다. 그러니까 사람들이 빈곤과 사회적 불의에 대해 관심을 갖게 하는 가장 좋은 방법은 신문 사설이나 홍보물 같은 것이 아니라 모두가 공감할 수 있는 크리스마스 이야기를 집필하는 것이라고 믿었다는 것이다. 그리고 디킨스의 이런 생각은 보기 좋게 적중했다고 할 수 있다. 『크리스마스 캐럴』과 『유령에 홀린 남자와 유령의 거래』가 처음 출간된 순간부터 오늘날까지 독자들에게 큰 힘을 발휘할 수 있는 것은, 해리 스톤이 말했듯 스크루지와 레드로 교수가 크리스마스 정신을 되살림으로써 고립되고 외로운 자아의 감옥에 갇혀 있던 상태에서 벗어나 따뜻한 공동체라는 낙원으로 들어갈 수 있었던 것과 관련이 있다. 다시 말해 독자인 우리들 또한 그들처럼 변화하고 다시 태어날 수 있을 것이라는 데서 느끼는 안도감 때문이라는 것이다. 그 어느 때보다도 물질적인 현대 사회에서 누구든, 어느 정도는 스크루지나 레드로 같은 면을 갖고 있기 때문에 더욱더 그럴 수밖에 없을 테고 말이다.

디킨스는 크리스마스 이야기들 이후로도 『돔비 부자』(1848), 『데이비드 코퍼필드』(1850), 『블리크 하우스』(1853), 『어려운 시절』(1854), 『막내 도릿』(1857), 『두 도시 이야기』(1859), 『위대한 유산』(1861), 『우리 둘 다 아는 친구』(1865) 등을 집필했으며, 마지막 소설인 『에드윈 드루드의 미스터리』를 완성하지 못하고 숨을 거뒀다. 약 이십여 년의 작품 활동 기간 동안 열다섯 편의 장편 소설, 다섯 편의 중편 소설, 수백 편의 단편 소설을 남길 만큼 왕성한 집필 활동을 하는 동시에, 사람의 마음을 움직이는 힘을 스스로 체감한 바 있는 낭독회를 영국뿐 아니라 미국에서까지 개최하며 무리하다가 건강이 악화된 결과였다. 1870년 6월 9일 쉰여덟의 나이로 세상을 떠나 웨스트민스터 사원에 안장된 디킨스의 묘비에는 "그는 가난하고 고통받고 박해받는 이들의 지지자였으며, 그의 죽음으로 세상은 가장 훌륭한 작가 중 하나를 잃었다."고 적혀 있다.

그런 디킨스였기에 그의 사망 소식을 들은 노동자들은 선술집에서 "우리의 친구가 죽었다."며 울부짖었다고 한다. 이처럼 디킨스에 대한 대중의 사랑은 그의 한평생 변함이 없었고, 그의 사후에도 마찬가지였다. 심지어 오늘날에도 그의 작품은 소설로서뿐 아니라, 영화, 연극, 드라마 등 다양한 매체로 재생산, 재해석되며 사랑 받고 그 영향력을 유지하고 있다.

더욱이 디킨스에 대한 독자들의 사랑은 특정 범주에 국한된 것도 아니다. 어린이부터 어른, 일반 독자부터 문학 비평가에 이르기까지 모든 이들의 사랑을 받는다는 점에서는 셰익스피어, 톨스토이 등 그 어떤 대문호도 부럽지 않은 작가가 바로 찰스 디킨스다. 그리고 무엇보다도 독자인 우리들이 180년이 지난 오늘날에도 여전히 디킨스가 제공하는 크리스마스 이야기들을 통해 개심하게 된다는 점은 디킨스라는 작가가 크리스마스 전통의 부활과 형성, 크리스마스 정신의 전파에 있어서 어떤 위치를 차지하고 있는지를 완벽하게 보여 주는 가장 큰 증거일 것이다.

디킨스의 크리스마스 이야기 다섯 편 중 처음이자 마지막, 알파와 오메가인 두 작품 『크리스마스 캐럴』과 『유령에 홀린 남자와 유령의 거래』를 크리스마스에 즈음하여 민음사 세계문학전집 시리즈를 통해 소개할 수 있게 된 것을 더없이 기쁘게 생각한다. 아울러 독자들이 디킨스와 그의 크리스마스 정신을

"언제까지나 잊지 않고 생생히 기억하게" 되기를 바라 마지않는다.

2024년 11월
김희용

작가 연보

1812년   2월 7일 영국의 남부 해안 도시 포츠머스에서 태어났
         다. 해군 경리국 직원인 존 디킨스와 아내 엘리자베스
         배로 디킨스 사이의 5남 3녀 중 둘째로 태어났다.

1817년   켄트주의 채텀으로 이사했다. 『위대한 유산』의 지리적
         배경이기도 한 이곳에서 비교적 행복한 유년 시절을 보
         냈다.

1822년   집안 형편이 나빠지면서 온 가족이 런던으로 이사했다.

1824년   2월 아버지가 빚으로 채무자 감옥에 수감되었다. 이후
         수개월 동안 가정 형편을 돕기 위해 가족과 떨어져 혼
         자 살면서 구두약 공장에 나가 일했다. 6월 아버지가
         출감하고 형편이 나아지면서 다시 학교에 다니기 시작
         했다.

1827년	사립 학교인 웰링턴 하우스 아카데미를 졸업하고 런던의 한 법률 사무소에 취직했다.
1832년	런던의 한 신문사 기자로 취직했다.
1833년	잡지 등에 '보즈'라는 필명으로 단편 소설들을 발표하기 시작했다.
1836년	첫 작품집 『보즈의 스케치』가 출간되었다. 4월 언론인 조지 호가스의 딸 캐서린 호가스와 결혼했다. 첫 장편 소설 『픽윅 클럽 여행기』 연재를 시작했고 이듬해 출간했다. 이 작품이 큰 성공을 거두어 일약 당대의 유명 작가가 되었다. 이후 주간 잡지나 월간 잡지에 작품을 연재하는 방식으로 왕성한 창작 활동을 펼쳤다.
1838년	『올리버 트위스트』를 출간했다.
1839년	『니컬러스 니클비』를 출간했다.
1840년	『오래된 골동품 가게』를 출간했다.
1841년	『바나비 럿지』를 출간했다.
1842년	아내 캐서린과 함께 약 육 개월 동안 미국을 방문했다. 귀국 후 『미국 방문기』를 발표했다.
1843년	크리스마스 시리즈의 첫 번째 작품인 『크리스마스 캐럴』이 출간되었다. 일주일 만에 초판 6000부가 소진되는 대성공을 거두었다.
1844년	『마틴 처즐윗』을 완성했다. 7월부터 약 일 년 동안 이탈리아에 거주했다.
1846년	5월부터 약 십 개월 동안 스위스와 프랑스에 거주했다.
1848년	『돔비 부자』를 출간했다.

1850년   『데이비드 코퍼필드』를 출간했다. 주간지 《늘 쓰는 말
          들》을 창간해 1859년까지 운영했다.

1851년   1847년부터 자신이 직접 조직하여 이끌던 극단과 함께
          빅토리아 여왕 앞에서 연극 작품을 공연했다.

1853년   『블리크 하우스』를 출간했다. 『크리스마스 캐럴』로 첫
          대중 낭독을 했다. 이를 시작으로 이후 기회가 있을 때
          마다 영국의 각 지방과 미국 등지를 돌아다니며 작품
          낭독회를 열었는데 실감 나는 낭독으로 큰 인기를 얻
          었다.

1854년   『어려운 시절』을 출간했다.

1857년   『막내 도릿』을 출간했다.

1858년   젊은 여배우 엘렌 터넌과의 구설수 등 그동안 쌓인 불
          화로 인해 아내 캐서린과 공식적인 별거를 시작했다.

1859년   『두 도시 이야기』를 출간했다. 주간지 《1년 내내》를 창
          간해 사망 시까지 운영했다.

1861년   『위대한 유산』을 출간했다.

1865년   『우리 둘 다 아는 친구』를 출간했다.

1867년   작품 낭독을 위해 두 번째로 미국을 방문했다. 무리한
          여행으로 그전부터 나쁘던 건강이 악화되었다.

1870년   6월 9일 뇌내출혈로 사망했다. 미완인 작품으로 『에드
          윈 드루드의 미스터리』를 남겼다. 웨스트민스터 사원에
          유해가 안치되었다.

세계문학전집 457

크리스마스 캐럴

1판 1쇄 펴냄 2024년 12월 6일
1판 2쇄 펴냄 2025년 1월 9일

지은이 찰스 디킨스
옮긴이 김희용
발행인 박근섭, 박상준
펴낸곳 (주)민음사

출판등록 1966. 5. 19. (제 16-490호)
서울특별시 강남구 도산대로1길 62(신사동) 강남출판문화센터 5층 (우편번호 06027)
대표전화 02-515-2000 팩시밀리 02-515-2007
www.minumsa.com

© 김희용, 2024. Printed in Seoul, Korea

ISBN 978-89-374-6457-7 04800
ISBN 978-89-374-6000-5 (세트)

세계문학전집 목록

세계문학전집은 계속 간행됩니다.